2021

中国少数民族
文学之星丛书

绿皮火车

羌人六 著

作家出版社

图书在版编目（CIP）数据

绿皮火车 / 羌人六著 . -- 北京：作家出版社，2021.11
（2025.1 重印）
（中国少数民族文学之星丛书·2021 年卷）
ISBN 978-7-5212-1529-8

Ⅰ.①绿… Ⅱ.①羌… Ⅲ.①散文集-中国-当代
Ⅳ.①I267

中国版本图书馆 CIP 数据核字（2021）第 185243 号

绿皮火车

作　　者：羌人六
责任编辑：史佳丽　李亚梓
特约编辑：刘　皓
封面设计：唐一惟
出版发行：作家出版社有限公司
社　　址：北京农展馆南里 10 号　　　邮　　编：100125
电话传真：86 - 10 - 65067186（发行中心）
　　　　　86 - 10 - 65004079（总编室）
E - mail: zuojia@zuojia.net.cn
http://www.zuojiachubanshe.com
印　　刷：唐山玺诚印务有限公司
成品尺寸：152 × 230
字　　数：256 千
印　　张：20.75
版　　次：2021 年 11 月第 1 版
印　　次：2025 年 1 月第 2 次印刷
ISBN 978 - 7 - 5212 - 1529 - 8
定　　价：48.00 元

编委会名单

以民族的情意，打造文学的星辰

——"中国少数民族文学之星"丛书总序

邱华栋　彭学明

"中国少数民族文学之星"丛书是中国作家协会少数民族文学发展工程的一个新项目，于2018年开始实施，由中国作家协会创作联络部具体组织落实。出版"中国少数民族文学之星"丛书的目的，是重点培养少数民族文学中青年作家，打造少数民族文学精品，为那些已经在少数民族文学界和全国文学界成绩斐然、广有影响的少数民族中青年作家再助一力，再送一程，从而把少数民族文学最优秀的中青年作家集结在一起，以最整齐的队伍、最有力的步伐、最亮丽的身影，走向文学的新高地，迈向文学的高峰，让少数民族文学的星空星光灿烂，少数民族文学的长河奔流不息。以文学的初心，繁荣民族的事业；以民族的情意，打造文学的星辰。

入选"中国少数民族文学之星"丛书的作家，必须是年龄在50岁以下的、在少数民族文学界和全国文学界广有影响的少数民族作家。不管是否出版过文学书籍，只要其作品经过本人申请申报、各团体会员单位推荐报送、专家评审论证和中国作协书记处审批而入选的，中国作协将在出版前为其召开改稿会，请专家为其作品望闻问切，以修改作品存在的不足，减少作品出版后无法弥补的遗憾。待其作品修改好后，由中国作协统一安排出版，并进行广泛的宣传推广。

中国是一个多民族的大家庭。每一个民族都沐浴着党的民族政策的光辉、感受着党的民族政策的温暖，都在党的民族政策关怀下，蓬勃发展，欣欣向荣。在这个伟大的新时代，我们正创造着中华民族的新辉煌。每一个民族的发展与巨变，每一个民族的气象与品质，都给我们提供了生生不息的创作源泉。我们每一个民族作家，都应该以一种民族自豪感，去拥抱我们的民族；以一种民族责任感，为我们的民族奉献。用崇高的文学理想，去书写民族的幸福与荣光、讴歌民族的伟大与高尚；以文学的民族情怀，去观照民族的人心与人生、传递民族的精神与力量。

我们期待每一位少数民族作家，都能够到火热的生活中去，到广大的人民中去，立心，扎根，有为，为初心千回百转，为文学千锤百炼，写出拿得出、立得住、走得远、留得下的文学精品。不负时代。不负民族。不负使命。

目 录

断裂带的山河故人

——《绿皮火车》序

颜　慧

　　写下这些文字的时候，我并不真正认识本书的作者羌人六，既未曾见过他本人，也不曾以任何方式与他有过联络，只知他本名刘勇，1987年生于地处四川盆地西北部的绵阳平武，那里山灵水秀，是著名风景区九寨、黄龙之门户，据说拥有大熊猫数量最多，素有"天下大熊猫第一县"美誉，自古以来就是羌人聚居区，也是多民族文化交互融合之地。他以辨识度极高的羌人六作为笔名，可想而知应是羌族后裔：在我有限的认知中，那是个古老神秘，能歌善舞，工于放牧建筑刺绣，具有独特文明生态与民族风情的少数族裔。对羌人六的更多的了解几乎都从这部《绿皮火车》书稿阅读中得出，幸而，从作品来认识作家，恰好也是最适当的认知方式。

　　羌人六对文字有着近乎与生俱来的敏感与极强的驾驭能力，在他笔下，那些肆意流淌的文字被赋予了鲜活的生命力和独特的意蕴与魅力，产生出充满个人特色的别样阅读体验。谈到回忆，他说，"岁月漫漫，我习惯让自己躺在面包之外，一遍遍陷入回忆，在往事中刷新最初忽略的真实，咀嚼它们，巩固它们，而我就是它们留下的全部。当然，人，永远去不了的地方就是过去。回忆，不是为了抵达，而是为了梳理。"（《绿皮火车》）对于经历，他认为，"经历，是生命和生活的另一种指纹，我相信，这样的指纹，本身就有着寓言的色彩和光芒。"（《指纹》）写记忆，"记忆表皮仍在不断被时光侵蚀、氧化、蒸馏，被流淌的岁月瘦身。岁月隐藏在母亲的皱纹和头发里，隐藏在梅林中间父亲的坟茔里，隐藏在那些沉默的废墟、房梁、石墙和瓦砾中间。"（《遍地苍茫》）写小时因饥饿而捕食老鼠肉，则充满象征意味，"我们吃鼠肉的同时，老鼠的灵魂在我们的胃里面仍然活着，没有死去。鼠和人原本水火不容，可是，渐渐地，我惊讶地发现鼠的某些习性，其实在人的身上体现得更为淋漓尽致，也更为残酷。"（《食鼠之家》）

正如他在文中写道，"一个地方有一个地方的来龙去脉，一个人有一个人的来龙去脉。断裂带，是我的来龙去脉，但更多时候，它是一种深不见底的痛，一小块月光就能擦亮的痛。"（《人在大地上四处流淌》）这就像商州之于贾平凹、高密东北乡之于莫言、嘉绒藏区之于阿来、北极村之于迟子建……那个位于川西北群山深处，有着独特地域与地理特点，"随日升日落、季节和农事辗转的断裂带，祖祖辈辈跟庄稼生死相依的断裂带"，则是羌人六不断描摹和审视的对象，也是他源源不断创作灵感的来源。他对那里有着深厚且复杂的情感，他爱并憎恶、怀念并远离，他用近乎执着的文字反复书写、构建出"断裂带"这一文学和地理学意义上的故乡。审视故乡，其实就是审视自己，审视来时的路。写作对他而言，就是"在纸上种地"，是为了拒绝庸常和随波逐流，也是为了回忆与反思。

在描写断裂带时，他的文字冷静、克制，断裂带里的人们是勤劳的，"在断裂带，懒人们的头，永远没有勤快人抬得高望得远且理直气壮。生活在这儿的人们也比山外的人们更想多长几只手，忙碌早已升华为一种骄傲，因此没人愿意自己无所事事"（《总想多长几只手》）。"在断裂带，一个人的目光、心灵和泥土厮磨久了，就看见在这片土地上活过又死去的祖先们，仍在幽暗的泥壤深处做梦。或许，还能听见他们略带疲惫的叹息或者呻吟。"（《日薄西山》）更有对断裂带现状的喟叹与思考，"断裂带古老的生活方式在崩溃，作为传统的农耕文明在崩溃，我以为可以像田园诗一样原封不动的记忆在崩溃，我看见的是，越来越多的断裂带人扔下了他们的农皮远走他乡，留下年幼的孩子，病恹恹的老人，憔悴的妇女，荒芜的庄稼，毁坏的人心……"（《绿皮火车》）

同样，对祖祖辈辈生活在断裂带里的生生不息的人们，他依然带着一种非常冷静的旁观与复杂的警醒，以及更多更深的关于人性的思考，只是，情感有时依然不容控制地喷薄而出。不仅如此，他还用文字构造出属于自己的家族谱系，不忌惮、不回避，直面真实，"以文字来讲述心灵的秘密，讲述着断裂带那些让我爱恨交织让我念念不忘的故事和真相"（《无根者》）。

那个曾经沉迷赌博，当儿子鼓起勇气把自己写的那些诗歌递过去，请他欣赏，却"像烫手似的一掌推开"说了句"菜籽落了海"的父亲；那个总抽经济烟，却把好烟散给熟人和帮忙的人的父亲……他自小怕父亲，也恨父亲，"恨父亲赌博，恨父亲夜不归家……不计后果的狂赌烂赌让一个好端端的家败下来"，"父亲不在家，天是黑的。父亲在家，天就更黑了"（《食鼠之家》）。

那个冷漠的，偏爱着弟弟，总是帮倒忙，有个近乎残忍的嗜好，"对我的毛病如数家珍……好像泼我冷水是件特别开心的事情，又似乎，想把我的心踩碎"（《你的沙制的绳索》），与婆婆、儿媳关系都非常僵硬的母亲，他说，"我是她喉咙里的刺"。

那个总是开着没轻没重的玩笑，用气枪给了他一块隐秘的伤疤，恨不得钻进钱的眼睛里的舅舅。

那个总是皮笑肉不笑，手脚不干净，喜欢小偷小摸，嗜酒如命、病入膏肓，有严重暴力倾向，曾因自己儿子钓到的鱼比别的孩子少而痛下打手，老了以后被家里人联手痛打并弃之而去，是"眼下的可怜人，曾经的恶人"的大伯。

那个唯一给了自己一段温暖童年，"是我在这个世界上的灯盏和避风港……给与我的是我没有从父母那得到的爱、温暖"（《安魂者》），能够预知未来，在那些信奉者的心目中，是"一方水土的安魂者"，曾在父亲横死前反复告诫他家里要出大事的神秘外婆。

以及那个反复打探，只为嘲笑他挣钱少，残酷无情践踏别人尊严的"白颜色的亲戚"："在这个强悍有力的短句轰鸣声中，我灰溜溜地爬上驶向绵阳的大巴车。上车后我晕乎乎了很久很久，也没有从白颜色的挖苦里缓过神来，忍不住潸然泪下，父亲去世我都没有如此落泪！但那一刻，我真是莫名心痛、撕心裂肺。我不是在为我微薄的工资或羞耻而落泪，而是为了那些同一棵大树给与我们的血液。"（《遍地苍茫》）

然而，当父亲从断裂带家中院子里的核桃树上失足跌下身亡后，他想得最多的就是"父亲曾经为了这个家，为了我们兄弟读书，山西挖过煤，西藏修过路"，"在我父亲没有因为核桃从树上跌下之前，核桃与核桃之间没有区别"，此后，"核桃，我最不愿意触碰的，核桃。我吃很多东西，但我已经很久不吃核桃，我再也不吃，我坚决不吃。不是我讨厌核桃，我只是害怕想起父亲……想起断裂带上那些核桃般摇摇欲坠的生活和命运"。他更没有忘记那个当他收到高中录取通知书，家里穷困得连学费都成问题时，说出"放心去念，老子就是去垫车滚子，就是把骨头车成纽扣，也要把你供到毕业"的父亲，以及那个总是"愁得掉眉毛"生怕交不起学费耽搁他读书，从早上到太阳落山，在公路边卖菜墩的母亲。

成为父亲之后，他开始理解父亲，"母亲的爱具体、琐碎，父亲的爱隐晦、微弱，形如空气，形如鱼儿的呼吸"，多年以后，他意识到，"这些年，无人的时候，偶尔想到父亲……仿佛他就在我的生命附近，我会在我的想象里用超过闪电的速度狂奔，然后伸出自己结实有力的胳膊，做好一切准备，我百分之百相信，父亲还在空中，如果他掉下来，我会不计一切代价稳稳地接住他，抱紧他，不让他掉在地上。我知道父亲，他有多重，他有多轻"（《蝴蝶效应》）。而总是对父亲唠唠叨叨的母亲，则在父亲去世后，舍弃了自己的手机号码，一直用着父亲的手机号，"她在用另一种方式表达她的立场，她不允许父亲'消失'，不允许他'欠费''停机'"（《蝴蝶效应》）。

当然，更有那个曾经在断裂带跌跌撞撞成长，在承受着生活的压力、亲戚的质疑和鄙视，一度前途暗淡渺茫，依然对文学有着近乎痴迷的执着与热爱，依然内心充满力量，终于凭借努力与才华"过着长篇小说《活着》的作者，著名小说家余华还是一名牙医时就梦寐以求的生活"（《无根者》），有大把的时间来写作读书，喜欢帕慕克、奈保尔、米沃什，为了写作而生活的"我"。

这些散文，均以作者出生地——2008年"5·12地震"极重灾区——四川龙门山断裂带山区为背景，打捞时光中的往事点滴，为出生地，为那些卑微又坚韧的乡亲父老，留下了鲜活、庄严和宝贵的记忆。作者以平静舒缓的笔墨，讲述震撼人心的生活，让人忍不住双泪长流，文字带给我们对于活着的沉重思索，那些痛苦的心灵折磨里，透着作者坚韧的信念，真诚的爱意和朴素的情怀。毫无疑问，这部透着作者心血的散文集，文学性、艺术性、可读性兼备，是一部主题鲜明的地域之书，也是作者深情凝望家园的记忆之书。

　　我想，当羌人六在通过文字讲述、还原那些以记忆与经历构建的过往，在反复抚摸、审视那些回忆的时候，他也在与自己和解，与过去和解。就这样，如同拼图一样，羌人六的面貌从一篇篇貌似零散、实则内容互相印证互相佐证的散文中，逐渐氤氲显现，他的成长与生活轨迹也随之轮廓清晰起来；就这样，来自断裂带的迷茫与痛苦，撕裂与挣扎，耻辱、荒芜与孤独，以及记忆与信仰、和解与包容、梦想与希望……有了来处，亦有了归途。

绿皮火车

　　不会游泳的人
　　想趁水不注意
　　游到河那边去
　　　　　　——自言自语

一

　　二十世纪末，川西北群山深处的断裂带，随日升日落、季节和农事辗转的断裂带，祖祖辈辈跟庄稼生死相依的断裂带，是我童年和少年时代的根据地。生活循环往复，日子循环往复，看似千篇一律，毫无变化。那时，我已经明了：一个人的脑袋和嘴，能把个体从混淆的人群里面区分开来。脑袋通过思想，嘴通过语言，而不是凭靠它吃下的食物。"叫唤的鸟儿不长肉"，母亲总是如此意味深长地教育我少说话、多做事，不在人前胡说八道，尤其是家里的事。仿佛，我是家里的一面围墙，随时可能把一个家的败落和耻辱暴露在外，让人一览无余；后来到镇上学校念书，我学到一种更为简洁的书面表述："祸从口出。"再后来，遇见自我，遇见诗歌，遇见散文，遇见小说，遇见杰克·伦敦，遇见凯鲁亚克，遇见堂吉诃德，遇见海明威，遇见库切，遇见勒克莱齐奥，遇见艾丽斯·门罗，遇见歌德，遇见赫塔·米勒——这个深刻而勇敢的罗马尼亚女人，一针见血似的指出："每一句话语都坐着别人的眼睛。"

是的，每一句话语都坐着别人的眼睛。如同前几天，多难的四川盆地某个边缘地带，一场突发的森林大火意外卷走三十个年轻的生命，这句充满智慧和陌生脸孔的话语，也在我的眼睛里久久燃烧。止不住泪流。

岁月漫漫，我习惯让自己躺在面包之外，一遍遍陷入回忆，在往事中刷新最初忽略的真实，咀嚼它们，巩固它们，而我就是它们留下的全部。当然，人，永远去不了的地方就是过去。回忆，不是为了抵达，而是为了梳理。

已在断裂带的空气中化作齑粉的那些年，虽涉世尚浅，但我已经通过历练，熟练掌握了一套非常顽固且相对靠谱的经验。大人们总是教我，见了人就要打招呼，在断裂带，打招呼，就是"喊人"。喊人不仅是一种贯穿古今的礼貌行为，也会得到奖赏。喊人，意味着把形形色色的人区分开来，固定在记忆的岩层之中。家长们的言传身教像工厂流水线上的模具，塑造着我的潜意识，嘴是一种工具，让我以为，世界上会喊人的小孩才是好孩子，才会受到人们的重视。我在类似的塑造过程中逐渐变得聪明起来。事实上，我不想成为好孩子，否则，不会隔三岔五地挨揍，和院子里的几个小伙伴浓缩成村里人尤其是附近一些邻居的眼中钉、肉中刺。不过，千真万确，大多时候，我是个名副其实的好孩子，嘴巴甜，会喊人，也喜欢喊人。总而言之，如此矛盾交织，都是为了我的小算盘。我总是能够尝到些甜头，几颗水果糖，一袋奶油饼干，一截甘蔗，至少也能得到一个免费的笑脸，或者诸如"这孩子嘴巴甜""这孩子真懂事"之类的表扬。只是，这些行为，和母亲口口声声的"叫唤的鸟儿不长肉"似乎有些矛盾。没有分清说话和喧闹本身的区别，我的嘴因此常常陷入两难境地。

"久走夜路，总要碰到鬼"，断裂带的这句老话，和人们常说的"常在河边走，哪能不湿鞋"意思差不多。有一次，村里一个说话慢条斯理的放牛人，教会我一种别样的称呼。他指点迷津似的告诉我，看见村里某某的时候，喊他几声"嫖客"，准会有糖吃。跟说话慢吞吞的放牛人一样，他口中的某某，也是个放牛人，一个村的，同外公一个字辈。"孩子的头脑就像是捕蝇纸，不论给他们什么都会粘住。"多年以后，我在加拿大小说家艾丽丝·门罗一篇小说里读到这句话。毫无疑问，那时候，我的头脑就是一张捕蝇纸。我想的是，记住了"嫖客"，就不愁没有糖吃。外婆家是村里人上山放牛必经之地，为了吃到糖，我坐在外婆家竹影婆娑的院子里等了一天又一天，终于等到某某。大老远，"脑袋不知长哪儿去了"的我扯着嗓子一连串"嫖客"脱口而出。意想不到的是，"嫖客"的脸，一下子刷白，一下子又变得通红。他恶狠狠地瞪了我几眼，没给我糖吃，而是头也不回骂骂咧咧丝线般走远了。他真的走远了。据说，这个善良又爱面子的放牛老汉，因此怄气，回到家里，足足躺了一个星期。糖没吃到不说，父亲倒是用黄荆条子请我吃了许多小孩犯错或者闯祸后才会吃上的"坐墩肉"。我用"嫖客"招呼放牛老汉，人家走远了；我吃"坐墩肉"，是因为对放牛老汉使用了有毒的语言。我走远了。

除了请我吃"坐墩肉"，父亲还三番五次地问我："你的脑袋长哪儿去了？"

蚂蚁经常搬家，脑袋却不会。我觉得父亲的问话有些奇怪，并且，明显不是出于礼貌的提醒、关心，而是质疑。于是我很认真很认真地看了看父亲的眼睛，又摸了摸自己的脑袋，看看它还在不在。

"你的脑袋长哪儿去了？"这个不是问题的问题，有时出现在挨打之前，有时出现在挨打之后。有时，是经由母亲之口说出。母亲说出和父亲一样的话，我一点不感到惊讶，有一次，我正好撞见他们两个紧紧抱成一团，站在弥散着油烟味的灶屋中央，在那盏只有十多瓦的灯泡暗淡的眼皮子底下接吻。我想，父亲跟母亲接吻的时候，把这个问题也传染给了母亲。我一点都不感到惊讶。

"你的脑袋长哪儿去了？"

后来，这个问题，像在我的脑袋里面扎根一样，如影随形。不是问题的问题，变成了一个真正的问题。无论何时、何地、何种天气，我能随时看见这句话打开抽屉那般打开父亲阴郁而锋利的嘴唇，有着浓烈烟酒味的嘴唇，跑到面前，提醒我夹着尾巴做人。在家里，我莫名其妙地害怕父亲，害怕他像老鼠害怕猫。并且，常常陷入莫名其妙的困惑与恐惧，感觉自己并非活在空气的栅栏里，而是活在父亲的否定句中，如同断裂带那些死后肉和骨头会整个儿化成水流走的野生鱼，活在家门前那条潺潺流淌的河水的皮肤下面。

实话实说，我不知道我的脑袋长哪儿去了。我清楚的是，我已经无法忍受继续在家里呆下去。我彻底厌倦了这种日复一日、枯燥至极的时光。我想逃离，想变成鱼，沿着家门前的大河顺流而下。那些年，我不止一次在河边遇见渴望变成鱼的女人，她们变成鱼的方式异常简单明了——她们用死。我也永远不会忘记，一个阴冷的日子，当乡亲父老把被大伯揍得遍体鳞伤的伯娘从河边拉回岸边的时刻，大伯仍在一边幸灾乐祸地吆喝："大河没盖盖子！"好像巴不得伯娘死给我们看。

在断裂带，"大河没盖盖子"并非纯客观表述，而是一种诅咒，只是相对委婉。对于外人，本地人可能更愿意用赤裸裸的"去死吧"表达内心世界，而对于家人，"大河没盖盖子"的使用频率似乎更高，仿佛，这就是冰与火，是语言的微妙之处，像一列穿过死亡的火车，满载冷漠。

"大河没盖盖子"和"你的脑袋长哪儿去了"之间没有必然的联系，又仿佛一脉相承。至少，缔造这些嘴唇的当事人的血液是相似的。多年来，这些令我不寒而栗的话语，并没有化作空气，而是肉一样长进了我的身体。我一直带着它们。我也想对它们说："大河没盖盖子"和"你的脑袋长哪儿去了"。

二

一晃多年过去。

新世纪业已过完十八岁生日。

现在是二〇一九年。

阳光绚烂、春风摇曳的午后，我起身离开烟味弥漫的书房。我离开书房时也带着一股烟味。写作，读书，发呆的时候，我会抽很多烟，好像巴不得被烟带走。

对我来说，抽烟不仅是为了解闷，还是一种嗜好。抽烟会让我想起父亲，这个"想"不是一个完整的动词，而是一种尝试，一个务虚者再次靠近父亲的尝试。他们说我越来越像我的父亲，尤其抽烟喝酒的时候。我知道，其实就是这样，一个人很难真正拥有死亡，他总是会通过某些行为习惯把自己嫁接到儿女们身上，继续活下去，继续见证。"你想你父亲吗？想他的时候你的心会不会痛？"偶尔，在家和妻子说到父亲，她总是这么问我。我什么都没说，我不会告诉她，我们现在仍然经常见面，甚至比过去还要频繁，在梦里面。当然，和父亲联系在一起，多半是基于他的好，但我也没有决心忘记他给予我的那些小小灾难、疼痛和恐惧。只是不必再去较真。毕竟，这个人，再也不属于我们，他什么都看不见了。

走向客厅。出门。步入电梯。在上上下下护送人们进进出出的电梯里，我不由自主想起一位诗人朋友。下楼。走出小区。我比较过眼下这座城市和断裂带，区别主要在于城市拥有无数形形色色、各种各样的门，而断裂带没有这么多的门。我细细数过，从家门走到小区大门外，至少要穿过六道门。我越来越觉得，城市生活就是一种"门的游戏"，人们不断在一道道门之间辗转、穿行，进进出出，像一群鸟。

漫无目的走在绵阳园艺山光滑而又寂寥的柏油路上。路在我面前延伸。我已经这样走过无数次，如果不出意外，我还要这样走更多个无数次。几乎每天，我都这样出门走走，像墙上机械的钟摆一样，兜着一个大同小异的圈子，然后，蜗牛般回到属于自己的那一小块角落，回到家人中间。

"人生就是不停地兜圈子？"

常常，我看到的现实，是事物后面的现实，而生活里处处充满象征。希腊诗人卡瓦菲斯有一首名为《城市》的诗，他近乎斩钉截铁地写道："既然你已经在这里，在这个小小的角落里浪费了你的生命，你也就已经在世界上的任何一个地方毁掉了它。"

我在这座叫作绵阳的内陆城市已经生活整整七年，最开始五年，我租住在园艺山下一个叫三里村的地方，不想上班，不愿上班，孤注一掷，几乎把所有精力与热情，投入到一项如同恋爱般的事业之中——写作——这是我已经保持多年的习惯，或者说生活；两年前，我搬到现在的小区。一瞬间的事，又恍如隔世。七年之前，我几乎从未想过我会生活在这座城市的某个角落，如同我已经忘记，当初为何那样强烈地渴望离开出生地，离开断裂带，成为一个"无根者"：既不喜欢城市，也难以回到故乡。

我走在城市的皮肤上，我走在春天的栅栏中，移动，仿佛仅仅是为了荒废掉生命中一小块时间，如同年复一年的写作，仅仅是出于对语言的依赖。有时我的脑袋里会装着另一幅图像，仿佛也有一个我在慢慢地走，走在过去，未来，宇宙，星辰，云朵，自然，断裂带，岁月，房贷，稿费，书籍和文字的间隙。

用心看而不是用眼睛。其实，所有的事物都在走向自我，而不是走向动态、琐碎和充满细节的生活。

园艺山下是绵阳主城区，繁华，喧嚣。目光望向那高楼林立的当口，一列从成都开往江油方向的绿皮火车，忽然不期而遇，锁定了我的视线。

"绿皮火车！"我差点尖叫起来。

在大地上呼啸而过的绿皮火车，像一个很久很久没有碰面的熟人，忽然闯入记忆，闯入我的生活。在这个春天的午后，我遇见了绿皮火车。我本该无数次遇见它，但这一次，却仿佛是真正的久别重逢。于绵阳这座城市，绿皮火车，可能仅仅是这个午后的一道风景，一个过客，一种出行的交通工具。于我，绿皮火车则是一段长长的记忆。此时此刻，我感到脑门上有一扇尘封已久的窗子，被这列呼啸而来又呼啸而去的绿皮火车逐渐打开。

"过去的一个个瞬间，如果我在当时就已参透，便不会鲜明而又焕然一新地穿过我的当下。"赫塔·米勒的声音在阳光下闪烁，眼前，斑驳的铁轨，滑动着正在开枝散叶的春天，滑动着绿皮火车，滑动着岁月中场景渐渐淡化的过往，滑动着我越来越清晰的记忆。于是，朝着生命的纵深处，目光被呼啸而来又呼啸而去的绿皮火车延伸，拉长。

于是，岁月照在脑门上。

三

二〇〇四年，闪烁着燥热和淡淡离愁别绪的八月，家门前的鹅卵石在河风发红的眼眶里晃动的八月，核桃的绿色外套又将涂黑手指的八月，父辈们的腰椎间盘突出和咳嗽离泥土又近了几公分的八月，我终于可以从容告别父母，走出村子，走出断裂带，走出这片我十七岁之前几乎从未离开过的土地，从一片天空抵达另一片天空，从一种森林抵达另一种森林。我以不错的成绩考上了江油一所重点中学，快开学了。

不记得是母亲陪同还是我独自到的江油，来的学校，中考前长达半年的失眠和焦虑倒是历历在目，大年初二骑着自行车摸进学校、翻窗钻进冷飕飕的教室复习功课的情形倒是历历在目，为了专心学习把一个女同学递来的滚烫情书在坑坑洼洼的篮球场边缘还到她手中的那种心痛倒是历历在目，中考后我连续睡了一个星期然后等到一张录取通知书的百感交集倒是历历在目。

在生活的皮肤下，填充命运的所有细节，都是成长不可或缺的叶绿素，也是沉重的多面体。这方面，我从不缺少经验。我上小学的时候，有一年八月，开学头一天——我之所以记得是开学头一天，并且，记得如此清楚，是因为我的学费却无着落，没有点点影子。"天亮了还把尿撒在裤子上"，生怕交不起学费耽搁我读书的母亲，带着我坐在公路边上卖菜墩，希望抓住这最后一根稻草。菜墩是父亲披星戴月，走很远很远的路，从山上老林背回木料，然后用锯子锯出来的。我和母亲在公路边卖菜墩是为了把学费的影子叫醒，装进荷包。那个公路边不是普通的公路边，而是本地乘客上下车地点，相当于今天的候车点，只是，周边除了围着一些等着看笑话的树，一块有着惨绿色苔丝的水潭，一条弯弯曲曲、灰尘仆仆的公路，再没有别的了。学费一百多块钱，一个菜墩五块十块价格不等，那天，不知怎么回事，运气有点背，我和母亲一直从早上等到太阳都落山了，竟然没有卖掉一个菜墩。我望着被母亲在面前码得整整齐齐的菜墩，心里打起退堂鼓。事已至此，我做了最坏的打算，大不了退学。从菜墩的那些一层层散开的纹路里，我看到了重复，于是轻轻松松想清一件事：如果不读书，再过些年，坐在这里卖菜墩的，就是我的孩子，我的媳妇。然而，就在我和母亲准备向生活妥协的时刻，一辆车停在了路边，下来一个人，走向我们面前正在准备回家睡觉的菜墩。母亲也许跟这个陌生的过路人说过娃儿明天开学不卖了这些菜墩就交不起学费之类的话，这个或许仅仅是打算买一个菜墩的外地人，二话没说就让我和母亲把所有菜墩全部搬到他的车上，然后付钱，然后开车走人，一溜烟消失在夜晚的边缘。整个过程，不到五分钟时间。

鲜艳的高中录取通知书，每一粒汉字都是无底洞，洞里蓄满了父亲和母亲辛勤的汗珠，它们一分钱一分钱地挨在一起，抱作一团，如同每年秋收时节，本地庄稼人总是会把金黄的玉米一摞摞拴在一根结实的篾条上面，然后瀑布般挂在墙边，不吃也不卖，而是等到翻年后的春天，把它们取下来，让它们重新钻进土地，让庄稼怀孕，生下更多儿女。他们将这种方式称为"留家把子"。在家里，我读书也是为家里"留家把子"，成了天大的事。

穷困潦倒的日子，生活总是充满相似。高中开学前，为了凑够我读书的学费，父亲和母亲卖光了家里的粮食。我记得的是，为了荷包里能有几块零花钱，我曾悄悄偷过家里的玉米，不到十斤的样子，装进蛇皮口袋一阵风似的驮到镇上卖掉。我的自作聪明后来变成了一个笑话，因为断裂带没有人这样卖粮食，不会这样卖粮食。然而，录取通知书后面差不多两个月时间，父亲和母亲卖光了家里的粮食，是多么奢侈的一件事。我内疚不已。一句话，还是因为家里穷。

录取通知书是一道门槛。我用它走上一道门槛的时候，其实也把一个家带入了一个更高的门槛。一个需要把我们家庭一年所有的收入用来"留家把子"的门槛。

"愁得掉眉毛。"

母亲的口头禅，被她锁进了抽屉。但我能从她精心伪装的笑脸，看到她矛盾的内心。

二〇〇四年，父亲不再用他惯有的否定句对我指指点点。那时，父亲给我最大的印象就是深沉，即便是当着录取通知书的面，他依然面不改色，没有半点喜悦，没有多余表情。他只是不再反对我。那些日子，父亲只会说两句话。一句是没喝酒的时候说的："放心去念，老子就是去垫车滚子，就是把骨头车成纽扣，也要把你供到毕业。"另一句则是他喝得二麻二麻的时候说的："老子有的是钱！"像在自言自语，又像是在为我打气。

八月，我把一沓带着父母和粮食的体温的血汗钱递给学校的时候，浑身都在颤抖。在颤抖中，我开始了我的高中学习生活。

江油，这座距离出生地四十多公里，当时在我看来已经远得不能再远的城市，绿皮火车绵延不绝的轰鸣一度让我迷惘，世界太大了，哪里才是远方？母亲说她和我父亲成完家，刚刚住进我们那个院子，家门前的流水声一度让她失眠。在绿皮火车流水般的轰鸣中，我也遭遇了同样的事情。但是，我告诉自己，背后是一堵厚厚的铜墙铁壁，没有别的出路。所以，必须适应，融入这里。

学校宿舍后面，平原辽阔的皮肤上，驻扎着火车的必经之地。晃眼一看，数排延伸的铁轨仿佛是大地裸露的肋骨，远远地来，远远地去。

趴在窗前，几乎随时可以看见轰隆隆的绿皮火车，在油画般的风景之中来往如梭。

在江油读书的日子，我才知道这座川西之城，是李白故里，皮肤上处处流淌着诗人的痕迹。在断裂带，李白是课本上的李白，是抽象的李白，是活在诗句中的李白；在江油，李白走出了课本，走出了诗歌，变得具体起来，以他的名字或字号命名的街道、公园、茶楼、酒店、饭馆随处可见。处处都在纪念李白，纪念这位伟大的诗人。

在李白的树荫下，在对断裂带和过往的回忆中，我渐渐蜕变，多愁善感。我开始写诗，用一些天马行空的句子，在廉价的日记本上释放内心的喜怒哀乐。

二〇〇四年到二〇〇七年。有无数个夜晚，异地求学的我听着窗外绿皮火车隆隆驶过的声音，数着它们一列列穿过幽暗和辽阔，那些穿过夜晚的绿皮火车，为我带来灵感和远方的气息。我不再为失眠所苦，那些钢铁互相摩擦的声音，早已变成摇篮曲，糖纸般包裹着我的睡眠。那时，学校宿舍背后来往如梭的，是清一色的绿皮火车，"高铁时代"，还在祖国妈妈的肚子里。

四

离开断裂带，到江油上学不久，二十世纪八十年代从东北某部队退伍穿上农皮在家务农和农事连在一起的父亲，已经二十多年没出过远门的父亲，跟几个村里人结伴从断裂带坐班车到江油，自江油火车站，坐一列绿皮火车到山西挖煤去了。父亲和几个村里人挖煤去了，他们的农皮并没有跟他们一起上路，这些农皮留在了断裂带，因为，每个人身上的农皮，都属于断裂带，谁也无法带走。

在断裂带，"农皮"不是一个贬义词，也不是一个褒义词，而是命运本身。村里所有人都穿着"农皮"，否则就不会在村子里。"脱掉农皮的人"，特指那些端上了铁饭碗的人，而不是走出去的人，多数走出去的人，只是扔下了农皮，并没有真正解决问题。脱掉农皮唯一的方式，就是读书。"读书不是唯一的出路，但是你们最好的出路。"断裂带的老师们经常反复强调，他们的心愿和我的父辈们长得一样，就是，不希望我们继承劳动的衣钵，穿着农皮，留在本地，过那种一眼望得到头的生活。他们希望我们走出去。

父亲没有脱掉他的农皮，他只是扔下了他的农皮。

我从未想过，学校宿舍背后那些强悍、喧哗也梦幻的铁轨，会如此狠心把我"扔下了农皮"的父亲拉到山西挖煤。

父亲去山西挖煤的事，是母亲后来在电话里告诉我的。母亲怕我有思想负担，安慰我，那边挖煤来钱快也安全，你的生活费学费，今后再也不用犯愁。

母亲蜻蜓点水，把父亲出远门挖煤的事只说了一遍，并且说得十分委婉，"挖煤"在她口中变成了"挣钱"，她愿意说我父亲出门挣钱去了，不愿意说我父亲在外面挖煤。

"千万不要跟外人说。"

这句话，母亲倒是再三强调，好像我还是从前那样嘴巴老是关不严，在母亲眼底，好像我的年龄永远停留在个位数上，只是，不用再去回答"你的脑袋长哪儿去了"或者与之类似的问题。

丰富多彩的校园生活是一场看不见的洪水，在我的世界猛涨，很快淹没了母亲的消息，淹没了远在山西挖煤的父亲的消息。除了伸手要生活费，我很少往家里打电话，他们似乎也忙，几乎从不给我电话。我沉溺在自己的世界中。在校园里听到绿皮火车的轰鸣，拉着扔下农皮或者已经脱掉农皮的人们四处奔波的绿皮火车的轰鸣，我也不会想起为我读书扔下了农皮在外地挖煤的父亲，更不会想起仍在庄稼地里操劳的母亲。

唯一的一次崩溃纯属偶然。学校报栏里，我看到一则关于山西矿难的报道，死了几十个人。瞬间，我的记忆被唤醒过来，终于想起自己还有父亲，在山西挖煤的父亲。我一下子崩溃了，蹲在地上，抱头痛哭。哭过，冲向电话亭，哭着跟远在他乡的父亲反复说着一句话："爸，你回来吧，你不回来，我就不读这个书了！"

好像我真是他们的希望所在，我读书不是为了自己，而是为了家里。

二〇〇七年，我读高三，春节，父亲终于回来了，差不多两年时间，他没有回过老家。和出发一样，回四川的时候，父亲也是坐的绿皮火车。

父亲回来了，继续穿上他的农皮，又变回了断裂带的农民。生活似乎恢复了原形。在山西下了两年煤窑，父亲其实并没挣到多少钱，家里依然拮据，母亲很不满意。

后来，我才知道，父亲的命，扔下了农皮到山西挖煤的父亲的命，能够完好无损安然无恙地归来，已是万幸。

"刚下去没多久就塌方了，矿里黑漆漆一片，到处都在滚石头，一块砸在我旁边一个工友的脑袋上，脑浆喷了我一脸，半截身子被埋起，命当场就没了，井下的人都吓惨了，鬼哭狼叫的，纷纷抱住脑袋往外跑。"一个傍晚，父亲一边喝着他自己泡的梅子酒，一边跟我们讲述他在山西最后一次下井挖煤的情形："眨眼人都跑完了，就老子没跑，我一点也不害怕，哎，老子想的是，老天爷不收好人呢！"

讲到这里，父亲忽然停下，不说了，他看了看一脸好奇的我们，又慢悠悠抿了一口梅子酒，这才接着刚才的话说了起来："死的那个工友跟我平时关系不错，我不忍心丢下他，就跟他说了句，兄弟，我把你带出去，然后，我用手把他刨了出来，指甲都要抠翻了，人弄出来也没顾那么多，扛在肩膀上头也不回地往外走……"

"后来呢？"我问父亲。

"后来我就回来了。"父亲告诉我。

坐绿皮火车回到四川回到老家重新穿上农皮的父亲，天生的热心肠。我毫不惊讶他会那么做。当我的意识从父亲转向断裂带，转向那些扔下农皮远走他乡的人们，我看见的是，跨入新世纪，世界有点不一样了，断裂带有点不一样了，外出打工，开始在本地变得流行，成了大势所趋；我看见的是，断裂带古老的生活方式在崩溃，作为传统的农耕文明在崩溃，我以为可以像田园诗一样原封不动的记忆在崩溃；我看见的是，越来越多的断裂带人扔下了他们的农皮远走他乡，留下年幼的孩子，病恹恹的老人，憔悴的妇女，荒芜的庄稼，毁坏的人心。

断裂带的空气中，弥漫着被人扔下的农皮的生锈、发霉或者腐烂的味道。

而并不遥远的大山之外，我正在耐心等着我的绿皮火车，慢慢开来。

五

第一次坐绿皮火车，是二〇〇七年六月，高三毕业，我收到大学录取通知书不久。因为沉迷写诗，成绩一落千丈，好在个子高体育好，临时抱佛脚，成为艺体生，最终考上省里一所体育学院。

头一回到成都却不是因为读书，而是因为诗歌。毕业前夕，省里一家报刊搞了个征文大赛，我整理了一组诗作投过去，想试试运气。实话实说，我心里也没底，毕竟才写了三年，甚至都没有在校刊上发表过作品。出乎意料的是，我接到了主办方一个工作人员打来的电话，要我亲自去成都参加颁奖仪式，却不愿透露获奖等级，说是要现场揭晓。那个工作人员还告诉我，如果不来，将被视为弃权。"将被视为弃权"，似乎也意味着，在得到和失去之间，尚有一个巨大的空间，需要细节去填充。只有细节，能够完成当下，把过去和现在连在一起。

"去，还是不去？"这是个问题。我在这个问题中间两头摆。

高中三年，我从未到过比江油更远的地方，自然没去过成都，但我知道，那儿肯定比江油面积大得多，比江油人口多得多。

"菜籽落了海！"唯独一次，在断裂带家中，我鼓起勇气把我写的那些诗歌递给父亲，请他欣赏，他却生怕烫手似的一掌推开，说了这句话。菜籽落了海，这句话就像一个巴掌狠狠拍在我脸上。父亲的话是有道理的，诗歌本来就是无用的，不能当饭吃，也不能当酒喝，当烟抽。母亲也反对我写诗，说我"穷折腾"，还担心我"写成神经病"。

犹豫再三，我还是跟父亲打了电话，拐弯抹角地说起这件事。父亲在电话那边沉默了半天，我以为父亲又要说"菜籽落了海"，然而他却说的是："你自己决定，要是钻进传销上当受骗，以后就别给老子回来！"

那几年，断裂带出门打工的人越来越多，在外打工也不满足，还想一夜暴富，大概就是这个原因，断裂带很多家庭都卷进传销，被骗了不少钱，生活搞得一团糟。因此，父亲最爱说的，就是这个。传销并不遥远，父亲这边的家族里就有例子。钱没挣到不说，荷包反而更空了，好就好在，最终他们没有继续走远，就像去山西挖煤的父亲，坐着绿皮火车出发，又坐着绿皮火车归来。

有时候就是这样，因为一件事，许多记忆、语言或者早已远去的场景会突然在脑海浮现。父亲并没有给我指明方向，我只能自己寻找方向。我想起我小学的数学老师，多年来都和他绑在一起的一句话突然在我的脑袋里面亮了出来："要知道梨子的滋味，就得自己尝一尝。"这句话，大概是为了鼓励我们在数学难题面前勤于思考寻找答案才那么说的。时隔多年，这句话却给了我另一种勇气：我决定买火车票，去成都走一趟。

为了有个照应，我约上跟我既是老乡又是同学的张扬陪同。六月下旬的一天早上，我们出发了。我们都是第一次坐绿皮火车，第一次去成都，兴奋也是第一次，因为绿皮火车的脑袋前面是一段长长的空白，或者说，一段长长的冒险。

第一次坐绿皮火车去成都，第一次坐绿皮火车离开成都，我和张扬花掉了一整天时间。我带回了我的诗歌为我赢得的礼物，一台笔记本电脑。

在绿皮火车快速穿过辽阔平原和丘陵地带把我们引向归途的间隙，我想起小时候在断裂带那条河里练习游泳的情形，先是憋气将脑袋置于水的皮肤之下，在浅水边潜水，从几秒到几十秒，后来学会狗刨，在水面上露出脑袋，尽量保持平衡，直到这种技能得心应手，再后来，心里会想着"趁水不注意"的时候，一口气游到对岸，然后再游回来。

"趁水不注意"，并非黑色幽默，而是一种真实无比的心理状态。

那天，在返程的绿皮火车上，我忽然理解了水。水和人不一样，水和人不一样的是水有独立的宗教信仰，永远不会说谎，不会自欺欺人。这就是为什么断裂带的一些人会说，河里的鱼儿死后没有尸骨，而是变成水，成了水的一部分，然后流走。

六

那一年，距我第一次坐绿皮火车，时间又过了一个多月，来到我大学开学的日子。

母亲陪我一起坐着绿皮火车到成都就读的学校报到。她不是不放心我，而是不放心我荷包里那些沉甸甸的学费。

绿皮火车在母亲的脸上呼啸着，跟我一个多月前的经历重叠在一起。而窗外被速度扯碎的风景，有一种不能抚摸的遗憾。

在绿皮火车靠近车窗的位置，母亲告诉我："你不知道，你写诗得了那台笔记本电脑，把你父亲高兴坏了，娃儿似的抱在怀里在村里转了一圈，见人就说这是你写诗的奖品。"

和六月份第一次坐绿皮火车类似，我头一次知道，父亲在为我骄傲，为他的儿子骄傲，为他流在血液里的那个他骄傲。淤积在我心头多年的耿耿于怀，在那一刻烟消云散。内敛的父亲使我意识到，人可以默默无闻地活着。

在火车上，命运如此动情，我因此痛下决心，扔掉了身上还有大半包没抽的红塔山，真心实意地暗暗发誓，今后努力学习好好生活，再也不要"这样堕落"。而多年以后，我依然烟不离手，并且大言不惭："腊肉和新鲜肉，谁保存得更久？"

那一天，在陪我去成都报到的绿皮火车上，母亲忘记了她过去的言辞："叫唤的鸟儿不长肉。"一路上，她都在不停跟我说话，说了很多很多，仿佛要把整个绿皮火车填满。

母亲讲述了一段和我们都有关的往事：二十世纪八十年代初，母亲尚是黄花大闺女，为了与当时还在东北某部队里的男朋友，也就是我父亲"串联"，趁外婆不注意，一分不少地偷走了家里四百多块钱——这是当时家里的全部积蓄，一个人私奔了，她跑到江油，买好车票坐上一列火车，去了东北。

"把你外婆气惨了，我那时候胆子大呢！"

母亲一边说，一边望着窗外的平原，像望着自己那时的胆子。顿了顿，她有些尴尬地跟我坦白："我从东北坐火车回来的时候，肚子里的你，已经一个多月了。"

比我想象中还要源远流长的绿皮火车在我的脸上呼啸着，我的回忆跟母亲的回忆重叠在一起。我没有说话，我的眼睛已经落在窗子外面，我看见了广阔而又陌生的平原，看见了更远处起起伏伏的绿色丘陵。思想。沉默。

两年后，立秋后的一天清晨，父亲从断裂带老家门前高高的核桃树上打核桃时意外坠落，在医院昏迷整整一个星期，最终，舍下了他的呼吸，不再坚持。此后每年，最终没有被我们狠心砍掉的核桃树在父亲的死亡上面，依然枝繁叶茂，依然结出许多核桃，如同，那些依然在绿皮火车上远行或者归来的乡亲父老。

世事如烟，一个遥远的声音随绿皮火车呼啸而来："过去的一个个瞬间，如果我在当时就已参透，便不会鲜明而又焕然一新地穿过我的当下。"

我已经多年没有坐过绿皮火车。但绿皮火车上还有很多的人，很多的脸，很多的语言，很多的相遇，很多的故事。因为，时光一直在生长，就像绿皮火车一直在往前跑。我们片刻不留。我唯一想要知道的是，绿皮火车，在那长长的旅途中，在那总是给风景留下些许不经意划伤的旅途中，是否也带着我儿时在断裂带学游泳的那种"趁水不注意"的天真？就像眼下，我以为自己早已抵达了远方，其实，只是穿过了一段回忆。

刊于《人民文学》2019 年第 10 期"新浪潮"栏目，《散文海外版》2020 年第 2 期"特别推荐"栏目头条转载，《散文选刊》2020 年第 3 期"心灵史"栏目头条转载，入选《21 世纪散文选：2019 年度散文》，人民文学出版社选编。

指　纹

> 一个夜晚翻过一个夜晚
>
> 一座高山翻过一座高山
>
> 一个世纪翻过一个世纪
>
> 这个世纪谁又能够到头
>
> 有过的后来的无人纪念
>
> 不如几块石头半碗搅团
>
> ——自言自语

一

在绵阳，我有个热衷拍鸟的摄影家朋友，靠一己之力，花了十多年时间，把那些生活和偶然出现在绵阳本地的各种鸟类集结在他个人的影像之中，无数汗水心血凝结而成的作品，会时不时在这座城市某个角落公益展览，没有任何回报，甚至常常自掏腰包，他仍然乐此不疲。除了摄影，朋友的鸟类学专业知识水准，绝不亚于那些专家。

"无名时代"，人们关注"人事"的兴趣远远超过"自然"。比如，我们可能随时随地掌握或关注这颗古老又生机勃勃的星球上正在或已然发生的事，却未必能在经过一片田园或者一个村庄的时候，停下来指着其中一株其貌不扬的花花草草或者小动物，随意轻松地娓娓道出它们的名字，判断它们的归属。通常情况下，这是再正常不过的反应，无法说出草木形形色色的名字，不影响太阳照常升起，不影响地球照转，不影响生活本身。一点也不。毕竟，"人的脑袋只有那么大"，怒放的灵感和常识之间，常常不能对等。"人的脑袋只有那么大"，意思是说，个体的精力有限，不可能事无巨细，对世间的任何事物了如指掌。这句来自断裂带，来自童年的话语，或许仅是为了欲盖弥彰，或者，纯粹是一种多余的解释，尽管它最大程度地揭示人的局限与困境。真相是，大多数人不会为自己的无知感到焦虑、愧疚或者尴尬。因为，那些通常不是某某人带来也无须谁带走的事物，会在我们的生命之外，在我们的生命周围，把一切填得满满的。恍惚间，泥沙俱下的生活和不断向生命涌来的时光，把一切都冲淡了，把人也塞得满满的，形如学校操场上蹦蹦跳跳、粘着汗液和笑语欢声的皮球，肚子里全是空气。

　　在热衷拍鸟的摄影家朋友身上，我能感觉到生命之于生命的某种依赖和搀扶，愉悦、真诚，还有一种金子般稀有的天真。"天上飞过一只鸟"，当我写下这个轻飘飘的句子的时候，空气被明显地擦亮了，我能看到这句话脖颈上丑陋苍老的褶皱，看到在它血管里秘密流淌着的无知，同时，也隐隐弥漫着《笑林广记》里那股欲说还休、言而未尽的气息。天上飞过一只鸟，或者，一只鸟飞过天空，实际上毫无区别。如此类似的粗糙印象只会出现在我们这些像是一直生活在某种遗忘之中的普通人的世界，对我的摄影家朋友而言，天上飞过的那只鸟，并非简单粗暴的事实，而是一幅生动、精确、立体和完整的风景，只需眼睛一瞟，那只鸟的名字、分类、习性、分布等情况，就会逐一浮现在他脑袋的天空里。他不会遭遇"天上飞过一只鸟"之后"那究竟是只什么鸟"如此肤浅却又遍地都是的疑惑。他没有这样的问题，他已经解决了这些问题。"天上飞过一只鸟"，似乎有着一种近乎寓言的悲哀，这个悲哀就是，那只飞过天上的鸟，其实是在飞过我们留给它的那些空白、陌生与疏离。隔在我们中间的，不是距离，不是空气，不是墨水的味道，而是冷漠。

葡萄牙小说家若泽·萨拉马戈有句话我印象深刻："人喜欢用镜头看风景而不是眼睛。"想起这句话的时候，我会想到我的摄影家朋友；而想到摄影家朋友的时候，我又会想起这句话。

爱鸟如命的朋友，数十年如一日趁着假期或空闲到处寻鸟拍鸟的朋友，本名姓寥，平日里我和几个朋友都尊称他"鸟叔"。在鸟叔面前，我们从来不说"关我鸟事"这样的话。既是出于礼貌也是为了避免尴尬。说出的话语是有指头的，我的感觉是，一个说话太多的人是因为他的嘴被废话塞满了，他才需要释放，日常生活中，保持沉默和使用尽量少的语言，是一种美德。与人相处，贵在真诚。

去年冬天，很久没见面的鸟叔忽然打来电话，问我："专门留了瓶好酒，独乐乐不如众乐乐，哪天有时间聚聚，把它喝了？"说完，他又补充一句："我把你陶姐也叫上。"

鸟叔，是通过陶姐认识渐渐成为朋友的，我们很谈得来。陶姐是我相识多年的朋友，在绵阳做家具生意，开了不少店，后来，又把生意做到遂宁，据说，在那边有近十个店；平时，除了生意，陶姐爱写点诗歌，前两年又忽然迷上摄影，鸟叔成为她的老师。后来，两人合伙在小岛租了几间工作室，办起了摄影培训班，把业余爱好上升到新高度。

以前碰面，或许是我老爱抱怨自己忙。因此，他们平时似乎都不忍心给我打骚扰电话。鸟叔的电话让我暗暗欢喜也有些许自责，想来，确实好久没有在一起聚聚了。不应该啊！云南诗人于坚不是写过一篇散文嘛，标题是"朋友是人类最后的故乡"，这话深情，能唤起我的共鸣。再说，近几年一些刊物发我作品用到的几张照片，也是他们帮忙拍的，做人，不能忘本啊，朋友就是我的本，感情就是我的本。于是，我一口把这事答应下来，说："鸟叔，干脆就明天！"

跟在绵阳一些走得近的朋友比起来，我相对年轻一些，又在断裂带当过一两年体育老师，身体底子在那里，平时虽然不嗜酒，但每次只要喝了，都要喝到那种"左脚踩右脚"，然后"右脚踩左脚"的境界，才算尽兴。在绵阳这些年，酒和烟就像读书写作，成了我的必需品，再也赶不出我的生活。

那天晚上，鸟叔带了一瓶好酒是真的。然而，事情远远不是我以为的那么简单。我们在饭桌边围成一圈坐下的时候，我才发现，不光是鸟叔带了酒，陶姐也从家里带了一瓶，她邀约的另外两个朋友，也带了一瓶。总共三瓶白酒。怎么喝得完？看到它们，我忍不住想起两句话。一句是江油诗人蒋雪峰的那句"李白的战士最听酒的话"，一句是我在断裂带教书那会儿我同事苏绍魏最爱说的"一把草把牛胀不死"。

敞开肚皮喝吧！那天晚上，我摇摇晃晃回到家里，已经凌晨。

早上醒来，才意识到，平日与我如影随形的身份证、驾照，以及几张余额几乎永远保持在个位数的银行卡，似断裂带家门前河水皮肤下那些结伴而行的鱼群，连句"再见"的客套话也没留下，便齐刷刷消失在绵阳的某个角落。在此之前，我从未丢过任何东西。媳妇不但不对此感到同情，反而幸灾乐祸，"活该"，她拍着巴巴掌说。

波兰诗人米沃什说："喝醉的时候，人的脑袋里面会长出一双眼睛，酒醒后仍然看着你。"我有这种体验，不止一次，酒醒后喝酒时说的那些话，会在酒醒后想起时让我面红耳赤，甚至羞愧不已，最后，发现自己其实已经对发生的一切无能为力，只好安慰自己：没关系，没关系，就当发生是泼出去的水，就当自己是真的喝醉了，什么都忘记了。然而，这一次有点异样，那双超现实的眼睛无影无踪，记忆像是被人故意刮花了一样，无论我如何努力回忆，都想不起那些东西是怎么掉了的，掉在了哪里？酒精会在体内散去，但是随身携带的那些身份证、驾照还有银行卡，怎么会丢，怎么能散？不该散去的也散去了，真是，恨不得一拳把自己打到美国去。

我怀着侥幸的心理找了一圈，没有任何蛛丝马迹；又抱着侥幸的心理，在家等了几天，希望奇迹出现。几年前，刚到绵阳，我在金柱园旁边一台工商银行的自助取款机上意外捡到一张身份证一张银行卡，等了很久，终于还给前来寻找的失主，并且潇洒决绝地把那个年轻人递来的几百块"感谢费"挡了回去。当时压根没有想过回报，但是，那几天，轮到我变成失主的时候，我的想法变了，矫情点说，我希望遇见另一个自己。希望有人物归原主。

希望，最终落空了。

我不得不考虑补办身份证，按照常规，补办身份证过后，才能补办驾照补办银行卡。补办是另一种寻找，同时也是为了重新获得认同。因为直到那时，我才意识到，只有它们才能证明我的存在，否则，我什么都不是。事实就是如此。

家在绵阳，但我的户口一直没迁，还在断裂带。于是，这些物件不辞而别的同时，也给我创造了机会，让我回了一趟断裂带。正是这趟还乡，让我对日夜相伴却几乎从未留心过的指纹，手上那些几乎与生俱来的指纹，开始有了敬畏、警惕和怀疑。

此刻，我把自己想象成一根手指，暗暗指向断裂带，我领会到前所未有的苍凉和寂寞。

二

从绵阳回断裂带补办身份证那天早上特别冷，冷得人恨不得变成一团肉馅，整个儿地塞进热气腾腾的包子里。每次回断裂带，母亲都会从冰柜里拎出一袋她自己做的包子，让我带回城里。我们从来不吃城里卖的包子，每次，看到城里那些包子，我脑袋里那台锈迹斑斑的绞肉机就会张着它的金属嘴唇开始工作，把那些毛茸茸的动物尸块哗啦啦嚼成肉片，然后吐痰似的吐进脑袋。事实上，我们很少会在城里买肉，家里吃的肉啊蔬菜啊几乎都是从断裂带或者媳妇娘家带过来的。密封在意识之中的洁癖，也出现在母亲的厨房里，每次回断裂带，吃饭的时候，我通常会把已经洗好的碗筷再洗一遍，然后自己盛饭。也许，行为隐含着某种怀疑或者亵渎，因此常常招来母亲的讽刺。"假干净"，她愤愤地批评。

曾几何时，在这个城市拥有一处属于自己的角落的梦想是那样强烈；而今，我的身体里住着一个"陶渊明"，追求的是逍遥自在的田园生活。去年，读韩少功《山南水北》，我又羡慕起那样的生活，渴望回到乡下，回到熟悉的村庄，回到农事中间。然而分身乏术，眼下而言，拖家带口回到乡下生活，显然不现实，过于浪漫主义。况且，断裂带已经没有真正属于我的"那一小块大地"，老家的房子和土地，我早已在弟弟和母亲面前表示过，啥都不要。透过自己，我能理解那些背井离乡的人，理解他们的生活。于断裂带而言，我不算是本地人，于绵阳，我也不算是过客。在这种不清不楚的角色间，我感到有些压抑。

起床的时候，窗户上覆着一层薄薄的霜，玻璃之外，雾气弥漫。时隔三年，我仍然记得刚刚搬入新家的那种雨后春笋般的兴奋，光着脚在家里走来走去，望着窗外楼顶上忽闪忽闪的飞行警示灯，不想睡觉，没有睡觉，却以为自己在做梦。

　　眼下，那些欢乐的体验早已荡然无存。我在意的是，悄然落在地板、沙发上不知从何处飘来的颗粒状灰尘，在意的是，糟糕的空气进入呼吸道后会不会比抽烟更影响健康。儿子和媳妇均匀的喊声在安静的卧室里一高一低地回荡，我穿衣服搅拌空气的模样，像一台老风扇搅拌着一杯浓汤。本想叫上一路回断裂带，但媳妇夜里说了，她怕冷，儿子更不消说，马上过年了，感冒了怎么办？媳妇害怕断裂带的冬天，她所谓的冷，跟断裂带的季节没有多大关系，那种冷，是古往今来一脉相承的冷，是婆媳间必然的冷，我可以顺手删掉自己写下的文字，但是，却无法删掉她们之间的隔膜。是这种冷。

　　收拾好，拿上车钥匙，又钻进书房顺手拿了一本书，是我很喜欢的葡萄牙小说家若泽·萨拉马戈的《失明症漫记》。小说已经看了大半部，开头引用了一段箴言："如果你能看，就要看见，如果你能看见，就要仔细观察。"若泽·萨拉马戈很牛，从小说的标点符号就能看出来。翻译家范维信在序言里介绍，中文版只使用了三种标点符号，逗号、句号和分号，而原版作者其实只使用了两种，逗号和句号。带书并不是因为真的要看，也不是为了获得那种所谓的仪式感，仅仅是出于习惯，无论去哪里，我都会带书，好像时时都在准备填补向生命涌来的空虚。与日常生活习惯不同的是，带书使我获得慰藉和满足感，感觉起来，就像一个长时间溺水的人被打捞上岸之后，还能够找到自己的心跳。

　　春节已近在咫尺，九州大道两旁的路灯上已经挂起大红灯笼，一串串随风摆的大红灯笼，如同断裂带家门前河水皮肤下漂动的青苔，在瑟瑟寒风里飘动，在来往如梭的车流上方飘动。年味在飘动，记忆在飘动，我在长长的车流之中飘动。

　　七点踩下油门，九点，我已经把车开回断裂带，停在我补办身份证的地点，林家坝派出所对面的柏油路边。二○○八年地震，那些穿过我童年和少年时光的村庄、街道、屋舍成了废墟，荡然无存。眼下的断裂带，是地震后重建起来的，一晃，十年了。我的印象中，断裂带只是一个刚满十岁的孩子。林家坝位于省道的必经之地，镇上的加油站和木材检查站都设在这里。派出所也是地震过后搬到这儿来的。林家坝相当于断裂带的"家门槛"。目光从派出所再往前延伸，一排排饭馆连着店门前鲜艳的旗帜，如花似玉般地站在路边。许多家饭馆前都立着一块或大或小的广告牌，上面的内容却很一致，写着"无骨鸡爪"几个大字。就像断裂带是我的出生地一样，林家坝，是"无骨鸡爪"的出生地。在镇上做生意的二娘告诉我，林家坝的罗勇，每次见我都要喊一声"诗人"的那个熟人，靠着"无骨鸡爪"这门生意，一年收入便能轻轻松松买辆二十几万的大众。轻轻松松，像是一朵云，飞到我的眼前，我的眼睛够得到"无骨鸡爪"，却够不到这门生意，我知道。

　　瑟瑟寒风在断裂带木质的群山间呼啸，我穿过层层冷空气，走向肃穆的派出所服务大厅。不知为何，我有些忐忑。我告诉自己，你是来补办身份证，不是前来投案自首的。虽然，这几年我的记性有点骨质疏松症，但我还是能够记起，十七岁那年，我到派出所办人生第一张身份证时的情形，为了拍身份证照片，我剪掉了自己为了装酷而留了很长时间的飘飘长发，那些遮住了我的眼睛和半张脸却遮不住我的忧伤的飘飘长发啊，被剪掉的同时，我对F4、谢霆锋的崇拜也画上了句号。然而，事情并不顺利，拍了好几次却始终不过关，原因是，头发还是长了，最后，我跑到水龙头面前把头发全都打湿，然后把它们在头上压平，才勉强照了一张。别人拍照都是想把最好的东西留在镜头里，后来，我拿到身份证的时候，那个难看的程度，让我眼泪掉下来，感觉，都可以贴在家门口用来辟邪了。更残忍的是，那张身份证从来没有丢掉过，对我一片忠心，我不得不硬着头皮把它用了整整十年。有此前车之鉴，后来我更换身份证就变得格外小心。

这次，当然不例外，我提醒自己："宁缺毋滥。"

三

我以为自己来得最早，步入派出所服务大厅，晃眼看见，一个五十上下、皮肤黝黑、表情愁闷的中年人已经毕恭毕敬蜡像般立在柜台面前。一个瘦瘦的办事员端端坐在电脑面前，很年轻，看样子像是才参加工作不久。电脑刚开机，一日的工作才拉开序幕。我注意到，年轻办事员右手边鼠标垫的边缘，整整齐齐放着好几支烟。它们，闪烁着前来办事的乡亲父老们留下的气味，一动不动，像在发呆。

不经意间，我的眼睛里伸出一根手指，指向成年人的世界，也指向一句已经多年不曾记起的话："烟搭桥，酒铺路。"

我记起这句话的时候，我那早已去了天国的父亲就在这句话的另一边坐着，一只手放在额头上面搭起凉棚，朝我这边观望。

"烟搭桥，酒铺路"，这句实话最先从父亲口中流传，听起来似乎庸俗，甚至有点像贿赂，其实不是，在断裂带，这仅是一种"礼数"。在我看来，它代表的是"人情味"，代表的是"乡情"，就像这没有那种充满戒备之心的厚厚玻璃的服务大厅，简单、透明。

有着素朴的家乡脸孔的中年男人见了我，有些自来熟地朝我点点头，故意挺直的腰板，生硬地绷直了空气。中年男人点头的时候，他脑袋上有数不清的黎明，也有数不清的夜晚，像断裂带夜空上的星群一样闪闪发光。它们在歌唱：岁月不饶人。

我问他："你也是来补办身份证的？"

中年男人一边从荷包里摸出一包紫云烟，一边告诉我："就是，本来前几天出门打工的，在江油火车站才发觉身份证丢了，出门没得身份证怎么行？只好转来，补办好了再出门……"

这时候，他从烟盒里摸出一根烟，递给办事员，又递给我一支，说："莫嫌，抽支我的经济烟。"

经济烟。以前听本地一些老人们这么说。一句话，中年男人把我和他关系拉得很近，他把他自己变得十分遥远。什么是经济烟？在接过那支烟，看到中年男人那只粗糙、干枯的手掌的时候，我好像明白了。看得出来，那是长年累月劳作的手，被时光和苦水同时浸泡的手。此情此景，我的心像是被人莫名其妙地掐了一下。疼。

中年男人有着家乡脸孔，跟我却不是熟人，但是他的手，我是熟悉的，或者说，简直"熟悉到家了"，我曾多少次遇见过这样的手，在父亲那里，在母亲那里，在我们村里，在断裂带的乡亲父老中间，在城里，在异地他乡。我曾无数次遇见过这样的手，不需要眼睛，我就能看到；不需要耳朵，我就能听见；不需要鼻子，我也能闻到。

我和中年男人点燃烟，抽了起来。抽烟的时候，我摸出自己荷包里的娇子烟，给办事员递了一支，也给中年男人递了一支。办事员接过，随手把那支烟和那些散烟放在一起。中年男人没有接，腼腆而客套地说："抽起的，抽起的，谢谢！"

抽烟的过程中，我向办事员把补办身份证的流程弄清楚了，特别简单，就是拍张照片，再在仪器上采集下指纹，交点工本费，先领一张临时身份证，就可以了。正式身份证四十天后下来。"到时自己带着户口本过来取，或者，留个地址快递，快递费自己给。"他告诉我们。

先后给中年男人和我拍好照片之后，办事员便在电脑面前操作起来。

"要采集指纹，把你的手伸过来。"

　　办事员轻声招呼中年男人。

　　我的脑袋里像撒开一张渔网，网住"指纹"两个字，它如同鱼儿一般，在我的脑海里蹦蹦跳跳。是的，指纹。我更没想到的是，人生里"惊心动魄"的一幕，在断裂带，在眼下这冷冷清清的派出所服务大厅，开始上映。

　　中年男人先是淡定地伸出一只右手，然后渐次伸出拇指、食指、中指、无名指、小指，轻轻摁在那小小的仪器上，之所以说是渐次，是因为他每换一根手指，那个小小的仪器都会发出一声类似于"指纹无法识别，请重新输入……"的语音提示。"换一根试试。"办事员也在一边不断提示、催促。或许是因为手上脱皮严重，中年男人把右手的每一根指头都试了很多次，依然无法成功采集到他的指纹。看得出来，中年男人有些着急了，伸向仪器的手指在微微发抖，额上冒出豆大的汗珠。右手不行，中年男人又换上左手上阵，他渐次伸出拇指、食指、中指、无名指、小指，每一根指头都试了很多次，还是不行。

　　中年男人的指纹，仿佛失踪了。一遍遍地试着，苦苦地试着。

　　他每伸出一根手指，我的心会跟着紧张一次。

　　后来，他每伸出一根手指，我的心会跟着战栗一次。

　　冷冷清清的派出所服务大厅，中年男人、我和办事员的注意力都在走向一枚指纹，我们都在等待一枚指纹。不知等待了多长时间。而实验，仍在继续。就这样，在我们期待的目光里，中年男人从左手换到右手，从右手换到左手，频率越来越快，不停交换着手指，试了又试。过程中，中年男人向我和办事的警察无奈地笑过几次。结果，还是不行，那枚指纹出门旅游了似的，依然迟迟不肯出现。

　　中年男人那枚依然迟迟不肯出现的指纹，让我想到了人民，想到了断裂带的乡亲父老，想起了逝去和正在来临的岁月，想到了苦难，想到了命运。我坠入一种幻觉，我感到我的人，或许就是那枚迟迟不肯出现的指纹。

嘀嗒嘀嗒的时间，仿佛，过去了很多很多个世纪，早已大汗淋漓的中年男人的指纹终于采集到了。仪器上传来语音提示："您的指纹已录入成功。"

奇迹终于诞生。那一瞬间，我也松了口气，我的感觉是，中年男人的指纹不是现成的，如同生儿育女，那枚指纹，是他的手指经历了漫长的孕育过程，生下来似的。

轮到我采集指纹。我没有遇到中年男人的问题，指纹顺利录入成功。

当我拿到临时身份证，经历了一场冒险的中年男人仍在旁边站着不说话，并未离开，似乎仍未从虚惊中缓过神，又像是要把耽搁的时间补偿于我。

从派出所出来，我问他："早上怎么来的？"

"早上坐班车来的。"

"是不是要去镇上？"

他点点头。我告诉他："我开了车，顺路，你就坐我的车吧。"

中年男人有些腼腆地说："好啊，谢谢！"然后，他小心翼翼地问我："老弟，多少钱？我把车费给你。"

我摇摇头，很认真地说："不要钱。"

四

从断裂带回到绵阳家里，很长一段时间，林家坝派出所服务大厅内那个中年男人的遭遇，那枚姗姗来迟的指纹，如同几年前我在广元青川县境内的摩天岭上远远望见的鹰群一样，久久在我脑袋的天空里盘旋，挥之不去。淹没在生活皮肤下面的指纹，绕过表象，渐渐显露出她神秘的脸庞。

我找来一些关于"指纹"的资料：

"指纹，人手指上的纹路，也叫手印，即是表皮上突起的纹线。由于人的指纹是遗传与环境共同作用产生的，因而指纹人人皆有，却各不相同。由于纹路重复率极小，大约一百五十亿分之一，故称为'人体身份证'。"

"指纹能使手在接触物件时增加摩擦力，从而更容易发力及抓紧物件，它是人类进化过程中自然形成的。"

"伸出手，仔细观察，可以发现小小的指纹也分三种类型：有同心圆或螺旋纹线，看上去像水中旋涡的，叫斗形纹；有的纹线是一边开口的，即像簸箕似的，叫箕形纹；有的纹形像弓一样，叫弓形纹。除总体形状不同之外，各人指纹纹形的多少、长短也不同。"

"指纹在胎儿第三四个月便开始产生，到六个月左右就形成了。当婴儿长大成人，指纹也只不过放大增粗，纹样终生不会发生改变。"

"在皮肤发育过程中，虽然表皮、真皮以及基质层在共同成长，但柔软的皮下组织长得相对比坚硬的表皮快，因此会对表皮产生源源不断的上顶压力，迫使长得较慢的表皮向内层组织收缩塌陷，逐渐变弯打皱，以减轻皮下组织施加给它的压力。如此一来，一方面使劲向上攻，一方面被迫往下撤，导致表皮长得曲曲弯弯，坑洼不平，形成纹路。这种变弯打皱的过程随着内层组织产生的上层压力的变化而波动起伏，形成凹凸不平的脊纹或皱褶，直到发育过程终止，最终定型为至死不变的指纹。"

有同心圆或螺旋纹线，看上去像水中旋涡的，叫斗形纹，民间也叫"螺"。一个人手上的指纹，不一定全部是"螺"，螺是指纹的一种。民间很多地方都有关于"螺"的"指纹歌":"一螺穷,二螺富,三螺四螺卖豆腐,五螺六螺开当铺,七螺八螺把官做,九螺十螺享清福。"

一个人手上"螺"的多少,似乎和一个人的命运息息相关,张爱玲也说过:"螺越多越好。"

不过,我似乎更同意另一种说法:"指纹歌几乎没有任何实际的命相作用,用不着拿着鸡毛当令箭,权当一张陈旧发黄的老照片。"

指纹,当我默念这个词,就会听到勒克莱齐奥在空气中回荡的声音,他说,"真的,要进入成年人的世界真是太难了:每条路都通向同样的边境。天空那么远,大河全被盖上灰不溜秋的水泥板,树没了眼睛,动物没了声息,人没了人味儿。"

当我写这个词,我就会想起赫塔·米勒的《每一句话语都坐着别人的眼睛》,她告诉我,"所有名称与事物贴切契合,事物和它自己的名字如出一辙,二者像缔结了永久的契约,对多数人而言,词语和事物之间没有缝隙,无法穿越它望向虚无,正如我们无法滑出皮肤,落进空洞。"

当我抚摸这个词,细细感受它鱼儿般的光滑,经历和记忆就闪出一条通往断裂带,通往岁月的小路,引领我去探寻生命的真相和意义。

五

回断裂带补办身份证的亲身经历,点燃了我对"指纹"的好奇。古人云:"仰观象于玄表,俯察式于群形。"可以肯定,如果不是那个有着家乡脸孔的中年男人和他那枚姗姗来迟的指纹,在一块小小的时间里,偶然穿过我的生命,我不会走向记忆,不会走向过去那一段段经历。经历,是生命和生活的另一种指纹,我相信,这样的指纹,本身就有着寓言的色彩和光芒。

在我皱巴巴的儿时记忆中，在断裂带，有着清晰指纹的手指似乎就拥有着某种神秘的魔力。群星璀璨的夜晚，天空如同"一只由眼睛组成的怪兽"。当我用手指着一颗快速滑过怪兽皮肤又很快消失的那颗星星时，母亲会用一种混淆着担心和紧张的语气跟我们说："有人要老了。"有人要老了，什么意思？人不是都会变老吗？并且，断裂带不缺老人，爷爷是老人，婆婆是老人，外婆是老人，外公是老人，村里还有很多很多的老人。因此，我听得一头雾水，母亲告诉我："老了，意思就是死了。"果不其然，没过一两天，村里或者镇上就传来悲凉的唢呐声，天气也忽然变得阴沉沉，甚至飘着小雨，三五成群、平日不见踪影的乌鸦不知从哪儿冒出来，在断裂带、村子和屋顶的上空盘旋，用悲鸣应和着那风中渐行渐远的唢呐。然后我知道，母亲没有说谎。

二〇一〇年春天的某个傍晚，我在远离断裂带的省城读大学，父亲忽然打来电话，告诉我："快请假回来送下你爷爷，你爷爷老了。"噩耗传来那一刻，我居然很平静，我看到的是爷爷牵着牛绳，顺着我们那个盛开着臭老婆子花的水泥院子边缘丝线般走远的样子。我看的是，一颗流星，划破苍穹。这让我的手指隐隐作痛，在二〇一〇年春天的某个傍晚。

"手指不要轻易指向天上的事物，尤其是中秋节晚上的月亮，否则，你睡着的时候，月亮神会把你的耳朵割破，以示惩罚。"

小时候，这个流传在断裂带的古老禁忌就通过外婆之口深深植入我的心灵。中秋月圆之夜，大人们会把月饼、核桃、花生装在盘子里，在院子搁一条板凳，然后要我和弟弟躲在家里，不要出去，神神秘秘的样子，好像月亮真的会从天上下来享受那些供品似的。我不以为然，或许，正是因为如此，反而激发了我寻求冒险寻求刺激的勇气。偷偷跑到院子里指月亮变成了游戏，不记得多少次，我趁大人们不注意溜出门外，站在雪白的月光之中，伸出手指，指那天上的月亮，然后一阵风似的跑回家里。或许是我跑得太快，月亮没来得及看见我的冒犯，因此从未遭受皮肉之苦，我指月亮的时间越来越长。直到有一次，早上起床的时候，弟弟的耳朵莫名其妙地破了，流了很多血。母亲很生气，问弟弟是不是指了月亮，不记得弟弟是怎么回答的，反正，耳朵莫名其妙地破了是事实；母亲把弟弟在家里藏了两天，书都没念，是事实；从此，我再也不敢轻易去指天上的月亮，也是事实。

　　一个人有一个人的脸，在断裂带，这个脸不只意味着外貌，还意味着一个人的面子。对于手指而言，指纹就是手指的脸。当一个人用手指着另一个人的时候，也会伤到另一个人的面子，伤到另一个人的心。那年春节前夕，出于关心，我一时心直口快，跟一个不怎么懂事的表妹说了几句"重话"，没想到，一下子触动表妹的某根敏感神经，又是号啕大哭，又是冲我河东狮吼，那天，本来回断裂带过年的表妹，不顾我和她家人的劝阻，拖出行李箱便准备再次离家出走。我知道表妹脾气大，但没想到是这样大，要是知道，绝不会多嘴。在表妹去赶车出门的路上，我不得不放下尊严跟表妹说："哥给你道歉，你可以不认我，但不要生气啊。"表妹忽然转过头，伸出一根娇生惯养的手指，指着我的鼻子说："老子爸妈都可以不认，你算个屁！"说完，扬长而去。后来，我相信，表妹用那根手指，恶狠狠指着我的鼻子的时候，我清晰地看到过她的指纹，那么近，又那么远，使我的手指隐隐作痛，很不舒服。

　　唯一一次，指纹让我感到愉快，是随巴金文学院的签约作家们到阿坝州松潘县采风那次。在参观一个民族村落过程中，巴金文学院赵院长指着我，跟那位魁梧的藏族村长说起了玩笑话："这小伙子很优秀，就是没要朋友，你们这个地方有没有合适的姑娘？"热情好客的村长拍着胸脯说："莫问题莫问题，这个事情我给他按个拇指印印，就可以搞定……"

六

　　二〇一〇年八月，大清早在断裂带家门前上树打核桃的父亲，不小心从树上跌落，在江油九〇三医院抢救了一个星期，最终还是离开了我们。二〇一六年春节前夕，我在断裂带老家操办着人生的第一场但愿也是最后一场婚礼，结婚前两天，信用社的一帮人找到母亲、我和弟弟面前，拿出一张父亲一九九二年写下的欠条，要我们还钱。欠条上写得清清楚楚，三万块钱贷款。信用社的人告诉我们，连本带利算下来，得还将近二十万。

　　那是一笔父亲留下的"糊涂债"，是父亲和另一个人共同贷的，但父亲已经不在人世，死无对证。欠债还钱，天经地义，除了认账，又能如何？可以肯定的是，那些贷款母亲从未见过，家里没花过一分，唯一的"证据"，就是留着父亲的指纹，把我们的嘴堵得死死的。信用社要我们马上想办法把钱还了，在我结婚的当口。糊涂债也是债，是债就得还。不忍心看着母亲哭哭啼啼的样子，最终，和另一位当事人一番协商过后，我和已经成家的弟弟各自想办法借了一笔钱，还清了贷款，取回了父亲当年留下的欠条，那张带着父亲指纹，在别人家里躺了整整二十几年的欠条。

　　还钱的事，是弟弟一个人到信用社办的。我让弟弟留着那张欠条，不要撕掉。欠条上的指纹，可能是父亲留在世上的最后一枚指纹。

　　谁年轻的时候没有糊涂过？我们理解父亲，我们不怪父亲，父亲走后，我想得最多的，就是父亲的好，就是父亲曾经为了这个家，为了我们兄弟读书，山西挖过煤，西藏修过路，就是父亲为我们受过的罪，吃过的苦。欠条一直在弟弟那里保管着，父亲的指纹，会一直在那张欠条上，完好无损。

去年，回断裂带老家补办身份证在林家坝派出所服务大厅遇到的那个中年男人，为了生活为了养家糊口四处奔波的人，抽着"经济烟"的男人，几乎被贫穷磨掉了所有指纹的人，左手换右手右手换左手，才在这个世界上留下一个真正属于自己指纹的人。其实，和我那英年早逝的父亲一样，不过是断裂带乡亲父老中间，一个卑微却也顶天立地的缩影。

我想，我应该谢谢那个陌生的中年男人。记得那天，我把他送到镇上，继续开车上路，到县上补办驾照，穿过牛角垭隧道中间的时候，一个四十岁上下的素不相识的妇女，正提着沉重的袋子，在幽暗的隧道里穿行。驶过一百多米，我忍不住踩下刹车，把车停在路边，等她上车。隧道一千四百多米长，如果不是因为某些原因，谁不愿意花几块钱坐车？她坐上车的时候，仿佛猜到了我的心思，有些不好意思，自言自语地解释："反正没事，慢慢走到垭，也能走回去。"

我没有告诉她为什么要让她搭车，也不会说这些年我经历过什么，又在难受着什么。真的，没有必要。我宁愿她相信我，相信一个开车偶然路过的人，只是在做一件只要愿意就能做到的好事。就像那个中年男人，永远不会知道，因为那枚让我们虚惊一场的指纹，早已把我的心，在这幽暗但不乏温情的时光隧道里，和他们，秘密地、永远地，拴在一起。

刊于《雨花》2019 年第 11 期"散文现场"栏目。

人在大地上四处流淌

一

断裂带，一九八七年夏天，某个极为寻常的傍晚，像在泥土里进进出出，一辈子与庄稼为伍的乡亲父老们一样自律的太阳，仍孤傲坐在锯齿形的山巅，光芒万丈的守护神，眼皮眨也不眨，俯瞰着被农事和季节淹没的郁郁葱葱的大地，村子，庄稼，河流，疾病，痛苦，衰老，生死；同时，也望着我年轻而略显疲态的母亲，给家里小猪勒水麻叶子的母亲，她汗津津的脸上，三五成群的饱满的颗粒状疲倦，以液态的形式穿过皮肤的尽头，蹦蹦跳跳告别她被穷苦磨掉了光泽的面颊，滑向草丛深处那些毛茸茸的寂静。

在大地上四处流淌的母亲，背着外公用篾条亲手编制的背篓勒水麻叶子的母亲，挺着肚皮走路、洗衣做饭、忘我劳动的母亲，有着一双勤劳的手。勤劳和与生俱来的吃苦精神，在这个开始宫缩的傍晚，在一个即将变成母亲的女人身上，闪耀着舍我其谁的光芒。母亲潜心于手头的事情，因此，她丝毫没有察觉到任何临产征兆。为了探寻到更多更好的水麻叶子，母亲在一幅乡村水墨画里面丝线般移动着。

人在大地上四处流淌，走路的时候，腿是一把锋利的剪子，咔嚓咔嚓剪开道路。人在大地上流淌，是为了谋活路。母亲被自己的腿带着，在大地上四处流淌，不顾有孕在身坚持劳动，是为了谋活路。谋活路，就是为了生活，为了活着本身。

母亲的母亲，养了一儿四女的外婆，经常告诫她刚刚成家的大女儿——我的母亲，不要害怕和担心眼下的生活："有一双手，样啥都有！"外婆是普普通通的农民，不是哲学家，却奉献出一句货真价实的箴言，她用这句箴言，捍卫着作为劳动者的美德和尊严。当时，家里日子不好过，穷得叮当响。刚成家不久，婆婆就果断下令分家，让父母自立门户，自立门户的两人，仅仅分到一点粮食。扛不到一个月，便弹尽粮绝。生存之艰让母亲没齿不忘。此后多年，母亲一直没少埋怨婆婆狠心。

但是，这个已经有些遥远和暗淡的傍晚，母亲心无杂念，脑袋里的种种忧郁和不安，都像她一样出门在外，远远散落开去，并没有破坏她的心情。沐浴金色余晖，母亲专心致志地给家头唯一的小猪准备晚餐，那些茂密多汁的水麻叶子，纷纷向她聚拢。莽莽山林，魔法似的瘦成很小很小的样子，而气喘吁吁的母亲，也瘦得好像生命里只剩下一件正经事——勒水麻叶子。松鼠和鸟雀，在林间闪闪烁烁，快活地荒废着属于它们的时光，它们经过的那些寂静和空间，会突然闪出一条缝。

一个人在山中勒水麻叶的母亲，有着无比的辽阔，仿佛整个大地，都是她一个人的。

家里那只可爱的小猪，虽说，是从别人家赊来的，但无疑也算家里最大一笔私有资产。小猪会长出大肥猪，生活会随之好转，母亲安慰自己。小猪崽因此享受着比人更高级的待遇，一日三餐，准时准点。母亲却经常饿着肚子，饿着肚子里的肚子，给一个小小家庭携带着无限希望的小猪觅食。天天如此，而不是"几乎天天如此"。母亲的字典里，从未出现过"几乎"这样的词语。

母亲带着某种隐秘的幸福感熟练地勒着水麻叶子，在她眼底，仿佛每一片叶子，都会长成一小片肥肉似的，让她激动、兴奋、浑身充满力量，让她恨不得变成千手观音——勒水麻叶子。背篓长着巨大的喉咙，像个无底洞。

大汗淋漓的母亲是一片水麻叶子，一片滴答着露水的水麻叶子。她对此一无所知。

绿绿的水麻叶子哆哆嗦嗦、躲躲闪闪，但没能逃过母亲固执的手掌。母亲收割这些植物的命运的时候，她从那些绿绿的叶子，也看到了婆婆苦麻菜一样冷漠和阴郁的脸，以及一刀两断的婆媳关系。

"生你的那天傍晚，我一个人在山上勒水麻叶子。然后，肚子撕心裂肺疼了起来。拢屋没多久，你就出来了。"

这些年，母亲经常跟我唠叨我出生前后的一些记忆碎片。津津乐道，没完没了。实际上，讲述不只意味着呈现，也造成了某种简化，我常常报以迷惑不解，两只睁开的望向尘世的眼睛，像两片单薄的水麻叶子。母亲的讲述，在空气中走了一小截路，就会成为一个误会，仿佛仅仅是在宣扬尽人皆知的母爱，语气笨拙，却带出某种炫耀。有时，则会给我一种很不友好的印象：好像恨不得把我再次塞回她的肚子。

但于事无补，诚如赫塔·米勒在《你带手绢了吗》里指出："爱情被伪装成了一个问题。"的确，赤裸裸地来到世上，来到这个家，我已经变成一个活生生的问题。一个棘手的问题。一个母亲和父亲不得不操心不得不面对的现实问题：哭哭闹闹，吃喝拉撒，且不论时间、地点，以及复杂的天气。

那时候，家里穷得叮当响。我的到来，就是为了和这个家响成一片。

父母天天围着我转，渐渐力不从心。日子过得趔趔趄趄。但这不算是最糟糕的，最糟糕的是，我呱呱坠地一个多月后，母亲的肚子里又争分夺秒地有了另一个肚子。就是说，母亲又怀上了一个社会主义事业接班人——我出生十一个月后，母亲又生下了弟弟。就是说，一个问题变成了两个问题。

家里的担子一下变得更沉了。

为了减轻负担，母亲拿定主意，把我送回她山上的娘家，让娘家人帮忙带。外婆家日子不算差，除母亲成家之外，几个姨和唯一的舅舅，都还没有朝着"爱情被伪装成了一个问题"这个方向走。母亲把我送到外婆家，是为了感谢父母的养育之恩，又像是为了还债。据说，还没结婚那会儿，被爱情冲昏了脑袋的母亲就做了一件让全家人惊掉下巴的事，为了爱情，蓄谋已久的母亲，趁家里没人，偷走外婆仅有的四百多块钱积蓄，跑到江油坐火车离开四川，跑到东北，跟我那时还在部队服役的父亲见面去了。

母亲出走是为了爱情，把襁褓中的我带回娘家，则是为了生活。

在外婆家，我一天天长大，那时候，舅舅和几个姨最热衷的事，就是问我的名字——好像他们的记忆被老鼠拖进洞里似的，不是忘记这样，就是忘记那样。一问，一答。似乎我从来都没有让他们失望过，总是会不无骄傲地回答他们："我叫黄狗儿。"这是我给自己取的名字，我给自己取这样一个名字是为了把自己和这个家拴在一起。后来稍稍醒事，我的语言能力突飞猛进，捡了不少怪话。据说，有次我扯着嗓子冲一个爷爷辈的亲戚不知轻重地喊了几句"嫖客"，惹得人家脸红耳热、愁眉紧锁，回家后在床上足足躺了一个星期。

二

六岁，我已彻底厌倦外婆家清汤寡水的日子，常常顾影自怜，感觉自己像断线风筝，飘荡在不属于自己的地方。无所事事的时候，我经常站在外婆家竹影婆娑的院子里，俯瞰山下那条蜿蜒流淌的平通河，久了，仿佛呼吸和心跳也成了那河的一部分，流淌着，流淌着。我隐隐听到河流的召唤和内心深处的共鸣，如此混沌、陌生，给我一种奇怪的感觉，仿佛河不是在流向远方，而是在流经我的生命，把我变成它的一部分。事实上，我们都在流淌。

我想念父母，想念弟弟，想念那个蹲在河畔上的家。我想回到他们中间，靠近那条每天都在燃烧的河。

那几年，几个姨像鸟儿一样，先后飞出了外婆家，嫁人的嫁人，打工的打工，很多时候家里就只剩外婆、外公、舅舅和我。外公外婆对我的疼爱一如既往，但就像他们不曾意识到他们的苍老一般，也不曾意识到我的脸在走向生疏，冰冻般的小小身躯，正在渐渐苏醒，有了融化的迹象，有了流淌的渴望。

步入成年的舅舅，整天装模作样地把自己关在一堆《致富经》《农村百事通》之类的杂志里，做着一夜暴富的美梦。舅舅那时已有女朋友，婚都订了，人挺勤快，我对她不错，初次见面就喊"舅妈"表达我的认可，她对我也不错，经常给我买糖，但后来不知怎么回事，舅舅把这门亲事退了。这些乱七八糟的事远远超出我的理解范围。当我理解不了什么事情或者生气的时候，我就站在外婆家竹影婆娑的院子里，看河。距离，把我的忧伤拽得很长。

舅舅是个变态狂，经常把他的快乐建立在我的痛苦之上，他没轻没重的玩笑时不时像雨水一样浇在我身上。揪我的脸，扯我的耳朵，捏我的鼻子，直到把我弄哭，他才心满意足。在断裂带，常在水边走，哪能不湿鞋，和久走夜路总要碰到鬼，是一个意思。有一次，舅舅为此付出了代价，不知他从哪儿弄来一支气枪。为了拿我开心，舅舅瞄准鸟儿似的瞄准我，一会儿是脸，一会儿是眼睛，一会儿是屁股，一会儿是敏感部位，嘴里还噼里啪啦地模拟着枪响。我伸手去抢，舅舅不给。意外就那么发生了，在堂屋的角落里，舅舅终于认真地扣动扳机，朝我下面开了一枪，先是舅舅自己嘴上"啪"了一声，然后气枪嘴上也跟着"啪"了一声。正是这玩笑的多余部分，我和舅舅的笑脸，瞬间凝固了。舅舅也是以为气枪里没有子弹，不然不会那么做，但是，事实就是事实，我挨了一枪，随着我撕心裂肺的哭泣，只感到下身有一道暖流，缓缓涌出身体。闻声而来的外婆和外公见大事不妙，飞快把我往山下的医院送。最终，好在子弹打偏了，只伤到大胯内侧，留下了一道隐秘的伤疤。二十岁还像小孩儿似的舅舅，挨了一场狠揍，被外公打得鼻青脸肿。

因为这件事，久未谋面的母亲和父亲终于现身了，他们把我接回家里养伤。那几天，我躺在陌生的卧室里，听着窗外轰鸣的水声，翻来覆去睡不着觉。白日里看着弟弟和院子里的小伙伴们玩得风生水起，心里，很不是滋味。弟弟像是父母之间的合页，因此没有更多精力照看我，住了几天，他们又送客似的把我送回山上的外婆家，和几年前如出一辙。

时间继续流淌，生命继续流淌，一切继续流淌。在大地上四处流淌的几个姨有时候也会变成回水，回到外婆家的屋檐下，呆一两晚上，又在某个我转身的时刻，匆匆离去。那时候我已经不是她们以为的"黄狗儿"，我长大了，经常撵路，但她们很少给我机会。在这种刻意的疏远之中，人在大地上四处流淌。

重新回到外婆家的我再也不能安分守己，整天琢磨着如何名正言顺地回到山下，跟父母住在一起，跟河住在一起。办法不是没有。有一天我突然想到一个讨好父母的主意，从山上背了一背篓干柴，一声招呼也不打，大步流星向山下奔去。走到途中，我甚至犹豫了一番，后面是外婆家，不管怎样，我的心是肉长的，我忽然有些舍不得外公外婆；而前面，虽说也是我的家，但更像一段未知的旅途，一种诱惑，我很好奇。我头也不回。

"我的娃呀！"

母亲看到我的时候，瞬间读懂了我的意思，脸上写着一种特别的怜悯，好像我是她被人拐卖又自己跑了回来的儿子。我也被自己义无反顾的举动感动得热泪长流，心里却想的是，妈妈的，这一招还真管用啊！回到家里，看得出来，生活进步了不少，不光买了一台彩色电视机，还买了一台收音机。这些新鲜玩意儿让我更加铁定主意，再也不回山上外婆家去了。电视机、收音机要费电，可是我不费电，父母总不至于连一个不费电的家伙都养不起吧，我是这么想的。然而，第二天早上，母亲叫醒了我，用命令似的口气跟我说："赶快起来回山上去吧，你要听外婆的话。"

母亲的话让我一下子掉进了冰窟，冷得发抖。

我听见身体里有个声音在说："这哪里是亲妈说的话，分明是后妈，走走走，这个家根本不欢迎你！"

我一声不吭，从床上爬起来，穿好衣服，流着眼泪，气呼呼地走了。从此，再也不想下山的事。但我还是会经常站在外婆家竹影婆娑的院子里看河。只是心态有了微妙的变化，我想的是，洪水哪天把山下的房子冲跑了才好呢，反正不关我的事。

三

快满七岁那年夏天，断裂带格外炎热，我每天都想吃棒棒冰。也是一天傍晚，母亲到外婆家接我下山来了，她的脚步跟当年怀着我还能漫山遍野给小猪勒水麻叶子一样轻快。母亲来得突然。

"走，跟我回家。"母亲摸着我的脑袋说。

母亲摸着我脑袋的时候，我心头的怨气一下子就消了，没有丁点矜持，我把头点得像是鸡啄米。而之前我信誓旦旦跟外婆表示，今生今世外婆就是我亲妈，外婆家才是我的家。

"外婆，有时间我就回来看你。"我跟外婆语重心长地说，像在安慰一个孩子。

外婆自然有点舍不得我走，她红着眼睛呻唤道："来看外婆干啥，以后莫来认外婆。"

我就屁颠屁颠跟着母亲下山了。

没过几天，母亲忽然指着一个五颜六色的包包跟我说："这是你的书包，明天去学校念书吧！"

书包？念书？跟我有什么关系？我一脸茫然，茫然之后，就是害怕了，我不知道我犯了什么错，要我去读书！回家好几天了，实话实说，并不快乐。父亲很凶，经常铁青着脸，弟弟也喜欢欺负我，好像他是这个家的老大似的。我活得提心吊胆，很想变成一只老鼠躲起来。害怕的时候，我就会格外念想外婆，我跟母亲商量："我不想去念书，我还是回山上去吧！"

母亲说："送你到学校念书，不是送你去坐牢房，不想去也得去，由不得你！"

母亲说得一点没错，学校不是牢房，但后来我发现，学校跟牢房也没多大区别：一动不动地坐在那里，人都要疯了。

好在，我渐渐找到了许多新的乐趣，滚铁环，弹珠子，打沙包，斗鸡，不过，我最喜欢的游戏，应该是打板儿——把纸折成豆腐块，搁在地上，扇来扇去，翻个儿就算赢。学校的操场是一块正方形的泥地，每天下课或者放学后，操场上都是土烟滚滚，挤满了灰头土脸的人。我沉醉在这个游戏之中，输光了，就把学校发的课本一页一页撕下来，折好，继续输。期末的时候，我的很多课本都被我输没了，有的还剩几页。就这样昏头昏脑地读了一年，成绩一塌糊涂，但我从不在意，直到升学读二年级开学那天，班主任把个子最高的我和另外三位同学叫出队伍，皮笑肉不笑地说："你们四个，再去读个一年级吧！"

于是，我把一年级又读了一遍。只不过，再也不敢把课本拿去输。树活一张皮，人争一口气，我告诉我自己该懂事了。

家里遇到不少事。

那几年，父亲做梅子生意，虽说算不上富得流油，但确实赚了不少钱，我念第一个一年级的时候，有天早上，我偷了家里的钱，厚厚好几沓，五块十块的都有，我揣着钱就往屋外跑，没想到的是，那些钱就像我的脚印似的，走一路掉一路，母亲顺着这些脚印抓住我，我才意识到自己行动失败了。这件事对我打击很大，读书脑筋不行，偷钱这么简单的事，我也不行。遗憾的是，父亲却没稳住财，他迷上了赌博。家里的钱，被他一点一点跟人打牌输掉了，还欠了不少债。每天，来家里讨债的人，踏破了门槛，多得像跟到学校念书的学生似的。母亲不得不天天把大门关上，给我们留着后门进进出出。家里的电视机、收音机、自行车，也一样一样地不知所终。母亲整日以泪洗面。我心里不是个滋味。准确点说，我无法理解我那时的生活。

天天都要应付债主的母亲逐渐变得敏感多疑，她经常抹着眼泪提醒我和弟弟："放学走路要多长点心啊，你们那个不成器的乌龟欠了那么多债，万一别人报复！"

母亲就是这么说的，她用"你们"这个词跟父亲划清界限，和她曾经不顾一切的爱情划清界限，也和我们划清界限。其实，她不说还好一点，说了反而让我惶恐不安。那时候断裂带已经有了 VCD，可以放电影，我和弟弟在村上的程玉哥家看过很多部警匪片，知道生活不易世界险恶，母亲的话，让我不得不开始警惕，仿佛稍稍大意，我的小命就会落在别人手里。每天放学，我用最快的速度收拾好课本，然后背着书包一溜烟往家里跑。有时路上远远来了汽车或者陌生人，我就闪电似的冲向公路下边的玉米林或者草丛，等车过去了，再走出来，继续往家里跑。日复一日的练习，无形中增强了我的体质，让我在学校的田径运动会上出尽风头，我的短中长跑成绩，样样全级第一，还屡破校纪录。

每天写完作业，我就坐在院子里自家核桃树下看家门前那条河。

事实上，它并不是我在外婆家看到的那样一成不变，它一直在流淌，它有它的方向。在流淌中，我看到了人的脆弱和荒谬，也看到了人心淡薄和世态炎凉。而我同时感到，河也毫无保留地给我带来许多隐秘的欢乐和期待，这些欢乐和期待，来自流淌，来自消逝。

四

一个地方有一个地方的来龙去脉，一个人有一个人的来龙去脉。断裂带，是我的来龙去脉，但更多的时候，它是一种深不见底的痛，一小块月光就能擦亮的痛。

三十二岁，隔着岁月，我推开一扇最廉价的窗子，仍能望见怀着我背着背篓勒水麻叶子的母亲的身影，望见外婆羞答答掀开碎花衣裳让我吮她干瘪的乳房的情形，望见那个在苍黄和翠绿之间折返跑的村庄，望见那个死死拴着我童年少年时光的刘家院子，望见家门前那条蜿蜒而去的河，望见那些像纸片一样流淌在风中的人事，也望见熟悉和陌生之间，那条隐秘而又生动的折痕。

春节，从绵阳回老家过年。人在大地上四处流淌，流淌中，人有了变化，家也有了变化，确切点说，老家的家，是母亲和弟弟的家，如今他们生活在一起。

家门前，一条瘦瘦的河依然在流淌，岁月在流淌，而那些进进出出生生死死的人，也依然在大地上流淌，在我尘封又打开、打开又尘封的记忆中流淌，在我写下的颂词和悼词之间流淌。

刚到家，母亲就告诉我："你强哥回来了。"

我轻轻"嗯"了一声，心头却无任何波澜。

按辈分，强是我的堂哥，身上有几分之一的血液是一样的。以前我们都住在刘家院子，刘家的后人嘛——断裂带以前许多农户都是这样，儿女不会离得太远，不像今天这般，人在大地上四处流淌，人在哪里，家在哪里——传统早已碎裂。住在刘家院子的总共四家人，还有婆婆和大娘家。地震后，强哥家的房子卖给别人，新房子修到公路上去了。一晃，又是两三年不见，这些年，都成家立业了，上有老下有小，为稻粱谋，聚少离多，逢年过节，偶尔能碰上。强大学以后去了上海发展，混得不错，二〇一四年我的散文得了一个奖，去苏州领的奖，返程在上海跟他匆匆见了一面。堂哥有糖尿病，曾经重度昏迷过一次，我是知道的。但那次，堂哥带着女友一起来了，在黄浦江边，舍命陪君子，喝了好几瓶啤酒。喝完酒，强哥叫女友出去买了四包硬中华，然后跟我展示了下他每天都必须打的胰岛素，并且说，这些都是女朋友买的。后来我们又见了一次，他结婚，在老家办的婚礼。实话实说，强哥在我们院子的几个兄弟姐妹中间，并不受欢迎，他有点小聪明，据说，念高中时挖过我弟弟的墙脚。母亲蜻蜓点水的一句话，点燃了我许多回忆。在其乐融融的堂屋里，跟两个女子一个侄儿嬉闹的弟弟可能也听到了，但是没有反应，面无表情。我又记起了一件更加可恨的事。那是个下雨天，唰唰的雨水挂在屋檐，像一片水晶项链，我和弟弟到强哥家玩，大伯也在，不知怎么的，弟弟和强哥打起了赌，而内容就是，弟弟敢不敢张着嘴，把脸凑到强哥的小鸡鸡面前。那时候真是蠢到家了！我小，不懂事，没有阻拦，弟弟更傻，照着做了。强哥像是蓄谋已久，一下子把尿撒到弟弟嘴里。在大伯和强哥惊天动地的笑声中，我没有能力和勇气保护弟弟，我拉着吃亏的弟弟回家了，心里那种莫名的痛，依然清晰。

在刘家院子，大伯一家一直都很奇葩。大伯手脚不干净，喜欢小偷小摸，村里尽人皆知，但大都睁只眼闭只眼。他的女儿，强哥的亲妹妹也继承了他的坏毛病，具体细节整理出来，估计能出一本书。伯娘和强哥呢，倒是好一点，就是嘴碎。记得我从外婆家下山不久，伯娘还问过我："听说你外婆家的腊肉香肠多得吃不完，都埋到地里的啊?！"这句话，我是后来才明白意思的，伯娘这是在咒人呢！这些年，村里大多数人家平时都是清风雅静的，唯有大伯家，不时闹出些动静。有一次，已经嫁人的堂妹哭着给所有刘家人打电话，过牛角垭隧道那边帮她出气，说邻居冤枉她扯了人家地里的葱子。自然没有人搭理。还有一次，也是过年，堂哥打电话报警，叫来派出所的人，让把酗酒打人的大伯抓进派出所。这件事不能不管，父亲和幺爸纷纷赶去苦口婆心劝了又劝，这才没有让大伯在派出所过年。这些鸡毛蒜皮的事这样一年年堆积着，有时想到弟弟的耻辱，我百感交集。当然，过去的事了，过去了就过去了，人在大地上四处流淌，流淌，就是往前看。

我没想见强哥一面。

估计他也没想见我们。

大年初二，我们坐在堂屋烤火。母亲从外面回来了，人没坐下，她就用她惯有的那种略带表演性质的语气告诉我们："哎呀！你们晓得不，出大事啦！"

我们的耳朵纷纷竖了起来。

母亲噼里啪啦说了起来："今天早上，你强哥、伯娘和燕娃子，把你大伯按在地上黑打了一顿，打得鼻青脸肿的，打了开车就走了，强娃子带着你伯娘去上海了！这个强娃子要不得啊，咋说也是他爸嘛！"

母亲一口气说完，两手一摊。

弟弟面无表情。我说："我去看看！"

母亲却说："人家走都走了，你看啥看，少管闲事！"

我们就都不说话了。无话可说。

其实，关于强哥，我印象最深的，是他挨大伯的打。那是我小学三四年级的暑假，几天暴雨，家门前河涨水了，洪水扑天，淹没了对岸李家院比河床高了十几米的庄稼地。涨水好钓鱼，弟弟、波哥、强哥和我握着鱼竿站在岸边钓鱼，我们心情愉快，吹着口哨。鱼太多了，刚抛出鱼竿，就有鱼儿上钩。那天，也不知怎么回事，活蹦乱跳的鱼儿成群结队往我们盛满清水的水桶里钻，但蹊跷在于，那些鱼儿只往我们的水桶里钻，却不给强哥面子，他一条鱼影子都没钓到。大伯来了，看了看我们水桶里的鱼，又看了看强哥空荡荡的水桶，脸色渐渐阴沉下来，抱着膀子站在强哥旁边。下了暴雨，又是涨洪水，河边冷飕飕的，强哥却已经满头大汗，看得出来，强哥没有钓到鱼，有些着急。钓不到鱼不算什么事吧，然而，就在我们继续专心钓鱼的当口，大伯突然暴跳如雷，几脚把强哥踹倒在地，一连串耳光落在强哥脸上。强哥瞬间蒙了，我们也蒙了，不知道大伯为什么打人，不知强哥为什么挨打，又像是知道。

大伯打完了，一声不吭地就走了。大伯走远了，强哥才伤伤心心一顿痛哭。波哥把手伸进水桶，摸出几条鱼扔进强哥的水桶，骂了句："没事，那就是个神经病！"强哥的眼睛里，早已蓄满仇恨的火花。我小时候也经常挨打，但我从来没有挨过类似于堂哥这样的打。

"三十年河东，三十年河西"，这句话恰当吗？

早听说大伯这几年酗酒，胃都烂了照喝不误，喝醉了就发酒疯。强哥这次回来恐怕本来就不是为了过年的。我相信，一切都有因果，而我们，也都有我们的因果。

五

断裂带，我回来了，可我还是那个我吗？不是。外婆家宽敞的院子里，婆婆的竹影早已灰飞烟灭，只有一些盘根错节的竹根子从堡坎下的泥壤中勉强探出脑袋，闪烁出曾经的记忆；我看着我儿时曾无数次俯瞰的河。可那条河还是那条河吗？不是。外婆家的房子，既不是现在的样子，也不是原来的样子——去年冬天，外婆家地震后新修的房子，因为疏忽大意，被一场大火烧成了灰烬。外婆装在铁盒里的几万块积蓄，也化成了灰烬，出事第二天，我们打开铁盒拍照，那些钱只有小孩拳头那么大，只有天上的白云那么轻。

外婆家的房子没来得及修。

所以，这个春节，注定是一个充满隐喻的春节。也注定我们要在残垣断壁间团年，在一种不乏生活隐喻的背景中团年。

坐在外婆家没有屋顶的堂屋边缘，临时充当火盆的铁锅下柴火噼啪作响。我们嘴上燃烧着过往，又像是回到了过往。

在街上做生意的二姨跟我说悄悄话："你外婆随时都在盼你，每次到我那儿都要问我刘勇啥时回来。"

外婆，我回来了。可我还是我吗？不是。我心里的那个声音说。

二姨笑呵呵地说："你外婆还说你现在变了。"

二姨又说，我跟她解释："刘勇现在忙，要养家糊口，要供房子。"

我如鲠在喉，久久说不出话。

说完这个，我和二姨转换话题，又很自然地说到了天灾人祸，说到了外婆家的房子，说到了昏头昏脑的舅舅和舅妈。

去年冬天，火烧掉了外婆家的房子不说，夏天，断裂带一场百年不遇的洪水，突然越过河堤，撕破二姨家超市后面的围墙，几十万的货物瞬间随波逐流，损失惨重。救灾那几天，我也赶回断裂带，望着被泥沙塞得满满的超市和一片狼藉，二姑父跟我们说："人哪，命只有那么大，不要想多余的。"在外婆家清理火灾现场，记得二姑父又这么说了一次。

我们几乎所有人都对舅舅和舅妈有意见。

因为他们，我们每个人肚子里也都烧着一盆火。客观而言，这个家应该是村上日子最好过的，可是，就因为舅舅和舅妈不会过日子，不想好好过日子，只想挣钱存钱，又三天两头闹离婚，这个家才折腾成了现在这个样子。有的是钱，却宁愿住着破破烂烂的房子，也舍不得花钱修楼房。各种好言相劝，开始以为他们是不长耳朵的人，后面才知道，他们压根就没当回事。

为了赚钱，舅舅整天东奔西走。

舅妈，除了使劲往存折上攒钱，就是跟村里几个女人跳锅庄。家里的水泥院子这么大不跳，非要跑到山下转盘路的公路边跳。如果不是跳舞，去年冬天外婆家的房子也不会烧了，那天傍晚她出门跳舞，往正在焐梅子的梅子坑里攒了不少柴，后来火烧大了，烧燃了梅子坑，又顺着梅子坑上的竹竿，一直烧到家里房子。但是，没人敢说。

两颗心没那么容易睡在一起。

前年，在我们山下家里吃饭，舅妈突然在微信上的亲人群里发了几张陌生女人的照片。二姨在后面发了三个字的消息："莫明堂。"

后来我才知道："那个女的，就是你舅舅原来退亲那个。"

舅妈跟我们诉苦："这些照片都是你舅舅手机上的，还有裸照。"

去年，舅妈公然把一个江油的网友带到家里。我们上山看外婆撞了个正着，却感觉像是做了一个特别奇葩的梦。那个相貌奇丑又自以为是的男人居然当着我们和一些村里人的面，不知为什么，开始振振有词大肆羞辱舅舅"不会做生意""脑壳被门夹了"，同样的话，说了好多遍。外婆当时也在一边，我的外婆啊！舅妈网友每张牙舞爪地说一句，外婆就轻轻重复一声"我娃哪有你能干？他只有那么大的本事！"我的心就狠狠战栗一次。我的心在流血，但我迟迟没有发作，冷眼观望着这荒诞戏剧的场面，就是想看看舅妈的网友到底多么厉害。最终，舅妈的网友，被我指着脸痛骂一顿，骂得一声不吭，我心里那个声音告诉我，他只要说一个字，我就让他躺在那里，不计一切代价，不管任何后果——我都要为外婆为自己出口气——他伤了外婆的心，就是伤了我的心。遗憾的是，他一个字都没回，我失去了动手的机会。

"哪儿来滚哪儿去！"

舅妈网友灰溜溜地走了。

我和二姨聊着这些永远没有答案的事，不知不觉，天就黑了。断裂带，一片漆黑。只有外婆家堂屋灯火通明，我们的影子在墙上摇摇晃晃。有一阵，我忽然想起，我所在的墙角边，就是当年舅舅用气枪给了我一块伤疤的地方。也就是说，我重新坐在了我的伤疤上。我看到身体里有个孩子慢慢蹲了下去，殷红的血，我生命的重要构成部分，就像我来到人群中的那天母亲脸上颗粒状的疲倦，正以液态的形式穿过皮肤的尽头，飞快地流向脚踝，流向脚下的断裂带。我陷入了恍惚，不知身在何处。

刊于《文学港》2020 年第 5 期 "散文在线" 栏目。

无根者

很多时候，

我就是我的土壤，

我就是我的道路。

——题记

一

河流般无声滑动的岁月在大地的皮肤上飞翔，它刷新一切，也席卷一切，我的身体，我的灵魂，我的欲望，我的焦虑，我的生，我的死，我在人间所拥有的一切，都来自它的赐予，形同温柔的雨水降落在断裂带的皮肤上，滋润万物生灵。自然，我所拥有的，也都是岁月的囊中之物，时间犹如一道饥饿的栅栏，在生命周围盘旋。无论是在断裂带，还是在出生地之外别的什么地方，日子总是在不断生长不断更新，而我，一九八七年阴历五月降生在断裂带一个普通家庭的农村孩子，更像母亲春节用盐腌烟熏而成的腊肉，因为，每一天我都在变旧，每一天我都会死掉一部分。有时，我分明感觉自己就是某种过去，或者是从死掉的那些部分膨胀出来的事物，就像童年时代见了总会爱得一贫如洗的爆米花。

逝者如斯夫，不舍昼夜。一个个日子穿过我的额头，我的脸颊，我的心跳和呼吸，宛如断裂带上那些驶过寂静和草尖的风，悄然滑过我日渐松弛臃肿的身体和泥泞不堪的青春，在一个阳光灿烂的日子，将我一下子转移到三十岁的门槛后面。我坚信，对日子来说，这种转移就像二十世纪九十年代的父亲在牌桌上把家里的钱输进别人腰包一样轻松自如。转移，不是迁徙。"转移"这个词远比"迁徙"精确，迁徙意味着逃离，而转移，更多是指情非得已的事情。要不是出生日期无坚不摧般地躺在身份证上，我死也不敢相信自己已经跨入三十岁的门槛，不再青春年少，是个真正的"大人"了。

三十岁以前，我眼中的日子没有丝毫的速度，空洞的年龄也从来不会对我造成压力，在我的念头涂上危机感，庸人自扰；三十岁以后，每个日子的脚板都像是穿了旱冰鞋，或者踩在了青苔上，溜得飞快。即便如此，我也只能默默接受和顺应这样的安排，不过，我还是下定决心，以后走路必须心无旁骛，目光尽量不要落在那些年轻人身上，以免被那些似曾相识，并且迸发着耀眼的青春火花的个体，灼伤眼球。有豌豆那么大一点的欣慰就是，我身边年轻的朋友屈指可数，几乎都是些中老年人。曾经，我时常为自己是那荒芜中的一点绿而沾沾自喜，然而，幸存者的姿态也不过是自欺欺人，三十岁就像在屁股上猛然抽响的皮鞭，把我赶入他们的行列，就像草原上的牧人在暮色中把羊儿赶入羊圈。

时间过得一天比一天快。我当然清楚岁月的流逝对我来说意味着什么，我为此感到痛苦，这青苔般柔软纤细的时光，这风一样虚空的嘴唇，竟然不知不觉，就吹翻了一个又一个季节，吹出了母亲脸上的皱纹和头发里的黎明，也把我吹到了人生的半山腰上。

生活似乎仍是从前的样子，没有变好，也没有变糟。

掐指一算，我整整一年时间没有在单位上过班了。眼下，我过着长篇小说《活着》的作者，著名小说家余华还是一名牙医时就梦寐以求的生活。我的表面身份是一所乡镇小学的体育教师，但实际上，我是县文化馆暂时还"名不正言不顺"的文学创作辅导员。去年，县上领导为了给因某些缘故暂时不能调回文化馆的我提供一个安逸舒适的创作环境，索性决定让我工资照领，不用上班，由我自己安排时间。时间我自己倒是会安排，但三十岁肯定不是我的安排，而是父母几十年前就已经替我安排好了的。

三十岁了，往事历历在目，它们像鸟一样长着翅膀，无论我在哪里，它们都能飞向我。

刀不磨，要生锈；人不读书，脑袋要生锈。记忆并非毫无意义，某种程度而言，它们同样是一种阅读。并且，这种阅读的优势并非那些砖头似的名著能够取代，因为是免费的，无须自己掏钱去买。记忆如同晨间枝叶上晶莹的露水，滴落在年龄的皮肤上。我人生最初的那段时光依然没有被时间冲淡，一幕幕过往就像苍穹上的一块块白云乌云，时常在我的脑袋里面荡来荡去。虽然，许多事情早已被遗忘和琐碎的生活塞进抽屉。但以外婆为背景的某些片段，总会时不时地跃出记忆的水面，给我安慰和感动。

我是在外婆家由外婆手把手带大的，外婆是我童年的栅栏。

我最早的记忆，是关于外婆的。我记得，那时候外婆的脸上风平浪静，还没有皱纹，没有涟漪，她总是一阵风似的在我的眼珠子里忙得团团转，洗衣、做饭，给我洗尿片，她门里门外地忙碌着，我却很是安闲，于是，哭就成了我唯一的正经事，也成了我的一把万能钥匙，我或许已经意识到，我的眼泪能够流出我想要的东西。比如，很多时候，我害怕睡觉，因为我一旦睡去，那个妈妈一样的女人就会把我盖在厚厚的被子下面，然后迫不及待地转身离去忙她的事情，只要意识到身边没人了，变得空荡荡的了，我就会哇哇地哭，撕心裂肺地哭，荡气回肠地哭，我的哭总能把那个妈妈一样的女人召回我身边。

我很久都没有哭过了，毕竟，现在我已经老大不小了。哭似乎早已失去了它从前的魔力，变得遥不可及，就好像那个妈妈一样的女人在时光中永远地失去了她的童年、青春和美丽，变成了老人。而我，曾在外婆怀中受过庇护和宠爱的淘气小孩，经过岁月的发酵，经过风风雨雨的洗礼，如今，也是快当父亲的人了。

明年年初我就会见到我的孩子，这让我激动万分，也使我惴惴不安，好像来到这个世界三十年了，我还是个孩子，从未想象过自己也有这样的一天，成为一个孩子的父亲，感觉他或者她，仿佛一道在我三十岁的皮肤上，在我妻子的肚皮上，高高隆起的分水岭，为我今后的人生带来各种喜悦、欢乐和幸福的同时，也必然会带来诸多变化乃至考验。

日子渐渐圆满，谁不愿意自己能够变得更好？这样的年龄，我像一棵期待开花的树，也由衷期待着某些成熟品质能在自己身上开出绚丽的花朵，甚至结出香气扑鼻的果实。

二

回想起来，二十多岁的时候，年龄就已经是我思想上的一个巨大包袱，并且，我也已经是我父亲眼中的一枚老光棍了。

"老光棍一枚"，当着亲戚熟人的面，父亲经常这样无缘无故说我，好像我真的讨不到媳妇，给他丢脸了似的。并且，多半是在我毫无思想准备的情况下，父亲的嘴突然就蹦出这样三个意味深长的字。平时，在家里面，父亲从来不给我戴这样的"高帽子"，他也很少跟我说话，很多时候，他的脸色，就是他的嘴唇和语言，能让我迅速心领神会，明白自己接下来应该去做的事。

父亲嘲弄我的理由很简单，他和母亲家成得早，二十二三岁就有了我和弟弟。我的落后让父亲愤愤不平。父亲的嘲弄，则让我耿耿于怀，但我也确实不能变得和他一样优秀，毕竟，我还要等到二十四岁才大学毕业。

此情可待成追忆，只是当时已惘然。父亲不知道，他离开的这些年里，我的耿耿于怀早已灰飞烟灭，最大的遗憾是我和弟弟成家的时候，他都没能在场。

和父亲异曲同工，不到五十岁就失去丈夫的母亲，以前也经常语气夸张地调侃我，说我"都变成老小伙子了"。其实这些年我的很多事都没要她老人家操心，但她总是一副赤裸裸嫌弃的样子，好像我不该长这么大，好像我愿意变成老小伙子似的。如今，母亲再也不会像从前那样说我，因为我已经如其所愿，真的变成老小伙子了。

人生就是一本书，从第一页到最后一页，我已经读到第三十页了，不知还剩多少页。熬夜写作读书的时候，在整日装修噪声不断的小区附近空荡荡的篮球场上挥汗如雨的时候，与形形色色的人打交道的时候，甚至吃饭喝水的时候，我经常想起我的年龄，想起自己已经三十岁这个铁板钉钉的事实。当然，这并不是矫情或者顾影自怜，而是因为，唯有如此我才能够避免浑浑噩噩，时刻提醒自己该以怎样的姿态，或者怎样的姿势，在生活的皮肤下保持清醒、自我、纯粹和激情，担负起属于自己的人生角色。

三十岁，热血与天真，犹在我灵魂、血肉和呼吸的水面上翻跹，勾勒和构筑着我在这所谓"盛年"的框架之下应有的轮廓。其实，我不敢忘记我的年龄。感觉起来，年龄就好像我的另一个出生地，杏仁般苦涩、忧郁，如同伟大的犹太诗人策兰为世人留下的重要诗篇，如同苦难重重但也生机勃勃的断裂带，总使我百感交集，思绪万千。

不得不承认，时间长的不是大长腿，而是滚滚的车轮。

我年轻过，但是现在，我已经不那么年轻了，并且这种残酷，还会继续生长。因此，生日那天，我没有呼朋引伴出门喝酒，而是关掉手机，在家里清清静静地过了一天。已有身孕的妻子倒是欢天喜地，毕竟，我"终于"节约了一笔不小的开支。

怪我自己，平时花起钱来大手大脚惯了，妻子经常抱怨："每次无论给你好多钱，你都要用完！"

对此，我常常是哑巴吃黄连有苦说不出。实际上，并不是我会花钱，而是因为，我压根就对钱没什么概念。再说了，钱本来就是拿来用的。

即便如此，我也仍旧不敢在管家婆面前为自己申冤：

"钱又不是你，还能给我生孩子！"

三

三十而立，最激动的还不是我自己，而是我下巴上的草。

生日早就过去了，现在是凉风习习的秋天，但我下巴上的草似乎把每个日子都当成了春天，马不停蹄地生长，生长，还是生长。

我不知道这些黑色的草为什么长得那么快，它们的速度完全追得上火车了。每隔一天，最多不超过两天，我必须割一次草。否则，我就会认不出自己。照镜子的时候，好像镜子里的那个人不是我自己，而是台湾作家三毛在其著作《撒哈拉的故事》中提到的那些邋遢无比的撒哈拉威人；真的我则去向不明。我百分之百相信，要是我一个月不把下巴上

的草割去，我就会变成陀思妥耶夫斯基，一张脸几乎都被草淹没了的陀
思妥耶夫斯基。当然，我膜拜这个伟大的俄罗斯作家，他的每一部作品
都让我爱不释手。

草不停地生长，也不停地被人收割。

日子不停地生长，也在不停地被人收割。

在年龄的皮肤下面，在它淡漠的注视中，我经常能够听到身后远远
传来沉重的关门声，如此遥远和空洞，就好像血红色的夕阳涂抹在山顶
上的叹息；也如此似曾相识，仿佛断裂带那些久违了的清晨，乳白色的
炊烟倒挂在村子上面，洁白的露珠儿坐在仙人掌的叶子中央，世界恍如
新生。

三十岁了，比起年龄和身体的某些变化，我更在意自己作为人或者
作为一名作家的意义和价值。然而，很多时候，我一头雾水，深感无所
适从。不得不承认这一点，只有承认这一点，你才能够领会我在读到那
些文绉绉的不入流的诗人作家们动不动写故乡美轮美奂要不就是死了、
没了之类的劣作之时心情是何等难受，又是何等着急！头痛的是，我还
发现自己既不能像他们那样矫情、肤浅，也不能像一些从头到脚都长着
灿烂良知的作家义无反顾成为故乡的"叛徒"。

对于饱经忧患但依然生机勃勃的断裂带，更为复杂的情愫与体验像
空气那样包裹着我：一方面，断裂带是我精神上最最依恋的家园，我的
童年和少年岁月都在那里度过，更重要的是，如今，我的很多亲人、朋
友仍在断裂带生活，每次想起他们，我就会想起一棵树，以及一棵树上
的枝枝叶叶；另一方面，我又不得不跟断裂带保持适当的距离，有时候
甚至故作疏远，冷眼旁观，并非我麻木，也不是我的心已经随着我的年
龄长到石头里面去了，而是因为，在生活的背面，在一些经历的屁股后
面，我看见或者遇见的，并不是真情涌现，而是遍布着的荆棘，粗粝的

石头，和目光冷冷的刀子。它们，埋伏在岁月里的幽灵，总是通过一个中心——生活——暗暗指向我的自作多情，让我无地自容，让我感觉自己，不过是一个拥有故乡又远离了故乡，没有归宿也找不到归属感的无根者。

无根者！无论是在断裂带，还是在我眼下生活的这座城市，这个词同我如影随形，仿佛它就是我的呼吸和心跳，是我绕不过的命运，或者精神魔咒。至少，我从自己的生活和经历中隐隐约约感觉到了这一点，就像午后的阳光，穿过茂密的树叶间隙落在空地上。

如今，我虽然极少写诗，精力更多涂抹在散文和小说领域，但也的确读了不少大诗人晚年的诗集或者随笔，我有个近乎偏执的想法，一个人的晚年是一个人身体的最后一片高地，灵魂自然也当如此，尤其是智者的灵魂，尤其是伟大的灵魂。此外，晚年也不是一个人走向黑暗走向死亡的时刻，而是一个人走向成熟走向奇迹的时刻，透过歌德、米沃什、荷尔德林、艾略特、奥登、聂鲁达、阿米亥等人的作品，我相信，自己的想法已经得到证明。

因此，与埃兹拉·庞德晚年诗集《比萨诗章》的相遇是偶然，也是必然，诗章第一百一十七章，也是最后一章，一天深夜，当我读到"与世界搏斗，我失去了中心"，我被这为智慧的光环环绕，像是道破了天机的诗句，点燃了似的，激动不已。我一下子从单人沙发上站了起来，双手却紧紧捧着诗集，目光也紧紧咬住这句话，生怕它逃走。

写得真好："与世界搏斗，我失去了中心。"

千言万语，似乎都可以用这句话来概括。

五味杂陈，似乎都可以用这句话来形容。

通过这句话，我看见了自己，那个在岁月的荒原上苦苦跋涉的无根者的形象，如此清晰。

四

　　三十岁之前有很长一段时间，母亲的脸上都挂着乌云，就像我这几年陆续出版的诗集《太阳神鸟》，散文集《食鼠之家》，中短篇小说集《伊拉克的石头》，我知道，母亲脸上的乌云也是我的作品，不是我写出来的，而是我的不争气，我的浑浑噩噩，我的一事无成，写出来的。

　　我大学毕业的时候，村上与我同龄的，几乎都已成家立业，有的娃儿都已经背着书包念小学了，唯余我一无所有，下雨天院子里的晾衣绳一般孤单。

　　那时候，每次回到断裂带，我的心都是虚的，亲朋好友几乎都会问我一些类似的问题，比如，"找到工作了没有？""耍朋友了没有？"当我如实坦白回答"没有"，通常会收获一些同情，提问者总是大度地看着我，然后说，"哦！"

　　哦。然后什么也不说了，仿佛我的回答已经使得他们心满意足，而我除了尴尬，除了感谢他们没有表现出所谓"着急"，时常也会产生一种强烈的错觉，这种错觉带着我回到遥远的童年时代，好像我干了对不起他们的事，最终却得到了他们的宽容和谅解。

　　很久很久以后我才终于明白，生活里的一切真相几乎都如实写在母亲脸上，我的回答，我的处境，实际上很快就变成谈资，在断裂带的空气之中笑话一般广为流传，然后，折射到母亲脸上，变成乌云。

　　母亲脸上的这些乌云在我面前下过多少回雨我已经记不清了，在我还没有工作的时候，在我还没有恋爱甚至成家迹象的时候，这些雨水总是会有意无意地落下来，落在母亲的眼睛下面，落在我和母亲的生活之中，仿佛一种洗礼，又好像什么都不是，因为除了我和母亲，没有人会注意到它们，更不会心疼。

　　漫长的岁月像是断裂带家门前面目全非的河流，把有过的记忆一点一点带走，也吹散了这些年来一直挂在母亲心坎上的那一朵朵乌云。转眼，我有了一份看似不错的工作，也有了自己的妻子和家庭。回想这一切，实属不易，每一步都很艰辛。岁月为一切赋形，岁月锻造了我的生活，有时候，我忍不住通过记忆打捞那些早已褪色的艰难岁月，也忍不住为自己感到小小的庆幸，为自己用坚韧为它们抹上了值得回味的光环而暗暗得意。

　　然而，更多时候，我对自己眼下的生活或者状态既茫然，又惶恐，好像生命周围满是浓浓的雾霭，不见天日，也没有方向，不知道自己应该何去何从。

　　唯独可以肯定的是，我似乎一直在与我身后那片辽阔而又苦难的土壤——断裂带，渐行渐远，形如布满神奇和欢乐的童年，形如生龙活虎、活蹦乱跳的青春。

　　人和人其实都是差不多的。我了解自己，了解生活，却不了解人心。岁月渐深，年龄渐长，我内心的惶惑没有减弱，反而越来越多。其实我并非冷漠之人，但或许是方法不对，或许是自作多情，或许还有别的什么缘故，总而言之，我不得不转过身去，背对断裂带，背对自己深深热爱的土地，选择沉默，选择事不关己高高挂起。

　　生活平淡无奇，但它的确埋伏着一种力量，在客观上，也在主观上，拉长着我与断裂带许多人事的距离。那种，从熟悉，到陌生的距离。

五

　　年初，在断裂带筹备婚礼那段时间，是我一生中最幸福快乐的日子，也可能是我一生中最累的日子，累不是身体的，而是心理的，应接不暇的琐事后面那些复杂而又难以调和的人际关系弄得我异常疲惫，很多时候，我感觉自己就像是落入水中的一块石头，而不是一滴水。水浑浊不堪。

给亲朋好友送请柬，总会遇到有人故意板着脸孔，然后不动声色地"教育"我说："客套啥？就是不请我，我也要来嘛！"不管怎么说，请柬总归是要送到的，这是断裂带的风俗，是规矩，也是最起码的尊重和礼貌。除此之外，也许最主要的原因就是，我的客套长着眼睛。

我的客套眼睛是母亲，也是我自己的理智决定的，因为它不属于我的身体，而是世俗生活的一部分。植物生长需要阳光雨露，人情世故也需要精心维护。我十七岁之后的大部分时间都是在断裂带之外的学校度过的，高中三年在李白故里——江油市江油中学，大学四年是在成都平原，毕业之后又东奔西跑了几年，断裂带的大多事情都是从母亲的口中得知，家门之外的世故人情也多是由母亲支撑。直至写请柬的时候我才发现，岁月已经把我跟断裂带的乡亲父老隔得太远了，远得我都不好意思请他们参加我的婚礼，喝我的喜酒。血液里熊熊燃烧的愧疚使我矛盾重重，很久之后我才隐隐感到，这其实毫无必要，因为婚礼不只是为了自己的幸福，更是为了父母的脸面。也许正是因为冲着父母的脸面，一些人才那么肯定自己会"不请自来"，而我，不过是演绎世故人情的道具或者陪衬？

我的客套眼睛成了我的遮羞布，翻新了我对断裂带的认识，使我在精神上获得了一种不同以往的体验，也让我看到了隐藏在我和断裂带之间的一道沟壑，不断生长的日子，就像春天的种子被埋进土里那般，把我们有过的熟悉与亲昵统统埋在了过去。

二〇〇九年诺贝尔文学奖得主赫塔·米勒在她的散文中如此写道："沉默让我们令人不快，说话使我们变得可笑。"

　　生活就是这样奇妙，生命中似乎早已注定的某些经历让我变成了这句话的一个影子，我在阅读之外经历过同样的事情。不止一次。生活同样是一种阅读。而翻开书本仿佛仅仅是在阅读沉睡的现实，通过思想秘密武装在一起的文字看似其貌不扬，却拥有着神奇而又精准的预言能力。

　　"沉默让我们令人不快，说话使我们变得可笑。"

　　在断裂带，一些事雨水一样落在我身上的时候，我才意识到自己的影子身份，才意识到自己并非一个总是拥有客套眼睛的人，才意识到皮之不存毛将焉附——所谓亲情，有时候不过是一种令你的自以为是皮开肉绽，"好心被当作驴肝肺"的催化剂。

　　最先让我变成赫塔·米勒那句话的影子的人是我的一个表妹，那是我刚结婚不久，春节里的一天下午，因为喝了点酒的缘故，当着她和她家里人的面，出于关心，素来话少的我忍不住说了几句体己话，无非是为她好，至于究竟是什么话，现在我也很难记起它们长什么样子。也怪自己一喝酒就变得粗枝大叶，那天下午，我实际上并没有注意到表妹脸上的坏天气，以及她肚子里的坏情绪。然而，令我万万想不到的是，我的话就像被点燃了的导火索，眨眼就让从小跟我关系亲密的表妹情绪爆炸了，失控了，也眨眼就让我变成了一个罪人，一个得罪人的人。表妹在外地工作，难得回来一趟，她转身就开始收拾行囊，准备出门回工作的地方去。她怒气冲天，给人的感觉，似乎一直在等待这样一个机会，离开。之前知道表妹在家呆不了几天，我其实是到她家请她们晚上到我家吃晚饭的，没想到的是，竟然遇到这么一出。表妹坚决地走了，谁也拦不住。我完全没有想到自己会捅这么个马蜂窝。在她去搭车的水泥路上，我这个当哥的一个劲儿地赔礼道歉，希望她在家多呆几天。表妹转过脸，狠狠推了我一掌，河东狮吼般地告诉我："老子妈都可以不认，还认你？！"说完，表妹扬长而去。

表妹临别的那番话让我耿耿于怀了一段时间，然后也就释怀了，我安慰自己也安慰同样被表妹怒删了微信不再往来的妻子，不妨将这件事看作伤心玩笑，或者童年时脚不小心踩在了钉子上面。

每个人都有自己的想法，每个人都喜欢按照自己的意愿生活，或许，我确实高估了自己的角色，才无意点燃了烟花爆竹。

这件不愉快的事情之前，我几乎从未怀疑过自己对断裂带的一往情深，也从未怀疑过亲情。自取其辱的经历，点燃了我的怀疑，这种怀疑不是针对表妹，而是针对我们的成长，针对已经死掉的那些岁月，也针对生命中比皮肤还要脆弱的人际关系。

六

日子一个挨着一个穿过身体，就在跨入三十岁门槛的阴历五月，我回了一趟断裂带老家。地震过去整整九年，对断裂带的乡亲父老们而言，九年之后阳历的五月依然是黑色的，对我而言，因为一件事，阴历五月也变成了黑色，甚至比阳历的五月更甚。这件事，跟半年前同表妹关系弄僵的情形类似，让我再次成为"罪人"，一个得罪人的人，只不过，这次我明显是故意的。我得罪了我舅舅的妻子，或者说是她的异性"网友"。

五六月份是断裂带青梅成熟的季节，一二月份还遍地盛开着的梅花转眼果实累累。舅舅，我外婆唯一的儿子，这些年来一直是断裂带少数将梅子生意做得风生水起的梅老板。每次看到舅舅我总是想到我的外公，一个一生都在忙碌，却似乎没有享受过多少好日子的人。舅舅的优点也是他的缺点，他知道怎样挣钱，却从来舍不得花钱，好像不知道怎么花钱似的。我一直记得小时候没有鞋子穿，找舅舅让给买一双，走了几里路，最终，舅舅还是没有买。遇到这样的舅舅，只能认了，他就是那样的人，即便是我指着他的鼻子眼睛骂一整天，舅舅仍然满脸堆笑，连母亲也说，断裂带没谁有他那么乐观，总是乐呵呵的。

炕干的果梅每年价格浮动很大，比如说，去年五六块钱一斤，今年可能一下子涨到十多块。我一回断裂带就听母亲说，舅母前不久把舅舅压在家里的几十吨果梅以几块钱的价格卖光了，气人的是，短短几天后，果梅的价格已经涨到十三四块，算下来，这短短几天舅舅就起码少收入了二三十万。母亲还跟我说，当时舅舅不在家，果梅是舅母独自决定卖掉的。其实，我想的是，在和不在都没有关系，因为他们两口子的关系，就是老鼠和猫的关系，舅舅是老鼠，舅母是猫。舅母的网名就叫懒猫。我开车到山上去看外婆的时候，外婆在，舅舅不在，舅母在，还有一个男的，后来我才知道是舅母的"网友"，是舅母专门请到家里来帮他们"做生意"的。

在断裂带，想必没有一个男人能够忍受自己的老婆把异性带到家里吃住，如果有，这个人恐怕只会是我舅舅。我不知道我舅舅是不是真的缺心眼，那天下午，我只知道，舅母的异性朋友确实深深地伤害了我的亲人，使我从一只文质彬彬的羊变成了一头大发脾气的老虎。

话说，那个头发花白有些秃顶的男人傲慢地跟舅母坐在堂屋门前的院子里，因为来了几个村里人打听今年的果梅价格，一伙人谈得眉飞色舞，其中最活跃的莫过舅母那贼眉鼠眼的网友，他一家之主似的坐在舅母身边，一边吞云吐雾，一边侃侃而谈。不知怎么的，老家伙竟然说到了我舅舅，不到十分钟时间，他三番五次有意装作无意似的趾高气扬地念着舅舅的名字，说他不会做生意，是个"瓜娃子"，还说舅舅"脑壳被门夹了"。

他的每一句谴责后面，我的外婆都会在不远处小声回敬一句："他哪有你那么聪明？你是见过世面的人！"

对于舅母的过分，外婆也是敢怒不敢言，遇到这样的儿媳，老人只能忍气吞声。我却做不到。外婆的每一句话都让我心疼，外婆自小心疼我，我知道外婆心疼是因为舅舅，我心疼则是因为外婆。

真是欺人太甚了！在又一次听到那人对舅舅的肆意诋毁之后，我再也控制不住心头强烈的愤怒，三步并作两步地走到那个男人面前，很认真地指着他，一顿臭骂。在场的人都被我突如其来的举动惊呆了，外婆吆喝着我的名字，生怕我动手打人。想必那个老不要脸的老家伙也没有料到会有人站出来打抱不平，他更不会知道我已经铁定拳头，要是他再敢造次，哪怕多说一句，我坚决揍扁他。他倒是识趣，一个字都没说，愣在那里。听外婆后来说，晚上，那只老狐狸就灰溜溜地走了。

赫塔·米勒同样说过，"如果咒骂中断了，那它就没有存在过。"

我的咒骂没有存在过，因为它很快就中断了，不过效果还算理想。

只是，直到现在，我也无法理解我的舅母为什么会纵容一个男人对自己的男人指指点点，也不知道我的舅舅为什么会那样忍气吞声，完全都不像个男人。云南诗人于坚写过一篇散文，名叫《朋友是人类最后的故乡》。人当然是需要朋友的，每个人都应该有一些自己的朋友，同性也好，异性也罢。我无意揣测舅母和那人的关系，只是真心觉得心痛，为我的外婆，为舅舅，也为在断裂带皮肤上那渐渐褪色的淳朴与世道人心。

八月尾巴上的一天，我回断裂带，去外婆家，一大群请来的帮工在院里忙碌着，乌黑的果梅小山一样堆在地上。舅母始终板着面孔，没有理我。我自然也不想理她。我们心照不宣，都有彼此在空气中密度不够的理由。

七

每一天我都在变旧，每一天我都在死掉一部分。

这不是冷冰冰的寓言，而是活生生的现实，一个身体和精神上都在渐渐远离故土的无根者内心的真实感受。

我在现实中流浪，在断裂带之外布满人迹和喧嚣的角落里流浪。

与此同时，我也在纸上流浪，在诗歌、散文和小说里流浪，用粗糙笨拙而又浅薄的文字讲述着心灵的秘密，讲述着断裂带那些让我爱恨交织让我念念不忘的故事和真相。我奢望它们与古老、永恒的岁月同在，但另一方面，我又希望它们速朽，甚至压根没有存在过。

流浪是为了了却心头挥之不去的阴霾，更是为了激活面对生活的勇气和信心。不知为什么？这些年，我的勇气和信心似乎并没有随着我的年龄生长，反而变得胆怯和迟疑。

生活在成为过去，生命和生命周围的一切在成为过去，我也在成为过去，这种过去包含了我的日常生活，包含了柴米油盐酱醋茶，也包含了一个无根者的酸甜苦辣。无论怎样，有一点是可以肯定的，过去，现在，还有未来，最终都指向虚无。

在三十岁的门槛后面，以无根者的视角和姿态眺望曾经的岁月，眺望仍在季节中辗转的断裂带，苦难重重但也生机勃勃的故土，我依然热血澎湃，命中注定，今生今世，她永远是我精神上的一道枷锁，也是记忆中最难清除的一个死角。我远远地想着她，我想到了生，想到了死，想到了永恒。

刊于《青年作家》2018 年第 6 期"散文坊"栏目，头条。

山河故人

游到河那边去

夏天还有点远，我们这群小二流子，就一阵风似的跑着，在风里，我们纸飞飞一样，球甩甩地跑着，急吼吼来到家门前的河里游泳。我们三四岁起就在河里摸爬滚打。只有我们自己知道这件事，但我们以为全世界都知道，我们很骄傲，毕竟，这几乎是唯一能够榨取些优越感，让我们这些馋嘴子显出体面和尊严的地方。

山里穷，我们更穷，我们穷得班上的同学嘎吱嘎吱嚼零食，吃学校门口王婆婆卖的麻辣烫，潦草一片的牙齿只一个劲儿打战，嘴巴里像个拧开的水龙头，他妈的口水往肚子里吞也不是，往外吐也不是，那架势，就好像，想把学校都淹掉了一样。人像是一颗快要炸开的火炮，在空气的皮肤上，跳出一个张着血盆大口的胃来。

"吃相跟猪一样！"

出于嫉妒，我暗地里骂别人，也骂自己，骂自己投胎的时候找错了方向，尤其是胳肢窝，因为妈妈们说，我们就是从胳肢窝里生出来的。

那时候，还不知道男人和女人的区别，只要想到自己的胳肢窝里，将来还钻出一个跟自己差不多的人，心头便会涌现出一种撕心裂肺的痛苦。

我们是村里最受人憎恨的存在，从早到晚，我们不争气的肚子总是让我们想着吃，想到了骨头里，不知为什么。家里没有吃的，办法却不是没有，我们就去偷。我们偷别人家刚刚种在地里的花生，出于卫生，就把嵌着粪土的那一点皮皮去了吃；我们偷别人家还没有来得及成熟的樱桃、苹果和梨，并且从中感到快乐和满足，甚至常常厚颜无耻地自我评估，要是自己不会偷，活在这样的村子里，该是多么可惜？！有时间，看着自己长长的脚，长长的手，我就意识到，遇见它们都是注定的，与生俱来的天赋和作案工具。

天马行空的岁月，我们因为偷，吃了很多别人家的东西，也因为偷，吃了太多苦头。我们总是听到别人骂骂咧咧的父母，经常骂骂咧咧地把我们赶到别人面前，不断赔礼道歉。只是道歉也不能抹掉我们身上那些冥顽不化的污点，但凡村里人丢了东西，人家都会说，"除了刘家院子那几个二流子，还会是谁……"

饥饿把我们磨尖了。

我们也把村里的那些"只要可以吃"的东西磨尖了。

没有什么东西要偷的时候，我们就去河里凫水，倘若把世界上的人民分成会凫水的和不会凫水的，我们会高兴得拍上一个星期的巴巴掌，至少，我们不是旱鸭子。我们都想游到河那边去，河对岸也有一个村子，感觉起来，河那边的村子比我们的村子富饶多了，那么多的蔬菜和瓜果，时常一览无余地呈现在我们面前，让我们又忍不住地开始饥饿，又想去偷。

我们都想游到河那边去，甚至想在河那边生活，跟那些脸色铁青的村里人老死不相往来。我们如同录像里那些急于寻找快活的男女，气喘吁吁又心急火燎地脱掉身上那些脏兮兮的弥漫着一股子酸唧唧味道的衣服裤子，把它们抛弃在岸边同样光溜溜的岩石上，如同某种耻辱，或者灾难。在我眼底，除了身体，这些东西也都是村子里的，我一刻都不想把它们留在我的身上。

河水从很远很远的雪山下来，冰寒彻骨。我们把河水变成了一件美丽的衣裳，穿在身上，我们也是冰寒彻骨。如果父母知道我们偷偷摸摸，背着他们到河里来，他们也会冰寒彻骨的，眼睛里会恶狠狠地飞出一把把刀子，足以把我们挨个挨个地劈死。

我们整个儿地浸泡在冰寒彻骨的水里，水是没有肉的，我们在水里游，就像这条河的骨头。我们都想游到河那边去，尽管，河水冰寒彻骨。

夏天的时候，我已经能够轻松游得很远了。

夏天的时候，我感觉自己，很像一条鱼。

紧跟着夏天的屁股后面，雨季来临，洪水暴涨，但不是特别骇人，至少，我没有这种感觉，几十米宽的河面，对我而言，算不得凶险。我很有把握，自己有能力游到河那边去。那一天，我决定穿过有着无数旋涡的洪水，游到河那边去。平时，两分钟就能游个来回。我告诉我的伙伴们，"等下就回来！"便扑通一声，跳进河里。

事实证明，我低估了洪水，它像一位暴君，那湍急的水流很快剥去了我游泳的技术和权利，我只能随波逐流，我感到水下有一个巨大的黑洞，在将我吸进去。我拼命挣扎，继续朝着对岸游去。我终于游到了河那边去的时候，已经被洪水往下游冲出了一千多米，足足二三里远。

远远地，我看见其余的伙伴，这些二流子，在河那边，在上游，在风里，在洪水的奔流声中，旗帜般扬着他们破破烂烂的内裤，焦灼地冲我挥舞着，召唤着。

我筋疲力尽，已经不想说话，但仍然挤出一个胜利的表情，挥动着我干柴一样的胳膊，回应他们。我甚至还跟他们指了指更上游那座摇摇晃晃的桥，远远看上去，它是那么结实，安全，抚平了我心头的恐惧。我想大声告诉那些二流子，我不打算再从河这边游回去了，那真是个不要命的决定，我愿意踩着光溜溜的鹅卵石和柔软的沙子，一只手遮住已经吓得缩进肉里的鸡巴，穿过那座桥，一步一个脚印地走回去。但我已经没有力气。

杨瘪嘴

世纪初，已经懂事那些年的寒暑假，我跟着院子里的伙伴们整天骑着自行车，到处捡破烂卖钱。那些年，我想赚钱想得发疯想到了骨头里。捡破烂，几乎是我们在我们那个镇上唯一的发财机会。为多卖钱，我们经常把水和碎石装在空泉水瓶子里。印象最深的一次，额上皱纹密布的张爷从我的蛇皮口袋里提炼出十几片血糊糊的火红火红的纸巾，耐心地解释，"这些不是破烂，不能卖钱，晓不晓得？！"

张爷以为我是傻瓜不晓得卖给他的是女人用过的卫生巾。我顺水推舟怅然地"哦"了一声，点点头。喜剧的时刻是，张爷，这个老糊涂在完成自己的教育普及工作之后，又佝偻着身子把那些女人用过的卫生巾一片一片装进蛇皮口袋，一起过了秤，给我拿钱。

张爷走了以后，我就再也没有遇见过那样糊涂的人。

张爷走了以后，一个中年男人握住接力棒，成了我们镇上这一行业的掌门人，骑着一辆三轮车在镇上风风火火地收起破烂。我们把捡来的破烂卖给这个新掌门人。新掌门人名叫"杨正杰"。但镇上的人既不喊他本名，也不喊他杨老板，而是喊：

"杨，b—i—a，嘴！"

我们这些小二流子，也常常喊："杨，b—i—a，嘴！"

杨瘪嘴却从不生气，抿抿他的瘪嘴，似笑非笑地望着我们。

好多人喊他"杨瘪嘴"。我们便跟着喊。但我妈不准我们喊"杨瘪嘴"。说起来，杨瘪嘴还是我们家的远房亲戚。

"别没大没小，"我妈说，"要喊杨叔。"

我妈自己招呼杨瘪嘴的时候，可没有这样的规矩。我一滴滴都不喜欢"杨叔"这个宽泛笼统的称呼，它如同一列满载乘客的臭气熏天的死气沉沉的火车，"杨瘪嘴"，喊起来倒是格外顺口。

杨瘪嘴也是我们镇上的人，个子不高，浓眉大眼，远看像截老树桩，却生着一副大嘴，感觉就好像，他把生长的力气，全都耗在这张嘴上。嘴大唇厚，脸就显得有些塌。喊杨瘪嘴，其实就是从我妈那里捡来的，我妈又是从镇上别的人那里捡来的。总之，这个深入人心的绰号，尾随的，似乎注定是这个在我们镇上收了好多年破烂的人。

杨瘪嘴是热心肠，镇上的人都愿意请他帮忙。平日里，家里需要拉东西，母亲就说，我给杨瘪嘴打个电话，喊他把他的三轮车骑来。一个电话过去，过不了多久，杨瘪嘴便骑着他火红火红的三轮车停在我家门口。

这些年，杨瘪嘴的事业蒸蒸日上，在镇上有了自己的门面，再也不是当年那个用纸板写着"收破烂"挂在三轮车上的光棍。唯一不变的就是，杨瘪嘴仍然单身。有时候，杨瘪嘴帮我们家拉货的时候，我妈会突然神叨叨地说上一句，"兄弟，咋不找人说一个？"

按照杨瘪嘴现在的状况，说个媳妇完全不成问题。杨瘪嘴却听得一愣愣的，仿佛变成了木头人，仿佛完全忘记了那件事，良久，嘴上才嗫嚅着敷衍几句什么，完全听不见。

二○一○年，父亲的葬礼，杨瘪嘴来了，跟我们说，这么大的事，你们咋不通知我呢，你们就是不通知我也要来。

我结婚，杨瘪嘴也自己来了。

关于杨瘪嘴，其实，我有一个永远不能忘记的傍晚。

那是十多年前的一个美丽的傍晚。我去找杨瘪嘴卖我的破烂。那时我还是个懵懂少年。我径直走入杨瘪嘴的房间，他正笔端端坐在他潮湿阴暗，弥漫着一股子鱼腥味的房间，兴致勃勃望着电视上一对赤身裸体的男女。见我，他问我，"想不想看？"

我没有说不。他说你想看你就坐在那个凳子上看。坐在凳子上的我口干舌燥，坚持了十多分钟。我似乎已经忘记我的目的，那些雪白一片的成人画面，似乎把我偷偷地偷走了，连续好多天，我都在失眠。一方面是兴奋，另一方面则是出于恐惧，我想得多，担心杨瘪嘴把这件事跟我家里告密。后来见面，就开始躲躲闪闪。

现如今，常年在外，家乡的人事越来越远。偶尔，回到镇上，跟杨瘪嘴擦肩而过，却连个招呼也懒得打了，形如陌路。眼睛总是故意撇向别处，杨瘪嘴似乎也无所谓的，也不看我，活着属于他的活法，经历着他自己的岁月，过着属于他个人的日子。

上次跟杨瘪嘴说话是去年还是前年冬天？我在街上一家馆子吃早饭，点了一两面，一个包子。刚坐下，杨瘪嘴后脚也跟着进来了，带着一顶帽子，两只耳朵上也蒙着耳罩。那个当口，我刚把一张钱递给老板娘，见了杨瘪嘴，便勉勉强强打了个招呼。打过招呼，老板还没找零，我又想着平日我妈经常麻烦人家，便大声跟老板交代，连他的一起算！

杨瘪嘴客客气气地说，我吃我的你给啥钱我不要你给钱！又转头跟老板娘说，你莫收他的，收我的，我个人给。

都是熟人。老板娘笑嘻嘻地说，人家说帮你给就等人家帮你给，要吃啥子快说，老娘好找钱！

那顿我付钱的早饭，杨瘪嘴点了三两面，两个大菜包子，六个鸡蛋。

找钱的时候，老板娘似乎有点过意不去，似乎有意要为杨瘪嘴澄清他不是在"趁火打劫"，她自言自语似的说，这龟儿吃得，八辈子没吃过饭一样。说完，她又意犹未尽地补充了一句，平时在我们这儿，这龟儿也是这么吃的。

付过钱，匆匆吃完，我匆匆离去，潜意识里，还有些担心杨瘪嘴撑破肚皮。

无论身高还是体魄，都只有我一半多的杨瘪嘴，没想到这么能吃！既然老板娘都那样解释了，我就不会再去为他担心，担心他撑破肚皮。我只是有点为自己担心，现在依然，我担心我永远没办法忘记，忘记杨瘪嘴一个人的早餐，忘记那麻辣鲜香的三两面，两个大菜包子，还有六个鸡蛋。

石头上的树

我原本只是一粒小小的种子，和我的兄弟姐妹无忧无虑生活在一棵枝繁叶茂的大树上。我们有一个美丽善良的母亲，她很爱我们。

我和我的兄弟姐妹住在一间小小的房子里面，房子里黑咕隆咚的，什么也看不见，但我们并不感到寂寞，母亲大人总是跟我们讲许多外面的东西，有时候，我们觉得，母亲大人就是我们的眼睛呢。说起来，我们也都想用自己的眼睛看看自己的母亲。

那时候，寂静是我们的夜晚，声音是我们的白天。

每天，除了跟母亲絮絮叨叨，我们总能听到许许多多别的声音。开始觉得挺奇怪的，后来我们就不以为然了，风的声音，雨点落下的声音，开花的声音，叶子生长的声音，鸟儿唱歌的声音……

就这样，我们度过了许多宁静而欢乐的日子。然而，有一天，这些日子却被打上死结，永远一去不返了。

记得，那是个凛冽的冬夜，外面忽然狂风大作，传来许多嘎吱嘎吱的奇怪声响，我们害怕极了。母亲大人也顾不上安慰我们，哎哎哟哟痛苦呻唤着，我们都感觉到了母亲大人的恐惧，她浑身颤抖得十分厉害。但风丝毫没有减弱，平日里她可是温柔极了，我们不约而同地扯着嗓子喊："姐姐，不要再吹啦，我们害怕！"

却一点效果也没有，风听不见我们的叫喊，她似乎成了怪物。这个怪物在我们的耳朵里膨胀着，越来越大。突然，我们的房子爆炸了！一股巨大的力量把我们卷向空中，我们如同生出了翅膀一样，鸟儿般飞着。

"我的孩子们哪！"母亲大人哀号着。

"妈呀！"我们尖叫着。

不知飞了多长时间，我重重摔落在一块硬邦邦的东西上面，昏迷过去，什么也不知道了。

当我睁开眼睛醒来的时候，身边没有了兄弟姐妹，感觉不到母亲大人的存在，我仿佛置身于一个完全陌生的世界。我真是吓得要死，"救命呀！"我喊了一句，然后，又一次昏迷过去。等我再次醒来，我不得不接受这个令我倍感难过和沮丧的事实，我永远地失去了避风港，从今往后，我必须独自活下去。

可能是因为摔得重，我屁股很痛，本想挪挪身子，可是，我发现自己压根就不能动弹。没有腿的话，至少可以爬；没有手的话，至少可以走。但我既没有手，也没有脚，我只是一粒种子。

"这可真是要一粒种子的命啊！"

我绝望极了，不知自己该怎么办。

终于，我冷静下来，开始打量自己目前的处境，我发现我坠落在了一块前不着村后不着店的巨大山岩上，石头上，连一株草都没有！记得母亲大人说，只要有泥巴的地方，我们就能活下去。可是，这地儿如此贫瘠，没有食物也没有水，草都不愿住在这里，还不要说一棵树，还不要说一粒小小的可怜的种子。就是说，在这里，我只能等死，可是……

冬天，真是残酷！我又冷又饿，脑袋昏昏沉沉，只好趴在石头上睡觉。

不知熬了多少日子。有一天，我睡得迷迷糊糊，耳畔忽然传来了一些似曾相识的声音，我醒了过来，也听出来了，那是草发芽的声音，叶子重新冒出枝头的声音，开花的声音，鸟儿唱歌的声音……是大地开始返青的声音，是春天的声音。温暖的阳光穿过林间的缝隙，一束束落在我身上，舔着我的脸蛋蛋，我知道，春天回来了。

春天回来了，我既高兴又失落，不知为什么，我的身体开始有了些变化，下半身沉甸甸的，低头一看，我吓了一跳，天哪，我居然长出来一只脚啦！不过，我很快意识到，这并不是一只脚，而是我的根。要活下去，只能在这块巨石上生根；只有扎根于此，我才能活下去呀。

已经无处可去，听天由命吧。我做了最坏的打算，大不了就是个死。做最坏的打算，也是因为，我几乎不抱幻想，毕竟，这是在荒凉而又贫瘠的巨石上，不是在肥沃的土壤之中扎根。在我的印象里，我们家族里，包括我的那些兄弟姐妹，都没有这样的遭遇吧？这几乎就是一件前无古人后无来者的事。我觉得自己的命，真是苦到了骨头里。

下了几场雨，我有了些精神，我根长得更快了，已经触到了岩石的皮肤，还是那种感觉，硬邦邦的，冷冰冰的。巨石，是个古怪沉默的老头，我主动跟他搭讪了好几回，他却一个字也舍不得跟我说，爱理不理，似乎在为我在他的地盘上撒野和冒犯生气。

　　说实话，我还不想在这里呆呢，要不是命……巨石不理我，我也挺生气，我一粒种子也不是好惹的，我想，我偏偏要跟你较劲，看你也奈何不了我！

　　我为自己编了一首歌，唱了起来：

　　"我是一粒种子，巨石是我的故乡，我要在这里生长，我要长成一棵大树，看别样的远方……"

　　唯一的一次，我身子下面的巨石的肚子里传来一阵狂笑，然后我听见一个声音说："这真是我听过的最搞笑的白日梦……"

　　我懒得理他，这个讨厌的老头。

　　我的根把巨石撕开了一条微不足道的裂缝，已经能吸收到一些营养，吃不饱也饿不死，不算好也不算坏。

　　就这样煎熬了好几年，我已经是一棵小小的树了，有了自己小小的衣服，它们由几片弱不禁风只有指甲盖大小的叶子组成。为此，周围花枝招展的草姑娘们经常笑话我，叫我"小可怜"，有时候，也叫我"丑八怪"。我知道我形单影只的自己样貌极丑，不如她们好看，心头很自卑。

　　自卑久了，又没有个朋友，我就格外寂寞，也多愁善感起来。

　　树林在半山腰上，山脚下有一排青瓦房，青瓦房下面，是一条哗啦啦流淌的河。它们的存在让我激动不已。寂寞的时候，我就常常望着巨石下面的那条蜿蜒小路发呆。在这样寂寞的树林里，这条小路大多时候，也是寂寞的。偶尔，会有一些山里人在这儿过路，背着沉甸甸的柴火或者猪草。是些生活在这大山里的人们，不知为什么，望着他们脸上的皱纹或者汗水，我总能清晰地感到一种苦苦的东西。与我在巨石里吃到的那些东西类似。他们从巨石下面经过，虽然从未注意过我，却总能让我感到一丝丝欢喜，莫名的欢喜。但仅限于此。直到我看见那个年纪小小的体形瘦瘦的个子高高的男孩，我产生了一种异样的感觉，我觉得这个住在山下的男孩就是另一个我。男孩穿得很寒酸，一看，就知道出身贫苦。这更让我心疼不已。

后来，我渐渐知道，男孩的外婆家，在巨石后面的高山上。他去山上外婆家，从山上外婆家回自己的家，都要在我面前路过。我秘密关注着这个跟我一样看似营养不良的男孩，尽管他未曾注意过我。是的，我好像已经爱上了这个男孩，我觉得他就是世界上的另一个我……

小男孩一年年长大了，变成了少年，又变成青年，有了自己的事业，在城里有了家，又成了一个孩子的父亲，日子幸福美满。

这些年，我也没有忘记自己是一棵树，我怎能像小草一样弱不禁风呢？我也一年年长高了，越来越强壮，骨子里，也越来越坚韧，为了生长，我的根把巨石钻出了一条长长的拇指宽的裂缝。

脾气古怪的巨石虽然看似顽固，牢不可破，寸步不让，但其实并不完全是那样，在我的意志下，他终于屈服了，让步了。穿过那条道路，我就可以抵达肥沃的土壤，得到真正的滋润，像我美丽的母亲大人那样，长成一棵真正的大树。

当然，潜意识里，我也盼望自己长成一道风景，能够引起那个我看着长大的男孩的注意。我相信，这一天迟早到来。

这一天终于来了。

那个原本走路一阵风似的男孩，居然慢吞吞出现在了我的视线中！不过，他已经成熟了，是个大人了，个子高高的，有些胖，下巴上还留着一堆可爱的胡子。他走得很慢，像在散步，又像在思考着什么问题，却不时左顾右盼，像在寻找着什么？！

山里的路多了，这条林间的小路已经荒芜，杂草丛生。他有些失落的样子，估计，是在想，这条路再怎么走，也走不回童年的感觉了吧！这么一想，我心底忍不住偷偷地笑了起来。我自己这样自作聪明，我都想给自己打个一百分呢。

奇迹真的出现了。

他在我身边停了下来，久久地望着我，望着我身下的那块被我劈成两半的巨石，望着我荒凉的扎根之所，像是，在望着他的另一个自己，望着望着，他躲藏在一副框架眼镜后面的眼睛湿润了。他喘着气，似乎有些激动。我听见他在自言自语，他用赞美的语气说："你这棵树啊，为何选择在这里扎根……"过了一会儿，他又突然感叹，"我们怎么那么像，那么像……"

说实在的，这句话我像是等了好多年了。他自己说出来，我反而有点不好意思，也不知道如何跟他说话。不如保持沉默吧，我想。

过了好长时间，他终于从荷包里掏出一个不知名的玩意儿，对着我"咔嚓、咔嚓"了几下。我开始以为是斧子之类的东西了，吓了一跳，身体差点像面条似的瘫软在地。结果不是，他是在为我拍照呢。

他一边拍照，一边说："等回去了，我一定要把你写下来，为你立传，不，是为我们立传。"

这时候，我才知道，他是个作家。

作为一棵树，我这条命不容易，毕竟是在岩石里扎根啊。

而他，一个作家，作家就是在纸上扎根啊，更不容易。大概是所谓同病相怜吧，说真的，这一刻，我突然有点心疼他。

梅花以吻

茫茫黑夜收拢了大山里的一切，万事万物浸泡其中，在离白雪皑皑的山巅不远的一块缓坡上，有一座小小的灰色木屋。那是草儿的家。灼灼火光从房子里面沁出来，将夜戳出一个不大不小的窟窿。

很晚，祖父苍老的身影才出现在院里雪地上，这个曾经徒手擒获一头成年老熊的优秀猎人大清早就出门打猎。又是打空手回来的，连只野兔或者野鸡的影子也没碰上，草儿的祖父手上除了那支锈迹斑斑的猎枪，一无所有，这让他的手感到很不自在，也很不舒服。听见院子里的响动，这个叫草儿的小姑娘，便从烧得旺旺的火盆边直起身子，热乎乎的小手理了理额上的长发，小鸟归巢似的往祖父的怀里钻。草儿是个懂事又善良的姑娘，冬天，山里的瑟瑟寒风吹掉了许多干树枝，草儿就把它们捡起来，用瘦小的身子扛回家里，当柴火用。但她从不为了家里烧柴，就拿着镰刀、斧子去乱砍乱伐，她知道，树虽说不是人，但树和人一样，也会疼，并且，也有灵魂。

自小，草儿便跟祖父相依为命。

祖父是草儿世界上唯一的亲人，草儿也是祖父世界上唯一的亲人。

草儿的母亲在她出生当天便因为大出血不幸死去。

草儿的父亲，和祖父一样，原本也是个优秀的猎人。草儿刚满三岁那年，也是冬天，她的父亲却出了意外。

据祖父讲述，那天，草儿的父亲独自一人上山打猎去了。他和草儿则在家里满怀期待地烧水，等着儿子带着猎物凯旋，没办法，家里真是太穷了，如果儿子打不回猎物，家人只能饿肚子。不过，这个老猎人倒是对自己的孩子充满信心，草儿的父亲还没回来，他已经在那口大铁锅里把水烧得滚烫。一锅水已经烧开，不见草儿的父亲回来，草儿的祖父便拿来瓜瓢，准备将热水舀进暖水瓶，然后再烧一锅，继续等。草儿的祖父握着瓜瓢往暖水瓶里舀水的时刻，山里忽然传来一声枪响。枪一响，草儿的祖父心头便踏实了，运气足够的话，最好是头野猪，一头野猪就能把这个冬天熬过去了，他当时还这样祈祷。但是很快，草儿的祖父又听到了枪响，这一枪却像是活活打进他的心脏。与此同时，正在舀水的暖水瓶也忽然爆裂，热水一下子全流在地上，惊得他手中的瓜瓢也像是抹了润滑油，一下子从手里滑落。草儿的祖父心头瞬间咯噔一跳，头皮发麻，不寒而栗！猎人有猎人的规矩，草儿祖父为孩子立下的规矩，便是不能对着猎物连续开枪，面对猎物，优秀的猎人总是一枪击毙。但是这次，草儿的祖父听到了两声枪响，一股不祥的念头在他脑海翻滚，他知道，儿子跟自己一样，不会轻易连开两枪，除非，除非是那支老式猎枪走火……草儿的祖父什么也顾不上了，大步流星出了门，循着那枪响的方向走去。等他找到草儿的父亲的时候，草儿的父亲已经倒在一棵野山梅树下，躺在一片血泊里，没了呼吸。根据现场，草儿的祖父判断，百分百是枪走火了，那支从来都只指向猎物的枪，最终，也指向了他自己。眼泪，从老人的一只眼睛里流了下来，另一只却空荡荡的，几十年前，跟一头成年老熊搏斗的时候，他要了老熊的命，老熊却并不吃亏，抓瞎了他的这只眼睛，从此，他眼中的世界仿佛少了一半。

后来，草儿的父亲被葬在了那棵野山梅树下面。

原本，野山梅的花朵是白色的，那一年，那棵野山梅的花朵开成了猩红色，热烈，醒目，仿佛有着某种难以言喻的痛苦。如同遭遇了一场瘟疫，不只这一棵，山里的野山梅也全都开成了这样。

并且，野山梅是不结果的，这一年开始，野山梅结出了小小的青色果子来，摘一颗塞进嘴里，又苦又酸。

只有草儿的祖父知道，儿子这是死得不甘心哪，人虽然离开了，但他的灵魂却留了下来，传给了野山梅，他还在继续，他还在用力着，他通过它们，开花，结果，尽管，眷恋、不甘心是如此明显。

偶尔，老早失去了爱人的祖父，告诉草儿："这野山梅可不是普通的树哪，这树身上有你父亲的灵魂，有很多和你父亲一样的人的灵魂。"

七岁那年，草儿到了上学的年纪。学校在镇上，要走很远的路。读书山高路远，但这还不是最难的，最难的是家里实在太穷，把房子倒过来也倒不出一分钱。遍山都是穷苦人，但他们却不愿意看到草儿辍学，力所能及地帮助着草儿完成学业。上大学的时候，草儿便脑袋削尖了似的打工、做兼职，为自己挣学费生活费。毕业后，草儿放弃了城里的工作，回到家乡，在镇上初中做了一名教师。

在镇上教书，可草儿的心思还在山上，儿时住过的灰色木屋还在，艰难的生活记忆依然历历在目，祖父已经过世，但山上还有许多乡亲父老，他们还跟过去一样，很穷很穷。这是草儿心头的痛。然而，她毕竟只是个普普通通的教师，她唯一能做的，或者愿望，就是好好教书育人，帮助他们走出大山，走出穷困，走向美好的生活。

草儿喜欢她的学生，如同她喜欢山上的野山梅。为了学生，她起早贪黑，几乎用尽心思，然而，所有的期待就如同那些野山梅，尽管和许多果树有一样的春天，也开出了绚丽的花朵，可最终，结出的果子又酸又苦……

时间很快到了二〇〇八年。

这一年五月份，草儿的家乡遭遇了一场史无前例的大地震。地震当时，为了及时疏散班上的学生，草儿把自己留在了最后，就这样，一个美好善良的生命和灵魂，带着异常的坚定和无尽的遗憾，匆匆忙忙画上句号。

灾难很快过去，伤痛很快被遗忘。只是，不知哪一年，也不知道是谁，把山里的野山梅改良了，一棵棵种植在这大山的角角落落。

这些野山梅再也不是野山梅了，它们长成了另一种树，开出的花，不再猩红，是雪白的花，结出的果子，也不再又酸又苦，变得又酸又甜，乡亲父老们用这种果子酿出了可口的青梅酒。并且，这些野山梅，不再像它们的父辈那样慵懒麻木，要等到春天才开花，它们不畏严寒，冬天的时候就开了。

自此，野山梅开的花不再叫野山梅花了，人们只说梅花。

又过了好些年，当洁白无瑕的梅花开遍了草儿的那个村庄，草儿的家乡，当草儿的家乡以梅花和可口的青梅酒，吸引了远远近近无数的游客，草儿的那些学生，几乎忘记了世界上曾有草儿这样的老师，这样曾用生命为自己铺路、搭桥的人。也许，唯独在一个特别偶然的机缘下，于冬日里默默望着遍山盛开着的梅花，呼吸着那微弱却仍在用力的芬芳，其中定会有学生记起草儿，记起她在罹难之前，在生命最后留下的话：

"所有的人快跑。"

这些梅花，洁白无瑕的吻，仿佛，它们一直记得这句话。于是，脑海里缓缓浮现出一个寂寞和永久的灵魂。于是，人们带着某种无边的苦闷和焦虑，在一种混乱黏稠的背景中，持续用力。

鸡蛋的故事

在外婆家，我整天小野猫似的乱钻乱窜，洒落的影子无处不在。

"尿桶角角都是你！"大人们说。的确，除外婆家高高的房脊，黑咕隆咚的灶孔，再没有哪个角落会被忽略不曾造访。当然，也没有我干不出的事。

我闯进臭烘烘的鸡窝，把鸡撵得满天飞，歇到树上整天不敢下地，很快，报应就像装在潘多拉魔盒里的幽灵，而我亲自旋开了盖子：一身鸡虱子麻酥酥痒得我上蹿下跳，我屁股着了火似的哇哇大叫。为斩草除根，我跑到院里一口气把身上衣服脱光。外婆家在山上，我来不及上街找理发师把头上的草割掉，让坏蛋没有立足之地，外婆就拿来剪刀为我割草，最后，望着镜子里的光蛋，我哭了，哭的声音比夜里的星星还亮。

有年冬天，为了取暖，我把外婆家的草楼用火柴点燃，草楼被烧成骷髅。

还有一次，清明节吧，我在外公写着祖先们名字的纸钱上乱涂乱画，气得外公离家出走，在一棵桑树下面生了半天闷气……

外婆最疼我，疼我的外婆有一口白白的牙。

外婆那时很年轻，久不见的熟人相遇，都问她，这是你的啊？

外婆的脸就唰地红了，变成一个红苹果，她脑袋摇得像是拨浪鼓，一个劲儿解释说，我大女子的，不是我的。

外婆二十多岁开始生娃，一直生到快四十岁。四个女子，一个儿子。本来，舅舅头上还有一个男孩的，后来夭折了。据说，那个倒霉的舅舅，有天闹肚子疼，天黑吃了个煮鸡蛋，第二天再没有醒来。外婆和家里人不知流了多少眼泪。

外婆赶场总是要带上我。每次赶场，下山的时候我都变了一个人似的，斯斯文文贴在外婆身后，像她的一截尾巴。到了街上，我就鱼儿咬住鱼钩似的紧紧拽着我的外婆，开始一个劲儿地要这要那。一般情况下，外婆都会买吃的给我。偶尔，外婆故意似的把裤子荷包整个儿地掏出来，掏到外边，吐出一条大大的舌舔，悄悄说，你看，哪里有钱？

然而，我其实早已看穿外婆的把戏。

我有的是策略，让亲爱的外婆掏钱满足我一连串的心愿。

我的策略就是亮着嗓门大声说出自己的那个心愿，总之，就像一个在为自己讨债的人那样，声音越大越好，人越多的地方越好。

每次，我外婆都会又惊又怕又像是不好意思似的，拉着我直奔要买的东西面前。

有的人，总是好了伤疤忘了疼，我亲爱的外婆就是如此。

　　一天，外婆又带我上街赶场。

　　我们走到街上，街上人已经多得寸步难行，人可真多啊，我敢肯定，人已经多到能把一个胖子挤成一个瘦子，把一个瘦子挤成一只虾子！到处人山人海，买东西的，卖东西的，看热闹的，脸生的，脸熟的。

　　好热闹！

　　我和亲爱的外婆优哉游哉穿行在这热闹的森林中。可是，我和外婆在街上没走几步远，一个老婆婆就迎面而来，走到外婆面前，欢喜地说了一声，嘿！

　　外婆一下子就认出是熟人，她也欢喜地回了一句，嘿！

　　每次，赶场外婆多少都会碰上熟人，一遇到熟人她就站在原地开始跟人家说长道短，把鸡毛蒜皮的事统统说上一遍，好像那些事不说出来就会生霉似的。我很烦这个，尤其是碰上那些年纪和外婆差不多大，甚至还老一点的女人，她们总是要说个没完！我就在肚子里抱怨，赶场就赶场，聊什么天，把我当成了什么！可是，外婆不这么想，跟她说话的人不这么想。她们痛痛快快聊天的时候，我只能老老实实站在一边，树桩一样，等她们把话说完。

　　外婆和那个老婆婆就有一搭没一搭地说着话，时而面对面，时而肩并肩，又从路中间，一直说到街边。街边全是卖菜的，那些山药，鸡蛋，大白菜，红薯，土豆，莴笋，蒜苗，长长地连成一串，比我外婆她们的话还长！

　　但是，那会儿我怎会晓得小心这些呢？后来我想。就在外婆她们说话那会儿，一个小男孩美滋滋舔着冰棍从我面前走了过去。我目送他走出很远，心里如同猫抓似的，很快，我又露出了一个不经意的微笑，我轻轻地问自己，人家哪里晓得我被他手里的冰棍勾引了呢？然后，我又轻轻地回答了我自己。

我于是很大声地告诉外婆,我要吃冰棍!

这句话我外婆一下子就听见了,那个老婆婆也听见了,我毫不怀疑,周围只要不是聋子都会听见的。

这句话,把我外婆她们的聊天一下子拦了下来。

可是,熟人面前,我亲爱的外婆态度很不明显,她没说给,也没说不给。她只是深深地看了我一眼,似乎希望我明白点什么,然后又继续跟那个老婆婆聊天。

外婆不理我!

我是不会放弃的!

我就站在外婆左边,大声喊,外婆我要吃冰棍!

我又站在外婆前面,大声喊,外婆我要吃冰棍!

可是我亲爱的外婆还是不理。可是,说她不理我呢,我站在左边喊的时候,外婆一把抓住我的胳膊把我挪到了她的右边;我站在前面喊的时候呢,外婆又一把抓住我的胳膊把我挪到她的后面!似乎都有些固执了!

所以,我和我外婆都忘记了身后,忘记了身后还有什么!

所以,当外婆把我拽向她身后的时候,我一下子失去了重心,扑通一声坐在地上。

直到这时,我还不晓得发生了什么!只觉得屁股上先是碎了似的,一阵乱响,然后,一种湿润的错误感觉涌起,贴到我的屁股上,凉丝丝的。怎么回事?但是,最主要的,我还是想着我的冰棍,并且,这似乎也是最好的机会。当我正准备拖着哭腔,坐在地上向我外婆大声喊出自己的心愿,背后却忽然传来一声怒吼,我的妈呀,我的天,我的地哦,你这个娃儿,长个眼睛嘛,我的鸡蛋都让你坐烂啦!快起来!

说得好像我没长眼睛一样！

我回头一看，一个中年妇女正满面愁云试着把我推开。

我一下子从地上站起来。

天，我居然不小心坐在别人卖的鸡蛋上面啦！

难怪屁股不舒服！

那些鸡蛋是装在一个蛇皮口袋里面的，显得十分原生态。只是，坏了好多个的样子。那些坏了的鸡蛋，黄灿灿的一片，从口袋里流出来。起来的时候，我还从屁股上摘了一个，好像它是我下的似的，我惊呆了。我想，我怎么会要别人的鸡蛋呢，我就把那个鸡蛋，一把扔进了那蛇皮口袋里！

这时候，中年妇女冒火连天地冲我外婆吼了一句什么。

然后，我看见外婆二话没说，一下子蹲在地上，蹲在那堆鸡蛋面前。

大颗大颗的汗水从她的额头冒出来！

从未见过外婆如此紧张，她满脸焦灼，两只手伸得长长的，伸到那些鸡蛋面前，好像全世界刚刚突然掉进水里。这些烂掉的鸡蛋聚成一条黄灿灿的小溪，慢慢往前流着，我的外婆就用手去挡啊，然而挡不住；我的外婆又将那些烂掉的鸡蛋往起捧啊，然而谁接得住？外婆像热锅上的蚂蚁，急得团团转。外婆忙得不可开交，只想抢救那些鸡蛋！如果这时候，她的手可以变成一把锅铲，如果塑料口袋能变成锅，我的外婆，说不定会立马把它们炒熟！

"快找个碗来啊！"

外婆一边无助地喊着一边继续做那些无用功。

外婆像在跟空气说话，无人搭腔，也无人帮忙。

外婆还是不愿放弃，又用手在那些鸡蛋里刨啊，捡啊，捞啊，动作十分小心，好像这会影响它们复原似的。

至于那个卖鸡蛋的中年妇女，此时已经完全置身事外，不帮忙不说，还在一边幸灾乐祸看热闹，看热闹不说，她还气鼓鼓地警告我们，这些鸡蛋反正我是卖不掉啦，你们给我赔钱全部拿走，不然，今天谁都别想走！

我想，明明是我的屁股闯的祸，关我们什么脚事！

作为事实，烂掉的鸡蛋已经无可避免，谁都无法收拾残局，除非，换一种更简单的方式。可是，我的外婆却不忍心那些鸡蛋白白地浪费掉！我在想，外婆是有多伤心啊？！她才会在这人流如织的大街上，不知天高地厚地喊出一句正确的废话。

当亲爱的外婆再次伤心地向周围的空气求助，谁帮我找个碗来啊？！

我也忍不住跟着伤心起来，我说，外婆，来不及了，来不及啦！

刊于《满族文学》2021 年第 1 期"散文"栏目，

《散文海外版》2021 年第 3 期"作家视野"栏目转载。

家门口

一

天下大熊猫第一县平武县城到绵阳市平政车站的大巴车上，我目不转睛盯着诺贝尔文学奖得主奥尔罕·帕慕克的《别样的色彩》这本书。书很早就买了，一直没来得及看。之前，它在我的阅读之外沉睡，我没来得及唤醒它，唤醒属于奥尔罕·帕慕克属于我当然也属于全人类的"中心"。幸甚至哉，我和《别样的色彩》这本书的缘分终于开启。世界上还有许许多多这样的文学作品，它们的生命力像石头或者岩石里的化石一般旺盛，常常不动声色地潜伏在岁月的沙漠里，等待被人发现。但有时候我也会产生一种强烈的感觉：它们的存在必定建立在一种伟大的情愫与责任之上，它们性情孤僻而挑剔、有自己的分寸和判断，并非读者物色它们，而是它们物色读者，邂逅并非易事。

四小时车程，我有足够多的时间享受这种个人的荒废和逃离，享受奥尔罕·帕慕克先生用文字编织出来的悲欢离合，这本名为《别样的色彩》的书。

天有些冷，喧嚣冻住一般，呼吸像有刀在鼻子里飞，那些深深躲在袜子里的脚趾在瑟瑟发抖。我像壁虎一样爬到那些文字中间取暖。的确，阅读使我感到温暖，变得安静而通透。通过阅读，我慢慢走向奥尔罕·帕慕克的世界，走向他的阅读、写作、人生，走向伊斯坦布尔，奥尔罕·帕慕克的起点与归宿。奥尔罕·帕慕克通过他的书把我带至他的家门口，那个叫作奥尔罕·帕慕克的"地方"。背靠在扉页上的话语令我心生感动："'总有一天，我也会写出一本仅由碎片组成的作品。'这就是那本书，所有碎片都置于一个框架之内，暗暗指向一个我试图掩藏的中心：我希望读者在想象那个中心的形成时，会感到快乐。"

去年开始，大学毕业后一直处于颠沛流离状态的我终于在老家平武县文化馆谋得一个类似于文学创作辅导员的工作，这个工作和余华先生所说的"游手好闲的职业"相匹配。工作确实轻松，我有大把的时间写作和读书；工作之外就不那么方便了，工作的地点在平武县城，家在平通，女朋友在绵阳城里，这中间有四个小时的车程，近两百公里，每个周末，我至少有八小时在大巴车上度过，对我来说，这确实好事多"坐"。

去绵阳的路上，大巴车会遇见我那树桩一样蹲在马路边上的家门口。

大巴车的呼啸中，我在慢慢走向奥尔罕·帕慕克，也在慢慢靠近我的出生地，平武县一个名为"平通"的小镇。小镇地处龙门山断裂带，二〇〇八年地震之后，小镇瞬间沦为废墟，短短数年，小镇便在如火如荼的重建之中焕然一新，于是略显破旧和贫瘠的小镇蒸发了，一去不返，取而代之的是体面而喜形于色的楼房，用父亲原先的话来说，真是"摇身一变"啊！

春节没完，许多人家的院子里还躺着烟花爆竹的遗骸，红色的灯笼亮着身体。人们脸上还挂着年味儿。崭新的对联暗藏着喜悦。暂时没有苏醒的山脉和村庄飞马鱼一样迅速地游过窗子，游到时间的后面。山中飘着小雪，清寂的涪江缓缓流淌，时间是它的肋骨。大巴车顺着涪江蜿蜒而下，经过龙安镇、南坝镇、响岩镇，穿过长 1614 米的牛角垭隧道，便是我的老家平通，到平通，至绵阳的路才算刚刚走了一半。

小镇依山傍水，清澈见底的平通河昼夜不息地流淌着，巍峨的群山在四周翩翩起舞，漫山遍野的梅花，则为这个冷清的季节增添许多风情和妩媚。父亲在坟墓里，弟弟在苏丹维和，我在路上，母亲独自在家过年。每每想到独自在家的母亲，我的内心就会冒出一股心酸，一股无能为力的苦涩。没人陪伴母亲，母亲必定是孤独的，她说自己是我们的看门狗，和家门口的那只一样，时常被忽略。我很少回家，不是不想回，不是不愿回，太多的时间被工作还有这种平武绵阳两地来回的奔波荒废。

我和我那总是空荡荡的家门口，常常擦肩而过。多年以前，它是我生命里极其重要的一部分；成年之后，我们却成为彼此心如止水般的过客。每次，大巴车在它面前呼啸而过，我的目光都会不由自主地飘向车窗外的家门口，我想看看家里的门是否关着，看看那个终日形影相吊的母亲是否在家，还有家门口那只白色的看门狗，是否有话想对我说？毫无疑问，我不希望她们看见我，她们未必能够读懂一个"过客"心里的愧疚与感伤。对于母亲，我无法跟她交流我现在所面临的困境和忙碌，偶尔，她会问我是否有了媳妇忘了娘；对于女友，我无法让她勉为其难事事顺从于我，因为年轻，我们还得为各种事情努力奋斗。

大巴车从家门口呼啸而过的时候，我的心空空如也，仿佛呆在身体里的一切都被甩了出去，甩到家门口，像一条活蹦乱跳的鱼被甩到岸上。家门口的梅花开了，大巴车在淡淡的芬芳中呼啸而过，深呼吸，不由自主，我闻到的却是车厢里臭烘烘的像猪圈一样的味道。

奥尔罕·帕慕克在书中一针见血地感叹："每一个人的死，都是从他父亲的死开始的。"这方面，人其实很难与众不同，我的死也是。二〇一〇年秋天父亲意外去世对我来说是个沉重的打击，很长一段时间，我都想把自己锁起来，不愿跟人交流，沉默寡言。经历父亲的死，我长大了懂事了成熟了。大多数时间，我能感觉到，人不是为自己活着，人不能光为自己活着，眼下很多人都不是他自己，而是别的什么人，一定是。

大巴车从家门口呼啸而过的时候，我的心空空如也。将奥尔罕·帕慕克的书合上，他的世界却没有离我而去。目光在家门口动作极快地摸索、寻找，一无所获，除了那只看上去有些邋里邋遢的看门狗，家门口空荡荡的，家里的门瞌睡一般，又仿佛是早已看倦了尘世的虚无与冷漠——眼睛闭得死死的，母亲又不在家，我不知道母亲干什么去了，她总是不在家里，仿佛这样一来，人间的孤独和寂寞就会装作若无其事，她就能变得和我们一样轻松自在，但愿如此。

二

闭上眼睛，命令所有处于酣睡状态的记忆即刻起床，我就能够清晰地看到那个与我相隔十余年的家门口，悲凉而醒目地蹲在某个秋天的傍晚，仿佛树上那些饱食寒风的瑟瑟发抖的鸟窝，并没有因为那些脱臼的树叶而支离破碎，它们紧抱着各自的脑袋在光秃秃的树干上继续等待着主人飞回它们的臂弯。

相隔十余年，我提着我充满裂缝的身体和灵魂回到家门口，回到一个少年的身体和灵魂中去，他永远拒绝不了我，正如我无法拒绝曾经。也许，我可以沉默寡言，可以信口雌黄，也可以正儿八经地对着那位少年说点什么，比如"喂，兄弟，我回来看你了"，比如"嗨，朋友，我得到了一把你看不见的梳子"。

我确实得到了一把这样的梳子，它并不适合母亲，不适合那些长发飘飘的人们，它是一把梳子，千金难买又一文不值。或许，我的梳子是时间的分泌物，但我无法跟任何人说起这把梳子，也许，会有一些善良的人和聪明的读者能够发现它。

我喜欢我的梳子，它总是与我结伴而行。

早已荡然无存的家门口，我带着我的梳子回来了。

曾经无数次激活我的疼痛与迷惘的家门口，我带着我的梳子回来了。

天马上就要黑了，所有被开放的事物即将被夜晚召回，而所有被拒绝的事物即将被夜晚呈现。天空像那些债主们的脸一样冰冷、顽固。透过那些穷得所剩无几的树枝，能看见一小块一小块的天空正在夜色中分娩，用不了多长时间，那些多如牛毛的星星就会从这些孕妇中间跳出来，玩耍嬉戏。家门口的水泥院子冷冷清清，像死人的胃，落叶发出"呱嗒、呱嗒"的呻吟，又像是一些拒绝死亡的家伙，借着风势，为一种在我看来已是约定俗成的命运打火。当然，它们再也无法回到天空，回到那些悄然离去的季节。我独自一人坐在家门口的台阶上等待不务正业的父亲归来，他骑着家里那辆破破烂烂的飞鸽牌自行车去了镇上。我知道，他不是打牌就是上街买烟去了。

"我马上回来。"

他面无表情地告诉我，仿佛我是个木头人。我不敢抬头看父亲的眼睛，不敢多问，父亲的目光里蕴藏着无穷大的杀伤力。母亲和弟弟不知踪影。父亲把门锁上了，我没有钥匙。我希望父亲上街买烟，因为那样他很快就能够回来；我不希望父亲上街打牌，因为被麻将弄得一贫如洗的他常常夜不归宿。我能从父亲脸上看出他当天打牌的输赢，毫无疑问，父亲总是输，他的脸色似乎从来没有好过。

坐在家门口，我心事重重。一个好好的家为什么会变成这样子？

滥赌成性的父亲让一个好好的家长成了这个样子。

赌博怎会有那么强的法力，让负债累累的父亲如此不知悔改？

想到这些，我沉默了，穷人的滋味在我的体内蔓延。

我的梳子尚未横空出世。

低矮的青瓦房陪着我一起沉默，整条平通河谷里所有冉冉升起的炊烟陪我一起沉默。也许，沉默是个人无助时悲哀时最隐忍的反抗。

家门口是怎样败落和冷清？时间为我绘制了这样一道风景：一个穿着体面的亲戚赶着他家吃饱喝足的牛穿过我家门口，可恨的是，那头嫌贫爱富的牛居然在我家门口利利索索地拉了泡屎，它不但拉了泡屎，还"哞哞"地得意扬扬地跟他的主人请功，它看我的眼神大有"恭喜发财"的味道。那泡屎仿佛带着它的主人对于一个没落家庭的嘲讽和鄙视，于是，他阴险地笑着，和他的牛大摇大摆若无其事地走了。

十余年之后，我的梳子告诉我：乡下人最起码的道德已经变成一堆牛屎，同时，乡下人最起码的尊严被一堆牛屎覆盖，或者说是践踏。

"王八蛋，快点滚回你们的圈里去吧！"

我对着那个人的背影宣泄着内心的无助和稚嫩的仇恨。父亲会碰上这样的问题吗？如果是母亲和弟弟呢，他们会说什么，他们会怎么做？我觉得我唯一能做的，就是在十余年后把这件事告诉我的梳子，让它见证岁月里的荒诞与丑陋。

我的梳子说：你应该感谢这个乡下人，感谢他还穿着衣服，不然，他的良心和恶心一定会让你和他一起感冒。

父亲的背影消失在灵官庙拐弯处很长时间了，我的等待跟着拐弯，直到等待贬值，贬值成为煎熬和愤怒。父亲还没有回来，我就相信他一定又坐到麻将馆里去了。如果不是染上赌博，家里的钱够父亲在镇上开十家麻将馆，可是父亲没有。麻将馆也在我的意识里贬值了，麻将馆成为是非之地，害人之地，父亲不会做这样的事，本分的人不会做这样的事，父亲没有害人，却被赌博害了。

我的梳子重复了一句老话：可怜之人必有可恨之处。我觉得有些道理。

嶙峋的夜色中，我发誓要记住这个耻辱，记住那一堆冒着热气的牛屎和他的主人，记住一个因为赌博而穷困潦倒的家庭。我不知道自己应该恨谁。或许，我应该恨我的父亲，因为他完全是引火烧身、咎由自取；或许，我应该恨那些让父亲学会赌博的人。

我的恨没有翅膀，也没有脚，我谁都恨不起来。

最后，我只好选择恨我自己，恨自己投错了胎，找错了父母。恨自己人在家门口却进不了家门。恨自己不会表达自己。胸口燃烧着疼，并且像电流一般涌遍我单薄的身体。

后来，我爬上家门口那棵弹弓一样分出两道岔的核桃树继续等待父亲。他没有回来。河水在夜晚的造访中变成黑色，黑夜里的河流仍是河流。

十余年后，我对我的梳子说：他永远都不会回来了，他走了，他把身体还给了泥土。

二〇一〇年八月下旬的一个清晨，家门口打核桃的父亲像核桃从树上落下，母亲说他的头撞到硬邦邦的水泥地上，地上流了很多血，这些血就是父亲的命！据说，父亲向这个世界道别的时候，他喊了两个字："哎哟！"

我的梳子说：失望，贬值成为绝望。十余年前的等待，刻骨铭心；十余年后的别离，痛彻心扉；好在，眼下一切都成了回忆，成了流水柔软而丰盈的躯干和思想。这终究不过是一场回忆。

三

烈日像锅盔。鹞子在头顶盘旋，猎物和饥饿使它们不被阳光晒化，机警的母鸡带着一群小鸡躲进树荫深处，毛茸茸的小鸡，像被威胁打乱的音符，不知不觉间唤起一个人心中不为人知的怜悯。

清凉的河风没能扫掉炎热，冲过整洁的河面，它们结结巴巴鬼鬼祟祟地沿着布满沙石的河床爬上公路，吹过家门口，吹过山里这些炎热、寂静的村庄和三五成群的屋顶。

屋檐下，水泥院子边上干燥的雨坑在阴影中得以修复，激动的蚂蚁们忙碌着肢解一只知了，奄奄一息的知了是我们赐予它们的粮食，我们是这些蚂蚁的国王。在一只知了的死亡上面，我们是残忍的，但我们喜欢喂蚂蚁，喜欢弱小的事物甚于强大的事物。这一点都不奇怪，我的梳子甚至断定那些蚂蚁就是我们自己。

母亲摇着一把扇子，她皱巴巴的目光在欢闹的河面上打滑。贫穷在母亲脸上燃烧，贫穷榨干了母亲所有的欢乐，母亲似乎不会笑，也不会思考，大多数时间，她的担心和愿望不过是让我和年幼的弟弟吃饱，让一个家庭变得滋润而不是负债累累。父亲不在家，他的行踪就像河里的旋涡一样飘忽不定。我有些讨厌父亲，因而他的存在似乎无关紧要。

知了的叫声响彻河谷，盛夏覆盖着的河谷，既有一种难以准确描述的蓬勃、激情，又有一种理不清头绪的诗意的悲哀。记忆犹新，这种感觉就像衣服一样晾在我的心里，我的嘴则是这种感觉的禁区。

我带着一种淡淡的羞耻和恐惧享受着盛夏的时光，仿佛所有的不幸和穷苦都能在盛夏的掩饰里暂时告一段落。放暑假了，我不用再去担心我的破鞋子招来同学们的耻笑；不用再为自己上学穿什么发愁；也不用再去思考那些我似乎根本摸不着头脑的问题。我自由了，可以整天呆在家里，呆在家门口。事实上，在坚不可摧的窘境里，悲哀是可以近视的模糊的。年幼却已经开始懂事的我从一种没日没夜的烦恼中变得敏感而脆弱，我像一只经不起风吹雨打的蜗牛，巴不得整天躲在壳里。

天气晴好，因为马路上的扬尘飞得比树还高。家门口马路上那辆农用车跑得比风还快，紧接着我就会看见一条灰龙沿着马路钻了出来，要隔很长时间，马路才会在我惊惧的表情中慢慢恢复原形。

我惧怕马路和马路上来历不明的车辆。因为母亲说那些债主说不准会暗算我们，说不准的意思是要我们以防万一。在家门口骑自行车，一辆卡车从对面飞驰而来，以致我惊慌失措，眼疾手快，我连人带车冲向马路里面的排水沟，排水沟比人还要深，瞬间就将我和自行车吞了进去。原来，恐惧可以杀死疼痛，当我伤痕累累地从排水沟里出来，凶神恶煞的卡车早已绝尘而去。我的脸在一条长长的灰龙里面闪烁，像父亲弹掉的烟灰那般轻松自如。

蓝天白云过滤着生活的清苦，对岸，吸引我们的不是那个在玉米地里时隐时现的村庄，长势良好的玉米地勾引着我们的胃。每天，我和院子里的伙伴都会弄一些绿色的核桃树或者无花果叶子伪装自己，然后，神不知鬼不觉地游到对岸偷玉米，每摘一包玉米，我们的肚子都会比原来饱一些。我们并不会为此感到不安，我们不会因为某种不必要的担心而取消行动，人总是容易弄丢自己。

一天，一个在河里潜水的伙伴竟然从河底捞出一枚鸭蛋。我们跟着在那些明晃晃的沙石间又捞出几枚。这简直比九寨沟还要神奇！我能够想象着那些将蛋掉进河里的鸭子，如果不是逼不得已，鸭子不可能将蛋下进河底，它们一定是没憋住才这么干的，它们一定有苦难言。无意间，我们发现鸭子的秘密，我们带着捡来的鸭蛋光明磊落地回到家门口。母亲对这些来历不明的鸭蛋表示欢迎，她连一个字都没问。

母亲并非总是沉默，我当时的梳子却误以为真。

午后，我和堂哥从家门口出来，我们上街买渔网。这天是三、六、九中的一天，因为这天正好逢集。脚踏上家门口的马路，我脑袋里的计算机却已经开始健步如飞了。我在想我只有两块钱，一张渔网刚好两块钱，除了渔网，我什么也不能买。想完这些，我上街赶集的欲望已经大打折扣。刚走几步，人烟稀少的马路上躺着一件衣服，它的出现瞬间擦亮了我和堂哥的目光。后来，我才知道那里面装着我的纯朴和良心。堂哥命令我去看看包里有没有东西。我慢吞吞地摸了起来，接着，我摸到令我们心花怒放的东西：厚厚一沓钱。

"快跑！"

堂哥和我带着衣服像马路上的扬尘那样消失。我们朝隐蔽的地方走去。堂哥表示我们可以把钱平分的时候，我的心花怒放瞬间烟消云散，我感到一种歇斯底里的恐惧，外婆经常教育我"好人有好报"，这话朴实，管用，它迅速征服我的思想。

于是，我斩钉截铁地说："我们应该把钱还给别人。"

堂哥愣住了，但他没有反对。我们都很激动。于是，我们带着那件衣服沿途返回，冥冥之中，我相信我们很快就能够找到失主。失主找到了。她当着我们的面将钱点了一遍，说了些无关痛痒的话。我有些后悔，因为失主的样子让我十分难受，仿佛，我和堂哥偷了她的钱一般。她点完钱当着一个路人的面表扬我和堂哥，并且说一定要给我们每人二十块钱感谢费。道别之时，她分给我和堂哥两块钱。

回到家里，我怀着无比激动和兴奋的心情将这件大好事告诉母亲。卧室里午睡的母亲瞬间从床上坐了起来。当她得知我们已经把那一沓厚厚的钱物归原主的时候，母亲的脸色瞬间暗了下来，她说的话我也只听清一个词语："白痴。"

我站在家门口，听着母亲在家里骂我"笨到家"，沮丧万分。再后来，母亲还为这事到街上找到那个失主"帮"我和堂哥出了口气，失主在街上无中生有，四处宣扬她给我和堂哥分别拿了二十块钱感谢费。

我的梳子言曰："小镇人民，耳朵真灵。人性之浊，深不可测。"

家门口脚下是奔流不息的平通河，老一辈人告诉我们，它的名字实为清漪江。从河流的名字可以知道，人类对自然的占有欲征服欲从未退烧。从清漪江到平通河，也有极其形象的一面，物价不断飞涨，河流却不断贬值，也许，再过些时候，河流就会变成小溪。也许，某一天，面对着斑驳的河床和臭烘烘的滩涂，人们再也记不起河流的模样。

对岸，巍峨的群山高耸入云，像无头的弥勒佛。山顶上原来住着许多人家，地震以后，这些人家大多搬到山下来了。山脚下有个名字叫作"李家院"的村庄，地震之后沦为废墟，地震之后，这个村庄整体搬迁至镇上。现在，从家门口望着对岸荒无人烟的村庄，我总会想起伟大的小说家鲁尔福，想起《佩德罗·巴拉莫》，想起那个鬼魅的村庄科马拉。地震，使所有龙门山断裂带上的村庄都经历了类似的磨难。距李家院不足四公里的下游，一个村庄被突如其来的地震埋在地下，三十八个鲜活的生命，也在眨眼间永久长眠地下。

坐在去绵阳的大巴车上，目光再次游经这个已经长满青草的荒坡，时间的力量使我感慨万千。命运和灾难的旗帜下，除了为人的苦难和悲哀，我能说些什么？穿过死亡的魔爪，继续活着的人们在日夜中慢慢苍老。

四

我浑身湿透，仿佛刚刚有了生命的泥娃，肋骨像鹰爪一样紧绷，身上带着有些滑丝的惶恐和鱼腥味道。鱼塘里黑色的泥浆弄脏了我的衣服，藏在衣服里的身体仍然惊魂未定，恐惧和失落使我瑟瑟发抖。回到冷冷清清的家门口，母亲的脸比夜晚更黑，她将我挡在屋外，不让我回家，她的声音大得让房子颤抖："滚出去。"

母亲愤怒地看着我。那张因为贫穷而扭曲的脸，挂在家门口，令我不寒而栗。我能去哪里呢？

放学后，我和另一个伙伴到镇上的鱼塘偷鱼。鱼塘里的水就快干了。看见那些鱼比看见班上最漂亮的姑娘还要激动的伙伴跟我分享了这个消息。于是，我们准备大干一场。

我们在路上捡了好几个塑料袋，放在书包里。秋风瑟瑟，田野荒芜，小镇弥漫着一股衰败、荒凉而破旧的气息，换上秋装的群山宁静得像是书本里的那些传说。为了掩人耳目，我们故意大声吵架，甚至用肢体冲突来遮掩我们的别有用心。

我的梳子说：不偷不知道，你们过于高估自己。

我们的确高估了自己。通往鱼塘的路上，遇见的成年人仿佛都成了随时可能逮捕我们的警察，就是在没有人的地方，我也不由自主地相信某个我们看不见的地方有双火眼金睛正在监视我们。如同那个成语形容的一样：草木皆兵。我们心惊胆战地接近鱼塘，像一个老实巴交的处女接近着她的爱人。足有两三亩地大的鱼塘犹如一个巨大的旋涡，神秘地躺在幽暗的天空下面。我和伙伴毫不犹豫地跳进它的眼眶，靠近鱼塘中心的水潭。此前，我们不知道鱼塘的主人是谁，但在看到鱼的那一刻，我们开始相信这些鱼的主人就是我们。

飞快地将书包扔在一边，我们在水潭里疯狂地捞鱼。鱼真是太多了，以至于我们的塑料袋完全不够用。我们本该心满意足，我们本该见好就收，但是我们深陷于此，为了捉更多的鱼，我们甚至恨不得把这些活蹦乱跳的鱼装进书包里，又怕它们弄脏了书本。天色越来越暗，秋风越发凛冽，我们祈求时间慢一点走天慢一点黑，因为还有很多鱼在水潭里等待我们。我们是它们的主人。

该走了，鱼够多了。于是，我和我的伙伴说。再捉两条。我回答他。

我们回去吧，被发现就麻烦了。我跟我的伙伴说。

不忙，再捉一条。我的伙伴如醉如痴地在水潭里捞着。看到他浑身的黑泥浆，我就知道自己未必好得到哪儿去。但我相信，把这么多鱼拿回去母亲是不会骂我的，她只会骂那些捡了钱还要物归原主的笨蛋。我已经不是那样的笨蛋了，也许。我累得嗓子都哑了，偷鱼行动还在继续。巨大的收获使我们心花怒放。如果有一个大背篓，我们会不会把整个鱼塘背回家呢？说不定。

我的梳子说：贪得无厌。

很快，麻烦来了，我们听见有人在远处吆喝。于是，我们的梦终于醒了，正在远处吆喝的人才是鱼塘的主人。我们立马反应过来，背着书包，提着口袋里的鱼准备撒腿狂奔。但意外出现了，浑身的泥浆、笨重的鱼，我们根本跑不动。鱼塘的主人就要抓住我们了，他势如破竹，跑得比风还快。我们只好扔掉多余的鱼。就在快要爬上鱼塘的时候，事情变得更坏了，装鱼的塑料袋破了，鱼儿掉了一地，满地地活蹦乱跳像我们的恐惧。

"快跑！"

我们放弃了将鱼带走的欲望，我们精疲力竭，只想尽快逃出鱼塘主人的追捕。

"狗崽子！"

鱼塘主人就在我们身后，我听见他气喘吁吁，我没有回头，我害怕看见那张愤怒的脸，也害怕他看见我无比惊惧的脸。伙伴已经兔子一样跳出鱼塘，我也跟着青蛙一样跳出鱼塘。鱼塘外是一片空荡荡的原野，原野上一切缥缈的时间尽收眼底，我和伙伴无处可逃了。

危急关头，我们急中生智，躲进了离鱼塘很近的那堆玉米秆里。鱼塘主人固然可以不费吹灰之力地抓住我们，可这毕竟已是最安全的地方了。鱼塘主人跟着跳上鱼塘，我和伙伴透过玉米秆看见他在东张西望，他是一个老人，累得够呛。我们能跑到哪里去呢，我们就在那堆玉米秆里。但是他没有过来，而是重新回了鱼塘。他没有斩草除根，没来抓我们，或许是因为我们已经空手而归。

于是，我的梳子说：这个傍晚，一个老人的善良成为我永恒的纪念。

一切都结束了，我和伙伴没有说道别的话，我们各自心事重重地回家去了。

家门口，母亲不许我进屋。

房檐上的蛛网被秋风戳破了，一只蜘蛛落在地上，我用脚踩在它的小命上，当我挪开脚的时候，看见一小块湿地，很快干了。没有痕迹。

我冷得浑身发抖，牙齿在口里吵架，嘴唇乌青。我羞于向母亲说我干什么去了。我在记忆里咀嚼着盛夏的酷热和汗流浃背。

"去河里弄干净了再回来。"

母亲终于发话。她或许已经忘掉时间了，或许是故意的，她让我到秋天的河水中洗净自己身上的泥浆，洗净我在这个下午的所作所为。

我把这当作是我唯一的退路。放下书包，走到河边上，冰凉的河水很快钻进我的小腿，我脱掉所有的衣服，赤裸裸地蹲在河里洗着被泥浆弄得脏兮兮的身体。

夏天一走，河水就寂寞地伸出许多幽绿的水苔，长长的，我想起水鬼的头发。一群乌鸦从头顶飞过，它们的叫声令我感到愉悦。一只水鸟立在河边的石头上面，它很美，我捡起一块石头扔了过去，它就骂骂咧咧地飞到夜晚中去了。

我擦干身体，身上迅速起了鸡皮疙瘩。我发誓再也不偷别人的鱼，不到河里洗澡。

凝视着慢慢黑下来的河流，我幻想着自己某一天亦会成为她的一部分。

天彻底地黑了。

河风击在脸上，有些痛。我希望尘世所有的痛都跟着它流走，流向远方。我的梳子伏在水中酣睡，它的下巴被河流里的寂静磨圆。模糊的月牙儿在山中浮现。让我无处可藏的孤独，是我的影子，如影随形。

五

我的梳子说：时间蹦蹦跳跳地走远了，没有走远的，是记忆，是尘世里的喧嚣和孤独。

二〇一三年春节，家门口，家里的狗围着我上蹿下跳，喜出望外。父亲在世的时候，这只狗就是家里的一员，它认人。

父亲去世的时候，家里的房子刚刚修好，他没来得及和母亲一起享受，就走了。家门口不再是原来的家门口。原来的家门口对着奔流不息的平通河，现在的家门口攒到屋后，对着车辆来往如梭的九环线。我很少梦见父亲，梦中偶尔的相遇也没有谈话。母亲说她总是梦见父亲，但他从来都无话可说。我们不知道他为什么不说话了。父亲去世以后，我们把他安葬在我们的庄稼地里，母亲在他坟前栽了三棵柏树，她说一棵是我一棵是弟弟，另外一棵是谁呢，她没说。

对于一个已经离开的人，再多的怀念亦无济于事。这让我感到悲伤。去世前的父亲已经有很多年不沉迷赌博了，为了我和弟弟，他整天都在外面忙碌，忙着挣钱，忙着为过好日子而努力。

　　事实上，我很少跟父亲谈及我的写作，他的漠然却成就了我，至少，我没有让自己失望。父亲深知我心浮气躁的性格，他很少表扬我。二〇〇七年，我的诗歌作品挣了一台笔记本电脑，父亲带着那台笔记本电脑走遍了村子里的家家户户。印象中，这是父亲对我的唯一一次表扬。

　　父亲喜欢喝酒，没有跟父亲痛痛快快地畅饮过一回，成了我永久的遗憾。或许，我永远不能将这种遗憾从身体里抠出来了吧！我时常在想：如若父亲还在，现在的日子会是怎样呢？而今，我只有在坟前对他说你幺娃去苏丹维和为国争光添彩了，大娃现在谈女友，过年前买了辆车，明年准备结婚、在绵阳买房……然后成为一个像他那样勤劳、善良的父亲。

　　清晨，望着漫山遍野的梅花，望着家门口春芽树上那个摇摇欲坠的喜鹊窝，我突然想起自己已经很少这样坐在家门口享受这种难得的时光了。和父亲一样的忙碌、操劳，似乎是命中注定。

　　"怎么不带上我呢？"

　　家门口，母亲的话在耳畔燃烧。这个春节，我、女友还有她的家人去九皇山旅游。情何以堪？！我不知道如何回答这个问题，回答这个毫无意义的问题。之前已经问过的问题，母亲却回过头来问我。

　　"树必须砍了，否则会打坏邻居家的房子。"

　　母亲说，她指指家门口光秃秃的春芽树。春芽树已经死了。像时光遥远而清晰的哽咽，喜鹊窝蹲在它的死亡上面。

刊于《在场》2017年春季号"在场写作"栏目。

总想多长几只手

　　暮色刷灰了人们的眼睛，也让躁动一天的断裂带少了些许忙碌，多了些许温情。山围着山的断裂带上，草木依然不动声色，与一截截暮色遥相呼应。清闲是暂时的。清晨，它们会次第醒来，围着忙碌旋转、歌唱，最后消亡。周而复始。

　　鸟儿在空中绷紧了纤细的爪子。

　　对栖居在断裂带上的百姓而言，忙碌比天空的意义更高，也远比一朵云更值得赞美。

　　我们善于忙碌，像鹰善于在疾行中捕猎。忙碌关乎生计，没有忙碌，很可能失去未来。忙碌是实实在在的，像断裂带的山，不容易被人忽略。在断裂带，懒人们的头，永远没有勤快人抬得高望得远且理直气壮。生活在这儿的人们也比山外的人们更想多长几只手，忙碌早已升华为一种骄傲，因此没人愿意自己无所事事。

　　外婆的眼睛总是红红的。她喜欢揉她的眼睛，她在她的窗子里藏着太多秘密。她时常不由自主流泪，好像忙碌的生活早已把一颗老人的心统统榨成了泪水，好像这样就能把她经受的劳累和疼痛减轻。外婆患有白内障。她整天地忙碌，宁愿忙成瞎子，宁愿被累倒，也不想浪费时间跟我们到医院走一趟。她总想多长几只手，去帮舅舅接住生活在他头上落下的灰尘和沙子。只有这样，只能这样，外婆不愿意她唯一的儿子比她更累。

悬浮在山巅的落日像父亲嘴巴里吐出的烟圈，遥远而黯淡。我常常想起叼着烟干活的父亲，长得倒不缺斤短两，一张脸被太阳晒得黝黑，被忙碌折腾得过于苍老。白白的烟从口中冒出来，有时也从鼻子，结着死茧的手不停忙碌，像一台不知疲倦的机器。

家门口，核桃树光秃秃的。核桃树仿佛一个躲过枪林弹雨的士兵，只剩下残躯和一个大大的、简陋的鸟窝。惊愕地望着整日忙忙碌碌的人们。二〇〇八年地震后，这种现状曾被改写，有那么一阵，很多本地人喜欢把手背在身后，似乎这样就能将手和忙碌隔开。不过很快，忙碌就裹着尸布卷土重来。手和忙碌就像羌族神话里的木姐珠和斗安珠，历经磨难，终于生活到了一起。

太阳沉到山外去了。浮雕似的山群涂着一层金光。路上行人慢慢稀疏，大地的耳膜清静了不少。我腿下的风，也没有先前大了。影子已走样。只有在灯下，它又鬼鬼祟祟地钻出来，跟着人的屁股打转。

很久没玩捉迷藏了。这与我的成年无关。而是因为，生活早已把我扯得零七八碎。这样的变化中，我很难找到自己，更不要说别人。我和我的大多数亲人们一样：想得太多，活得太忙。世俗像一块磁铁，吸走了太多的光阴。留下的又太少。

我总想多长几只手，弥补自己在世俗中的力不能及。

一旦停下忙碌，我的魂魄就会躁动。我的手，会感到空虚和迷惑。有时我隐隐感到，我的手所创造和所要逃避的，正是忙碌。我的手把我从忙碌里倒出来，又塞进别的琐事。因此，多长几只手，兴许我还能把我想要保留的自己从世俗与迷惑中挪出来，自由生活。在断裂带，忙碌几乎成了检验一个人的标准。所谓世俗，也不过是横亘在这个标准之下的参照。

村子里的路还没有被暮色侵蚀。河流伏在山脚下，日益苍老。老乡们疲惫地跟在牛的后面，往家里走。嘴巴底下就是路，路每一分钟都在折寿。老乡们走着走着，自己也变成一头牛。步子迟缓，仿佛这样能省点力气，让自己好好休息一会儿。前面的好帮手，则变成人。暮色之中，一时分不清彼此。老乡们额上的皱纹是忙碌和劳动留下的，谁也拿不掉，带不走。人活着，总要为点什么。不停地忙碌和劳动才能把一个人的死往生的前面带，才能为幸福而美好的生活加分。

在断裂带，几乎每个人都乐于忙碌，试图把自己的日子过得和别人不一样。有一半的忙碌是钱在作怪。

如果大学毕业好几年还没个正经工作，亲朋好友就会用他们的口水和眼睛嫌弃我，嫌弃我的手。从某种程度上说，我选择工作，是因为我不愿意我和我的家人站在别人的口水和斜眼睛下面生活。在断裂带生活近三十年，我能明显感到，文明的渗透提升了断裂带百姓的生活质量，也为断裂带留下了许多遗憾。比如道德的下滑，人心的诡变。

在断裂带，每个人的命不全是自己的。很多时候，人是为了他人活着，也就是说，大部分人的命长在他人手上。

乌鸦在水边盘旋。一旦有乌鸦在天上盘旋，母亲就会肯定地说又要死人了。脸上闪烁着不厌其烦。母亲说这些话的时候，比她用手扯一棵草还要轻。对于死，她已经不那么痛了，尽管父亲的死还隐约笼罩着她的生活。偶尔母亲会梦见父亲，"他忙得风风火火，就是不吱声"，母亲的话语里闪烁着责备。

我沿着寂寞地趴在林间的泥路，去外婆家探望外婆。她已经老了，她依然忙碌，整天被家务事包抄，弄得晕头转向。见一面少一面，我害怕外婆突然人间蒸发。

庄稼是沉默的。许多土地已荒芜。尽管人们依然忙碌。如今的断裂带，很少有人种地，"打工比种地更能赚钱"几乎成为共识。

暮色让断裂带的苍茫成倍生长着。父亲坟头上的草也带着苍茫。每一棵草，都能射中我的眼泪。上山的路在慢慢缩短。野樱花刚刚冒出花骨朵。林间的树像獠牙，光秃。落叶在地上扎堆，踩上去很滑。一路走，一路想随着年长树叶不断飘落的梦和激情。想的时候，心就成了落叶，很脆，很脆。

这时候，安静是小树林唯一的语言。这造成了我的不适。我总想把什么东西弄响。总想多长几只手的人，都是些想让自己活出响动的人。我的内心没有一点响动。

在这样安静的土地上行走，心事像陷阱，人很容易掉进去。人其实就是天上的云，很容易飘走。我快速穿过树林，心慌得像头小兽。

忙碌的一天正在腐烂。腐烂是为了让手上磨损殆尽的力气长出新的翅膀，休息是为了让手更好地从忙碌和劳动里苏醒，让汗水决堤。在断裂带，只有日复一日的忙碌不会腐烂。忙碌几乎是断裂带上的父老乡亲们的天性，它五颜六色，却总能和手搭上关系。

再过会儿，山里的灯火就会顺着女人们切菜的声响接二连三醒来。人们暂时停止了忙碌。忙碌的裂缝里，长着倦怠的青苔。

暮色蹲在家门口。春芽树上的喜鹊窝一直空着。黑漆漆的电线绷直了乌鸦的哀悼声。灶孔里的火苗探出脑袋，像蛇，吐着长长的舌头。铁锅的水开了。许多只青蛙呱呱叫着，忙碌一天，每个人肚子里都住着一块池塘。家门口，每一辆车都是一截闪电。我不太喜欢家门前的马路。它磨损了我许许多多美好的回忆。院子里，晒一天阳光的粮食昏昏欲睡，暂时还没有生长的欲望。

河风挤进门的时候，相框里的父亲没有眨眼。很多时候，我们愿意背过身，不去看他，就是想让他的眼睛好好休息，不要老是盯着我们，担心我们。他很久没有流汗了，生前，他总想多长几只手，好遮住贫穷。父亲过世以后，母亲一直用他的灰尘洗脸，给我们洗衣做饭，任劳任怨得像一头乡下的牛。

在家里，母亲总是一个人忙里忙外，庄稼、二娘红红火火的生意，家里的里里外外，都要依靠她的手。连擦汗都是浪费时间，母亲总想多长几只手。看得出来，她不快乐。我同情母亲，也总想多长几只手帮助母亲，但世俗也在命令我忙碌。

外婆家的物什如有灵性，可以横穿记忆，让童年长青。当我眼睛接住外婆的背影，我的童年便立刻转过身来。在外婆面前，我的脸总是可以很长，我递到她面前的手从来不会空着回来。

暮色越来越低，天上的云也很低。天上的云，很像一堆随时可能落下的纸钱。外婆家的狗像我家里的狗。不咬我，我也不害怕。我发现它们和自己家的狗没什么两样。在狗眼中，人和人是否也没什么两样？都很忙碌，都想多长几只手？浑身脏兮兮的看门狗见了过路人就拼了命地吼，提醒主人不要忘记它的嘴。过路人经过门前。影子微微颤抖。家里的狗通人性。它是主人肚子里跑出来的蛔虫。善于讨好主人，如果闷闷不乐，阴霾也会被它的吼声吓退。狗善于讨好，却并不随便。主人就是主人，生人就是生人。有时家里来客，它也不含糊，汪汪大吼一通，十分敬业。狗的声音总是主人在比主人不在的时候大得多。

家里的狗是父亲留下来的礼物，它是他从外面捡回来的。狗是父亲为我们长出来的另一只手。狗的身世盖着一场雾，对我们来说，一条狗的身世远没有它能不能为我们看门重要。于是，一条狗在家里安稳下来，为我们发光。为防止它逃跑，父亲在它身上绑了一根绳子。这根绳子，成了它安身立命的钥匙。每每看到狗绳，就会想起父亲，他没有走远。

狗额头上的那道疤痕也是父亲留下来的。他走了，那道疤痕和那根绳子却带着狗顽强地活了下来。狗喜欢把没吃完的食物种在土里，我发现过好几回，大跌眼镜。狗窝就在院子的右手边，院子的右手边，还有一个母亲用棍子和网围起来的小菜园子。我想也许是母亲种菜启发了狗。

天要黑了。过不了多久，天上会坐满一块块五颜六色的石头。我想把这些石头摘下来，送给住在城里的朋友作纪念。我知道他们已经很难看见如此大又好看的石头了。他们或许知道这些石头会长在大山里，但他们未必知道，忙碌的大山里，没人愿意谈论这些石头。他们太忙碌。我在大山里遇到的每一张面孔都很忙碌。他们总想多长几只手。

在断裂带，天黑的时候，忙碌才会黯淡下来，不再躁动。夜晚是渔夫。疼痛和命运的勒痕可以在晚上得到喘息。到了黎明，它们又将重新歇回乡亲父老们的脖子与后背，等待又一个黄昏。我这么想的时候，一生闲不住的外公的那双干枯、满是老茧的手就被记忆弹了出来。

外婆阴郁的脸因为我的到来而晴朗。她停下忙碌，红红的眼睛有些潮湿。她身旁是一个装得满满的背篓，背篓里的青草，诉说着辽阔的山野和风。

手为外公赢得了"勤快人"的荣誉。在外婆家，我隐约感到外公的手没有离开。它仍在我的记忆里闪烁。我曾怀疑这双手在外公去世以后，会在舅舅那儿生根发芽。舅舅是外公唯一的儿子。他完全有能力把他的那口烂牙统统换成金的。他可以天天穿体面的衣服。但他不会，所以脚臭一直涨到了他的脑袋上面，淹没了他的四周。舅舅太忙了，忙着挣钱和数钱。

忙着挣钱的舅舅舍不得花钱。钱到了他的腰包，就像沾了胶水长了根。舅舅身上长着许多乡下人都望尘莫及的美德，比如务实，比如节约，不打牌，不沾烟酒。舅舅跟钱有仇，他每挣一块钱，这世上就会少一个敌人。村里人爱嘲讽舅舅，说他完全钻到钱眼眼里去了。他也不生气。哈哈笑着，没心没肺。

我早早得出结论，外公的手不可能在舅舅那儿安家落户。尽管舅舅的手每天都在忙碌，恨不得将全天下的生意做尽。

外公的手远比舅舅的手灵巧，舅舅的手远比外公的手狡猾。外婆家满院子散落的树叶、鸡屎，厨房里狼藉的碗筷，荒芜的土地，以及衣着脏兮兮的表妹，让我格外想念外公的手。只有那样的手，能将这个偌大的家拾掇得井井有条。舅舅的手不行，舅舅的手太过傲慢，它们有一双奇怪的鼻子，只喜欢钱的味道。舅舅整天起早贪黑、不亦乐乎又灰头土脸地忙碌着。舅舅总想多长几只手。一闲下来，他的双手就会长满青苔。一个人一条命。对舅舅来说，挣钱可以完全和活命画上等号。

地震过后，山里的房子又重新长了一遍。村里很多穷人家都盖起了漂亮的楼房。舍不得花钱修房子的舅舅，依然忙着挣钱。于是，几年后舅舅家的房子顺理成章地成了村里最差劲的房子之一。他懂得挣钱，却不知道如何享受生活。卖种子、卖农药、收果梅、开货车，舅舅同时做着多种生意。如果有三头六臂，舅舅一定会选择做更多的生意，挣更多的钱。而不是让自己从忙碌里站出来，散散心，透透气。

在外婆家院子里和她聊天的时候，老人顺手端起一升子玉米，倒在地上。鸡群瞬间狂奔而至。

"你舅舅又给人送货去了。屋里要是没人管，恐怕鸡都养成野鸡了。"外婆的话语里没有抱怨的影子，而是洋溢着一个母亲的自豪。

总想多长几只手不仅仅是出于某种无奈，它更像一种欲望。对大多数人来说，没有手就没办法劳动，而多长几只手，似乎才能减轻忙碌。忙碌，忙碌，忙碌，每个人都在忙碌。仿佛只有忙碌，人才和这个世界有关，有存在的意义。

"你老了，该享福了，平安无事就是对家里最好的贡献。"我跟累得气喘吁吁的外婆说。

外婆摇了摇头，似乎不同意，"不忙里忙外，还要我这双手干啥？"

话没说上几句，外婆又吃力地提着一桶饲料朝猪圈走去。说多少次让她别再干脏活累活重活，她老是听不进去。猪圈里瞬间炸开了锅。

老人是家里的宝，出于对外婆身体的考虑，我也含沙射影地指责过舅舅只知挣钱不会照顾外婆为她着想。舅舅也听不进去。忙碌不会自行消肿。我叹了口气，告诉外婆我去看看外公。这几乎是每次来外婆家的惯例。尽管来去匆匆，也能从中体会到一种和忙碌无关的清凉。

我身前是外公的墓，快两年了，他的音容笑貌，还没有在我的记忆中淡掉。

在外公墓边，我似乎体验到了总想多长几只手的荒谬：再多的手，也不能让一个睡过去的人醒过来再活一遍。已经很久没来看外公了。看了，也是白看；想了，也是白想。

暮色里，总想多长几只手的我想着那些总想多长几只手的人，显得郁郁寡欢。仿佛整个人都是空的。人的外面，忙碌也很空。外公墓边，有一个邻居。一座光绪年间的墓。日晒雨淋，朝前倾斜的墓碑上面的字迹已经模糊了。随着岁月的流淌，古墓的后半截已经重新变回庄稼。隐约中，还能看出这是一个勤劳富裕、儿孙满堂的人。也许，他曾是这片土地的主人，但现在，他不是了。外公也一度是这片土地的主人。

人与大地之间，隔着一座墓。墓就像一道坎，过一道坎，换一个主人。墓就是中转站。墓是人类回归泥土的一道工序。大地，才是一切的主人。尽管双手曾经创造过很多，但泥土和季节还是把它们遗忘了。

外公墓地四周的大片土地是外公留下来的。舅舅是它们的新主人。因为缺少人手，舅舅几乎连地也不种了。土地，日渐荒芜。也许不久，它会再次变回庄稼；也许不久，它将彻底荒芜。

外公的坟头上已经杂草丛生。他的手很难再去改变什么。也许事情一直都是这样，循环往复，没有终结，也没有答案。我有些迷惑和恐惧。暮色中，我总想多长几只手，去为外公清理一下他坟头的杂草。但我终究没有这么做。我不是怕这样会惊动了外公，而是怕它们写疼了我的记忆。记忆也是会老的。我怕一动它们我的记忆就会老上一截，而且会一直老下去，直到面目全非，直到荡然无存。索性让它们自生自灭。

总想多长几只手未必真好。当视线从墓地移开，移向山头的草房子，往事便也跟着浮了上来。地震过后，断裂带上的房子又重新长了一遍，唯有呆立在山头的草房子健在。也唯有它，保留着我与童年的某种联系，这种联系就像风，在目光和树叶之间穿行。天晴的日子，总能看见草房子被云朵和无尽的瓦蓝包围，不免担心，它被那些流浪者踩碎。

草房子能活到这把年纪，实在是一件让人吃惊的事。它太单薄，山上风又大，仿佛一阵风就能将它吹跑，仿佛一场倾盆大雨就能让它从山上滑到山下，又仿佛小小余震就能使其散架，灰飞烟灭。远远望去，山头的树似一根根坚硬的肋骨，正被赶来的暮色慢慢涂黑。记忆却突然如夜空的萤火虫般亮了起来。草房子就在外婆家上面。它的主人，是个寡妇。小时候，我经常到山上放牛，却不敢跟它走得太近。我已经知道，一旦我将草房子与某个人扯上关系，那个人准会脸红得像鸡冠。头一个让我发现这个秘密的人，是么爷。

不幸中的万幸，草房子的主人明显不是一个总想多长几只手的人。它远远站在那儿，惊愕地望着整日忙忙碌碌的人们。惊愕地望着我们，在忙碌中面目全非，在忙碌中荡然无存。

忙碌改写着断裂带的命运，也改写着祖辈生活在这儿的人们。多长几只手又如何？

思索中，成群的乌鸦正飞过断裂带的上空。

当我从外婆家归来，和总想多长几只手的母亲呆在一起。心里有说不出的滋味。

"这么大的人了，袜子还要我来洗。"总想多长几只手的母亲一边抱怨，一边使劲搓着我的脏袜子。脸上却挂着微笑。

母亲多次跟我摆谈她那些奇奇怪怪的噩梦，我没有搭理她的兴致。这个话题本身就隐藏着刺。我知道，我比她的噩梦更可恶，我就是那个让她变得总想多长几只手的噩梦；我知道，从某种程度上说，我和舅舅毫无区别，不是我们总想多长几只手的欲望没有实现，而是我们都是让母亲总想多长几只手的逆子。

母亲将干干净净的袜子挂在晾衣绳上的时候，天就黑了，伸手不见五指。她转身到厨房为我做饭。

母亲准备切菜的时候，往地上甩了一把鼻涕。没有洗手。我慌忙从她手中夺过菜刀。我知道，这其实在伤害母亲。

"假斯文。"母亲一下子戳穿了我的虚伪。但她没有讨回她早就习惯了的菜刀。她让它站在我这一面。我并不解释，只默默地切菜。此时此刻，我才发现力所能及远比多长几只手现实。

当我和母亲吃着香喷喷的饭菜，家里有了不同以往的欢乐。不过我敢肯定，总想多长几只手的母亲和我一样，明白这顿饭不过是一把鼻涕甩出来的。

相框里的父亲笑容腼腆，额上的皱纹没有松动的迹象。

"你美娘离婚了。离了好，不就是少了一双手么。"母亲嘴在吃的时候也不想闲着，又开始家长里短。我不知道是不是菜里的咸味太重。我听的同时也在想着喝水。

"人，总想多长几只手。"我说。母亲把水杯递到我手上。

美娘是母亲堂妹，和母亲一样，也是个勤劳而纯朴的乡下女人，美娘的丈夫却是个喜欢寻花问柳的屠夫。二〇一三年，屠夫和一个女人在山沟里垫了一个蛇皮口袋做功课，被美娘撞个正着。事情的结果是，美娘被屠夫的情人一家打得鼻青脸肿。善良的美娘并没有因此和屠夫闹离婚。她不想因此失去一双手。

人，总想多长几只手。我暗自猜测，对美娘来说，一双手意味着她可以少去很多忙碌，甚至意味着后半生的幸福，意义重大。在"离"和"不离"之间挣扎了很久，事实证明美娘还是失败了，她的隐忍并没有达到预期效果，反而是屠夫贪吃的德性愈演愈烈，变本加厉。风言风语，淹没了美娘仅有的尊严，屠夫的肆无忌惮也最终碾碎了美娘本该幸福的婚姻。

"离得好。"

母亲和美娘已经少了一双手。我的眼忽然有些酸。

在别处，我几乎不会谈论我的母亲，正在消失或已经消失的亲人，以及断裂带上形形色色的故事与变化；内心深处，我知道我的命运和断裂带其余人的命运毫无区别，我们生来就是为了忙碌。幸好，我还可以读书、写作，不至于被忙碌遮住了眼睛。

在断裂带上活，我深深感到，忙碌本身就是我们的命运。忙碌大多是世俗的，世上大多数的疼痛也是世俗的，这在所难免。我对忙碌没有敌意，我甚至要感谢它，感谢它让断裂带上多了一个取经人。

刊于《作品》2015 年第 7 期"心写实"栏目，头条。

羊图腾

二十世纪末的某个春天，在断裂带的群山深处，我遇见过一群羊，并且被它们深深感动和震撼。当事人不只我，母亲、弟弟也在。

那群浩浩荡荡的羊，移动起来像是一块飘落在地上的云，羊跟着我们走了很长一段路，或者说，走了很长一段时间。我居住的这座川西北城市，我们的国家，背负我们生老病死的这颗老星球，每天都在发生很多事，很多事情来了，然后化作齑粉，像是未曾发生。遇见一群羊或许不值得大惊小怪。然而，于我而言并非如此，多年后的今天，忽然，我发现那群羊仍在我的回忆里游荡，仍在我身后，和我一起走过长长的路，走过长长的时间，不离不弃。那阵势，似在保驾护航，好像我与生俱来就是它们的一部分，好像我们在精神上早已秘密地融为一体。

我不确信我的命运是否和这样一群羊息息相关，可以肯定的是，只需目光收紧，我就能看见和我有关的那些个体内在的火光、余热，看见"羊图腾"。

"仰观象于玄表，俯察式于群形"，我整理过往，试着靠近那些远去的岁月，靠近那些在生命中给予我精神乳汁的人们，靠近我心目中的"羊图腾"。需要澄清的是，这里的羊图腾，不是事关风俗民情的自然崇

拜，而是一个引申词汇，意指隐匿在我个人生活岩层里的精神皈依，是
我的来龙去脉。或许，这一言难尽，唯有，再次回到断裂带，回到岁月
深处，回到那个已经长进岩层里的春天……

一

冬日里划着苍凉手势归根的游子，重出江湖：形形色色的枝叶缓缓
从泥壤、枯枝和墙垣上探出脑袋，在空气的皮肤上肆意伸展着布满叶绿
素的胳膊。断裂带宛如被重新铸造过一般，草长莺飞，生机勃勃，光芒
万丈。毛茸茸的，经常黑得伸手不见五指的夜晚，置身其中像是置身一
碗浓汤似的夜晚，家门前平通河的昼夜不息的呓语，总是被那些草木吱
吱生长的声音，压得很低。爆米花似的星群凝视着的这些舍我其谁的声
音，万马千军的声音，混淆在一起，使得空气中弥漫出一股淡淡的泥土
的清香，它们争先恐后穿过不足两厘米厚的廉价玻璃，拆解和侵蚀着我
的童年。我明显感到，身体里茂密的骨头在长粗、变硬，而灵魂深处，
一缕缕光瀑布般垂挂在意识的边缘，闪烁，摇晃。

家里的窘况在我意识的枝叶中若隐若现。其实，家里的窘况不用
通过仿佛已经在家里活了几百年的家具或者是母亲的愁眉不展或者是父
亲阴晴不定的脸色来说明，我自个儿就是一本现成的说明书，一个活
生生的标本：张着鳄鱼嘴的双星鞋，皱巴巴的衣服，因为校门口小卖部
那些琳琅满目的零食而狠狠咽下的口水，都生动地折射着家里的潦倒、
困境。

在断裂带，乡亲父老对好孩子的最高赞美，就是说："这孩子知
事！"毫无疑问，当这句带着"知事"的话飘向和我年纪不相上下的个
体，当事人即便面无表情，内心肯定也会异于平常，相当于吃了一颗

免费水果糖。当我的注意力越过个人的门槛，转向一个家遭受的风雨冷暖，并且常常因此自惭形秽，似乎意味着，我开始知事了。"老大不小，该知事啦！"母亲这么说的时候，总是会象征性地拍皮球似的拍拍我或者弟弟脑袋，好像在把我们从睡梦中拍醒似的；母亲这么说的时候，我们的脑袋总是会不由自主地上下摇晃；母亲这么说的时候，我的眼前会浮现出一幅画面：我单薄而肋骨毕现的身体正在被来自语言内部的力量吹胀，像只气球正被一张嘴吹胀。

贫穷会缩减一个人表达的欲望，更不要说表扬，即便是在这样的春天，母亲的嘴唇也不大可能忽然飘出几句让人心生暖意的话语。父亲，当然更不会。在他面前，我时常感到自己不是一个儿子，而是一只羊，一只长成了人形的羊，弱小，恐惧，缺乏安全感，孤独。在我们这个家，除了父亲母亲，还有我和弟弟，四个人，就是四张嘴，家里不缺嘴，缺乏的是语言，是交流。家是沉默的。我们是一群沉默的羊。

春回大地。断裂带的巍巍山群，被汹涌的绿意整个儿地包裹，似一道道凝固的绿浪，在脚板下，在祖祖辈辈生活的土地上，起起伏伏，懒懒地涌向飘着几片云和一轮红日的蔚蓝的穹宇。我们的脚步雨点一样坠落在断裂带古老而又青葱的大地上。我、母亲和弟弟，背着背篓，在木质的群山上采蕨苔和广东苔。这些野生植物可以背到镇上卖钱。小山似的压在我们肩上，唱着饥饿奏鸣曲的背篓，不只装着空气，也装着蛇皮口袋、水壶和几个母亲做的馒头。蛇皮口袋是用来盛放胜利果实的替补队员，水壶和馒头，则使得我们的翻山越岭、持续作战有了保障，是我们劳累之余的犒赏。馒头，好像知道我们的生活很苦一样，偶尔会润着一点白糖。母亲不可能这样奢侈，不可能买白糖给我们蒸馒头，家里的开支没有这样的计划。白糖是外婆给的，啃馒头的时候，我就会想起外婆和外公。外婆是北川人，外公比外婆大十岁，一张黝黑而严肃的脸，不苟言笑，下巴上永远吊着一撮山羊胡子。我出生没几个月就到了外婆家，一直在外婆家混到读书的年纪，母亲才把我带回山下。我读书的日子，家里的苦日子刚刚开始。家里的苦日子不是我造成的，是父亲造成的，他赌博输了很多钱。

父亲从来不跟我们上山采蕨苔和广东苔，他热衷的是麻将。如果不是父亲沉迷赌博，我们不会到山上来，野人似的在山里转来转去。父亲打麻将手气似乎从来没有好过，老是输钱，他输钱的时候，也替我和弟弟输掉我们的童年。好在，就在我们已经有力气掀翻麻将桌子的年龄，父亲已经不赌了，他没有什么可以输的了，他和村里的几个亲戚，天天到山上砍树，锯成几截，然后一截一截背回家，然后再锯成一个个菜墩，弄到镇上卖掉。需要补充的是，父亲在麻将桌上输掉了家里所有的钱，还嫌不够似的，又到处借钱赌。用母亲的话说，这叫"拉烂账"。因为欠了一屁股债，那些脸色阴沉缤纷而至的债主几乎天天登门，已经踩破我家门槛。平时，即便我们在家，母亲也不敢像院子里的其他人户那样，敞开大门，只悄悄留着后门，让我们进进出出。有时，母亲会从后门走到大门，把门锁上。

对我来说，断裂带的春天似乎永远有着一模一样的脸，这一个春天和上一个春天，这一个春天和下一个春天，没有区别。春天属于断裂带，不属于我们家。"蛇皮口袋装满了才回家哦！"债主们面前哭干双眼的母亲多次重复，就像断裂带的日出，在这片名字叫作牛角垭的高山上，一次次重复升起。

我们跟着母亲在山上采蕨苔和广东苔，是为了给家里找些贴补。蕨苔的名字不奇怪，广东苔却有些莫名其妙，为什么不是"四川苔"呢？我想。多年以后，我终于在历史和本地一些古墓的碑刻上找到答案，这个答案就是"湖广填四川"。断裂带本地一部分是羌人，一部分祖上是湖广移民。

蕨苔的样子很像倒置的感叹号，而广东苔，则像是问号，脑袋上面穿着一层薄薄的白须须。也许，就在我们停下来擦汗的工夫，我们发现了一群羊。它们云朵一般，散落在松林密布的山间，自由自在。

"羊!"不知是弟弟还是我自己，惊声尖叫。

羊，我们看见了。我们看见了，羊。不是一只两只，不是三五只，而是很多只，几乎数不过来。在此之前，我很少看见这么多的羊，也不知道在这高山上会有这么多的羊。它们的出现，给予我丝丝的兴奋和喜悦，兴奋和喜悦是无意识的，也是无意义的，因为羊是羊，我们是我们，与我们没有实质上的关系。

我和弟弟都是河边长大的孩子，经常下河捉鱼，却很少接触羊。羊群冲散了我们心头的某些压抑和不快。羊群使得我们的劳动变得轻盈，不再苦累。蕨苔和广东苔喂饱了我们的背篓，又喂饱了我们带来的蛇皮口袋，收获颇丰。羊陪伴了我们差不多整整一天。戏剧性的一幕出现在我们准备回家的时刻，起先还保持着某种安全距离的羊群，忽然咩咩咩地叫了起来，那叫声像是在呼朋引伴，很快，漫山遍野的咩咩咩声湮灭了大山的寂静，变得躁动起来，那些羊前赴后继地向我们奔来！我和弟弟面面相觑，不知所以然。接着，就害怕起来。看样子，好像是我们得罪了羊。羊群，的确是冲着我们而来的！说实话，我巴不得有这样一群羊跟着我们回家呢！但是，但是，这些羊似乎有点来者不善，有点气势汹汹，那咩咩咩的叫声，似乎带着焦灼，似乎透着愤怒！

我和弟弟背着背篓跟在母亲身后。一只肥肥壮壮的羊，估计是羊群的头儿，不卑不亢、气宇轩昂地尾随着我们，就在十米开外。它的身后，是一串一串的羊，一只羊紧贴着一只羊。几乎所有的羊，都在冲着我们咩咩咩地叫！太疯狂了，太刺激了，太震撼了！

"我们走我们的！"母亲走在前面，头也不回。

"这些羊简直都疯啦！"走在中间的弟弟小碎步迈得飞快。

我走在最后，吓得浑身发抖，几乎要哭了，因为，那走在最前面的头羊几乎已经快要顶上我的屁股啦！

"妈——呀——！"我终于忍不住叫了起来。

母亲停下来，转身，眉头紧锁，望着我身后浩浩荡荡的羊群，似乎在琢磨问题。终于，她弄明白了似的，信心满满地慢慢走到我面前，使劲儿拍着我背上被蕨苔和广东苔塞得满满的蛇皮口袋，大着嗓门说："你们看看，这是蛇皮口袋，不是你们的孩子，快回去吧！"

母亲说完，掉头而去。母亲的话，自然是说给那些羊的。

我回头看了看，奇迹出现了：尾随着我们的头羊已经停了下来，漫山遍野的羊群整个儿地停了下来，那些咩咩咩的叫声也停了下来，不再尾随。原来，这些羊把我们背上的蛇皮口袋，当成了羊！它们误以为我们拐走了它们的孩子，才跟着我们！羊群似乎听懂了母亲的话语。

羊误会了我们。

事实上，我们也一直误会着羊。经历这件事，我才知道羊其实并不软弱，骨子里反而有很多珍贵稀缺的品质。关键时刻，它们会团结起来，坚决捍卫属于族群或者同类的安危。此后多年，我再也没有摆脱掉过羊。事实上，那群春天的羊，一直秘密地尾随着我。它们，在我的人生里拉开了羊图腾的序章。

二

小时候，我就是一个腼腆、怯弱的人，这种"后遗症"一直保留到现在。换句话说，我的骨子里有着深深的自卑情结。我不敢大声和家里人说话，和班上的女同学说话会面红耳赤，更别说陌生人。因此，语言作为交流的功能在大多数时间是被忽略的。大多时间，我愿意保持沉默。不可否认的是，这种沉默是一种选择，一种充满了策略性的"自保措施"。

我想，这种自卑情结之所以能够沉淀于我幼小的心灵，首先要归功于母亲。在母亲为了应付那些上门跟父亲讨债的人眉毛都快掉在地上的那些日子，却不忘时时提醒我和弟弟，在外面千万不要跟陌生人说话，也不要相信陌生人，因为，"那些砍脑壳的，会把你们弄去卖了杀了也说不准。""砍脑壳的"，是母亲对那些债主背地里的称呼，这些"砍脑壳的"，几乎都是街上的人。读小说家余华《活着》，主人公福贵我不陌生，福贵的影子和我父亲的影子类似。据说，父亲在九十年代初当老板光芒万丈的那些日子，这些"砍脑壳的"，经常骑着摩托车开着小车到我家门口，专程接送我父亲去街上打麻将。我的脑袋里没有父亲打麻将的记忆碎片，七岁那年，我才从山上外婆家回到山下，并且，属于我们家的"黄金时代"似乎已然成了明日黄花。"家里有钱那会儿，你弟弟喝汽水，一瓶一瓶地喝，想喝多少喝多少，喝得发吐。"这件事作为"黄金时代"留下的为数不多的非物质文化遗产，在那些年里被父母津津乐道，令我神往。每次路过学校门口小卖部的时候，望着那些近在咫尺似乎又遥不可及的汽水，我只能凭空想象弟弟当年的幸福遭遇，不知咽下了多少吨"难过的口水"。家里那时候，唯一比较值钱的，就是一台收音机，偶尔，会放点音乐，我记住的歌词里面，其中，有三句最清晰，一句是"我被青春撞了一下腰……"，一句是"我不是沉默的羔羊……"，一句是"星星点灯，照亮我的家门……"。都是台湾歌手唱的。

穷困潦倒的日子，为了一个家，为了还债，母亲成了女强人，毅然挺起脊梁，支撑起我们摇摇欲坠的家。女子本弱，为母则刚。母亲就像我们曾在山中偶然碰到那群羊里的头羊，爆发出一种惊人的"领袖气质"与坚韧，一边照顾我和弟弟读书上学，一边把家里拾掇得井井有条，养鸡喂猪种地，放假了，就带着我们上山背柴，采蕨苔、广东苔，扯金银花，捡羊肚菌，卖了钱贴补家用……日子依然拮据，母亲从不在我们面前怨苦怨累。母亲是一只沉默的羊，对于生活，她没有太多选择。

在人生中，"选择"是一个中性词，但它又是绝对的，因为它的中间只坐着一条路。似乎可以说，选择是一条绝路。儿时，母亲把一根扁担递给我和弟弟的时候，那根扁担是沉默的，当她表示这是要我和弟弟每天去镇上开饭馆的二姨家担潲水的时候，我的选择是沉默的。我无法接受担着潲水穿过人群的那种自惭形秽，仿佛，潲水不是担回家里喂猪的，而是我们的食物。但我别无选择，只能接受这个任务，在我和弟弟担着潲水一步一步走回家里的路上，尊严仅仅是一根扁担。扁担在叹息。叹息的手指指向我们的生活。

二姨家的饭馆生意不错。有时我会被喊去帮忙。说是帮二姨，其实也是帮自己，至少可以管一两顿饱饭。餐桌上剩下的食物经常让我难过。那些年我给二姨家帮了多少忙，后来，二姨又给我帮了多少忙，已经没法计算，但我记得一件事，那是在我刚到二姨家帮忙不久，一次，我正在灶台旁边洗碗，灶台旁边就放着收钱的铝皮钱匣子，二姨给别人找钱的时候，一张十块钱忽然掉在了地上，掉在我的眼皮子下面。二姨似乎没发现她丢了东西，便又去招呼客人了，空气凝固了，世界，仿佛，只留下我和那张十块钱在一起。实话实说，我从来没有过那样美妙的时刻，十块钱对当时的我来说简直就是一笔巨款，我从未拥有过这么大一张钱。要是它完全属于我，该有多好！选择就在眼前，我的心跳到了嗓子眼，只要愿意，我顺手就能将它装进我的荷包。但我不敢，我想起曾在我身后出现的那群羊，那些眼睛。毫不犹豫地，我顺手把十块钱捡起来，走到二姨面前，说："二姨，钱掉了！"二姨笑眯眯地看着我，什么也没说。后来，二姨家饭馆不开了，改做零售和批发，生意越做越大，逢年过节帮忙的人多，一两个人收钱根本忙不过来。忙的时候，二姨就让我负责背着包收钱。

多年以后，我才隐隐意识到，二姨是有选择的，十块钱并非意外，我相信，那张十块钱其实是二姨故意落在地上去的，是二姨发给我的"试卷"。而我，只能选择。选择意味着经历，也意味着淘汰，每一样经历的后面，都住着一段长长的路，一种"后续"，不会中断，不会卡壳。由此看来，选择也是渊源。诚如赫塔·米勒所言："每一个人的脑袋里都有一根食指，它指着过往的事情。当我们独处的时候，我们说的、讲的、想的大部分东西都已经是过往的。"

当我的目光穿过"选择"这个词，或者让目光像流水一样缓缓流过我们家门前的绿色河床，我就能看见一个陌生的男人，或许，我应该叫他一声"叔"。他存在于我记忆中的那天傍晚，那个傍晚是我开学前一天的傍晚。别无选择的傍晚。我们坐在傍晚的马路边，陪坐的是父亲用锯子锯成的菜墩，我们需要卖掉它们。明天就开学了，但家里压根拿不出一分钱给我和弟弟交学费，母亲带着我坐在那里卖菜墩，我们狼狈的姿势和菜墩相匹配。我是开学前一天才知道"明天开学"这件事的，母亲似乎也是在那时才想起这件火烧眉毛的事，毕竟，我们都像是在生活里埋头吃草的羊，很少考虑明天的事。"明天的事情明天管"，开学前一天，母亲却突然发现，"明天的事今天就必须得管"，后果显而易见，交不起学费就报不了名，就无法继续上学念书。幸亏母亲发现及时，那天早上，她指着家里的十多二十个菜墩说，咱们去卖菜墩，卖了就有学费了。那时候我差不多已经快要小学毕业，加减乘除完全不在话下，大一点的菜墩可以卖个十块二十块，小一点的菜墩只能卖五块，要凑够一百多块的学费其实并不难，关键是，这些菜墩能否卖完？我是一点信心都没有，毕竟这些菜墩也是平时没有卖掉的，感觉起来，卖菜墩这种行为，就像是要在我和学费之间"修一条高速公路"，一天怎么可能卖掉这么多的菜墩！但我们别无选择。潜意识里，我还觉得卖菜墩这种行为让我很掉面子，毕竟，我是个腼腆、怯弱的人，但我别无选择。事实胜过千言万语，那天，我和母亲一直坐在公路边，坐在菜墩面前，一直从上午坐到傍晚，也仅卖出去一两个。我和母亲一会儿望着公路的左边，一会儿望着公路的右边，似乎再没有一辆车愿意停下来，买我们的菜墩。暮色已经刷灰了四周的柏树、粗糙的路面、时不时在耳边亮出喉咙的犬吠牛哞，也刷灰了我那因为害怕掉面子的脸。说灰心也是可以的。菜墩没有卖出去几个，看来，书是读不成了，我别无选择。然而，就在我们准备打道回府的时刻，就在白天要把身上的钥匙交给黑夜的时刻，一辆黑色轿车忽然在路边停下，出来一个人，径直走到我们的菜墩面前，说看下菜墩，想买一个。已经是秋天，但这个中年男人下车的时候，春天仿佛突然离我们近了几厘米。中年男人很快选好了一个，付钱准备离去的时候，母亲似乎想起了什么似的，用有些悲情的嗓音，突然朝着那个模糊的背影喊道："老板，能不能多买几个嘛？娃儿明天念书交学费呢！"那个男人回了一下头，便提着买走的菜墩钻进车里，似乎无心做好事。就在我们以为这个中年男人会毫不犹豫地把车开进茫茫黑夜扬长而去的时候，中年男人突然从车上走了下来，重新回到我们面前，口气温和地说："大姐，你算下多少钱，把它们全部搬到车上吧，我弄到城里去卖！"突如其来的转机让我和母亲有点手足无措，然后心花怒放。中年男人肯定动了恻隐之心，他的这个选择里也没有别的出路，于是，他买走了我们全部的菜墩，他在我和学费之间修成了一条高速公路。当中年男人把一百多块买菜墩的钱交给母亲，当我们和中年男人把所有菜墩搬上车，当这一切在我们满怀感激的眼中转身而去，我和母亲，像两个被人遗忘的菜墩，朝着中年男人离去的方向，在这温暖的黑夜里，站了很久。

时隔多年，再次想起这个中年男人，陌生的好心人。我想感谢他。我想跟他打个招呼。而事实上，当时我压根没有看清过他的脸，更不可能知道他的名字，他的来龙去脉。但他确实存在，在我生命的某天傍晚。近乎永恒。

三

穿过断裂带的河，也穿过我的童年。

夏天，我和弟弟的眼睛会让父亲生气，也会让母亲变得高兴。因为我们的眼睛是会"落"的，就像鸟儿会"飞"一样。我们的眼睛会落进家门前的河里面，我们会把水变成一个个窟窿。河水很深，却也清澈见底。河是夏天里我、弟弟还有院子里伙伴们最愿意去的地方。父亲生气，是出于某种担心，不是担心我们的眼睛我们的魂儿落进河里，而是担心我们的命落在河里，父亲越是担心，我们越是魂不守舍；母亲高兴，则是因为我们除了偷偷掌握各种游泳技能之外，还很会捉鱼。鱼是天然的美味，且无须太多成本。

我的身体至今保留着河水滑过皮肤的那种清凉记忆，这种感觉就像水流过之后，鱼儿钻进了渔网。河能把我们联系在一起，也能把我们分开。很多年没在断裂带河里游泳捉鱼了，夏天，我的皮肤总是会发痒。发痒不是因为炎热，而是因为饥饿。

那年夏天，我和堂哥顶着烈日上街买渔网。途中，在路旁有着一大片墨绿色荨麻的公路边缘，我们的眼睛不约而同落在一件裹着泥尘的蓝色外套上面，一动不动地躺在那里，静静呼吸，又像是在等待。那是件女式外套。我和堂哥在外套的荷包里翻到了厚厚一沓钱。这一沓厚厚的钱，让我荷包里为数不多的一块钱彻底傻眼了。堂哥荷包里有好几块钱，但他荷包里的那几块钱也彻底傻眼了。这是一笔巨款，一下子把我和堂哥网住了。很快，它就把我和堂哥变成了一阵风，把我和堂哥吹进了路边的水沟，我们顺着水沟一直往寂静和无人的地方吹。直到我们在水沟的隐秘角落里停下，商量着如何分掉这笔钱，风才停下来。

我和堂哥分了很久也没有分出个所以然，只是把那笔钱数了个大概，六百多块呢。我们激动得满头大汗，花掉很小的一部分，也能把我们胀成一头牛。

因为始终分不出个所以然，我陷入了回忆。我想起和弟弟、母亲在采蕨苔、广东苔时遇见过的那群羊，尤其是那头走在最前面的羊，以及它身后无数只滑动的眼睛，以及那铺天盖地悲凉的咩咩咩声。

我想起如果我是那只羊，丢了这么一大笔钱，我会不会难过，我的家人会不会难过？我想起外婆，想起她带我在庙里烧香拜佛，想起她告诉我的："做人行善积德，菩萨才会保佑！"

或许，我也想起过那个曾经买走我们所有菜墩的陌生人。我想起选择。想起善良。想起报应。

想着想着，我就害怕了，我跟堂哥商量："我们把钱还给人家！我外婆说了，做人要行善积德，不然要遭报应！"潜意识里，我相信，丢掉这么大一笔钱，那个失主肯定会自杀的，然后变成鬼。而我，胆子又那么小……

堂哥选择了我的意见。我们不再分钱。这笔钱又把我们吹回了公路，吹向了它的失主。我们在公路上没走多远，一个脸色苍白的大娘骑着自行车迎面而来。她跟我们打招呼："娃儿们，你们有没有看见一件蓝色外套？"

她的运气真好。接下来的事似乎顺理成章。失而复得的大娘似乎不急着感谢我们，也不急着离去，而是蹲在路边，开始数她的那些钱，事实上，那些钱一分不少。但她整整数了好几遍。她数钱的时候，几个人路过，我们拾金不昧的事，也一下子钻进他们的耳朵里去了。

"你要好好感谢下这两个娃儿！"那些人话说完，就像云一样飘走了。留下我们。其实，我和堂哥本该光明正大地离去，大娘数钱的动作却把我们牢牢钉在原地，不能动弹了。

"道谢了哦，娃儿们，等下我无论如何也要给你们每人二十块钱感谢费！"

大娘一边数钱，一边望着那些远去的云。

我们眼睁睁看着大娘数钱。我忽然觉得，这位大娘数钱的样子很丑。

最终，大娘数完了钱，她取出四块，给了堂哥两块，给了我两块。二十块钱在我和堂哥留在原地的过程中缩水了两个八块钱。虽然只有两块钱，但我和堂哥还是很高兴，毕竟，不是我们捡来的，也不是我们偷来的。临别之际，大娘信誓旦旦地说："我一定到学校找你们老师好好表扬你们！"

实际上，我们还来不及告诉大娘我们老师的名字，大娘已经骑着自行车，在坑坑洼洼的公路上丝线般走远了。

我和堂哥高高兴兴地上街把那两块钱花掉了，我买了一支冰糕，冰糕虽然很快就在我的肚子里化掉了，但我还是高高兴兴。

回到家，我迫不及待地找到母亲，说："妈，今天你娃做了一件大好事！"

母亲问："啥好事？"

我添油加醋地描述了一番。

母亲失望地自责了一句："我怎么养了这么个傻子？！"

母亲是对的。没过两天，逢集的日子，母亲和那个大娘狠狠吵了一架。原因是，大娘在大街上歪曲事实，她跟别人说，她给"那两个捡钱的娃儿"每人奖励了二十块钱。是二十块钱，不是两块。

"真把我儿当成傻子呀！"

母亲气鼓鼓地说。

其实，我清楚，家里需要钱，把那笔钱交给母亲，家里会好过很多。我暗暗发誓，如果再捡到那样一笔钱，决不再还，我一定要交给母亲。结果，一天放学，我在家里又捡到了一笔钱，一百五十块。我立刻把这笔钱藏了起来，之前的誓言如同空气。为了确认这笔钱是不是家里的，我跟母亲说："学校让交二十块钱买口琴。"母亲摇摇头，说："你把房子倒过来，看看能倒出来那么多钱不！"

母亲的回答让我松了口气。我又问她："今天谁来我们家啦？！"

母亲一脸疑惑，然后说了一个村里人的名字。那个人是父亲的朋友。

第二天，天不亮，那个村里人来了，愁眉不展地跟父亲说，昨天把钱丢了，不知丢哪里去了。

父亲说："我们没有捡到呢！"

就在他们刚陷入沉默的间隙，我一阵风似的走了过去，问那个村里人："丢了多少？"

他说："一百五。"

我如释重负，有些遗憾有些激动有些骄傲地告诉他："你的钱，我捡到啦！"说完，我华丽丽地摸出那笔钱，完璧归赵。

在场的父亲、母亲，还有那个村里人，瞬间石化一般。目瞪口呆。

下意识地，我还是顺着外婆教会我的那些东西在走。相信善。我不确定别人的反应。

四

二〇一一年腊月，大学已经毕业数月的我离开成都，在一位作家朋友引荐下，到他一个老总朋友的文化旅游公司上班。上班地点在绵阳北川新县城，公司想在北川一座山上修建一个 5A 级景区，名叫"西羌故园"。北川新县城是地震后兴建起来的。在巴拿恰商业街的大门口，一颗巨型羊头横在空气的皮肤上，表情庄严肃穆地目视前方。场面颇为震撼。古老又亲切的感觉在我的灵魂里荡漾。

我知道，这个标志性建筑就是"羊图腾"，我熟悉又陌生的"羊图腾"，祖祖辈辈羌族儿女敬畏膜拜的"羊图腾"。赫塔·米勒在《每一句话语都坐着别人的眼睛》里写道："所有名称与事物贴切契合，事物和它自己的名字如出一辙，二者像缔结了永久的契约，对多数人而言，词语和事物之间没有缝隙，无法穿越它望向虚无，正如我们无法滑出皮肤，落进空洞。"于我而言，"羊图腾"是一种"看不见"的存在。类似于灵魂那样的存在。当我试图解构这种"存在"，我发现自己，无能为力。可以确信的是，我理解的"羊图腾"，不是一幅呆笨的外在景观，而是一种弥漫在个体生命之中的精神和品质。当我把目光转向身后，转向那些早已黯淡的岁月，转向在我生命中路过的人事，我能感到"羊图腾"散发出来的某种光热。

"你还记得张爷吗？老屋就在你外婆家后面的那个老头。"

只有遭遇类似的提问，我的脑袋才会变得清晰起来。那是个有着山羊胡子的老头，已经去世很多年。张爷，一辈子都在断裂带靠收废品养家糊口，其实，也不存在养家的问题，因为我从来没有见过他的老伴。

我认识张爷的时候，他仿佛已经在这个世界上老了很久了。二十世纪初，读初中那会儿，每逢假期，我经常骑着一辆飞鸽牌自行车在断裂带的公路上到处捡废品。然后卖给张爷。有时，为了多卖钱，我也往捡来的瓶子里装些碎石或者泥沙之类的玩意儿，张爷即便发现了，也从不发火。印象最深的，就是，有一回给张爷卖了一口袋废纸，过秤的时候张爷没看，第二天，又跑去卖当天捡来的废品，张爷指着地上的一堆"废纸"，咳嗽着说，你看看你卖的啥呀？这个不能卖钱！其实，无须睁大眼睛，我也能看清，那是一堆女人用过的卫生巾。顿时面红耳赤。即便如此，张爷却没有跟我"翻脸"，也没扣钱。再次想起这些，忍不住热泪盈眶，热泪盈眶是因为，我遇见了好人。一个老人的善良在我的眼眶里打转。

去年，还是前年？外婆跟我唠家常："人家黄依记恩呢，前几天特地上门，给我送了一千块钱。"

听到"黄依"这个名字，我立刻想起这位我小学和初中时代的女同学。在班上她成绩很好，只是家里很穷，她父亲是个修表匠。黄依的家，就在山上外婆家后面的那座山上。

我问她："为什么给你钱？"

外婆娓娓道来："好多年的事了，有一天她走到屋头来，哭着跟我说，婆婆哎，我去县上读书，屋头不给我拿钱……"说到这里，外婆顿了顿，接着说："我跟她讲，女子，你哭啥，你莫哭了，婆婆给你拿点，我就给她拿了四五百。她不来，我都忘了这事。"

我在县上工作，黄依也在县上一家事业单位任职，工作轻松，日子好过了。

望着白发苍苍的外婆，久久沉默。

我想到苦难。想到昂扬的玫瑰。想到知恩图报。的确，人不应该忘本，要感谢活着，感谢苦难，感谢涌动在生活皮肤下的善意，感谢生命里所有的相遇。感谢这些的同时，也不妨感谢一下自己，感谢自己那在这流淌的岁月中，未曾腐蚀、变质的，满怀爱、希望和仁慈的美好心灵……

路在我的脚尖延伸。我走在岁月的肩膀上面。

日子在我前面，记忆在我身后，摇曳着人间光影。

一群羊，在我的生命之中，在我的生命周围，伴我穿过层层空气和岁月，伴我穿过大地与空茫，走向斑斓的时光，走向远方。

刊于《百花洲》2020年第2期"重建"栏目。

见一面，少一面

逝者的名字，

也许，还有生者的螺旋轨迹、签名，日期，时间，年份，月相，

风，潮汐，太阳耀斑，树叶，蛇鳞，蜈蚣千足，山脊，古迹，

盛宴后的残羹冷炙，残渣，残渣！

这就是我的领域，我的牢狱，我出不来；

但是我喜欢数沙子，给每一粒沙子取名字，这是我存在的唯一理由。

——勒·克莱齐奥（法国）

一

有些东西是眼睛看不见的。

只有一颗明亮的心，能够发现它们，将它们从时间的柱子上抠出来。如同晴朗的夜晚，在村子上空静静闪耀的星群，看着看着，身体和灵魂就掉了下去，像星群一样一落千丈。

偶尔，会有流星在天际一闪而逝。

母亲的话语就会飘上我的心头。

母亲小心翼翼地告诉我们："这说明，镇上又要死人了。"

第一次听母亲这么说的时候，我还很小。稚嫩的胸腔里，激荡着一种说不清的神圣和悲哀。我在想，人为什么要死呢？我害怕死。虽然，我连死亡是什么样子都不清楚。

隔了数年，我才恍然意识到：死亡，其实就站在我们中间。它和我们一起吃饭，上学，睡觉，做梦。一起玩耍，生病，劳动。一起等着某一刻的到来。

我并不畏惧死亡。

上小学的时候，我带着两个表妹，在离外婆家不远的庄稼地里游荡，在绿油油的玉米地边，我们意外发现了一具露出地面的死人骨架。一场暴雨之后，那些骨头被洗得很白，白得就像一堆雪，一堆看上去完好无损的时间。

两个表妹似乎并未意识到我发现了什么。

吓吓她们的想法，已经淹没了我的恐惧。

于是，我恶作剧般地捡起一截骨头，让其中一个表妹拿着。表妹不情愿，樱桃似的小嘴嘟得老高。

我编了一个近乎愚蠢的理由："我们把骨头拿回家喂狗吧。"

表妹将信将疑地接过骨头。我把恐惧递给她之后，拔腿就跑。

我边跑边喊："有鬼啊，有鬼啊……"

山上的风很大，我的声音在风里隐隐有些颤抖。

其实，我就是一个鬼。两个表妹吓得一边跑一边尖叫，她们跟在鬼的后面跑着，哭闹声声震耳欲聋。

——这件事，到现在我还记忆犹新，它躺在我的内疚里，就像一个人躺在他的棺材里。

在伤害了一个亡者尊严的同时，也伤害了两个表妹。可能，因为这一件事，表妹们不会再去轻易相信任何一个人。

见一面，少一面，我们活在变化之中，在变化之中，我们都在不断地改变着，不断地接近那个让我们显得既无助又模糊的时刻。

如果能够再次遇见这种事，我相信我会毅然走上去，帮助那些早已被时光带走的逝者，把安宁和守望重新埋起来，让他们重新归于泥土。

我们都会归于泥土，那是我们永远的归宿，乐园。在那儿，我们洗掉了身上的时间，成为一张白纸，用白花花的骨头，继续守望故土。

二

不久前，我收到一位老家朋友发来的请柬。红纸黑字，淌着他要结婚的消息。

看了看母亲放在柜子上的请柬，我是既高兴，又惆怅。

结婚，在我看来，应该是一种归宿般的喜悦和认同，意味着流浪的肉体和灵魂有了寄托，也代表着男女双方明确的责任和选择。

我为能分享这样的幸福而愉悦，也为之惆怅。只因回到家里，母亲总会问这样一个问题："有对象没有？"

我总是无比诚实地回答："没有。"

一脸期待的母亲，脸色顿时暗了下来。

半是讽刺半是鞭策地重复起她和父亲的经历。这些经历，曾经像鞭子一样抽打过他们，现在，母亲拿到了这根鞭子，用它抽打自己的儿子——你有对象没有。

母亲总是说，她和父亲成家的时候，一无所有。如今家里的一切财产，都是她和父亲一滴汗一滴汗攒出来的。

每每说到这些，母亲的话语和眼神就会变得无比幽怨。同时，谈话的目的也失去一条腿了一般，摇摇晃晃，不知不觉，已经偏离重心。

我知道，这些年来，母亲之所以反感婆婆，主要是因为当年分家的时候，婆婆的偏心，让她和父亲吃够了苦头。没有像样的家具。没有尊严。他们在漏风的青瓦房里，度过了结婚以来的第一个冬天。

母亲讲述的这些小事发生在一九八六年，我出生的前一年。那时候，本来可以选择留在部队发展的父亲毅然回到家乡自谋生路。

孝顺的父亲担心，他不在的日子，这个家就真的被人给埋了。这个人是我的大伯。

充满变数的年代，从来就不缺少是非。是非，平通河里的水，源源不断。脾气火暴的大伯时常跟婆婆和爷爷闹别扭，最后发展到动武较真的地步。想着眼泪汪汪的亲人，父亲不得不选择离开部队，离开沈阳，落叶归根，重新开始。

刚回老家不久的父亲，就带着结婚证和母亲，皮球一样滚出了家门口。

结婚让他们得到许多，又仿佛让他们失去一切。

恐怕精明能干的父亲也没有想到，走过万水千山，却在自家门前摔了跟斗。

母亲说，我和弟弟出生以来，婆婆几乎没有抱过我们。这一点，我是相信的。婆婆总共生了六个孩子。她已经累了。贫穷，让她的爱喘不过气来。荒芜和偏激，其实是一种本能，一种来自于封建时代的惯性。

婆婆把大部分的爱都留给了最小的儿子，我的幺爸，尤其是那些家产。土地和房子本身不属于我的父亲，不属于婆婆的其他几个儿女，这些东西，近乎天生属于我的幺爸，婆婆最小的儿子。

中国有句老："皇帝爱长子，百姓爱幺儿。"

我相信，正是这句话，把我的父亲和母亲关在了婆婆家的大门之外。

成年以后，我渐渐明白，爱，并没有所谓的公平。

因此，善良的父亲，没有任何抱怨，绕来绕去，毕竟是自己的亲人。没有了亲人，无异于孤魂野鬼。要不然他也不可能坚决退伍还乡。

母亲的冷漠，也可以理解。她只是一个普通的农村儿女，"胸怀"这样的词语，会让她不知所措。母亲是真实的，世俗的，因为婆婆对于父亲的某些态度，也曾是她和父亲对于我的某些态度。在我和弟弟身上，她和父亲一度重复着婆婆的偏狭。我的童年便是一本样刊。

"见一面，少一面。"原来，我们一直活在这句话的肚子里。或者，浮在它的水面上。

这句话比"皇帝爱长子，百姓爱幺儿"意味深长，且沉重。从它进入我灵魂的刹那，我已经知道，一个陌生又熟悉的世界来了，坐在我的眼睛里，犹如清晨的太阳，有些耀眼，有些酸楚，有些清澈，有些迷惘。

三

躺在病床上的外公不是外公。更像一块朽木，一截枯草，一团即将飘过尘世的乌云。他缩成一团，嘴里时不时发出呻吟，肺上的疼痛，于是写满了空气。外公额头上密密麻麻的皱纹，犹如被风吹皱的河流。

当我一阵风似的赶到外公面前的时候，我没有任何办法让自己相信，眼前的病人，是我的外公。

"人一老，怎么说不行就不行了。"母亲眼泪汪汪地说。

望着被病痛折磨得不成人形的外公，我再也没能忍住内心剧烈的心酸，眼泪吧嗒吧嗒地落了下来。

"哭啥？没出息！"

一直守在医院照顾病人的外婆，似乎有些不高兴。

外公生病，一大家人都有些不高兴，这种不高兴，是真实的，也是世俗的。有的人不高兴，是因为老人的病情；有的人不高兴，则是因为老人生病所带来的麻烦。

"舅舅呢，舅舅怎么不来照顾外公？"我问。

"你舅舅忙得很，哪里有空？"心疼儿子的外婆说。

"挣钱呗。"母亲心直口快。

我更认同母亲的说法。

在家里，不会讲故事的母亲，总是跟我们说："你舅舅恐怕钻进钱的眼睛里面去了。"

说这些话的时候，我分明听得出来，母亲的话语里沾着一丝心疼。

在镇上，舅舅的精明能干，众所周知。但未必有人知道他的辛苦，如今的红红火火的日子都是他起早贪黑辛辛苦苦积攒起来的。只有我们心知肚明。对舅舅来说，熬夜等于家常便饭。我亲身体会过一次，自那以后，舅舅开车出门要我给他做伴儿的时候，我打死也不干了。

那是个冬天的夜晚，在江油，我和舅舅躲在汽车里整整熬了一夜。回到家里，我已经疲倦得走路都能睡着了。

这一回外公病得很重，舅舅依然在家里忙得风生水起。钱要紧，还是亲人的命要紧，舅舅真的一点都不心疼？

瞬间，我被冻结，像一块站着的冰。

望着躺在病床上，已是见一面少一面的外公，死亡的恐惧跃上心头。

来之前，母亲在电话里说："不知你外公能不能撑到过年？"

我能说什么？"撑"字意味着坚持，意味着一种努力和延伸。死亡站在它的尽头。死亡是什么？死亡一棵大树上的叶子，总有人会随风落下。

老了的外公，话很多。

吃饭的时候，看电视的时候，坐在院子里的时候，他总喜欢跟我们说话，即使我们从未认真听过，他还是滔滔不绝地说着。仿佛只有说话，能够证明他的存在。

从外公身上，我看到了一个老人的孤独，坐在他的额头上，坐在他的白头发里，坐在他越来越缓慢和僵硬的行动之中。直到身上的时光，在某一天成为静物，所有的儿女和亲人在他的呼吸里，变成平通河河底的石头，平静，疏远。

我和亲人们在医院轮流照看外公。

将要离开医院的时候，我无话可说，只能深情地看着躺在病床上的外公。

见一面少一面。我却不能一直陪着我的亲人。我不知道，下一次见面将会出现在什么地方，医院、家里，还是一座新坟……

我不愿意接受这个事实。

四

准备回老家参加朋友婚礼的头天晚上。

母亲告诉我，二姑父的嫂子昨天晚上在睡觉的时候不幸去世了，她的丈夫第二天醒过来的时候，才发现自己的妻子，已经永远地离开了这个世界。

听到这个消息，我仿佛看见，一颗流星，正迅疾地滑过村子上空，朝着夜的深处走去。

"明明知道身体有病，也舍不得用钱看医生。"母亲的话语里，有一丝责备和怜悯。

据说，她每天都要喝酒。

母亲还告诉我，前几天赶集的时候碰到过她，人还挺精神的，可是，说没就没了。

我相信母亲，和镇上认识她的人，听到噩耗的时候，都会不由自主地回想起他们和她生前的最后一面。

见一面少一面，面对亡者，最后一面，说过的话，一个眼神，一种表情，似乎都变得难能可贵起来。从此往后，我们的心底又多了一个世界，多了一种渺茫而神圣的遗憾、悲悯。

这是亡者赋予我们的礼物，是命运和死亡的提醒。见一面少一面，我们在这句话里不停老去，但这句话永远在用它苍凉的目光打量着世人，打量着我们时刻变化着的生活。

我开始意识到这些的时候，我的爷爷和父亲已经去世快两年了。事实上，我很难形容这两年我所承受的煎熬和痛苦，它们一点点的聚集着，改变我，让我学会成熟，学会尊重和热爱生命里每一个值得感激的人。

见一面少一面，已经成为我思考问题的一种方式，它并不深刻，跟显而易见的冷漠无关。它不仅仅是一个充满人情味的句子，一句箴言，或许，还是一种疼痛。

记忆疯长。

二〇〇八年四月的某个傍晚。

在成都读大学的我，去探望初中时候的语文老师蒲方权先生。

临走的时候，他一再要留我在他家吃饭。因为担心不方便，我匆匆而至，匆匆而回。

在挥手告别的那一刻，我对曾经有恩于我的老师说："以后机会还多。"

千真万确，这句话是我们分别时的最后一句话。

这是他生前我们的最后一面。

不到半个月的时间，地震洗劫了我们那个小镇，洗劫了我清贫而美好的家园。我亲爱的老师，也在这场地震之中不幸遇难。

那时候，他还有一个多月便退休了。他没有等到那一天。我也再无机会实现我的承诺。

"以后机会还多。"

这句话从头到尾都长着青苔，潮湿、很滑，跟"见一面少一面"截然相反。遗憾的是，我已经无法让自己从自己的谬论上面站起来。除了公路上呼啸的车辆，平通河奔流不息的河水，居无定所的云彩，以及从梦境移向彼岸的阴影，我找不到可以确信或得到安慰的话语。

请假回老家参加朋友的婚礼，其实也是为了看看在家独自操劳的母亲，以及大病初愈的外公。在外谋生的时候，他们的身影，总会时不时地被记忆弹出来。

见一面少一面，因为这个缘故，回家，变成了一个风雨无阻的承诺。

五

回到家里放下装备，已是傍晚。一截截暮色，仍在不断加深。

我的心情和我们家的狗一样好。每次回家，它都很热情。独自在院子里上蹿下跳，又是摇头又是甩尾。是我熟悉的场景和态度。狗是我的老师，从它身上涌现出来的忠诚，让我感到温暖。

母亲在厨房里忙碌着。

翌日。上午。我参加朋友婚礼的日子，也是参加父亲战友儿子的婚礼的日子。

"早点去，早点回来。"母亲说。

"写好多礼钱？"我问。

"四百。"她说，"你爸走的时候，你余叔叔也没少费心。"

朋友的父亲，跟我的父亲是战友。

临出门的时候，母亲忽然告诉我："你余叔叔可能就要被检察院带走了。"

无风不起浪。听到这个，我惊得差点喘不过气来。

"要是进去了，还不晓得啥时候才能出来。"母亲又说。

我原本松弛和平静的思想，瞬间风起云涌，嘴上却一个字也说不出来。

到了平通街上，我骑着二娘家的电瓶车，匆匆朝着朋友的婚礼赶去。参加婚礼的还有很多余叔叔的战友，当然，也是我父亲的战友。

我在二娘那里买了一包中华烟。

"哥有钱嘞，居然抽这么好的烟？"表妹似乎在指责我的铺张浪费。

"给你姑父长点面子。"我无奈地解释，确实啊，父亲的脸还活着。因此，说这些话的时候，我已经没有太多感伤。当事实成为灵魂的一个部分，承受和接受其实毫无区别。父亲去世两年多了，他的面子还隐隐活着，在我的身上活着，他的影子并未离去。时间只是抹去了父亲的局部，而不是全部。

见一面少一面，眼下，我唯一能够珍惜的，就是那些活着的亲人、朋友。

朋友的婚礼很隆重，总共摆了一百多桌。因为在家里吃过饭，我已经没有多少胃口。在晚宴的帐篷外面，我遇见了余叔叔。目光穿过他并无多少喜悦的表情，我能真切地感到一丝压抑和沉重。是的，他已经没有多少时间享受这些日常的幸福了。某种程度上来说，是他用自己的手剪断了自己的幸福。可怜天下父母心，在此之前，也许，他最为惦记的事情就是儿子的婚礼。

在总是会擦肩而过的现实生活当中，在见一面少一面的今天，我觉得我的朋友比我幸运。如果可能，我真愿意为我的朋友分享那些沉重。我知道失去父亲是多么痛苦的一件事情，哪怕只是暂时。

六

回家路上，一片漆黑，镇上万家灯火，抚摸着我的眼睛。猫头鹰的怪叫声在看不见的远处游荡。星星在寒冷的天空里绽放着古老而悠远的光芒。而我，因为寒冷，耳朵和脸颊像挨着一把刀子，火辣辣地疼。

朋友家的处境在我的脑海里不停闪烁。本该是一个热闹圆满的婚礼，在我看来，却因为亲人的遭遇，显得有些沉闷和苦涩。

亲人，故乡，生活，爱情，仇恨……

这些沾满了灰尘的字眼，这些模糊的诗篇，犹如鹰的翅膀一般，在思绪里徐徐展开，在群山的褶皱里摇曳着、飞翔着。

见一面少一面，我唏嘘着起伏宛如故乡的这些山脉一样的命运，唏嘘着在这些起伏里不断老去的人们，包括自己。

这个晚上，在回家路上，我强烈感到，其实没有任何离开能够拆散我和故乡的感情，一棵草，一株树，还有，这里所有的人们。见一面少一面，我和他们连着心。在我出生的时候，一切都早已命中注定。

夜晚，在我的出生地，天空是一把大大的椅子，上面坐满了星星。多年以来，它们和我们互为观众，讲述着大地上古老的哀愁和命运：

见一面，少一面。

刊于《民族文学》2013 年第 5 期，

80 后 90 后作家专号，"散文"栏目。

日薄西山

一

美国小说家佐拉·尼尔·赫斯顿在其震撼人心的长篇小说《他们仰望上苍》中如此写道："珍妮感到自己的生命就像一棵枝繁叶茂的大树，有痛苦的事、欢乐的事，做了的事、未做的事。黎明与末日都在枝叶之中。"

这个心乱如麻的夜晚，我的目光在这段话的皮肤上久久徘徊，反复咀嚼文字透出的深意，直到确认自己再也不会忘记。

春节的某个夜晚，一大家人围绕着逝去的年代和糗事笑语欢声，为节日增添气氛，我奉献的笑话是人腿根上的那一绺疤痕——羊毛出在羊身上——它使我明白了什么是劫后余生。二十世纪断裂带某个天气阴沉的午后，我舅舅用借来的气枪一面指着我身体的关键部位，一面嘴里"啪啪啪"地模拟枪声，与我嬉闹。乐极生悲。本以为枪里没有子弹的舅舅扣动扳机以后，我不幸中弹了。幸亏，我本能的躲闪使得子弹变成了无头苍蝇，打偏了，子弹像子弹那样深深钻进我的大腿内侧，剧烈的疼痛使我一下子蹲了下去，号啕大哭……

一幕幕过往，在细节中灰飞烟灭。

恍如散布世间的苍生万物和所有沉默的事物一样，我们稳稳坐在岁月的公交车上，从晨曦抵达夜晚。人生，就是一种经过。如同劳碌而又疲惫的身体，有时候更像一块母亲用来擦洗碗筷油污的抹布，有太多的事物需要处理和清扫。

腿脚如鹤般纤细悠长的日子，在生命的走廊移动，移动既是荒废，也是修行。三十岁以后，我头上的那片黑草地，便开始日薄西山，失去了原有的光泽，不再黑亮柔韧，仿佛一阵秋风就能吹燃的枯草。我跟韶光已逝、大腹便便的朋友们说，当一个人的青春在他的生命之中松开了翅膀，他就会变成这样。

袒露心声，有时候更像顾影自怜，一根长长的自惭形秽的尾巴，秋千一样晃晃悠悠悬曳在年龄的岩层中。

偶尔，拿出相册，看自己生命的不同阶段，仿佛无数个自己在眨眼间重叠在一起。如果没有这些照片，我很可能会怀疑过去只是一种幻觉。

我爱慕那些"发纤秾于简古，寄至味于淡泊"的文字，仿佛是因为，一种魔力附着在词句的灵魂深处，能从晦涩、阴郁的生活里提炼出永恒的事物，感觉起来，就像世界被连根拔出，一锅端。眼下，能把我心情和思绪一锅端的，只有四个字：日薄西山。

是的，日薄西山。一切的一切，都在日薄西山。幻如斑斓画布上一道浓重的色块，喧哗，骚动，丑陋，粗鄙，让我无言以对。岁月是天生的裁缝，但是没有剪刀，能够剪掉人性中无穷的贪婪和私欲。迅速崩溃的激情。枯萎的人性，血脉。

断裂带，那些钓鱼归来的人，那些肩扛着一条河床和一个季节走路的人，在暮色之中发出叹息：河里的鱼儿没有尸体，它们死后，就化成了水，变成水的一部分。祖祖辈辈，他们开荒种地，他们早出晚归，他们生儿育女，他们钓鱼，在各自命运的棋盘上爱恨情仇，嘴里呼出的鱼腥味儿，越来越淡。

死亡是一只隐形蝙蝠，昼伏夜出。

很早以前，我就一直在想，死后，人会变成什么样子？一块泥巴，一只蚂蚁，一片云朵，一颗星星，一滴晨际的露水，在草丛里晃荡的一抹宁静？飞过万水千山，飞过春夏秋冬，也飞过屋顶和村庄的乌鸦，用飞翔和哀鸣诠释着一个古老的秘密：死亡。

儿时，死亡并不可怕，至少不是想象的那么可怕，这件事，村里一个名字像萤火虫的家伙最有发言权，为了证明自己胆大，他站在自家祖坟上撒了一泡尿。透明的童子尿哗啦啦射进堆满枯叶的矮矮坟头，陡然升起一股袅娜青烟。这幅画面在我的脑海萦绕多年。可惜那时没有相机，拍下他的英勇之举。

时隔数年，我渐渐醒悟，人穿在身上的第一件衣裳不是绫罗绸缎，而是死亡。人生，就是漫长的死亡过程。死亡像一只慢性病蜗牛，躲在呼吸和心跳，也隐藏在欲望、苦难与细节的气泡中间，气泡上升，直至破灭。

死亡乱石穿空，无一例外，无一幸免。

阅读或者遇见那些睿智的头脑、风景或者建筑无疑是种享受，但与咀嚼烂花生、核桃或者葵花子异曲同工，真相往往被死神恶意地混淆在一起，就像虚情假意，常常使人模糊。同样模糊的，还有死亡。

最终，树上那些哗啦啦的叶子，滩涂上那些飞溅的水花，书中那些暗藏机锋的文字，将是属于大地的一部分，还是岁月的一部分？当我意识到，自己的心跳和呼吸其实都在暗暗指向有着青铜质地的悠长岁月，而不是缤纷而又奢侈的物质生活——炫目的皮肤，我已经明白，我的梦是河里的一条鱼。一条在精神的大江大河里游荡的鱼，也是一条在鸡毛蒜皮的家务事中沉沦的鱼。

一条鱼游过记忆，游过浮生，游过出生地，看到了日薄西山，像空气一样包裹着尘世；看到了一个个衰落、苍老和注定充满悲剧的魂灵；鱼感到孤独，是因为，交谈的时候，大多数时候只是用嘴，而不是用心。

二

在断裂带，一个人的目光、心灵跟泥土厮磨久了，就能看见在这片土地上活过又死去的祖先们，日出而作日落而息的祖先们，仍在幽暗的泥壤深处做梦。或许，还能听见他们略带疲惫的叹息或者呻吟。

如同一身蛮力的父亲离世这些年里，母亲仍在他的影子里生活，不止一次两次三次四次五次六次七次八次九次梦见她英年早逝的丈夫。每当我从教书的南坝镇，或者居家的绵阳，回到老家的屋檐，回到母亲身边，她的话匣子总会像拧开了的水龙头，围绕着近段日子的梦境拉开序幕。"昨晚，我又梦见你爸了……"她信誓旦旦地说。

作为顶梁柱的父亲就像他曾经黯淡却又十分显赫的家庭地位，在母亲的皱纹和唇间，永远居于话题核心。

母亲对于父亲的种种讲述有着近乎病态的执着和迷恋。我能理解她。一个普通的乡村妇女对于亡夫的追念和凄惶早已深入骨髓。普通而又庸常的梦境被母亲赋予一种澎湃虚幻的热情，使我不由自主地想起墨西哥小说家胡安·鲁尔福的那部魔幻现实主义开山之作：《佩德罗·巴拉莫》，想起那个独自前往科马拉寻找亡父的幽灵般的"我"。

某种程度而言，母亲亦真亦幻的讲述，或者说我的侧耳倾听，弥补了不幸对我们这个卑微家庭造成的损失和遗憾。人永远去不了的地方就是过去，母亲的梦却能重新托起一片云空。

几乎每个秋天，我的记忆总是要出几趟远门，也可以说成是回几趟老家，以此祭奠消失在秋天后面的父亲。秋天是核桃成熟的季节，那年八月中旬，一个其貌不扬的黎明，在家门前上树准备打核桃的父亲，不幸从核桃树上坠落，就像一块落入水中的石头，疼痛的涟漪至今仍在岁月的水面扩散。

父亲离去的时间是地震后的第三个秋天。二〇一〇年。那会儿，家里刚修好一栋看上去还算气派的楼房，淤积在家庭眉宇中间多年的贫困也刚开始冰雪消融。因为生意失败和早年迷恋赌博，一度窘困落魄的父亲最大的心愿就是体面活人，就是看着我和兄弟两人成家立业。然而，正值家境和事业峰回路转之际，父亲却永远地走了，一声不吭地走了。

对于父亲，我们有着太多的愧疚和无奈！那年，在江油九〇三医院，主治医师将我和坐火车从部队赶回来的兄弟带到僻静处，跟我们谈起父亲回天乏术的病情，要我们自主决定父亲的去留，是继续治疗还是放弃治疗？我很少跟外人谈起这件事，即使我、母亲和弟弟三人之间，我们也避而不谈，其实，父亲的死，是我和弟弟共同"拿的主意"。

在家里，父亲就是顶梁柱，大事临头，生死攸关，生怕我们伸手借钱的大多亲友躲都躲不赢——当然我们没权利别人也没有这个义务去帮你，叫天天不应唤地地不灵，我们怎么办？当然，也有一些亲朋向我们伸出了善意的援手，但也仅仅是杯水车薪。父亲住院的那段日子，我几乎看尽人间冷暖。那时候，摆在我和兄弟面前唯一的退路，就是把昏迷的父亲送回家中，让他生在故乡，死在故乡。

临走之际，在医院里抢救多日后被救护车送回家中依然深度昏迷的父亲面色平静，眼角却是湿润的，我从来没有见过父亲流泪，那是第一次，也是最后一次。令我撕心裂肺痛苦万分的场景至今难忘！氧气袋里的氧气快没了，父亲，就要走了……家人和好友亲朋在堂屋跟父亲说着别离的话，送他最后一程，我因为不愿也不敢面对这残忍的生离死别，浑身颤抖着钻进卧室，不要命似的一根接着一根抽烟。

生命如此脆弱，人生如此虚幻。

事过境迁，对父亲而言，人间许多事如今早已变成了后事，许多的话也变成了后话。时隔数年，我已年满三十，在人生的下山腰上回忆父亲最后的时光，依然难过不已。我也时常在想，要是父亲从未离开，今天的日子会是怎样？要是父亲还在，他现在就是几个孩子的爷爷了！兄弟和我已经先后成家，部队退役的兄弟已有两个女儿，今年二月七日，我也幸运地成为父亲，妻子为我们生了一个男孩。

望着儿子黝黑而又鲜嫩的面孔，不得不相信，我少年时晒过的阳光，也遗传到了他的皮肤上。

我给儿子起了一个粗粝的小名：石头。

成为父亲这段日子，我经常想起父亲，想起断裂带的秋天。秋天，皮肤泛黄的秋天，懒洋洋蜷缩在大山腹地的断裂带芳华渐逝，茂盛的草木开始大面积大幅度大张旗鼓地撤退，在秋风金黄的叫喊声中，在时间的褶皱里，在父亲比星星还亮的咳嗽里，它们一天天枯黄、衰老。卷土重来的希望，被溃烂后的枝叶保留在沉默而又魔力无穷的泥土之中。

断裂带的秋天是寂寥的。大地苍茫空阔，世界好像整个儿地膨胀了好几倍，让人心生出淡淡的寂寥和惆怅。幽邃迷人的天空愈加高远。家门前的平通河，则瘦成一根绳儿，有气无力地缓缓流向下游。墨绿青苔像水鬼的头发。水苔在水底飘荡，沉寂的沙石清晰可辨。不时有鱼儿跃出光滑如镜的水面，好像是，河再也瘦不动了，倘若再瘦下去的话，它们便只能另谋生路，长出柔软轻盈的翅膀，飞到天上。

秋天的早晨，仙女下凡一般，携带着某种神性光环和神秘气息的雾霭翻过夜晚后，渐渐一目了然，臃肿而又轻盈的身躯，围脖似的环绕着断裂带的绵延高山，犹如父辈们被汗水、沉默和劳累浸润的命运，牢牢拴着这片春夏秋冬四季分明的土地。作为回应，或者报答，土地也从不吝啬，总是力所能及地为断裂带世世代代的耕耘者提供粮食、水果、蔬菜和灶孔里熊熊燃烧、噼啪作响的柴火。

土地，断裂带人的衣食父母。"衣食父母"，这个美丽而又素朴的词汇，似乎不仅仅意味着血脉的延续，更意味着耕耘者与土地的关系：唇亡齿寒，生死相依。

散发着幽香的泥土是一种混淆，记忆和想象水乳交融的"结果"。

不仅仅是因为断裂带，因为故乡黯淡而又寂寥的秋天，因为在秋天里离去的父亲，当"日薄西山"这个词像飞鸟在我潜意识的天空翱翔，我相信自己已然领悟到了某种来自大地、自然和生命的奥秘，苍茫，辽阔，深邃，遗世独立。

三

那个苦闷而又惶惑的春天，郁郁寡欢的春天，希望和理想在尊严的皮肤下面、残酷的现实面前日益黯淡的春天，梅花刚在断裂带的枝丫上冒出花骨朵的春天，想起来眼睛总会泛酸的春天，我毅然辞掉北川的工作，灰溜溜地离开了新北川县城。

带着近百本文学书籍，一床大学时代睡了四年已经严重缩水的铺盖卷，我同刚刚开始交往的小我五岁的年轻女友，一起来到绵阳，在一个名叫三里村的居民小区落脚，准备重新开始。说是开始，无非是打算找点事情，挣钱养活自己。这个质朴而又务实的想法得益于母亲的奚落和失望，其次是一些亲朋的冷嘲热讽，他们对我的"不务正业"有着某种霸气外露的愤怒，总是唾沫星子般在我面前袒露无疑，让我无地自容。

他们说："大学生，你得想办法工作。"

他们说："没有工作你什么都不是。"

他们说："你怎么对得起你死去的父亲？"

没有工作就意味着一事无成。他们是对的。但我不想工作并非倔强、偏执，而是因为，我自己也很迷茫，自己能做什么。空气中没有一只手朝着我伸过来。焦虑的母亲似乎并没有意识到，她也成了人群的一部分。而人群，仅仅是一种幻觉。父亲的死亡似乎只是无情宣告了我们的孤立无援，或者说，日薄西山的开始。因为，没有人。没有人。

如赫塔·米勒所言："我所拥有的我都带着。"在北川新县城工作一年左右，尚有近万块钱工资没有结清。工资没有结清不碍事。"挂在树上的果子早晚都要熟"，那时候，我以为拿到工资是早晚的事，后来我才知道，"西羌凤凰旅游文化有限公司"早已日薄西山，"凤凰涅槃"了，即使等到猴年马月，看见工资也是不可能的事情了。但那时候我却一直相信善良的老板会在某个阳光明媚的日子将我的"心血"打到我的银行卡上。辞了工作，但说话做事仍有底气，毕竟，在这颗古老的星球上本人还有一笔额度不小的欠款。

现在想想，那时候天真无邪的我就像那笔拖欠工资膨胀出来的事物。

在绵阳的落脚点，位于三里村露德圣母堂背后一栋简陋而又闹热的廉租房里。可能是因为露德圣母堂四川话说着拗口，当地人便把它改称为"天主教堂"。租了间一室一厅带厨房和卫生间的小房子，月租三百块钱还要减十块。女房东每次上门收房租的时候我都心惊胆战，心想，要是她再少四十块钱，就遭了！楼下搓麻将的声音终日不绝于耳，素来厌憎赌博的我一度产生幻觉，以为自己快要听会了。

那时候，尽管前途黯淡、渺茫，我仍旧乐观，内心充满力量。聪明的人不会跟自己过不去。

在三里村住了很长一段时间，我跟周围才勉强熟悉起来。平时很少出门，大多时间，我都蜗牛一样蜷缩在巴掌大的租房里看书写作。心诚则灵，写作快十年，没什么名堂，却也没有放弃过。在三里村，我终于确认了一件事，那就是心无旁骛写作，成为一名作家。这段生活经历，我在散文《露德圣母堂》有过扫描，不再赘述。

大清早，女友搭乘公交车去很远的地方上班，我则留在出租屋里读书写作。

女友上班去了，我一天的工作也开始了。写作，光有一大堆想法，如果不写出来，烂了也就烂了。没有作品，不行。女友早出晚归，两千多块钱的工资全花在我们的房租和日常开销。那时候，精打细算的女友每天出门之前都会给我留十块钱，我抽六块钱的中南海，一天一包，剩下的四块则用作零花。

日子不咸不淡地过着。

每天，写到傍晚我便关上电脑，走出租屋，出门透气。太阳已经落山了，金色的余晖涂抹着三里村对面那座地势平缓的小山，寂寥的轮廓，稀疏的人影，黯淡的枝条像水面的涟漪，一寸寸消失在暮色深处。小山之上，有座幽寂的公园，本地人叫西山公园，成了我散步和锻炼常去的地方。后来，我知道自己小瞧了这座公园。公园里，有座可以俯瞰大半个绵阳城的亭子，叫"子云亭"。即唐代诗人刘禹锡《陋室铭》所提到的"南阳诸葛庐，西蜀子云亭"里的那座子云亭，据说，是为纪念西汉文学家、语言学家、哲学家扬雄所建造。再回头细细领略《陋室铭》的开头，"山不在高，有仙则名。水不在深，有龙则灵……"，真是别有一番意味和气韵！

二〇一五年，我在离西山公园不远的一个小区买了房子。而这，也算是我跟"西山"的一点缘分吧。于我而言,"日薄西山"不仅仅是一道风景,还是一个潜藏在内心深处的"幽灵",有我对一些人事的看法,也有我的苦衷和难言之隐。然而,现实之中,我只能保持沉默。

一个词可以变成一个框架,用来临摹我们的生存境况和质地,正如一颗小小的子弹也可以在我的大腿根上留下时光的疤痕。我不知道别的写作者是怎样一种情形,而我,一个别致新颖、契合我意的标题,也时常能勾起我写作的兴趣,构成我写作的动力。生活是空洞的,但某个时段,它一定在某个框架之内。

在绵阳三里村写作的四五年间,写作和生活的激情并没有进步缓慢而"日薄西山"。总的来说,我并不是一个善于或者重视享受的人,随遇而安,容易知足。让我耿耿于怀的是,在那些无比艰难的日子里,我承受的不仅仅是来自生活的压力,更有一些亲戚的质疑和鄙视;更让我耿耿于怀的是,在日子慢慢开始有些起色的时候,依然如故。我的尊严如同一条乡下泥路,被人留下了深深的难以抹去的车辙。也许,我完全可以忽略别人的看法和指指点点,但我,偏偏又是一个敏感的人。

从未想过对那些伤害和冷酷的"问候"还以颜色,只是失望、失落,只是深深觉得,一切美好的事物,都在日薄西山。很多时候,我宁愿呆在西山下面的三里村,也不愿意回断裂带,并非无颜见江东父老,而是因为,我已经渐渐适应了一种没有根,也没有惦念的生活。感觉就像,活在世界的死角上面,而不是中心。曾经,断裂带就是我的中心。

"这是荨麻,你不碰它,它就不会伤害到你。"

记得小时候,外婆牵着我,一边绕开一茬茂盛的荨麻,一边说话。

四

躺在江油九〇三病床上的祖母苍老而虚弱，气息奄奄，一个劲儿地吆喝着"脚疼"。

也许，她压根不会想到我会驱车从绵阳过来看她，就连我自己也觉得不可思议。当年，父亲也是在这个医院接受治疗的，心头多少有些不快。我甚至曾暗暗发誓，再也不到这个医院来。

儿子刚出生几天，元气大伤的妻子在家里也需要照顾。来医院探望祖母，是我临时决定的，不管怎么说，父亲是祖母生的。当然，探望还有一个目的，我实在不想背上不孝和冷漠的骂名，也不想父亲其余的兄弟姐妹说三道四，虽然，父亲已经不在了。

我确实是抽空来探望祖母的。虚情假意也罢，真心实意也好！对于祖母，我真是不知道内心怎会产生如此不合时宜如此鲜活的想法。

出发前，我跟人在老家的母亲打了电话。

"你要看就去看吧！"

作为儿媳，母亲一副心不在焉的语气。又唠叨几句，便挂了电话，连个"再见"也没有。

心不在焉的母亲有她心不在焉的理由，在娘家人那里，母亲最爱说的就是，祖母偏心，从来没有给我和弟弟买过一根冰淇淋、一个棒棒糖吃。数字具体到一，确实有些斩钉截铁。算是实情吧！印象中，我和弟弟也的确没有受到过祖母的恩惠。那时候，大伯一家，祖母幺爸一家，我们一家，还有大娘一家，都住在同一个院子。祖母对我们视而不见，对我们不好，仿佛是因为我和弟弟密度不够，她看不见，也关心不着。

"好吃的从来都背着你们。"

在母亲那儿，祖母的形象从一开始就是负面的。

在住院部二楼人满为患的病房里，望着大年三十住进医院的祖母，一阵愧疚涌上心头。扪心自问，这些年奔东忙西，几乎很少关注家族里还有这样一位老人。这些年，祖母一直在她的小儿子幺爸家里生活。

祖父于二〇一〇年清明节前去世，去世后三个月，我父亲也意外离开了我们。值得一说的是，父亲的意外似乎"另有隐情"。按照外婆的说法，我父亲是被祖父"带走"的，我父亲心地善良，对老人家又好。父亲去世前一个月，我的外婆便神神秘秘地跟我说："回去告诉他们，要他们别吵架，不然你们家里要出大事。"当时，我不以为然，没想到的是，外婆的预言一个月之后便成真了。自小深受马克思主义思想熏陶的我，若非亲身经历，绝对不会相信还会有这种事！几年前，我将这段真实经历写进一篇散文。

躺在病床上的祖母不是真的病了，而是老了。鼻孔塞着氧气，见我来到身前，嗡嗡着说了两三句话，又闭上了眼睛。我一个字也没听清。

五爸和女儿也来了。在祖母身边忙前忙后。

"我也是昨天晚上才知道的，才拢。"

累得黄皮寡瘦的五爸小声跟我说。五爸是上门女婿，按以前的规矩和逻辑，祖母的事，他完全可以袖手旁观。我们走出病房，去阳台抽烟，一排排都是病房，其中几个病房的门牌上写着：卒中病房。还是第一次看见这样的病房，感觉有些临终关怀的意思。

加速度路过。

回来的时候，我忍不住看了看祖母病房外面的牌子，松了口气。就是个普通病房。

医生说，祖母需住院半个月。

"你回去吧，今晚上我们在这儿守她。"

五爸将我送到电梯口。

开车回来的路上，日薄西山的祖母的形象一直在我的脑海浮现。

一截枯枝嘎嘎作响。

家家有本难念的经。

快到绵阳的时候，母亲的电话来了，本以为她要问我些祖母的情况。没想到的是，母亲的这个电话纯粹是为了诉苦，早上，弟媳将她狠狠训了一顿，说她不是个称职的婆婆，连娃也不帮着带。

"我说了的，绝对不跟他们过了！"

母亲心绪难平，一锤定音。

人人有本难念的经！

老家里，加上母亲，总共五个人。一个母亲一个妻子夹在中间的弟弟，更不好受。理解母亲，但我更倾向于从弟弟的角度想问题，从家和万事兴的角度处理问题。刚从部队退伍回来的弟弟有两个女儿。老大不满两岁，老二才三个多月。

开导母亲一番，挂了电话。

挂电话之前，母亲依然有些气冲冲地告诉我，"明天我到你那儿来！"

翌日傍晚，母亲终于来了，她从早上走到晚上。母亲去医院看了看祖母，说五爸还在那里，没人接手。

"嘴上说得好，跑得比谁都快！"

母亲挖苦的是祖母的其余枝枝叶叶，颇有些愤愤不平。

其实，下午的时候五爸已经给我打了电话，要我晚上赶到江油跟他一起给祖母当陪护。

"你过来跟我一起陪到就行，尿不湿我来换，你不用管。"

五爸信誓旦旦，像是为了让我宽心。

为了照顾孩子，早上六点钟才开始睡觉的我实在不忍心拒绝他的召唤。

"你千万别去，这种事无论如何也轮不到你呀！"

母亲声音很大，像在替她的儿子打抱不平。

有了母亲的铺垫，妻子也坚决不许我出门。

站在二十六楼自家的客厅窗前，我又一次望见了德国作家赫塔·米勒描述过的那根黑色的大轴。望见了暮色中支离破碎的平原。望见了日薄西山。再也回不去了。

五

一个灿烂美丽的黄昏，大地披着金色的袈裟，我独自来到久违的西山公园。说是久违，还真是久违了！以前，住在山下三里村的时候经常来，现在住得更近了，反而没了时间。我有太多的事情要忙，为别人忙，为别人活，属于我自己的时间越来越少，哪来的闲情逸致？

物是人非。时间似乎也比原来走得快很多。眨眼，一天过去了；眨眼，一个月过去了；再一眨眼，一年已经过去了。

一切都没变，又好像一切都变了。

西山公园，腊梅正开，花香袭人。

地大物博实在是可笑的比喻和赞美。一个地域，真正有含金量的往往聚集在某个区域，扎堆出现，而不是分散在各个角落。正所谓人以群分物以类聚。就像传说的那些真理，掌握在少数人手中。西山公园除了大名鼎鼎的子云亭，还有郭沫若题名、拥有许多隋唐道教造像的玉女泉、蜀汉名臣蒋琬墓、恭侯祠、扬雄读书台、洗墨池，道教圣地西山观。城市的喧闹被那些茂密的枝叶吸掉了一般，行走其中，人就静了，轻松了。漫步徐行，几年前在三里村的那些旧时光也扑面而来，而那时，我感觉最多的还是盎然的古意和古人那份宁静淡泊。

"我们曾经是少数人，但我们大多数留了下来。"

在子云亭，望着日益繁华的绵阳城，赫塔·米勒简洁、深刻的话语再次浮现于脑海，这句话，在今日也依然拥有某种神奇的魔力，增强我披荆斩棘的信念。这个了不起的德国作家的很多话我都能倒背如流。倒背如流并不是因为记性好，而是因为感同身受。

也是她，教会我如何通过陌生化的语言将沉重的现实隐藏在文字的背面，而不是单刀直入。就像在公园的一片茂密松林里，我看到去年一场强风留下的痕迹和践踏，它们弯曲着、倾斜着，松树本身不会长成这个样子，是风，去年的那场强风。

顽固的松林，仿佛还活在那场风里。

我暗暗问自己：是否，你还活在你的梦里？

是的，我还活在我的梦里，活在人群背面，活在纸上，只是渐渐力不从心。

缤纷的琐事就像一场鹅毛大雪，前赴后继地下进了我的生活。事情一件接着一件，就像妻子一度饱和、失控的衣柜，只嫌少，不恨多……

日薄西山了，浓浓的暮色水一样涌向辽阔和寂静，淹没了西山公园的芸芸草木，淹没了我的一小块难得的闲暇时光，也淹没了那些在大地上微微喘息着颤抖着黯淡着的古老记忆。

"我想着在我心里昂扬的玫瑰，想着无用的灵魂像一个筛孔，但是拥有者询问着：谁会得势占上风……"

黎明与末日都在枝叶之中。

黎明与末日，都在枝叶之中。

刊于《雨花》2018 年第 8 期"散文现场"栏目。

蝴蝶效应

一

生活的栅栏之中，我不算愚钝，只是不善言辞，嘴上的表达跟不上内心的节奏，因而说话总是前言不搭后语，语无伦次。有时，又像急于归家的人，找不到回家的门，自相矛盾，牛头不对马嘴，说的话会把自己堵死。反射弧在交流中被拉长，脑袋显得不够用。感觉起来，从嘴里说出的话，像是拖着毛茸茸尾巴，一丝不挂走在大街上的原始人，滑稽可笑又伤自尊。偶尔，遇到开会发言、讨论，我总是恨不得用脚尖在地上划出道缝，钻进去，把自己藏起来。

二〇一六年腊月与我正式步入围城的鲁欢女士，作为跟我生活距离最近的人，曾用言之凿凿的语气告诉我："我发现，你每次说话只说半截，说话不是写诗，半截子话，别人怎么听得懂？"这样的话不听还好，听了难受，头顶仿佛亮着一盏超级聚光灯。"我发现……"，她就是这么说的，拖着某些"专家"惯有的学术腔调，看似客观、克制、诚恳、小心翼翼，实则绵里藏针，无形之中，已在我说话方面的"缺陷"，在我咕嘟嘟流着血水的伤口上，撒了一把白花花的盐。把话说完整，仿佛会要了我的命。蛰伏在我身上的隐痛自打被另一半公开之后,我心里其实很不舒服,浑身上下的不舒服,被人在身上扔了一支火把似的,烫得我手心出汗,面红耳赤。

二〇一七年春节前夕,儿子出生,我为人父了。给儿子取的小名,叫"石头"。我成为父亲的时候,我的父亲,这个当年经常拿我的同龄人给我当镜子、浇冷水的硬汉,已经从我们的生活里消失。消失是表面的,并不意味着我已经失去父亲,在没有父亲的这部分时间,我仍是他的孩子,他只是过早地在我们生活里沉默,他只是再也爱不动我们。事实上,在我成为父亲以后,我比从前更加理解父亲了,母亲的爱具体、琐碎,父亲的爱隐晦、微弱,形如空气,形如鱼儿的呼吸。我曾误解父亲,因为他经常不在家。

"沉默让我们令人不快,说话让我们变得可笑。"几年前,读到赫塔·米勒这句话,激动万分。它像一面镜子,把我整个儿地擦亮,暴露在空气的皮肤上。我记住这句话,记住赫塔·米勒,我爱屋及乌,读过她全部的作品。

细细回想,在断裂带读初中那会儿,沉默已经在我身上端倪初露,露出冰山一角。二〇〇四年,初三毕业那年,我暗暗喜欢班里一个女孩。她家在清漪江上游一座山上,来自断裂带最偏远乡村,但她的衣着打扮甚至容貌没有丁点泥土气息,人很漂亮,活泼开朗,成绩好,爱笑,这些优点,以生命的形式集中一般,构成她的存在,让我惊艳。后来,读沈从文的小说,从那些乡下女子身上,我隐隐发现到她的影子。她的笑拥有一种魔力,能把我的魂从我的身体里扯出来。她笑,春天变得温暖,夏天多了凉爽,秋天充满希望,冬天也不冷了。

情窦初开的少年如同挂在树上的青梅果,在那些灿烂而又贫瘠的岁月,我从未想过表白,浪漫的念头缥缈而不切实际,尽管,梦里全是那种白头到老生死相依的唯美画面，我甚至期待过，如果到了世界末日，只剩下我们在这颗老星球上，也是不错的结局。然而，好景不长，伊甸园之梦被人打碎了。原因是，有天晚上，半夜，同班同寝室的刘金虎说了句梦话，那时，我们好几个同学尚未入睡，耳朵虽然醒着，但没人说话，寝室里静得像是一片声音的沙漠，在这样一种背景下，刘金虎说了句石破天惊的话，他说的是："ZJ，你往里边睡点嘛！"寝室里睡的是铁架子床，上下铺，一人一铺，刘金虎睡的是上床，里边是墙。并且又是男生宿舍，就算ZJ胆子再大，也不可能跑进男生宿舍，和刘金虎共度良宵。唯一的可能，就是刘金虎癞蛤蟆想吃天鹅肉，说的是梦话。空气瞬间凝固了几秒钟，然后，寝室有人笑出声来，撕破空气的笑声，是那些没有睡着的同学发出来的，紧接着，睡着的人几乎全吵醒，寝室里四五十个人，都跟着笑，这些肆无忌惮的笑把声音的沙漠变成了一小块欢乐的海洋。寝室里几乎所有人，都变成鲁迅小说笔下的看客和观众。大家都在笑，只有我的心在滴血，整个人四分五裂。刘金虎在梦里喊到的那个人，就是我的暗恋对象，刘金虎短短一句，就把他和我变成了情敌。第二天，刘金虎的梦话在班上传开了，人人都说刘金虎喜欢ZJ，置身于那些怪话中间，我成了怪物。这件事对我打击很大，我郁郁寡欢，只能沉默，在沉默中，消化着刘金虎留给我的那块痛。

"时间流逝。人间事往往如此，当时提起往往痛不欲生，几年之后，也不过是一场回忆而已。"法国小说家勒·克莱齐奥在一篇小说结尾如此写道。二〇一二年冬天，刚大学毕业不久的我在北川新县城一家旅游公司上班。说是工作，其实等于混日子，浑浑噩噩，正处于人牛的迷惘阶段，没有希望，没有未来。那时，大学寝室要好的兄弟伙小涂刚出校门，家里就给掏钱买了一辆十多万块钱的车，而我，荷包里空得像是刚被人打劫过一样，穷得叮当响。就是在那样一种背景下，一个寒风呼呼作响的夜晚，我忽然接到一个电话。在电话里，她轻声告诉我她是ZJ，然后哭了起来。我说，听出来了。她说，我想给你做女朋友，你答应不，你现在就给我回答，行，还是不行，都给我一句话。我完全蒙掉了，搞不清楚状况，可以肯定的是，我没有女朋友，但我优柔寡断，花了很长时间考虑……ZJ也在电话里等了很长时间，最后，我想清楚了，我叹了口气，告诉她，还是算了吧。还是算了吧。二○一二年冬天，不知是ZJ挂了我的电话，还是我挂了她的电话，我们没说再见，就挂了电话。那以后，我们再也没有联系，没有联系好像也是因为，我们没说再见。后来，我换了手机，换了电话号码。眼下，除了养家糊口，我已经没有精力"朝花夕拾"。当然，让我"安分守己"的不只是内心的责任，还因为一把剪刀。媳妇曾大义凛然地警示我："要是朝三暮四，我就拿剪刀给你咔嚓一下……"

"过去的一个个瞬间，如果我在当时就已参透，便不会鲜明而又焕然一新地穿过我的当下。或许当时我应该不断重复经历或者干脆避免让它们发生。每一个时间都会有一段空隙，这段空隙里我们绞尽脑汁思量，何时何地在谁面前说什么话，还是应该选择沉默。"重温过往，重温断裂带赋予我的悲欢冷暖，赫塔·米勒的话语会在我的脑海升起。

记忆和经历的构成，无非是一堆散乱不堪的细节，泡沫，碎片。我聚气凝神，试图用它们拼凑出一幅画面，一个意象。这是可能的。近来，一些个人经历或作为旁观者的所见所闻，让我意识到，在断裂带，在亲人们生老病死的这片土地上，每一件事都不是孤立的，每一件穿过当下的事实际上也与过往息息相关。即是说，每一件事都有迹可循，并非空穴来风。于是，当我写下"蝴蝶效应"，这个近来一直在我心头神出鬼没的幻影，我知道，我迎来了契机，如同孤岛上的鲁滨孙和星期五终于等来一艘大船。我必须打破沉默，穿过它抵达词语内部，去看见，去仔细观察。疼痛、苦难和变迁，在时光封闭又敞开的空间闪烁着幽光。眼下，居于时间内部的我，仿佛置身于一场风暴之中，制造风暴的"蝴蝶"，在岁月深处，也在人心深处。

起风了……

二

在断裂带，或者把范围再缩小一点，在我们那个村子，每年秋后核桃成熟，家家户户都要打核桃那段时间，父亲的名字、脸孔和遭遇就会混在那些核桃树灰绿色的枝叶中间，若隐若现。风一吹，核桃叶子便沙沙作响，核桃们则开始瑟瑟发抖，更加死死地紧抱着自己的命运，以免从树上落下去。可以肯定的是，在父亲没出事之前，断裂带的核桃不会如此小心翼翼，心惊胆战。

核桃仁补脑，人们喜欢吃核桃。

核桃皮上的汁液如果沾在手上，手就会显现出命运的本质，变成黑色，很难洗掉。

在断裂带，一个家庭有多少棵核桃树，一棵核桃树上有多少核桃？没人数过。很多时候，核桃以集体的方式，被装进蛇皮口袋，在秤杆和秤砣的配合下，论斤数买卖。在父亲出事以后，这种传统本质上没有发生任何变化。只是单个的核桃受到了比以往更多的敬畏。核桃的数量，能够统计出我父亲在人们脑中浮现的频率，这是因为，父亲和那些核桃是混在一起的，冥冥之中，他仿佛就是那些核桃的"另一种皮肤"。当然，核桃和核桃树是不一样的，在熟人们印象中，核桃更能代表"当事人"，而核桃树，则被视作"罪魁祸首"，埋藏着某种祸端的源头。

很多核桃即便熟透，穿着的紧身衣不会因为死亡的膨胀一下子裂开，或者一下子掉在地上，不像活在岁月里的人，一旦停止心跳和呼吸，就会被及时地埋进土里。

落在地上的核桃往往会被摔得稀烂，有的仅仅是落了皮，有的则是壳也裂开了。露出核桃仁的那种，只能被当场吃掉，无法卖钱。无法卖钱的核桃也就失去了价值，只能被吃掉。

在我父亲没有因为核桃从树上摔下之前，核桃与核桃之间没有区别，没有人与人之间的那种世俗的眼光，和高低贵贱。核桃之间的绿皮、硬壳以及核桃仁，在核桃的世界是一样的，在家乡人的心目中，是一样的。核桃有着显赫的家庭地位，是因为，它们能给一个普通农民家庭带来一份实实在在的收入。

二〇一二年八月出事当天，父亲早早起床，走到我们家下面转盘路的小卖部买了包烟，来回不到十分钟。那些年，为供我和弟弟读书，父亲总是抽经济烟，断裂带人把最便宜的烟叫经济烟。我曾亲眼所见，父亲兜里平时都揣着两种烟，一种经济烟，一种好烟。这两种烟某种程度上显示了父亲的敏感和自尊。经济烟是他留给自己抽的，好烟则是用来散的，散给熟人和帮忙的人。父亲是热心肠，优点很多，缺点也不少，比如烟瘾大，也好喝酒。有些人喝点酒软得就像是身体被抽掉了骨头，父亲正好相反，酒是他的加油站，会把他变成大力士，我曾见过他喝酒之后，扛着一块足足两百斤重的木头，健步如飞。

"那包烟他给别人散了一支，自己站在树底下抽了一支，就开始上树打核桃，天刚亮，树上还有露水，滑得很，一下子就落下去了，梭溜溜板一样……"母亲谈及这场意外，目光总是落在家门前枝繁叶茂的核桃树上，耿耿于怀。

家门前的核桃树就在水泥院子边缘，和父亲一样，它正值盛年，丫字形的树干挺拔茁壮，墨绿色的树冠远远望去像一朵等待腾空而起的云。水泥院子下面，是一道将近二十米的堡坎，倾斜的堡坎下面，是硬邦邦的水泥路，水泥路下，清澈见底的河流昼夜不息歌唱。那天，父亲就是从这棵核桃树上摔下去的，先是跌在堡坎上滑行了一小段距离，然后重重摔在公路的水泥地上。脑袋重重磕在水泥地上，挤出血的语言。瘫在水泥地上的父亲，再也没能睁开眼睛。

母亲说，你父亲当时只是"哎哟"了一声。就这两个字。"哎哟"和"一生"之间，等号和句号之间，再也没有差别。在那一声"哎哟"后面，父亲被送至江油九〇三医院 ICU 抢救整整一周时间，最终，医生建议我们放弃，父亲的脑袋摔碎了。那时，我们别无选择的另一个重要原因，就是没钱，二〇〇八年地震，家里房子没了，修新房已经欠了一屁股债，抢救花了很多钱，我们走投无路了……最终，我们采纳了医生的建议，同意放弃治疗。挂着氧气袋的父亲被救护车送回家里，把奄奄一息的父亲送回家里是为了让他在属于他的这一小块天空下，跟尘世做最后了断。到家时，鼓鼓的氧气袋已经瘪了，父亲的生命，进入倒计时……临别之际，弟弟和母亲陪伴着父亲，乡亲父老们也来了很多人。一直昏迷不醒的父亲落气之前，似乎也意识到了什么，眼角湿湿的，他已经没有力气流下眼泪……我看不下去，转身钻进卧室。知道父亲走的那一刻，我没有掉泪，磕了三个重重的响头，磕响头的时候，我想到了落在地上的核桃。生命如此脆弱……

这些年，无人的时候，偶尔想到父亲，我会不由自主地冲着空气喊几声"爸"，仿佛他就在我的生命附近；我会在我的想象里用超过闪电的速度狂奔，然后伸出自己结实有力的胳膊，做好一切准备，我百分百相信，父亲还在空中，如果他掉下来，我会不计一切代价稳稳地接住他，抱紧他，不让他掉在地上。我知道父亲，他有多重，他有多轻。

赫塔·米勒在一篇散文中讲述过这样一个故事：一匹马在河水的涟

漪中，把一个孩子从身上甩下，然后用自己的蹄子把孩子踏死了。闻讯而来的孩子父亲操起斧子便向马脑袋上砍。马倒地之后，孩子的父亲仍旧不停地砍，直到马脑袋崩开。斧子每砍一下，人们就能看得更清楚，马头是由什么构成的。他通过乱砍宣泄内心的震惊，此后而来的悲痛才让他住了手。这匹"二战"时期的战马，并非死于战争，而是死去复仇，死于怒火。

和这匹战马不同的是，我们家的核桃树没有受到惩罚。父亲下葬后那几天，从部队请假归来的弟弟，数次想提着斧子砍掉那棵核桃树，为父亲复仇。母亲既不支持，也不反对，父亲的死亡似乎跟核桃树直接挂钩，但她显然弄错了，她没有意识到，核桃树并非故意或者说恰好站在那个地方，恰好属于我们家。最终，我拦住了弟弟，掐灭了他内心的怒火，这样做没有任何意义。死亡是唯一的，逝去的时光不会变成生命，父亲不会因为一棵核桃树的死亡回到我们身边。

假如弟弟砍掉了那棵核桃树，我们会看清一棵核桃树的构成，会看到那些涟漪一样层层散开的不规则的年轮，看到它走过的春夏秋冬和历经的风风雨雨。当然，我们也可以看到，核桃树即使被砍掉了，离开了它站在的那个地方，它依然是存在的，它不可能连根都不剩下地离开，它会留下一截树桩，如同一块永久的伤疤。

为核桃付出生命代价的父亲，成了前车之鉴，父亲去世的第五个年头，也是打核桃那段日子，村里代叔叔的媳妇，我不知道她真实的名字，平时碰面也就是下意识点点头，算是打过招呼。当人们一次再次说起，这个女人背着背篓独自出门打核桃，实际上，已经有了某种暗示。那天，她大清早出门打核桃，傍晚不见人归家。代叔叔在自家地里找到人的时候，她已经在树下趴了大半天，眼泪汪汪，说不出一个字，也动弹不得，她从核桃树上摔下来了，那块地比较偏僻，人迹罕至，叫天天不应叫地地不灵，那些蚂蚁、昆虫、蚊子陪着她，在剧烈的疼痛、孤独和煎熬中，她等了大半天时间。送往医院，命是保住了，却落下残疾，身体再也没法恢复到从前的样子，余生只能在轮椅上度过。

父亲的遭遇，代叔叔媳妇的遭遇，在断裂带带起一股冷风，吹遍角角落落。村里的核桃受到了冷落，很多人家宁愿核桃烂在树上，愿意出门打工挣钱，也不愿再打核桃了。这几年，果梅经济效益快，形势大好，断裂带许多人家把地里的核桃树都砍掉了，种上梅树。我们家的那棵核桃树依然果实累累，提起核桃，母亲总是眉头一皱，说："真是倒了八辈子霉！"

核桃，我最不愿意触碰的，核桃。我吃很多东西，但我已经很久不吃核桃，我再也不吃，我坚决不吃。不是我讨厌核桃，我只是害怕想起父亲，想起那个坐在轮椅上下身瘫痪的女人，想起断裂带上那些核桃般摇摇欲坠的生活和命运。

三

一个国家，一个地方，消失一个人，就如同在我家门前的河流里取走一滴水，我能想到的与之并列的三个成语是：毫发未损，微不足道，不值一提。消失，是一种撤退，本身意味着离去，清空，无关，不在场。在断裂带，对一个普通家庭而言，一个人消失又是另一回事，不再是数量上的可有可无或无足轻重，消失的那个人通常会变得格外醒目，也倍加清晰。

消失仿佛是一面放大镜：一个人消失以后，他的脸孔、语言、行为、思想的确不在了，但是他作为记忆中的个体，存在感是不会"人间蒸发"的，人们用自己的方式纪念他。纪念不是中性词，既有升华，也有沉沦。一个人消失之后，得到的，会比没有消失之前更多。

父亲走后，我们一家四口变成一家三口，因为父亲带走了一个家的四分之一，我们剩下的四分之三，虽说依然保持着数量上的优势，但在气势上已经完全输掉了，输给了父亲，他一个人就把我们的四个人的完整打败了。

那几年，家里人就母亲、弟弟和我。当然，我要是跟外人这样说，母亲会不高兴的，因为她不喜欢我们把父亲说漏，虽然，对父亲的"抛妻弃子"她一直耿耿于怀。

我一直都有这种印象，在母亲那儿，在这个断裂带其貌不扬的乡下女人身上，我消失的父亲就像一朵云，一直没有离开过母亲的天空，没有离开过我们家。日常生活中涌现的种种迹象似乎都在表明，父亲一直都在，父亲没有从我们的生活里消失。有一次，到街上移动营业厅去给母亲充话费，营业员问我，"你妈名字是不是叫刘金成？"营业员忽然说出我父亲的名字，让我心头微微一震，这个消失的人，似乎就在身边。那时，我才发现，母亲用的电话号码，其实是父亲原来用的那个，母亲原来是有自己的手机的，她自己的号码没用，她用的是父亲的电话号码。父亲已经不在了，母亲却在用另一种方式表达她的立场，她不允许父亲"消失"，不允许他"停机""欠费"。这样的事虽不难理解，后来，我还是没心没肺地几次建议母亲把这个号码注销，母亲没同意，瞪着我，有些愤怒，从她的目光，我看到一匹"白眼狼"，长着我的模样。

那几年，逢年过节，是家里最冷清的时候，通常只有我和母亲围着桌子吃饭，弟弟那时在部队服役，也很少回家，母亲却不甘寂寞似的，每次，都要在桌子上搁四副碗筷，多余的两副碗筷是留给弟弟和父亲的。我们一边吃，她一边给那两副盛着白米饭的瓷碗夹菜……

母亲从来没有忘记父亲，父亲也从来没有在她的生活里消失。在她卧室里，一直搁着一个相框，里面有父亲去世那年，专门洗出来的照片。父亲在相框里微微笑着。无论春夏秋冬，无论天晴下雨，父亲都是那样，微微笑着，在母亲的卧室里，在她身边。

我和弟弟很少在家，也很少回家，平时，母亲独自一人守在家里，忙里忙外。母亲不容易，我父亲不在了，生活仍然是从前的生活，负担也依然是负担，家里没了可以依靠的肩膀，母亲的肩膀就重了，里里外外的事情又不可能因为一个人消失打折。坚韧的母亲，一个人挑着一个家的担子在岁月里走。

我的作家朋友阿贝尔曾经跟我说："你母亲那么年轻，可以再找一个。"是啊，母亲那时不到五十岁，不算老，我和弟弟也不是"想不开、看不开"的人，母亲愿意再找一个的话，我们绝不拿出反对票，有个伴，嘘寒问暖，比一个人强多了。但是，我告诉阿贝尔："她不情愿。"其实，私下里，我已经试探过，跟她说过这事，母亲满脸通红，然后，几乎尖叫着说："你要把你妈羞死啊！"嫁鸡随鸡嫁狗随狗，母亲是铁心守着这套老规矩，也不愿改嫁了。

母亲身体里的蝴蝶，是只枯叶蝶。一天，母亲跟我闲聊到一个亲戚。亲戚跟我母亲说了一番话，母亲把话又转到我的耳朵里："勤姐嘞，我不像你，没个男人哪里得行嘛？！"亲戚刚刚失去丈夫不到一个月，就给自己找了一个伴。其实，她自杀身亡、留下谜团的丈夫消失速度并不算快，在速度的心脏里，似乎秘密隐藏着一只花蝴蝶，花蝴蝶把风吹向死亡，然后这风就继续吹，在村子里吹，在断裂带的耳朵和眼睛里吹，直到她的脸也被风吹得模糊不清。

现在，我们家算是人丁兴旺。母亲，弟弟，弟媳妇，我，我媳妇，弟弟两个女儿，我一个儿子，一大家人加起来，八个人，算上父亲，就是九个人。如同"七上八下"这个词，冥冥之中，似有宿命。以前只有两个儿子，现在生活里多了两个女儿，三个孙子，儿孙满堂，母亲更忙了。我们在家，是母亲最忙的时候，我们的嘴和胃，需要她从冰箱里取出各种肉解冻，需要她洗菜生火烧水做饭。很多事需要母亲操心，母亲常常忙得分身乏术，仿佛她是这个家唯一的主人，即便如此，母亲也不许我们参与其中，她说的是："莫给我添乱！"

为了不给母亲添乱，我们只好和孩子们玩。刘子涵，我大侄女，小小年纪，不满三岁，已在语言方面显示出惊人的实力，她满口流利的普通话，是从动画片《熊出没》里学来的。她没有属于自己的声音，她的声音更像是熊大、熊二和光头强的"合体"。

那天，我钻进卧室，打开衣柜里的抽屉，取出那本薄薄的相册，随意翻看。相册里住着我们一家人过去的时光。大侄女忽然摇摇晃晃来到身边，用瓮声瓮气地普通话问我："亲爱的大爸，你在干什么？"

我指着二姨的照片问她："跟大爸说，这是谁呀？"

刘子涵回答："大爸，这是我的二婆。"

说完，大侄女拍拍胸口，告诉我："大爸，我好想好想我的二婆哦！"

于是，我又指着我的照片问。刘子涵无比肯定地回答："大爸，这是我的大爸。"说完，她再次拍拍胸口，告诉我："大爸，我好想好想我的大爸哦！"

我差点笑出眼泪来，说："大爸就在这里啊！"

刘子涵说："可是，我还是好想好想我的大爸！"

人都要化了。我又指着我父亲的照片问她："这是谁？"

照片上的父亲穿着军装，背靠着一辆吉普车，意气风发。大侄女肯定不认识她爷爷。她看了看，说："嘻嘻，这是鬼子！"

我听了，赶忙告诉她："这是你爷爷，不许乱说。"

大侄女高高兴兴叫了一声"爷爷"，就不说话了。我又指着我弟弟的照片。这张照片，弟弟也是穿的军装。大侄女从未见过她爸穿军装的样子，因此，她又认错了："大爸，这是鬼子，嘻嘻！"

我只好告诉她："这是刘军！"

大侄女的眼睛一下子亮了起来，欢天喜地地说："哦，刘军，大爸，刘军是我爸爸，大爸，我好想好想我爸爸哦！"

大侄女的"普通话"给我留下的印象太深刻了，多可爱的童心！另一方面，我不得不为此深思：一部分记忆消失，一部分记忆生长。在从小就开始说普通话的侄女身上，我观察到一种跟我们儿时截然不同的表达方式。这不是个案，更像是"大势所趋"，普通话作为一种交流方式，已经如同雨后春笋，在断裂带的"下一代"普遍盛行，人人都说普通话，而方言，则变成了"枯叶蝶"。我无力判断，从小就说普通话，好还是不好，谁知道呢？我只是有点遗憾，方言这只蝴蝶早晚会在语言的丛林飞走，或许，只是因为一部没什么营养的动画片。

四

醉倒在幺爸家门前边沟里的大伯如同一截枯枝，在初夏的树梢上嘎嘎作响，在这个喧哗又饥饿的深夜里嘎嘎作响。

"一截枯枝嘎嘎作响"，印象里，这是一个希腊诗人的诗歌标题。对大伯而言，这却是他难以逃避的"现实"。在春天的时候，人们提到大伯，总是说，春天长不了了，现在是夏天，我们又开始担心，夏天长不了了。当然，这样说，绝不是出于诅咒或者恶毒，而是基于某种了解。

大伯是父亲的大哥，一个嗜酒如命的人，一个病入膏肓的人，一个眼下的可怜人，一个曾经的恶人。

"在幺爸家门前的边沟里，大伯差点就摔了父亲那个样子。人当场

就昏过去了，脑袋上摔出一条一拃长的口子，淌了好多血，送到九〇三
医院，缝了好几多针，又醒了过来，就送回去了。"

坐在小区楼下闹哄哄的烧烤店里，弟弟面对着一碗蛋炒饭，几十串
烧烤，和一瓶百事可乐，一边吃喝，一边不咸不淡地跟我说起白天的事。
和弟弟一起来的还有舅舅，和我一起来的有我那不想在家带娃的媳妇。

弟弟打来电话那会儿，我正在家里看书，对大伯的事一无所知。听
弟弟说着大伯的事，我想起我的白天，是白的。

这次到绵阳，弟弟当然不是为了来跟我说"大伯的事"，他是到绵
阳审车的。断裂带在修绵阳到九寨沟的高速公路，弟弟退伍后买了一辆
大车，在一个隧道工地上拉碎石。弟弟说还没有吃饭。我们已经吃过。
便约好小区门口会合，在楼下随便吃点。

已是深夜了，似乎，听到的事，也有深夜的含义。弟弟忽然说起了
大伯。

赫塔·米勒："去听和阅读自己认识的人和故事，会让人感到额头
发痛。头脑中会组合成一幅由在场和不在场组成的画面。这是一种中间
有林间通道穿行的亲近。"

亲人们，总是带来断裂带的风吹草动。前些日子，母亲带侄女到绵
阳玩，也说到过大伯，母亲告诉我："现在你大伯没事就到我们屋头串
门，但我们都不想理他！"

听说大伯到我家串门，我不由得想到一句话：不是坏人变好了，而
是坏人变老了！大伯以前是从来不会串门的，母亲说大伯到我们家串
门，我只有一种感觉：大伯是真的老了。又老又可怜。但就是这样一种
人，也害怕孤独。

在我看来，大伯今天的"悲催"，其实是他过去造成的。当我试着
组织语言，把关于大伯的事梳理一番，脑子里却一团混乱，仿佛过去的

时光颠倒了一切，让人不知身在何处，也不知从何说起。我记住的，只是一些浮光掠影：

1.大伯性格暴戾，动不动就用"打"来解决问题。为了点芝麻小事，无理取闹，年轻时敢撕破脸皮动手打亲生爹娘，六亲不认。父亲当年本来是可以留在部队的，正是为了照顾父母，保护他们不受欺负，父亲毅然退伍还乡。

2.大伯有小偷小摸的习惯。

3.在散文作品《食鼠之家》，我记录过一次"打赌"：我和弟弟在大伯家跟堂哥玩，堂哥赌我弟弟不敢把嘴张到他的××下面，后来，堂哥把尿直接撒进弟弟嘴里。当时，大伯在场，正是大伯的怂恿，堂哥才跟弟弟开出了这样恶毒的玩笑，大伯不但没有阻拦，还在一旁哈哈大笑。我那时年纪也小，不敢伸张正义，害怕大伯打我们。

4.父亲下葬当天，喝了点酒的大伯不顾逝者情面，跟为父亲丧事忙前忙后的五爸大吵大闹，想动手打五爸，被大家拦住。

5.大伯酗酒，有家暴情结，印象最深的有两次，一次是伯娘挨了打，跑到河边"跳河"，未遂，但我从大伯那里，学到了一句话，叫"大河没盖盖子"；一次是有年春节不知大伯家发生了什么矛盾，堂哥打电话报警，恳求警察把大伯抓去坐牢。

6.上梁不正下梁歪……

今年春节，曾经人见人怕的大伯，被在上海工作归来的堂哥、女儿还有伯娘，结盟按在地上揍得鼻青脸肿。人心齐泰山移，大伯虽有余威，但终究寡不敌众，吃了亏。打完，"扬眉吐气"的堂哥就带着伯娘远走高飞，到上海生活去了。大伯的女儿艳，则抱着二婚刚生下的孩子，也在断裂带消失了。自此，大伯成为孤家寡人，一个人成了一家人。可以相信的是，只要大伯还在，伯娘也不可能回到他身边了。

大伯春节挨打的时候，我在媳妇娘家过年，其实，在断裂带也无济于事，毕竟是人家的家事。我也没办法说清，一个父亲恶到什么地步，儿女心肠硬到什么地步，才会发生这样的事？虽说可怜之人必有可恨之处，但是，打自己的父亲，怎么说也是不应该的。对于远走他乡的堂哥，我深深记得一件小时候的事，有次河里涨洪水，我们一院子小孩在河边钓鱼，那天，我们钓了很多鱼，唯有堂哥运气差，一条都没有钓到。大伯来了，大伯看见我们钓了很多鱼，堂哥却一无所获。大伯，作为一个父亲，不知出于什么心理，居然铁青着脸走到堂哥身边，抬腿照着堂哥就是一阵猛踢，瘦弱不堪的堂哥就这样莫名其妙地挨了一顿打，跌倒在地上的堂哥委屈得泪花闪闪，大伯，把我们吓得不轻，都不敢继续钓鱼了。我还记得，当时年纪稍大的波哥，在大伯走后，伸手去拉堂哥时跟他说了句："莫理那个神经病！"所以今年春节，听说大伯被打的事，我首先想起的，就是当年大伯对堂哥那一阵莫名其妙的猛踢……

我相信，再多细节都无法呈现大伯的"别样人生"。因为酗酒，不到六十岁的大伯已经进了好几次医院，下巴上忽然冒起拳头大的肿瘤，迅速走向衰竭的肠胃，醉酒后摔得鼻青脸肿……都挡不住大伯喝酒的那份执着与激情。写到这里，我不由得想起江油诗人蒋雪峰的一句诗："李白的战士最听酒的话。"所以，在春天的时候，人们提到大伯，总是说，春天长不了了，现在是夏天，我们又开始担心，夏天长不了了。

我问弟弟："那给堂哥和伯娘打电话了没有？"

"打了。人家说的是，不管！"

弟弟说完，又继续补充："还说，死了算了！"

在我们说话的间隙，面色疲惫、有些邋遢的舅舅坐在一边，一声不吭，安静地吃着一串烧烤。舅舅老了，脸上皱纹纵横交错。舅舅不缺钱，缺的是一个贤内助。逢年过节，一大家人聚在一起，说得最多的，就是"身在曹营心在汉"的舅妈，不安生过日子的舅妈，把村里条件最好的日子过成了生活质量最差的舅妈。母亲的话再次在耳畔响起："你当初就不该把那台电脑卖给你舅妈。"这句话是去年舅舅家房子被大火烧得精光，母亲背地里亲口跟我说的，她是在责备我。二○一二年我卖给舅妈的那台台式电脑，为她缺氧的精神生活打开了一扇窗子。我明白母亲的意思，舅妈的不三不四的网友，沉迷唱歌、跳舞、白日梦，不安心持家，仿佛，都是因为那台电脑。这几年，沉迷在网络里的舅妈没少闹腾，动不动就跟舅舅闹离婚。如果没有那台电脑，舅妈兴许不会有那些"爱好"。去年冬天，家里房子失火，就是因为舅妈开车出门到山脚下的转盘路跳舞去了……损失惨重。外婆搁在铁盒的几万块钱也成了灰烬，吓得缩成一堆的灰烬，还没有我家石头的拳头大。

吃饱喝足，话也拉拉杂杂说了一堆。迎着不知从哪儿吹来的风，穿过沉默的街道，我们缓缓走向家门。路灯在深夜里发呆，眼神疲惫、蒙眬，一些幻影在周围悲伤地浮动，翩翩起舞。

在深夜，有时能够看见蝴蝶。

刊于《红岩》2021 年第 3 期，"中国文存"栏目，头条；
《散文海外版》2021 年第 11 期"性情写作"栏目转载，头条；
入选《2021 年中国散文二十家》，张莉主编。

安魂者

一

长久以来，"外婆"始终是一个被我刻意回避的词语，像树荫回避炽烈的阳光，像水里的鱼儿回避天空和翅膀，像从乡下涌向城市的年轻人回避自己的故乡。回避的结果在沉睡的泥土之下，它是一块不动声色的石头，从不正面告诉我什么，我听不到看不见泥土给出的答案。也许，今天一切的事物和思想都将归于泥土。泥土，不是废墟。

在我的国家，流水总是比砖头更硬，金钱总是比感情更加牢靠。因此，真实会令人变得痛苦、肌肉萎缩甚至面目可憎，而虚伪却能够使人保持完整和安全。对于外婆，我时常有种无从说起的焦虑，因为她的"职业"。很多人在背地里将我的外婆唤作"神婆"。

"外婆"，这个字眼所携带的能量、笔画、灵性和恩泽在我的言辞里很少显出她的肋骨，如同故土这些茂密雄奇的群山被草木隐藏着真容，尽管，那庄重而神秘的轮廓或者形体早已呼之欲出。犹如星群躲闪着黎明只在我们的睡眠里外出一样，躺在话语中的我能够躲闪我一辈子都在乡下生活的外婆，却无法躲闪她赋予我的那份安宁、心肠、灵性和气质。为何要躲闪呢？话头就树一样草一样栽在我的嘴上。我的心没有屏蔽我的外婆，我的嘴却屏蔽了我的外婆，也许，我是真的有点自私有点虚情假意了。

长久以来，我不愿跟外人提及我的外婆，不想她在我的话语中招摇过市，也不想让人知道我的外婆是神婆。长久以来，我无法面对外婆，可是，当关于外婆的记忆赶集的人群一样走来，为什么我的感觉像藏在一片浑水之中？为什么，我的心头竟然泛着一丝苦涩，而不是释然？为什么我就不能心平气和地聊聊自己的外婆？聊聊自己在乡下被一些人奉为"救命稻草"同时也被一些人视为"封建迷信""装神弄鬼"的外婆？

我绝少与外人提及我的外婆，因为话语中心的引线十分脆弱，略带潮湿，还可能有点缺氧，因此，涉及"外婆方面"的种种交流，山路一样曲折，难以引爆。

毫无疑问，外婆，我说的是这个词语，本身就充满童话色彩的词语，温暖、美好得像一床簇新的棉被、一副包裹着指尖的手套或者一根缠着脖子或许还缠着某种寄托的围巾。然而，我的外婆又不仅仅是一个词语，她是一个活生生的人，一个普普通通的乡下女人，某种程度上来说，她也是我在这个世界上的灯盏和避风港。

岁月自己赶路，外婆日益苍老。我也慢慢步入成年，走向盛年。我和外婆中间有一道随着岁月而起伏变化的门槛。现在，这道门槛越来越低，越来越清晰了，像河水中的沙石蓝天上飘荡的白云。闭目沉思，我隐隐看见一条小路，小路上开满了许多关于外婆的花朵和记忆……

二

我出生的第二个夏天，一九八八年。

外婆家门口的竹林被热风吹得沙沙作响，知了的叫声在绿色的树枝里此起彼伏，阳光慵懒地躺在地上打瞌睡。猪在圈里叫食。空气中弥漫着一股新鲜的活力，像我的心跳。蜘蛛在屋檐下织网。几只苍蝇狠狠盯着我的细皮嫩肉和满下巴口水，我的眼睛像鸟儿一样在房子周围转来转去。

我云朵儿一般软绵绵地躺在外婆怀里。我看见外婆那身漂亮的短袖，上面有很多碎花，现在外婆还有那样的衣服。外婆在我面前咿咿呀呀，可我不知道她在干什么，也许是在跟我说话，也许在唱一支很老很老的歌儿。我的目光集中到外婆肉嘟嘟的脸上，我能够感到她的脸上写着一种能够让我安静下来的东西，也许是爱吧？

我觉得抱着我的这个人实在太大了，巨大的眼睛、鼻子、眉毛。她的牙齿很白，白得像月牙。我不知道她为什么要把我抱在怀里，也不知道自己为什么会被她抱在怀里。我饿了，想睡觉，除了哭，我没法表达我的难受。于是我哭了。外婆抱着我在屋檐下走来走去，希望我能安静下来。我安静不下来，我很饿，我只想哭。哭，就是我的语言，就是我与外婆交流的方式。

外婆就抱着我在门口的长板凳上坐了下来。她掀起她的衣服，我看到一对美丽的乳房，但是很快，有一个乳房不见了。她用另一个乳房喂我，我毫不客气地吮吸起来，我没办法哭了。她一边喂我，一边唱催眠曲，我的眼睛慢慢闭上了，我睡着了……

外婆在门口给我喂奶的场景，恐怕是我人生以来最早的记忆。

有一次，我跟外婆说起这些的时候，她淡淡地笑了起来，她说："你小时候，天天都吃空奶，不给就哭就闹哦！"

我没有奶吃。外婆用她的空乳哄我，倒也管用。

"我是人脸比马脸还长。"我咯咯地笑，心里却久久地感动着、温暖着。

时至今日，我不知道自己为什么还记得这个场景，还那么真实、生动。我记得外婆当时的脸，记得外婆当时给我喂奶的姿势，但是，我没有记住外婆的头发。我不光没有记住外婆的头发，也没有记住母亲的头发。也许，在乡下，女人的头发最容易被人忽略。

除了这个场景，外婆还跟我讲过一个我小时候的故事。有一次，她带着我到街上赶集，我饿了哭了，一个劲儿地往她怀里钻，外婆说她当时羞得脸都红了。

那时候，平通河还不像今天这样瘦小，山脉还不像今天这样破碎——地震的影子仍然活跃其间。襁褓中的我还不知道我的外婆是神婆。外婆给予我的是我没有从父母那儿得到的爱、温暖。

三

我刚刚懂事那会儿，便知道外婆是"神婆"，能够帮人看病治病，能够下阴驱邪请神。至于"神婆"这个词语是从哪儿捡来的，我真是没有一点印象。外婆不是医生，因为她看病不用药，一碗水、一炷香、一些草纸、一些含混不清的唱词，就能找到病因、对症下药。这些人的病不是一般的感冒发烧之类的身体疾病，大多是些稀奇古怪的事。

时隔多年，我依然清晰地记得一个病人讲述他自己的经历："那天，我半夜回家，走着走着，就觉得不对劲儿。回头一看，妈呀，顿时魂飞魄散，两个碗那么大的月亮同时跟在我的屁股后面，我走一步，它们也走一步，我倒退，它们也跟着倒退。回到家，人就整个儿地病了，四肢无力，躺在床上，两三天都巴（爬）不起来。"

我挨着外婆听完这个病人的离奇自述，腿肚子比天上的星星还闪。

这个乡下人三言两语已经让我身临其境、浮想联翩，至于我的外婆怎么看的病，我倒没有留意。

本地人主动找外婆看病的人络绎不绝，逢年过节更是三五成群。看完病，病人们基本都会主动从荷包里掏出一些钱，虔诚地递到外婆手中，外婆也不拒绝，直接把钱放在神龛上。

神龛，对于当时还懵懵懂懂的我来说，无疑是一个充满了威严和神秘的地方。如果外婆不在，我决不让自己接近神龛，我害怕它们会突然显灵。送子观音、太上老君、药王菩萨、土地菩萨在神龛上不露声色地看着屋外，一道道红披在它们身上。可以肯定，谁身上的红越多谁的地位就越高。菩萨们跟前稀稀拉拉放着一些供果和香蜡纸钱。家里没有外人的时候，外婆总是慢慢悠悠从神龛上取下供果给我吃，有时候是一只橘子，有时候是一个梨子，有时候是一个苹果。外婆说："吃了这些东西不会生病。"印象中，我从小到大确实没怎么生病，身体好得很，我不知道，这是否与我小时候吃了很多供果有关。

那时，我还没有上学，对钱还没有好感。外婆放在神龛上的钱，对我来说毫无用处。上学以后，我还是愿意呆在山上，呆在外婆家，不愿意回山下自己的家。我开始学会花钱，花钱不是好事，我偷偷摸摸从神龛上拿钱也不是好事，虽然外婆时常拿钱让我花，可我还是愿意这么做。为避免外婆发现，我通常只拿面额较小的，以为这样神不知鬼不觉。后来，神龛上睁眼就能看到的钱就被悄无声息地转移到那些菩萨后面去了。

我想，外婆大概发现了，钱总不能平白无故缩水。菩萨不会出卖我的，我相信，因为我还给神龛上的几位菩萨磕过头烧过香，祈求他们为我保密。

四

七岁之前，我几乎都呆在外婆家，因为母亲身上的奶都被弟弟吃了，因为一山不容二虎。"皇帝爱长子，百姓爱幺儿"，我和弟弟注定逃不过这样的命运。外婆将我从山下抱到山上，她说我是吃白糖长大的，舅舅说我是吃白糖长大的，母亲说我是吃白糖长大的，他们都说我是吃白糖长大的，没有分歧。因此，我也认为自己是吃白糖长大的，虽然我不知道自己小时候究竟吃了些什么。可以肯定的是，我在慢慢长大，世界慢慢变得丰富起来，正在读书的我，对外婆的感情渐渐有了微妙的变化。

上小学的时候，有居心叵测之人借着爷爷家灶孔里的火苗和从锅盖里冒出的白色水蒸气问我："你外公是干什么的？"

我很小的时候，不知道世间还有"挑拨离间"这个词语；我很小的时候，以为笑声是纯洁的善意的，没有那么多意思。

我看不清她的脸，但可以肯定，这个人不是魔鬼，因为我听见她的笑声，绕过白色的水蒸气，在我的耳朵里盘旋像外婆擀面一样欢畅。

"端公。"我想了想，照实回答，又觉得不准确、名不副实，因为外公不会"医病"。通常，他都在给外婆打下手，是外婆的眼睛、耳朵和手。

锅里的水就要开了，锅盖却冷得瑟瑟发抖。干燥的柴火把自己抱成一团火焰，噼里啪啦，转瞬化作灰烬。她用腿折断一截柴火，塞进灶孔。

"你外婆呢？"

"我的外婆是神婆。"

于是，我听见整个灶屋乃至整个世界都在哈哈大笑。说完，我有些后悔，因为外婆并不像动画片里的巫婆那样可怕，她没有青面獠牙，更不会害人。我爱我的外婆。后来，这些话长了腿似的传遍了我们住的那个院子，又从我们那个院子跑遍了整个村庄。风凉话无孔不入，母亲自然而然地知道了急坏了气坏了，她使劲儿扯着我的一只耳朵问我："是不是你说的？你怎么能那样说你外婆？"

我没敢点头。

也许外婆从来不知道这件事，自始至终，她没有问我。无疑，这件事伤害了外婆，从母亲愤怒的眼神之中，我看到了自己对外婆造成的伤害。我很委屈。自此，我知道神婆是一个贬义词，我再也不敢满脸自豪地与人宣称我的外婆是做什么的了。

细细想来，这些年，我之所以对"外婆"如此讳莫如深乃至绝口不提，既是保护外婆，也是保护自己。因为神婆就附在外婆身上，外婆就是神婆的替身。很长时间，我不敢想我的外婆，潜意识是一个巨大的陷阱，我从课本上学习的知识会让我不由自主地将外婆和"唯心主义""封建迷信"甚至"装神弄鬼"诸如此类的词语联系在一起。我爱外婆，因为是她一手将我带大，外婆爱我、疼我，这一点，整个家族有目共睹；但是，我也怀疑外婆，怀疑她封建迷信，怀疑她装神弄鬼，怀疑她的虔诚，甚至怀疑她的善良。

长久以来，我从未在外婆面前表现过我的怀疑，我没有勇气伤害一个爱我和同样被我爱着的亲人。我甚至没有勇气跟外婆讨论她的"职业"，讨论那些主动找上门来寻求帮助的人，可以肯定，有很多人，我不止见过一次。

五

"我的外婆是神婆"让我吃了闭门羹。我努力回忆，却始终想不起那个泄密者，那个在背后使坏的妖怪，那个在背地里破坏我和外婆名声的人。没错，我就是"我的外婆是神婆"的制造者、当事人，因为母亲已经准确地将这句话贴上了我的名字和标签，因为这样似乎更有杀伤力和说服力。我的耳畔飞过连串的笑声，我却没法将这种讽刺的螺丝拧松。

我不知道自己是否真的错了，就像我不知道他们为何如此看待我的外婆，除了那些追随者。我几乎是头一次意识到：水龙头一旦打开水就关不住了，这个世界是不完整的，不只有爱，也有嫉妒、伤害和无理取闹。一个孩子的话语被当作事实流传，而那个居心叵测的成年人手握道德的标枪随意伤人。对此，我毫无办法。我为自己伤害了外婆而难过，因为我知道是她爱着的亲人她的孙子伤害了她，这种伤害可能比一个仇人伤害的威力更大。

与此同时，我不再为我的外婆是神婆而骄傲，冥冥之中，我感到生活还有许多层面还有许多未知没有向我展开。我不知道他们为什么要这样戏谑我的外婆？我看不见他们的脸，因为他们的脸上无一例外地刷着一层道德的油漆，有人问我："你怎么能那么形容你的外婆，哈哈？"

我的脸霎时红了。不是羞涩，而是愤怒，可能，我的脸上也刷过油漆，这种油漆的名字叫"自取其辱"。

有些话就像通往山顶的羊肠小道那般曲折，如果脑子不会转弯，你就会呛水，就会吃亏。有些伤害会潜水，初遇时不露声色，过后细想，不免恍然大悟，才发现自己被别人狠狠割了一刀。在我的老家，有这种本事的人大有人在，他们会耍嘴皮子，能说出意味深长的话来，遗憾的是缺少鲁迅先生那样的抱负和理想。但即便这类人愚蠢，也比他们所欺负的人要高明得多。我小时候也有这么一回经历，每每忆及，都会不寒而栗，觉人心之恶毒。

故事的主角是我家的一个亲戚，她当然知道"我的外婆是神婆"。她们家没有神龛，除了我们家。我父亲几个兄弟的家里都没有神龛。

那是个异常寒冷的冬天。冰雪覆盖着整个平通河谷，我们的手指被冻得不能弯曲。起初，我和几个伙伴弄了些玉米准备在院子里捉鸟。风割着我们的脸，但我还是希望天气再冷些，再冷些，那些还在四处活动的鸟就能够被冷得从天上掉下来。但这无疑是个白日梦，最后，寒冷把我和伙伴们赶进了那个亲戚家里。亲戚的脸色跟外面的天气一样，但我可以视而不见听而不闻，因为她是一个伙伴的妈妈。我冷得直哆嗦，我的屁股粘在板凳上面，我的双手在红通通的火盆上面盘旋。

这时候，她的脸手一样突然伸到我的面前，她的脸上闪烁着一丝神秘和不易觉察的笑容，岁月已经把她的牙齿蛀掉了，但还能隐约看见几颗稀稀拉拉的牙齿。她还没有张口说话，我就闻到了一股强烈的异味。我暗暗拧紧我的呼吸，放慢心跳，尽量减少身体本身的消耗和与空气的碰撞。

"勇娃子，"她叫着我的小名，然后，问了一个令我够不着头脑的问题，"听说你外婆家的腊肉每年都多得吃不完，吃不完，都埋到地底下，是不是？"

"为什么要埋到地底下？我不知道。"我是真的不知道。

她笑了，又说："每年找你外婆看病的人那么多，礼肯定收得不少！"

我木讷地点点头，却觉得莫名其妙。

很多年之后，我才恍然大悟——原来她在讽刺和挖苦我的外婆。这根本不像一个成年人跟一个孩子开的玩笑，这不是玩笑。对于这个亲戚，我恨得咬牙切齿，一度，我想她若再敢问这样的问题，我一定朝她吐口水。后来，我释然了，她的家里没有神龛，我能说什么呢？人不能和一个疯子说正常人的话，也不能和正常人说疯话。

我不知道我的这个亲戚为什么恨我的外婆，恨一个素无来往的人，并且是她的长辈。难道，这仅仅是一个女人一个农民的局限吗？我百思不得其解，就像在外婆家，我的舅舅，经常故意揪着我的腮帮子问我："你爸爸好久还我钱？"

六

印象中有好些年，我差不多都在跟外婆外公一块儿睡。跟外婆外公睡觉很有意思，因为他们爱我疼我。后来，我就很少挨着外婆外公睡了，我长大了，床变小了，而那种被叫作命运的东西也越来越放肆了。

上小学那会儿，每天早上，外婆和外公的说话声就是我的闹钟。他们是我的闹钟。外婆和外公的谈话基本都是以"我梦到……"开头，无一例外。我不知道他们为什么会有做不完的梦，但我知道，如果某个清晨他们都没有说梦到些什么的时候，我会感到震惊。很多时候，他们当天要做的事情差不多都和他们的梦有关。我总是窝在被子里听他们说话，听他们说那些在我听来似懂非懂似远非远的事情。

我真想这些经历能够在我的生命里重复一遍，可惜物是人非，只剩唏嘘。二○一三年三月，被病痛折磨得遍体鳞伤的外公，永远地离开了我们。外公一走，外婆就孤单了，她依然很忙，前来找她看病的人依然络绎不绝，只是，我不知道，日益苍老的外婆，还能跟谁说她昨夜做过的梦。

从上初中开始，学业繁重，我便很少到外婆家去了。我再也没在外婆家的神龛上偷钱花。我并没有真正意识到自己正在慢慢长大，走向成熟。我当上了班长，篮球打得相当出色，还暗恋上班上一个漂亮女生，忙得不亦乐乎。我很少想起我的外婆，偶尔，在街上做生意的二娘家见到外婆，我也是匆匆而来匆匆而去。

"果然是长大了啊，外婆都认不到了。"

有一次，外婆笑盈盈地跟我说。

我听得眼睛酸酸的，赶忙揉揉眼睛。

母亲带我到山上背柴，刚好路过外婆家。外婆让我把柴火放下，要我别背回去，我明明知道她在逗我，还是风一样地背着背篓跑下山去。其实，我也是有苦难言，如果不把柴背回去，我准会挨打；其实，我在家里的日子远远不如在外婆家好过，外婆家不用提心吊胆，家里还有弟弟。细细想来，那时我的懂事，我的早熟，我的争气，都是从那种提心吊胆里熬出来的。生活及早地磨亮了我的思想和身体。

"没良心。"

每每提及这件事，外婆都会故意这么说。她的笑中有泪。她理解我，原谅了我。我没有意识到，"我的外婆是神婆"这句话就隐藏在我们之间，隐藏在我的血液里呼吸里，我的看不见的未来。

七

虽然已经很少去外婆家已经很少见到我的外婆了——不是不愿，也不是不想，是真没有时间——但"我的外婆是神婆"就像一道挥之不去的阴影，在我快要遗忘那些不快和讽刺的时候，它又蛇一样冷不丁地从记忆的裂缝中钻出来。

或许，"我的外婆是神婆"远远不只是一道阴影，而且是一个实实在在的身份，一个没有明确责任跟义务的身份，这个身份的参照物就是血缘关系，这个身份就像我身体里的血液里一样几乎无从更改。我和外婆是有血缘关系的，我的外婆是神婆，自然而然，我是神婆的孙子。在我和我的这个身份之间，有一座绝对高过珠穆朗玛的雪山，它的存在是一个巨大的事实，容不得我否定，也不在乎我是否会忽略。

　　我想，令我毕生难忘的课程恐怕要算初中时代那堂关于《宋定伯捉鬼》的语文课了。在这堂课还没有开始的很长一段日子，我一直经受着某种无法跟人言说的焦虑和恐惧。显然，这篇课文和我的身份挂上了钩对上了号。因为《宋定伯捉鬼》，因为我的外婆是我们当地的神婆，因为我有"我的外婆是神婆"这种身份。既然是捉鬼，必然涉及封建迷信，涉及讨论和批判。因为《宋定伯捉鬼》这篇课文的存在，昔日里学得津津有味的语文变得比黄连还要苦涩，变成了一种巨大、艰难的考验和磨难。也许，在常人看来，这仅仅是一篇课文，可潜意识让我知道现实正在将我和外婆一起推向某个深渊，在那儿，我和外婆必然会一起接受一场关于虚无和真实、一场关于封建迷信和道德的审判。想到外婆，我陷入了前所未有的绝望和迷惘，我一点儿也不恨我的外婆，我恨那些把《宋定伯捉鬼》选入课本的人。我只是一个刚刚开始发育的男生，我的思想还没有丰满成熟，我不知道如何让自己冷静下来。

　　那段日子，我魂不守舍、坐立不安，几次欲请假逃过这一课。然而我没有，我必须面对这次审判和挫折，即使刀山火海。我在脑海里排练了无数遍《宋定伯捉鬼》可能遇到的麻烦。"我的外婆是神婆"这个身份使我变得异常敏感、脆弱、脾气暴躁。

　　《宋定伯捉鬼》这堂课如期而至。语文老师站在讲台上绘声绘色地朗读课文，我如坐针毡，冷汗像断了线的珠子从额头上沁出，自始至终，我都没有抬头看过黑板，黑板是一片黑海洋，感觉度日如年。如果时间有两种，我宁愿选择白驹过隙，而不是度日如年。伴随着同学们的哄笑声，课也慢慢进入高潮。讨论的时刻到了，审判正在降临，当语文老师口若悬河地说："说起封建迷信，我们本地也有很多……"

　　我的心一阵狂跳。我恨不得找个裂缝钻进去的这一刻，一个同学突然将话插了进来，他肆无忌惮地说："生病了，化碗水啥子都好了！"

这句话博得满堂笑声，也打断了语文老师，面对这不礼貌的插话，他面带怒色地吼道："少在那儿胡说！"

说完，下课铃响了。我如释重负，虽然明显感觉自己老了很长一截，但我至少再也不用为"我的外婆是神婆"这个身份而惶惶不可终日。"我的外婆是神婆"，就是我和外婆之间的那道门槛，它就像巍峨的珠穆朗玛峰。它从我的身体里飞了过去，却在身体里烙下令我毕生难以遗忘的阴影。

也就是通过这些事，我开始学会隐藏"我的外婆是神婆"这个身份，隐藏我对外婆的爱，隐藏我自己。我以为顺其自然，是最好的面对方式。

八

即使在我那多霜多风雨的家庭，父亲仍然是家里的轴和太阳。

在家里，父亲负责挣钱，他是陀螺。母亲负责管钱，母亲是扳手，它拧紧我们的荷包；母亲是水龙头，控制着我们的饥渴。我和弟弟负责花钱，一家人各司其职。

二〇一〇年，本地人们对于二〇〇八年五月十二日地震当天的遭遇仍记忆犹新，在依然保持着破碎的山中，一个崭新的平通正像太阳那样升起。二〇一〇年，重建已初见成效，对刚刚从大地震中缓过气来的乡亲父老来说，这是美好的开始；在我的印象中，它却是黑色的一年，父亲的去世，为这一年刷上了永久的黑漆。即使洪水消退，疼痛在内心留下的淤泥和记忆亦将永远无法消退。这一年，将是我命运底座上一朵永远不会凋谢的黑色花。

父亲去世很长一段时间之后，我才在"我的外婆是神婆"这个身份里苏醒，我才想起外婆，父亲去世前一个月的外婆。或许，我早已在自己的命运里遗忘命运，就像我似乎早已遗忘"我的外婆是神婆"这个身份，我遗忘了我作为神婆的外婆，和她的魔力。如果，我想的仅仅是如果，如果我听了外婆的话，那么，一切是否会截然不同？

二〇一〇年，父亲出事的前一个月，我从成都平原返回老家。父亲从河边背捡来的砖头，他弓着身子，浑身灰蒙蒙，背篓里满满的砖头看得我心里发酸。父亲冲着我笑，好久不见，他脸上睡着某种沧桑。母亲在新修的楼房里表情忧郁，欲言又止，像刚刚经历了一场大难。

正值盛夏，屋子里却阴凉得很。有一丝陌生的气味在空气中进进出出。堂屋的墙壁上，一只鹰在龙的头上张牙舞爪。

到山上看外婆，因为极少回家，这是我能够做到的。穿过树林，阳光透过茂密的枝叶落在地上，像一些白乎乎的虫子，吞噬着站在林中的静谧和时光。

梅子熟了，外婆提着撮箕在梅树下面忙碌。她没有看见我，在我和她之间，"我的外婆是神婆"像掉进水中的石头一样沉没了。

"外婆！"

外婆老了很多，脸上挂着汗水。我的声音在茂密的梅林里格外响亮。

"你母亲前段时间喝农药你知道不？"

外婆忧伤的话语里明显带着责备，不是责备我，而是责备母亲，她的大女儿。

我着实吃了一惊。才将家里的情形和外婆告知的事情碰上头。

"回去喊他们不要吵架，我看到你爷爷在山梁上等你父亲，如果不听，恐怕要出大事。"

临别的时候，外婆嘱托我，她一脸认真。爷爷在这年三月份去世了，父亲是孝子，我不知道二者之间还有什么不为人知的联系，现在看来，这个世界比想象的神秘得多。

我点点头，心头泛起一阵凉意。我不理解他们。也没有理解外婆的忠告。

"我的外婆是神婆"这个身份被我隐藏得太深太深。

我没有跟父母转达外婆的忠告。第二天，匆匆离开老家。一个月之后的清晨，父亲从核桃树上摔下来的消息从老家传来。抢救一周，还是没能留住父亲，他永远地走了。

我后来才回想起外婆一个月之前让我转达的忠告。

亲历这件事，"我的外婆是神婆"这个身份，真让我有种一言难尽的感觉。能够确信的是，我不再害怕别人将"我的外婆是神婆"当成笑柄。或许它从来不是笑柄，而是一个探测人情冷暖的探测仪。

九

在成年的肩膀上，"我的外婆是神婆"这个身份使我发现这个世界的确存在着许多难以解释的现象。很多时候，"我的外婆是神婆"这个身份都在支撑着我行动、思考、结交朋友、恋爱、写作，如同一块看不见的磁铁，隐藏在我的身体之中，隐藏在世界的各个角落。我的所作所为，都与其息息相关，像"蝴蝶效应"里面的那只亚马逊蝴蝶。我没有跟任何人探讨过这个问题，在众多的类似中，"我的外婆是神婆"是构成类似地基的重要部分。"我的外婆是神婆"是我与这个世界互相确认的窗口，我是说，当我找到这股迷人的"能量"，我的所作所为正在被赋予一种崭新的含义。

像外婆用一碗水就能够看出别人的世界一样，"我的外婆是神婆"这个身份让我轻易地洞悉另一个人的表情和命运。事实证明，我很难与

作为独生子女的那一类人成为朋友，虽然，我不知道我作为"非独生子
女"在其中起了怎样的作用。

长久以来，我一直嫉妒着我的弟弟，嫉妒他能够从父母那里获得更
多的爱和温暖，但是我没有恨他否定他，因为他身体里流动着的血脉和
我身体流动着的血脉是一样的。作为兄弟，我们的性格各不相同，仔细
分析就会发现，我们的家庭关系其实只是一个局部，冰山一角。当我们
用更大的空间和时间来审视我们关系的时候，当我们站在一起和那些独
生子女相互比对的时候，我们作为非独生子女的包容、理解、承受压力
等优势更为明显。我和弟弟，都在分享"我的外婆是神婆"这个身份。

二〇一一年的某天，成都平原，当我见到他外婆的时候，"我的外
婆是神婆"这句话再次从后脑勺钻了出来，我忽然想起刘若英的一句歌
词："原来你也在这里。"他是我的铁哥们儿，也是我的大学同学，他
的姓氏和我的外公、母亲一样，他的整个名字和我的表弟一样——黄
鹏。这还是我头一回见到他的家人，一个跟外婆一样的乡下老太太，不
识字，信佛，也能帮人"看病"。老太太比我外婆年纪还大，八十多岁，
走起路来四平八稳，思维敏捷，说话干脆利落。黄鹏说她独自一人从内
江老家赶过来的，没人到车站去接，老太太自己问路找到这个地方。黄
鹏的一个娘娘在这边打工，租的房子，很黑很暗。我和黄鹏刚在小区门
口挑了脚上的鸡眼。

在此之前，黄鹏从未跟我说过他有这样一个外婆，一个与我的外婆
极其相似的人。

此刻，我又想起了我那远在山中的外婆。"我的外婆是神婆"这个
身份在我的思绪里甩着胳膊活动着腿，它是我的符。黄鹏是我的铁哥们
儿，我们一起毕业，一起在外面打架，一起在 58 同城卖自行车，我们
一起走过毕业后那段最为艰难最为难忘的时光。同样年事渐高的外婆，

既让我为这种极其相似感动，也使我恍然大悟——原来"我的外婆是神婆"这个身份是我所不能隐藏的，它从来不曾隐藏过自己——不曾在意，它在我的血液里流动，在我生活里出没，在我的命运之上盘旋，一直，一生。

长久以来，我很少跟人宣扬我有这样一位有些神神秘秘的外婆。在那些信奉者的心目中，无疑她是这一方水土的安魂者；在我眼里，她一直都是个普普通通的乡下老太太，一个心地善良的好人。我外婆名叫母成会，北川人，生于民国三十三年，目前最大的心愿是出门旅行。年后，她将跟团去东南亚旅游。出门之前，我能够做的就是让外婆学会使用我在成都谋生时买的普通相机。

刊于《边疆文学》2014 年第 5 期

"散文世界"栏目，头条。

你的沙制的绳索

一

"你啊，跟一条懒蛇似的！"

但凡回山清水秀的断裂带老家住上一段时间，有时，最快不过两三天，我和母亲之间的融洽和睦就会开始枯萎，松树皮一样裂出道道缝隙，变得貌合神离，变得惨不忍睹，就像隔壁祖母家的老屋屋顶上那些昏昏欲睡的瓦片，门前纷纷扬扬的落叶，以及石灰墙上隐约可辨的裂纹。

性格与我水火不容的母亲有个近乎残忍的嗜好——对我的毛病如数家珍，一旦闲下来，她最大的乐趣还不是电视机里那些狗血的电视剧，而是逮住我浑身的懒骨不放，她总是要皱着眉头，喋喋不休地说我这说我那，好像泼我冷水是件特别开心的事情，又似乎，想把我的心踩碎，好像我不是她的亲生骨肉，她也不是我的亲生母亲。

母亲的话在耳膜里燃烧，会一直烧到我的脸上，然后是脖子根，我能清晰看见，话语的背后还站着一个声音，至少，还有一个沉甸甸恶狠狠的"滚"字，没有撕破沉寂，然后乌梢蛇一样冒冒失失从空气的荒原上爬出来，探头探脑。

换汤不换药，有时，为避免单调，母亲偶尔会改变她的表达策略，把我从懒的一个标本，转移到懒的另一个标本，比如，她也说我"懒得烧蛇吃"。懒得烧蛇吃？我并没有吃蛇，我再懒也不会吃蛇的，即便葡萄牙作家若泽·萨拉马戈在他的小说中如此抹黑我们人类：人其实和动物一样，几乎什么都吃。在断裂带，懒得烧蛇吃的意思，与大地上沸腾的饥饿无关，而是说我已经懒到极限，懒到这种不良习惯的死角上来了。

不在家的时候我牵挂母亲。现在，呆在家里，朝夕相处，我和母亲却变得难以和平共处，连普通的交流也充满了矛盾的火花。二〇一〇年秋天，父亲再也爱不动我们了，他在一场意外中离开我们，离开了我们这个日子正在天晴的家，不是去了远方，而是去了另一个世界。

弟弟在洛阳部队，我在绵阳，这些年，我们如同这两座城市后面那个字，只是家里的一个陪衬物，似乎并没有真正为家里做过多少贡献，发过多少光热。家中作为顶梁柱的父亲不在了，靠山倒了，最大的收获就是让我越发明白——活着是一种痛。唯独死亡可以将其照亮，将其参悟。差不多有五年时间，家里只有孤苦伶仃的母亲，她似一棵为岁月而生长的树，忍受着生活的风风雨雨，任劳任怨支撑着我们的家。

忙碌跟如何体面地活着，在断裂带，几乎是一码事，天经地义，也是人之常情，庄稼不会无缘无故丰收，如果没有付出汗水，庄稼里的粮食也不会无缘无故变成你碗里的粮食。一个人勤快与否，眼睛是可以看出来的。或许是忙碌惯了，或许是因为忙碌也是一种速度，也是有惯性的，任劳任怨、勤劳的母亲，肯定是希望看见我做些实实在在的事，自然，就见不得我"懒"，她相信她眼睛看到的，胜过她耳朵听到的，嘴巴说出来的。

就像那些冷漠的亲戚朋友，在我父亲去世以后，很少再把腿踏进我家门槛，母亲很少用心去看别的事物，她似乎已经厌倦了。

矛盾就矛盾在这里，麻烦就麻烦在这里，历经的坎坷与磨难，长时间的孤独和劳动，几乎榨干了母亲所有的精力。我束手无策，也没什么好办法，将母亲从她的那一声声哀叹里捞出来。

总而言之，就我个人形象的确立，以及对外宣传而言，母亲确实是沙制的绳索，靠不住的。通常，她帮的都是倒忙。比如，她让我背上懒蛇的名声这件事。

"跟条懒蛇似的。"

母亲不只在我面前这样说，也经常在外人面前这么说。我是她喉咙里的刺。

二

二十世纪九十年代一个夏天里的一天，知了们趴在树梢上奋力歌唱，力气早已被炎热剥得一干二净的风在树叶上走走停停，丝毫没有注意到刘家院子里这个突如其来的重大新闻：大伯家发现了一条或许正在行凶的大蛇。

记忆中，那是一条菜花蛇。可能是正在觅食。发现它的时候，菜花蛇的大半个身子，都钻进了墙根上那个黑漆漆的老鼠洞里，那丝滑、漂亮的尾巴，就像一截快乐的鞭子，优哉游哉拍打着空气。大伯力气大，两手抓住蛇的尾巴，想把它拖出来。只是，尽管用上了浑身力气，那条菜花蛇仍然无动于衷。

大伯满脸通红，气喘吁吁，拽着一根粗大的麻绳，就像在跟自家的那堵墙拔河。后来，菜花蛇尾巴断了，逃之夭夭。一旁看热闹的我望着大伯手上那根好像还有生命的菜花蛇尾巴，头皮触电了似的，阵阵发麻、酥痒。

对于菜花蛇的胜利逃亡，我在心头列出了两种原因，第一个原因就是大伯力气大，菜花蛇的力气也大，互不相让，造成的结果是菜花蛇的尾巴断了，虽然断了，命却保住了；第二种原因就是菜花蛇为了逃生，自己挣断了尾巴。

不知为什么，考虑了很长时间，我终于选择相信第二个原因。

怎么说呢？其实，我并不讨厌蛇，我只是讨厌自己懒蛇的名声，傻瓜都知道，它并不是一种值得炫耀的光环。

其实，我愿意是一条自由自在的蛇，一条喜欢离群索居、能独善其身的蛇。当然啦，我有自己的孤独，也有自己的灿烂，有面对内心的恐慌和骄傲，亦有面对苍茫大地的卑微与忧患。

我希望成为我眼中的蛇，而不是母亲，乃至别人眼中的蛇。背上懒蛇以及"懒得烧蛇吃"的名声，对于想要我光宗耀祖的母亲，之于我，都不是叫人满意的结果。

假如我是一条蛇，请别害怕，不必以你温暖的手掌，不必从荷包里扯出你一尘不染的干净手绢儿，把眼睛蒙上，更不必满脸虔诚，双手合十，说阿弥陀佛。

或者是，一面绷着早已吓得冷冰冰的手指，在胸前一个劲儿画着十字，一面口中念念有词，纪念伟大的耶稣。蛇偶尔会咬人，但不会无缘无故，除非你划破了它的尊严，甚至威胁到它的生命；蛇偶然从你的世界路过，就像一阵吹过的风，一块小小的阳光，一只飞过树梢的鸟儿，于你无损。

三

　　我相信，我百分之百相信，在总是一副忧心忡忡模样的母亲眼里，在断裂带那些熟识的旁人眼里，我早就变成了一条蛇，就像卡夫卡《变形记》中推销员格里高尔·萨姆沙突然变成一只巨大的甲虫。没有人会怀疑那不是真的。

　　好就好在，我不是一条剧毒无比、叫人毛骨悚然的眼镜蛇，也不是性情凶猛，但没有伤人实力的菜花蛇。而是一条懒蛇，一条几乎整天窝在家里，大门不出二门不迈，看似不食人间烟火，看似不知朱门酒肉臭路有冻死骨的懒蛇。

　　"你啊，跟一条懒蛇似的！"

　　母亲就是这么说的，母亲就是这么看的，在我面前，她没有必要说假话。在她眼里，我早就变成一条蛇，一条名副其实的懒蛇，百年难得一见千年难得一遇的懒蛇。我不是懒蛇，我也不会懒得烧蛇吃。我心知肚明，却百口莫辩。心灵深处玫瑰一样头颅高高昂立的怀疑，一再用它的方式，不断确认这个看似荒诞不经，却又铁板钉钉的事实：我就跟一条懒蛇似的。意识到这个我压根儿无力扭转乾坤的尴尬局面，意识到我在生活里所拥有的充满消极意义的黯淡形象，似乎也说明，我的生命的上面或者下面，早就落满厚厚的灰尘，犹如秋天的断裂带上，金黄的树叶落满山坡。

　　我怎么会是一条懒蛇？

　　我的职业是一名小学老师，有稳定的经济来源。况且每年，我也在国内许多刊物上发表不少作品，写作的收入，比工资高多了。暑假之所以整天呆在家里，是因为我喜欢看书写作，不喜欢整天在外面游荡。

　　后来我才渐渐明白，我背上懒蛇的名声，背上懒得烧蛇吃的名声，并非是看书看出来的，写作写出来的，整天呆在家里呆出来的。而是被人说出来的。一个巴掌拍不响，我的生命周围，我的名声周围，几乎长满了风凉话。

我不能怨天尤人，也不怪自己。

毕竟，写作与看书，是长满了青苔的务虚，是结满了蛛网的务虚，在断裂带，更像小孩儿们的专利。务虚就是逃避生活，这就是母亲和旁人的逻辑，要是我真能从书本上挖出真的土豆、红薯、魔芋来，或者做点别的实实在在的事，估计，也不会背上这些名声了。

或许，别人眼里，我到懒蛇之间，正如怀疑和相信之间，实际上并没有什么界限。很多时候，内心的怀疑，并不是真的怀疑，应该说，到了这种地步，就已经是正儿八经的事实了。

"你啊，跟一条懒蛇似的！"

我讨厌这种名声。

四

莫名其妙地变成一条懒蛇，让我坐立不安，感觉好像断裂带上黑色的鸟儿在半空盘旋，因为那似乎意味着，断裂带又有人要离开了，像父亲那样的离开。

自我宽慰不过是沙制的绳索，难以抚平我内心的焦虑。倒是迸射着生命的火花的怀疑，很容易变成果实。风平浪静却又暗流涌动的生活背面，这种很容易变成果实的怀疑，就像身体里的闹钟，嘀嘀嗒嗒，嘀嘀嗒嗒，嘀嘀嗒嗒，在耳朵里响个不停，响个没完没了。我嘴笨，不太懂得交流正是理解的底座，是削去成见的尚方宝剑，倒是时常感觉自己说出来的话都仿佛长着长长的动物尾巴，原始得很。

"长这么大，还要吃我的，喝我的，难道我要把你养到胡子白，牙齿缺？"

被炎热拉长的夏天，责备似鞭子，从母亲的喉咙里冒出来，在空气的皮肤上张牙舞爪，然后还留下几个沉甸甸的脚印，似乎，想把我的心踩碎。很难说母亲是故意的，很难说母亲不是故意的。我在母亲说出这句话的脚后跟上小小地爆炸了一回。为了让母亲省心，为了让自己不再头疼，我主动跟她宣布："从今往后，不给你添麻烦了，你不要给我做饭，你自己做的饭你自己吃，我花钱到街上去吃！"

我故意将"花钱"说得很重。然而，我的这番话竟然使得母亲当着我的面，伤伤心心痛哭了一场，就好像遭受了天大的委屈似的。父亲走了这么些年，母亲没少落泪，多是因为父亲，眼泪固然能够释放一些悲伤，但对于旁观者来说，它并不是件让人快乐的事。望着母亲哭，我的心情瞬间一落千丈，恨不得将自己那胡说八道的嘴巴，打入十八层地狱。

好就好在，母亲的眼泪淹没了我们之间那种语言难以描述的隔阂，也冲淡了她对我"不思进取"的成见。我不是铁石心肠，为了弥补过错，也只好"厚颜无耻"，在母亲眼里继续做一条几乎整天窝在家里，大门不出二门不迈，不食人间烟火的懒蛇了。

五

以勤劳著称的断裂带，我这样一条懒蛇，我这样一条懒蛇的存在，很长一段时间，都让望子成龙的母亲抬不起头，说不起话。一个血气方刚的小伙子，一个并不缺胳膊少腿的小伙子，整天都在家里上网，这不是书呆子，这不是一条懒蛇，是什么？

我理解母亲的苦衷。断裂带像她一样为人父母的，多如牛毛，别人家的儿女，别人家跟我年纪不差上下的儿女，都明白面包的意义，个个懂事勤快，个个吃苦耐劳，工作的工作，打工的打工，找钱的找钱，成家的成家。为了面包，别人家的儿女的手在忙碌，别人家的儿女的腿在奔波。唯独我几乎整天窝在家里，显得一事无成，显得一无是处，好像什么都不做，好像什么都做不了。

母亲说我跟一条懒蛇似的，说我懒得烧蛇吃，并不仅仅代表她的个人观点，而且还只是部分的，她为我制造的名声后面隐藏着更多的眼睛和嘴巴。在更多的眼睛和嘴巴面前，风口浪尖上的母亲不过是他们的一个替身，或者喉咙。

当然，我也曾多次亲自领教一些人的"风凉话"：

"看你那些莫球名堂的，老子还不如打会儿麻将！"

"写诗？老子也会哦！啊，大海啊，你全都是水……"

"写那些有屁用，能当饭吃？"

我宁愿整天足不出户，也不想让这些风凉话吹进我的耳朵。

仔细想想，说一个人风凉话的过程必定是有乐趣的。这些乐趣在生活并不贫瘠的断裂带，如此隐秘，又如此公开。我却不能撕破脸皮，揭穿无知者的老底，只好哑巴吃黄连。如今的断裂带长满了风凉话，已经不是我记忆中的那个断裂带嘞，今天的它，我不愿面对。

法国作家勒·克莱齐奥在他的长篇小说《乌拉尼业》中如此写道：钱的用处是不用再考虑时间，不去害怕已经过去和将要重复的日子。也许，对挣钱过日子这样天经地义的事情来说，我真就是一条懒蛇，脑子里面塞满了不屑一顾。好就好在，我从未怀疑过我始终热爱的事业——写作，它是灵魂的舞蹈，不是沙制的绳索，没有荒废我的时间，还延长和丰富了我的生命。

断裂带上活了大半辈子的母亲，似乎害怕跟人说起我在家看书写作，她的字典，和旁人的字典，装满了庄稼、粮食、蔬菜、盐巴乃至金钱那一类具体的事物，所以，无论跟谁谈论起我，母亲只会用一种恨铁不成钢的语气，就像谈论一个败家子似的说道：

"他啊，跟一条懒蛇似的！"

要不就是："懒得烧蛇吃！"

很多时候，我无地自容，恨不得自己真就变成一条蛇，飞快地射回洞里，躲进土里。

六

被炎热拉长的夏天过去了。盛极一时的秋天，如今也早已渐行渐远。

冬日降临断裂带，枯藤老树昏鸦古道西风瘦马般的意境，在风中追忆往昔。断裂带的冬天比断裂带的秋天更像秋天，河流浅了，草儿枯了，树叶黄了，整个大地，像是穿上了一件宽大的金黄色袈裟，遍地苍茫。

寒冷在皮肤外面层层堆积着，像要在你身上挖无数个洞穴，好让自己躲进来冬眠。

大地在不断迁徙，不断脱胎换骨，我背负的懒蛇的名声也是，它如同只剩下一堆骨头的亡灵，在我的意识中怒斥着光阴的消失，沉甸甸的苦难，以及姗姗来迟的愧疚。

十一月第二个星期五，在断裂带到绵阳的大巴车的尾座上，意外听到同事说起一个女人的不幸和死亡，我半天没有缓过神，虽然，我甚至连这个女人的名字都说不上来。之所以没有缓过神，是因为，这个中年女人，原来就住在我在南坝镇租住的房屋下面，三楼。我在四楼。南坝是二〇〇八年地震时的极重灾区，因为在顶楼，我也就不用担心地震了。

那个女人的房间，就在我的房间下面。她有两个孩子，一儿一女，都在南坝小学读书。她年轻的丈夫可能在外面打工。几乎一眼就能够看得出来，这个女人比她的丈夫大得多。有一回，我在去超市买烟的路上，碰到过他们，手牵着手，当时就想，孩子都两个了，还这么恩爱，肯定是真爱。此外的印象就是，这个女人病恹恹的，手上经常提着一些药丸、胶囊之类的东西，每次无论什么地方碰到我，脸上都会刻意挤出一丝笑容，跟我打招呼："刘老师好！"

我总是不冷不热回答："你好。"

实话实说，我对这个女人的印象不怎么好，觉得她没精打采的，有时候还会站在阳台边上抽烟。一般来说，我觉得抽烟的女人是很有魅力的，可是，她没有，感觉怪怪的。在南坝，平日里教书，晚上我一般会写作到深夜，有时候凌晨两三点——这似乎也足以说明，我不是一条懒蛇，而是一只夜猫子。

有一天，下楼梯的时候，我和这个女人相遇了，当时，她客客气气地问我一句："刘老师，你每天那么晚了，还在楼上走来走去的，干吗呢？"

看样子，我已经影响到别人休息了，我只好一边赔礼道歉，一边解释："我在写东西。"直到那时，我才意识到，这个女人就住在我楼下。

随着同事的讲述，我对这个女人的记忆慢慢鲜活起来。甚至可以说，如果不是她的死亡，我可能永远不了解她，不会恍然大悟她抽烟可能是为了缓解病魔带来的焦虑与绝望，也不会知道她是一名尿毒症晚期患者。影响别人休息我可能不会愧疚，但我影响的是一位病人，这让我对自己耿耿于怀，早知道这样，我宁愿成为一条懒蛇，早睡晚起，也不应该影响别人休息。

我想，他们一家人后来搬去二楼住，可能也有我的原因。

在这个女人的死亡后面，我真希望自己成为一条懒蛇！只是，晚了。一切都晚了。

同事说，这个女人并非死于她的尿毒症晚期，死在病床上，而是死在了去医院检查的路上。为了省些路费，大冷的天，她的丈夫，骑着摩托车载着她去江油，没想都快到了，连个牌照也没有的摩托车竟然撞上了路边的电线杆。没有死亡想象不到的结局，出事地点，离江油火葬场很近。女人当场死亡，她的丈夫昏迷好几天了，医生说，很可能成为植物人……

到现在，想起这个事，我都觉得难以置信，一个鲜活的生命就这么死了，如此悲惨地，如此匆忙地，死了。虽然，我连她的名字都说不上来。

就像我的名声，我听过的那些风凉话，一个人的死亡，绷紧了我的呼吸。也许，还有很多死亡，各种各样的死亡，早已埋藏在那些不经意的细节之中，若隐若现，蠢蠢欲动。夜晚漆黑，伸手不见五指，岁月在努力生长，一个遥远而又苍凉的声音，在断裂带，在面包的丛林里歌唱：

    你的沙制的绳索
    不过是沙制的绳索

    刊于《鹿鸣》2017 年第 2 期"散文专号"栏目，头条。

遍地苍茫

一

"每时每刻，都是你在这个世界上最最年轻的时刻。"

迈入三十岁门槛之后，我经常如此提醒自己。是的，每时每刻，都是你我在这个世界上最最年轻的时刻。日出般一遍遍在心头涌现的提醒，不是矫情的自我慰藉，而是为了在鸟儿般飞逝的时光之中捋顺思路，在精神的基座上刷新自己日益麻木的激情，给自己打气。

就像小时候，在川西北贫瘠而又辉煌的群山之间，老是为钱犯愁的家长们，总是在空气的皮肤上摆出一副忧心忡忡的脸孔，教育我要好好读书。他们还说，不读书，就只能跟他们一样，在家种地当农民。那时候我的眼睛还够不到这些，未来遥不可及，我只能看清他们肃穆的神情与厌恶。

在他们脸上扎堆的厌恶，有如夜空中飞舞的萤火虫，在话语间闪烁，仿佛多年以来，他们一直身不由己，从事着某种毫无意义的事情。

多年以后，我开始渐渐觉醒，其实他们未必知道莫须有的"颜如玉"和"黄金屋"——这些读书人总结出来的"至理名言"，但他们一定熟悉面朝黄土背朝天的那种长久劳作的艰辛与无奈。他们苦口婆心，就是希望我努力读书，希望我变成他们伸向远处的枝叶，跳出农门，远离庄稼、汗水和农具，不用再靠出卖原始的气力活着。

我喜欢读书和写作，是为了少说废话。写作读书是务虚，幻化无常的世界，我相信务虚也是一种"活法"，正如诗人辛波斯卡在其诗作中如此强调：

"我偏爱写诗的荒谬，胜过不写诗的荒谬。"

如今，我在我的老家，一个据说是世界上大熊猫数量最多县份的文化馆上班。我是一名作家。在人较多的场合，我时常自惭形秽，称自己是"在纸上种地的农民"。在纸上种地，我拒绝庸常和随波逐流，即便是父亲以前经常用来贬低我的"菜籽落了海"的背景之中。

"菜籽落了海"，父亲的告诫是善意的，但听起来完全不是这么回事。对当事人而言，它透着十足的火药味，那种来自父权的自以为是。在我的童年岁月，阴晴不定的父亲和他的责骂如影随形，连在一起，变成天气，挂在我们和日子中间。父亲威力无比，一个眼神就可以把我们吹熄。我曾目睹他举起两大杯满满的老白干一饮而尽。遗憾的是，我从未与他真正对饮。我开始喝酒那会儿，父亲已经不在了。

关于读书，我深深铭记并感谢的是，念书那会儿，母亲再苦再累也风雨无阻地为我和弟弟将一日三餐安排妥当。母亲鼓励我和弟弟用功读书，不只希望我们有更好的出路，也是为了能给她争气，光耀门楣。二十世纪九十年代，生意做得风生水起的父亲迷恋上了赌博，从一个老板迅速变成一个输红了眼睛的赌徒，不但输了很多钱，还欠了一屁股债。成长的过程就是寓言，在我小时候，父亲就让我们的家长出了一条长长的贫穷尾巴。无论置身何处，这条尾巴总是如影随形。

"有的人家长五十块钱一炮的麻将都敢打，学费却交不起！"在镇上念小学那会儿，有一次，为我申请学费减免的语文老师，我的班主任，如此在课堂上以不点名的方式和"恨铁不成钢"的语气，让我们"对号入座"。

我把头埋进书里，我知道"有的人"不是别人，而是跟我同在一个班上念书的弟弟。我们被"有的人"合在了一起，就像家门前流淌不息的河流，汇集了整个大山里的雨和雪山融水，浩浩荡荡，奔赴远方。

"菜籽落了海！"

人活在世上，谁不是寄蜉蝣于天地，渺沧海之一粟？然而那天，在课堂上，在鸦雀无声的沉默间，我没有这种感觉，估计弟弟也是。我只是感到自己隐藏在皱巴巴衣服下面的单薄身体，内心的无助和压抑，像空气那样迅速充满了整个教室，然后我飘出了窗外。我一刻也不愿意呆在教室，肩膀上却仿佛老君殿里的千手观音一样，在为那"有的人"高高举起，表明自己的卧底身份。就是这尊严扫地的时刻，我产生了背井离乡的冲动。笛福的《鲁滨孙漂流记》使我热血沸腾，而二十世纪九十年代那些眼花缭乱的武侠片，又让我开始痴迷飞檐走壁和行走江湖。每次回老家，我都会不由自主地想起这些未曾实现的旧梦，热泪盈眶。

十七岁那年我考上了一所城里的重点中学，从此与老家渐行渐远，很长一段时间，甚至形如陌路。除了日益苍老的亲朋好友，我跟这块曾经了如指掌的土地没有任何交集。我成了浮光掠影。

二〇一六年初，我与相恋四年的女友终于修成正果，领了结婚证，也结束了在绵阳长达四年的租房生涯，搬上位于绵阳园艺山的新居，住进我们自己买的房子。如此一来，我算是在城里"扎根"了。那一百多平米的小天地，就是我的家。

"经常"这个词，频频出现在我与老家之间，是我成家以后，是最近这几年的事，是我有了工作之后的事，就像地震频频光顾我出生的那片土地，我的老家。对于常年在外的人，"老家"是一个永远拧不干的词。事实上，这几年我回老家的频率越来越高，这就是"经常"。绵阳到老家不过七八十公里路程，但又像是隔着千山万水，只有绕过它们，只有用不停的奔波减掉这些距离，我躁动不安的灵魂才会获得暂时的安宁。就像那些向我张开怀抱的书籍、音乐和写作，在某种程度上减轻了我的焦虑和无所事事。

我一次次奔回老家。母亲的感冒，外婆的生日，表妹的婚礼，侄女儿的满月酒，乃至一些家庭琐事，都可能成为我回老家的理由。我浸泡在这些世俗的不乏温情的日常间隙，乐此不疲。

不知不觉间，我已经到了而立之年，成为一个真正意义上的大人了。成人是什么？波伏娃的总结很透彻，"一个被年龄充涨了的孩子"。对活着的人而言，时间便是实实在在的生命。岁月不断生长，一直朝深渊般的未来滑动，未来不是空洞的，日子也不是简单的折叠、重复。日子不断流走，我们时刻处在变化之中。

镜子里的人，下巴上密密麻麻的黑色胡须，额上涟漪似的皱纹，就像眼下这个国家芝麻开花节节高的房价一样飞速生长的头发，时常因为来不及去理发店而蓬乱不堪。很多时候，人生就是一个烂摊子，需要不断收拾，不断整理。我不是个精致的人，但我欣赏那些活得精致的人，那些永远都像是从画里面走出来的人，他们简直就是人间天使。

在时间的冷雨中，在三十个年轮抱紧的这团躯壳中，我的嘴唇很少淌出关于老家的话语。我很少谈论他们，不是出于敬畏，而是出于恐惧。像被大风吹走的童年岁月，我总是担心那根不幸的尾巴会在空气中突然显形。

谁没有过去呢？人永远去不了的地方就是过去。

二

记忆表皮仍在不断被时光侵蚀、氧化、蒸馏，被流淌的岁月瘦身。岁月隐藏在母亲的皱纹和头发里，隐藏在梅林中间父亲的坟茔里，隐藏在那些沉默的废墟、房梁、石墙和瓦砾中间。很多年过去，遗忘把太多的往事塞进了它的行囊，而陪伴我度过人生最初那些时光的刘家院子早年的某些形状、颜色、气味，我依然没有忘记。死也不会忘记。它们像是家门前那棵枝繁叶茂的核桃树，早已把根深深扎在了我的灵魂深处。

我记得那时候，我们家总是大门紧闭。平日家里只留一道后门。紧挨着猪圈和厕所。我们通过后门进进出出。紧闭大门不是因为担心猫猫狗狗进屋，或者风吹进来，而是为了避免更多不必要的应酬。尽管如此，那些眉头紧锁、态度强硬的债主，总是在每个黄昏如约而至，来了这个，走了那个，总是要呆到很晚很晚，时间才会重新回到我们身边，冷冰冰的夜晚松弛下来，我们才能安心写作业，以泪洗面的母亲才能安心剁猪草，为我们生火做晚饭。我们最常吃的是土豆丝、南瓜、金裹银和擀面。一年到头，我们都很难吃得上肉，为什么家里的猪会被卖掉，而家里又没有钱，我们早已不再为这样幼稚的问题产生困惑。

巧妇难为无米之炊，我和弟弟从来没有为难过母亲，她煮什么，我们吃什么；我们也从来没有在她面前哭闹着要她给我们买这买那。我们知道母亲没钱，家里的钱，都被父亲输光了。每天，放学回家的路上，我总是在不断祈祷，祈祷天降暴雨，因为那样一来，父亲的那些债主就不会到家里讨债来了。那时候，父亲经常不在家里，没钱再赌的父亲不得不跟村里人去山上的老林里伐树，锯成菜墩，再一步一步地背回山下，卖了钱贴补家用。

岁月逝去，遍地苍茫。我记得小时候我们喂过的蚂蚁，玩过的纸板，弹珠，铁环，自行车，捉过的迷藏。记得那墨绿色的青苔，院子里水泥地上张牙舞爪的裂缝。如今，一切的一切，都变成了我的一部分。

二十世纪九十年代，是刘家院子最完整，最平静，也最活力四射的岁月。声势浩大的院子里，四户人家情同手足似的坐成一排，眺望着眼帘下方奔流不息的平通河。河水穿过绿色山谷、村庄和草木的声音，比母亲洪钟般的嗓门还大。

"你们晚上怎么睡得着？"

偶尔，在家里留宿的亲朋会睁着熊猫眼在晨间提问。这些失眠者的耳朵和眼睛里，全都挂着水。他们不想跟水挨得太近。

院子里，从左往右，依次是大伯家，祖父家，我们家，最右边儿是大娘家。大娘家果树最多，在养路段工作的大姑父，在门前屋后栽了樱桃树、杏子树、桃子树和无花果。它们成熟的季节，我和伙伴们也跟着成熟了，整天挂在树上。此外，我们家门前有苹果树，大伯家门前有李子树，但这些仍然远远不够，远远满足不了我们对吃的渴望和需求。学校放假的时候，除了玩，我们这些吃货整天都在想着吃，想着如何将村里别人家的水果填进自己的胃。我们的脑袋因为过度的饥饿变得沉重不堪。

有时候，过去的场面会突然出现在我们的生命之中，像幻灯片一样。我和堂哥刘强在离家不远的转盘路附近发现了一片桃园，树上挂着红透了的水蜜桃。我们约定，半夜里去摘。好不容易熬到半夜，大人们都睡下了，晴朗的夜空有点反常，居然没有一颗星星。我、弟弟还有堂哥背着小背篓终于踏上了夜黑风高的旅程。我们艰难地摸索到了那片桃树林，白日里看上去矮矮的桃树仿佛在夜间长高了，我们费了很多力气才爬上树，大概是做贼心虚，我们匆匆忙忙摘了些毛茸茸的桃子便飞快地离去。我们如此胆战心惊，仿佛是因为我们摘到的那些桃子，也是我们真正变成了小偷的那一部分。在逃亡的路上，弟弟不小心失足掉进了陷阱，说是陷阱，其实是别人家的红苕窖。我们就像塞万提斯笔下的堂吉诃德，好不容易将他从我们想象中的陷阱里捞了出来。回到家里，当我们准备分享胜利果实的时候，全都傻眼了，背篓里的那些水蜜桃，又小又硬，根本没法吃。

在刘家院子，大娘家的波哥和梅姐年龄稍稍大些，已经上初中。堂哥刘强，弟弟刘军，和我年纪不相上下，我们总是如影随形。刘家院子里，最小的是堂妹刘艳和刘佳。我们这帮孩子中间，堂哥刘强的脑袋是最尖的，我们的脑袋都是圆的。圆的脑袋总是围着尖的脑袋转。

我们经常在放学后结伴去半山腰上的庄稼地里扯猪草，尤其是遍地枯黄的秋天，核桃早已打过了，但我们总能找到"漏网之鱼"；有天傍晚，我们在一块地里有了重大发现，那是片刚刚种上的花生地，我们像是哥伦布发现了新大陆，立刻刨了起来。花生上面盖着一层薄土，还有些粪。当我还在犹豫要不要吃这些花生的时候，堂哥已经开始大嚼大咽，他一边吃，一边告诉我："吃的时候，应该把花生的皮儿去掉！这样吃，才卫生！"

做加减法要掰无数遍手指头的堂哥刘强，从小就明白钱的好处。有一回，他眉飞色舞地告诉我们："这辈子，我最爱的就是钱！"

大学毕业之后，堂哥刘强先是去成都呆了一段时间，然后独自去了上海闯荡。二〇一四年，我的几篇散文获《人民文学》杂志社主办的一个文学奖。颁奖地点苏州，我返程路过上海，跟带着漂亮女友的他匆匆见了一次面。年纪轻轻就患了糖尿病的他，不顾身体状况，陪我喝了几瓶啤酒。那晚上，我们聊了很多，除了风与光，也有很多小时候的话题，但都避重就轻，尽兴而已。

刘家院子里的人，都是从祖父刘华贵这个大树上伸展出来的枝枝叶叶。虽然近在咫尺，小时候，我们却很少去祖父家里串门。母亲对祖父和祖母的偏心耿耿于怀，分家时"一碗水没端平"，只给她和父亲分了很少的土地和粮油，就让他们离开门户，自谋生路。就像加拿大小说家艾丽丝·门罗在其自传体小说《女孩和女人们的生活》中写的那样："孩子的头脑就像捕蝇纸，你知道，不论给他们什么都会粘住。"

自然而然地，母亲对祖父祖母的怨恨也嫁接到了我和弟弟头上。即便祖母拿着糖果递到我们面前，我和弟弟也是不会要的。如果接受，我们的骨气就会大打折扣。实事求是地说，我不记得祖母和祖父给过我们任何东西。

"你们连颗水果糖，连个冰淇淋，都没吃过他们的！"即使是现在，母亲也依然这样说，仿佛过去所承受的屈辱和痛苦，早已化作血肉，融为一体。

对于这个，我倒是愿意让自己"往开阔处去"。用一滴仇恨，去涂染自己的整个人生，代价未免太大了。况且，那个子女多，"泥菩萨过河——自身难保"的年代，家家都有本难念的经。

古人云：天地之大德曰生。至少，他们赋予了父亲生命，并将他拉扯成人，已实属不易。

三

日子背负着人间冷暖，片刻不停。喜怒哀乐隐藏在生命之树的枝叶之中。在青山绿水的老家，在遍地苍茫的老家，山川草木的生命，一个院子的生命，一个家族的生命，再小到一个个体的生命，都是有限的，卑微的。赋予万物生机的，恰恰是死亡，而非生命本身。当一只鸟儿在空中飞翔或树梢上歌唱的时候，它使我们感到美好的那一部分，恰恰是因为它在我疲惫的视网膜或者耳朵里，破坏掉了什么。

在记忆中打捞过去，就像水中捞月，月亮是虚幻的，人生仿佛也是。

每个人都是他死去那些部分的全部总和。

不只是我的亲人，这些年，老家也一直在死亡。我的视线中缓缓拉开这样一幅场景：童年时被我们残忍地扯掉了翅膀的知了在地上徒劳地挣扎。故乡不是故乡，她早已面目全非；故人不是故人，在岁月的舞台上渐渐退场。传统的道，传统的美，在这块朴素而又贫瘠的山野渐渐瓦解。

土耳其的小说家奥尔罕·帕慕克如此宣称：

"每一个人的死，都是从他父亲的死开始的。"

二〇一〇年，一个春暖花开的日子，被病痛折磨得痛苦万分的祖父终于撒手人寰。彼时，我尚在成都读大学，整天吆喝着一帮同学去学校外边的茶楼诈金花，浑浑噩噩地混着日子。接到噩耗的第二天，我乘坐火车赶回老家。祖父的去世并没有给一大家人带来太多的悲痛，年纪大了，又加上病痛，终于有了了断。

送走祖父的几个月后，忙得脚不沾地的父亲清晨在院子里打核桃时遭遇不测，脚下打滑，径直从树上摔了下来。院子下面是十多米高的堡坎，堡坎下面是硬邦邦的水泥公路。父亲当场摔到了水泥公路上。在江油一所医院抢救了整整一周，父亲，最终还是永远离开了。父亲去世那段日子，我变成了行尸走肉。在父亲的死亡后面，我用了很长时间，才走出这个阴影，走出这个泥潭。从父亲这棵再也爱不动什么了的树下，走向独立自强，走向生活无边的苍茫原野。

"冷暖自知"，悲剧爆发出来的能量，往往是惊人的。就像更遥远的过去，那些债主扔下一堆诅咒和谩骂，拂袖而去，时间回到我们身边，我们却因为贫困而倍感无助，母亲坐在那一堆堆带刺的词语中间，忽然爆发出号啕痛哭。

父亲的离去，并没有带走生活本身，他只带走了他自己。岁月仍在生长，生活仍在继续。给父亲带来厄运，给我们整个家庭带来厄运的核桃树，最终没有被我们用斧子砍掉。把责任落在它的头上是愚蠢的，责任落不到它的头上。当然，如果是出于缺心少脑的宣泄，砍掉核桃树是可以的。但我们没有，砍掉核桃树，砍不掉黑色的记忆，砍不掉那种已在意识之中瘟疫般蔓延的绝望，也换不回父亲的生命。父亲不会再回来了，一生都在泥泞中打滚儿的父亲再也不会回来了。

父亲不再了，但他年轻时赌博欠下的债还在，地震后修房子信用社的贷款还在。这些都是需要母亲、弟弟和我来还的。这似乎可以证明那个古老而又年轻的话题：活着，就是一笔债。事实上，我们早已原谅了洗心革面的父亲，任何人都不可能十全十美，他犯的错误，文学巨擘陀思妥耶夫斯基也同样犯过。

树有树根，草有草根，人是没有根的，所以，死了就是死了；所以，人总是在大地上四处流淌，奔波。人没法落到实处，人性不是岩层，而是一片波谲云诡的水域。

奥尔罕·帕慕克，这个细腻的土耳其男人，这个感伤而天真的小说家，在其随笔《宗教节日时的家庭用餐和政治》中回忆道：

"节假日时我喜欢看亲戚，特别喜欢去看望叔伯们、姨婶们、远方的亲人、年长的亲戚和有地位的亲戚。我们的姨婶和年长的叔伯们一致约定，在假日期间的往来走访里，尽量对孩子们'好一些'。他们有什么好的都会给我们小孩——甜言蜜语、追忆往事、和悦的谈话——最终，他们也真做到了对孩子们好一些。但是反过来看，这件事却暗示着我们不愿相信的另一面：对别人好，原来是件很费劲的事。今年，我再次听到那些童年的笑话，它们常常令我回想起儿时的布谷鸟自鸣钟。我享受着假日给伊斯坦布尔带来的寂静、大快朵颐地品味那一成不变的土耳其快乐。这时，我感到一种邪恶的存在。"

透过这段言辞，我既惊又喜，它仿佛一面水洗得明晃晃的镜子，又像一阵沿着老家河谷慢慢滑动的春风，激活了我沉睡的内心。当一个人在生活里悲观无助的时候，他总是希望整个世界的人们都为他团结起来，共同为他出谋划策，分担经历。但事实并非如此，父亲的去世并没有让我受到过于热烈的关爱，相反，我时常因为孤独和恐惧而瑟瑟发抖，瑟瑟发抖不是因为失去，而是失去之后所面临的风风雨雨，面临的石头、剪刀和布。

"我们还有我们呢！"

我一遍遍在母亲面前重复着这个事实，鼓励她打起精神，坚强起来。

四

二〇一一年，我大学毕业，离开成都。这座灯红酒绿的城市，这座纸醉金迷的城市，没有我的容身之所。

天无绝人之路。托一个朋友的照顾和引荐，我去了地震后兴建的新北川县城，在一家旅游文化有限发展公司工作，他们准备在那里建设一座国家级景区。第一个月，我领到了我初入社会第一个工作的第一份工资，两千六百元，将这笔巨款揣在兜里，我坐立不安，以为财务给我发错了。

工作的日子，几乎每天，我都会因为各种各样的事情喝得醉醺醺。一年后，我突然就厌倦了这种无聊的日子，正如同这家公司前缀的"有限发展"一样，我决定离开新北川。我跟当时的女友，现在的妻子，在绵阳一个嘈杂无比的小区里租了房子，开始用心读书写作。我把我的心埋在书籍和写作中间，是因为那时候我已经意识到，我没办法去做任何我不喜欢的事情。

读书写作就是我的"井"。我在我的"井"里越陷越深。赫塔·米勒说："井不是窗也不是镜子，向井里望久了，常常会望进去……"

孔子老先生当年在水边跟学生上课，总结出了一些宝贵的经验。如果一个人"忘水""轻水"，至少能当个船夫；但一个人要成为"泳者"，能在滔滔湍流中应付自如，那他就应该和水打成一片。孔子得出的结论是，凡有所成就者，都是找到了自己本命的人。几年后，我在穆涛先生散文集的一篇随笔中读到这个故事，深以为然。

实在揭不开锅的时候，我开始一边坚持创作，一边在网上找些征文比赛参加，写出来的作品从发表到领取稿费的过程太漫长了，而征文比赛的奖金却能解决燃眉之急。就这样，我成了一些写作同行眼中的"获奖专业户"。几年的时光仿佛眨眼，那些经常身无分文的日子，我很少回老家。没有那个脸面。也不知道该如何跟盼望着我当官发财的亲朋好友解释。偶尔回去，带回来的却是几盆冷水。即便是因为写作，我以临时工身份进入县文化馆工作，似乎也从未摆脱过那种局面。

亲朋见面，每次不是问我现在过得好不好，而是我的工资多少，好像我的工资比我更值得关心。其实，这不仅仅是关心，我心知肚明。

比如，有次路上相遇，黑颜色亲戚以有钱人居高临下的语气问我："你现在一个月多少钱？"

"一千三。"

"那搞个铲铲！"

黑颜色亲戚没有一句废话。我带着这把铲铲夺路而逃。

二〇一四年，没有买车那会儿，每个周末，我都会赶车在绵阳和平武之间来回奔波。老家就在这段距离中间，偶尔，我会下车看看独自在家的母亲。然后，继续赶车奔波。有一次，等车的时候，同村的黄颜色问我："在哪个单位工作？"

我回答："文化馆。"

"不错啊，找到铁饭碗了！"

黄颜色真心赞叹着。这个乡党，没有当我是外人，高兴的样子，像是自家人。

白颜色亲戚早已掌握了我的收入情况，当时她也在场，不知是什么原因，听了后很是不以为然，故意高声问我："你现在好多钱工资？"

对天发誓，这个问题我至少跟白颜色回答了不下十次了。她的问题让我措手不及。

"少得很。"我说。

"到底好多？"

她穷追不舍。

"……"

"是这个数吗？"

白颜色伸出三根足以跟自己目光和胸怀匹配的手指头。三千。

我拨浪鼓似的摇了摇头。

"那，是这个数吗？"

当着黄颜色的面，白颜色又比划出两根指头。

我继续拨浪鼓似的摇了摇头，却终于忍不住回答："一千三。"

听到我的回答，白颜色的亲戚满意了，她看着黄颜色，如同一座活火山，喷出了巨大的叹息："啊，还不如打零工！"

在这个强悍有力的短句的轰鸣声中，我灰溜溜地爬上驶向绵阳的大巴车。上车后我晕乎乎了很久很久，也没有从白颜色的挖苦里缓过神来，忍不住潸然泪下，父亲去世我都没有如此落泪！但那一刻，我真是莫名心痛，撕心裂肺。我不是在为我微薄的工资或羞耻而落泪，而是为了那些同一棵大树给予我们的血液……

几年后，每每想到这些场景，我都会拨浪鼓似的摇摇头。也许，正是基于这些碎片般的事实存在，我紧绷的神经松弛了，惶惑的内心渐渐安宁，平和，淡然，在辽阔的苍茫和死亡的背景之中。

我拨浪鼓似的摇摇头。

五

越过寒风瑟瑟的漫长冬季，地下沉睡的魂灵慢慢苏醒，它们成群结队，轰轰烈烈地爬上草的叶，树的枝，用深情的绿，用悄悄的风，罩着沉默的大地，硬朗的群山，柔软的河水。冬去春来后的老家，绿就是生机，绿，就是语言。

繁星在地上哭了一夜，流下了水，水翻过夜晚，变成了烟雾，烟雾被阳光偷偷一吻，就变成了云，云又落下，变成河流，送走一个个日子。

一个个日子在我身体里倒下，在我的乡亲父老们的身体里倒下，然后，我们变成了记忆，变成了废墟。

二〇〇〇年前后，一条漂亮结实的水泥公路穿过刘家院子的后院，首次涂改了我的记忆。后院的杏子树、苹果树，没了。那口吃了几十年的水井，去外婆家的路，蛇一样缩回记忆的洞穴，眠起来。大娘家的宅基被占，在离院子不远的公路边重新修了房子。

二〇〇八年地震过后，除了祖父家的几间青瓦房，刘家院子几乎荡然无存。我们家的房子也没了，房子没了可以再建，父亲和母亲蚂蚁似的忙碌起来，在原来的地基上修了一栋小楼房。大伯家和幺爸家的房子先后卖给了两户地震后没了房子的人家，在别处找了地皮，修了房子，搬出了刘家院子。

刘家院子已经不是原来的刘家院子，老家也不再是从前的样子了。几年重建，小镇又恢复了生机。支离破碎的群山，也渐渐愈合。

父亲走后的这些年，母亲并未像大多数人那样再找一个。尽管那样也不错。我和弟弟能做到的，就是顺其自然。弟弟和我先后成了家，如今，弟弟有了两个女儿，我也有了一个儿子。老二的老二比老大的老大还大，有时候，我们去父亲的墓地，向他汇报。如果他还活着，该有多好！如果他知道自己已经是三个孩子的爷爷了，该有多好！

回不去的，是人。是遥远的真，善，美。流淌的岁月，好像把这些都冲淡了。现实的皮肤上，只剩下沉默、孤独，只剩下遍地苍茫，难以回填。

如今的家园，算不上熟悉，也说不上陌生。就像大多数人的日子，说不上好，也算不得坏。不痛不痒，不知痛痒。麻木的生活，麻木的衰老，一切都只是惯性，或出于本能。

有时候，我真想好好睡上一觉，做一回梦。醒来的时候，睡着的仍是二十世纪末那张摇摇欲坠、嘎吱嘎吱的木床，耳朵里仍然充满了河水的轰鸣，还有飞过屋顶的风声，视线透过玻璃木窗，还能望见对岸炊烟袅袅的村庄、玉米地和黛青色的山腰。

然而，这一切的一切，都成了过去时，一去不返。有时候，我真想好好睡上一觉，做一回梦。

六

四月是残忍的季节。中旬，日子裂了一条缝。久病缠身的祖母在老家的灿烂午后，终于，以生命的形式，抵消了一个普通乡下女人全部的人生里程，她穿过裂缝，寻着祖父和父亲走过的路，踏上了归途。

祖母老了的消息，是退伍不久的弟弟传来的。在老家，老人去世就是老了。

弟弟说完，便挂了电话。

我正在读一本小说，弟弟的电话把我从一个完全陌生的世界拉回了现实世界。接过电话，再去看书上的那些字，那些经过奇妙组合显现出一种神秘力量的文字，变成了一群焦灼的蚂蚁，在书上爬来爬去，渐渐模糊不清。

祖母老了。

刘家两个老的现在一个也没有了。

我叹了一口气。又叹了一口气。再叹了一口气。

过程是如此熟悉，好像我一直在练习着某种类似的场景。像某种循环，像季节辗转，总有一个类似的电话，跟我说着类似的事情。有那么一瞬间，我的脑海竟然浮现出一个词，"公平"。在那些遥远的日子，祖母并没有给过我太多的温暖，而这些年，我似乎也一心扑在个人的事情上面，很少关心这个曾经赐予父亲生命，孕育了四男三女的老人。

每次回老家，从幺爸门前路过，偶尔会望见苍老的祖母，满头雪花飞扬的祖母，雕像似的坐在一条板凳上面。孤独地看着门前的来来往往。

偶尔，祖母见了我，会用漏风的嘴唇问："是勇儿吗？"

我说："是。"

"你回来了哟！"

"我回来了！"

刚一说完，我就头也不回地扬长而去，留下风烛残年的祖母。我们之间，好像从来没有更多的语言，可以用来打发时间。

现在，想起这些，我的心头竟然不是滋味了，有些遗憾，有些愧疚，有些自责。祖母，也是我血液的上游了，然而，对于这样一个老人，即使是陌生人，我也理当以爱去面对，哪怕仅仅是出于善意。但我没有。我们没有。我们谁都没有。她那么孤独地撤退着，那么孤独地老了。

死，也是一种热闹。因为祖母，幺爸家聚了很多人，全都是乡亲父老，全都是与这片土地或者这个老人有着千丝万缕联系的人。我们就如同沉在水底的沙子，忽然间全都浮出了水面。打牌、家长里短，场面有些凝重，也不乏欢声笑语。入土为安。最终，祖母土葬在了祖父旁边。我参与了整个过程。

祖母下葬后的当天傍晚，我坐大娘儿子波哥的车到的绵阳。离开老家回绵阳，还是离开老家去绵阳？我不知道"回"和"去"的区别，还是我们早已混淆了它们。

波哥也在绵阳买的房子，和我一样，原来的家只是客栈。

因为喝了点酒，我和波哥都有些兴奋，一路上，我们聊着琐琐碎碎的往事。

波哥告诉我，他记忆最深的就是，二〇〇八年地震后那几天是一大家人最像一大家人的时候，老老少少住在一起，不分你我，团结一致，相濡以沫。

我想，那种场景，这辈子都不可能出现了！缓缓朝前滑动的岁月和大地上，只剩下遍地苍茫和隐隐的悲伤，囚禁着我，引领着我。我拨浪鼓似的摇摇头。

刊于《文学港》2019 年第 6 期"散文在场"栏目。

露德圣母堂

> 总盯着过去，你会瞎掉一只眼；然而忘掉历史，你会双目失明。
>
> ——［俄］亚历山大·索尔仁尼琴

一

命运，年轮编织的神龛。

生命，被年轮附着和包裹的磁场。

不断创造和改变着世界容貌与格局的磁场，不止是一具鲜活的肉体，还有细腻、充满幻想而且复杂多变的灵魂参与其中。人不过是这颗古老星球皮肤上微乎其微的一部分。大千世界，人其实非常渺小、卑微。仿佛渺小、卑微，就是每个个体在世间的另一个妈妈。

二〇一一年六月，我的大学生涯宣告结束。不想说"终于"，不想说"彻底"，骨子里毕竟还有些恋恋不舍，还有些余华的长篇小说《活着》里面的主人公富贵早年的放浪形骸，犯不着为生计发愁，更谈不上先天下之忧而忧，后天下之乐而乐。

成都平原无比燥热的夏日，同学们或兴高采烈，或泪流满面，纷纷收拾好行囊，离开呆了整整四年的校园，而我，因为无处可去，暂时住在三台一位学弟的宿舍，内心深处似乎还无法接受这个突如其来的打击。打击往往都是突如其来的，比如二〇一〇年秋天父亲的去世。毕业不是从到大学的那一天起，我们就知道四年后的今天会毕业，学校会给我们发毕业证，让我们卷铺盖立马滚蛋。

每天，我竭尽全力让自己继续保持着从前的生活习惯和无所事事，仿佛这才是正确的人生选择。我除了睡觉吃饭去超市买烟和饮料，就是上网，信心满满地将自己写的一些诗歌不断地塞进一些刊物的投稿邮箱，希望它们能够发表，挣些稿费。更梦想某天一夜暴富，去过凯鲁亚克、海明威或者杰克·伦敦那种"带着最初的激情，带着最初的梦想，感受着最初的体验"的浪荡不羁的"在路上"的生活。

大学毕业之前，我从未正儿八经地想过明天，也没有想过未来何去何从。我认为自己活得很好，在生命中的某些阶段，也许每个人都有过这种体验，包括蓬头垢面的流浪汉，包括那些一到夜晚就开始涂脂抹粉的漂亮姑娘。然而现实是残酷的，恐怖的，比巴尔加斯·略萨《给青年小说家的信》中那头从足部开始吞食自己的名叫卡托布勒帕斯的动物还要恐怖，毕业的来临，掐灭了我精神上最后一丝松懈和跨入社会的恐惧。

卡托布勒帕斯是卡托布勒帕斯，我是我，独一无二的个体。我已经长大成人，自食其力，是理所当然的事。而透明的空气让我明白，在充满喧嚣的尘世，除了吃饭喝水，人完全不需要张嘴，人完全可以沉默地活着，直到年轮停止生长。那段时间，我像一块会移动的石头，几乎没人跟我说话，似乎每个人都在忙碌，疲惫的脸上写着大颗大颗的汗水，以及一种有所事事的满足感——我至今骨子里还有些自命不凡，就是因为，我连这个都看得出来；我几乎没跟别人说话，一张嘴，除了咀嚼食物、喝水、抽烟，更多的时候形同虚设。

秋天，成都体育学院开学之前，学弟们陆陆续续开始返校，本来奢望继续拖延一段时间的我不得不离开校园，重觅寄身之所。我在学校外面租了房子——这就像青年小说家石一枫在他的《地球之眼》里提到的"校漂人群"，死活都想赖在这里似的。算是合租吧。只有巴掌大的一个单间。房子里，还住着一对小情侣，一个中年男子。房租每月六百，显然这不是个小数目，为了让自己在灯红酒绿的省城继续混下去，我不得不跟一个兄弟在赶集网和58同城卖二手自行车，各种牌子的山地车以及公路跑是我们经营得最好的车型。我们卖车的借口无非是，大学刚刚毕业，即将回老家工作。很多人信以为真。我的这位兄弟名叫黄鹏，也是我的大学同班同学，内江人，跟我舅舅的儿子一个名字，他在罗马广场一家健身会所当健身教练。以前读书的时候，我们的关系就很铁。促成我们友谊的，在我看来不过是一件小事，他却说得一往情深，他告诉我之所以觉得我这个朋友可以交往，是因为，大二有次上田径课学习跨栏，因为身材臃肿，跨栏姿势别扭，老师和班上同学们都因为他笑得前仰后合，只有我一个人没有笑。

他记住了那个没有笑的人。

其实，换做任何人，我都不会笑的。我并不觉得这样交代就是在炫耀自己有多么慈悲和正义，我只是觉得，人，各有所长，我们今天嘲笑的人，明天可能就是我们自己。很多时候，黄鹏说起曾经的大学同学都是满脸不屑、咬牙切齿的样子，我想，也是这个缘故。

卖一辆自行车，利润差不多就是一百块钱。为了卖自行车，我花了一千块钱在商场里买了个普通的BenQ明基数码相机。在自行车贩子那里，买车不叫买车，叫"打车"。那段时间，我们跟九眼桥的二手车贩子打得火热，打了车，然后拍照挂在网上。每天生意好的时候可以卖五六辆自行车，生意不好的时候，差不多也可以卖二三辆。这在我们看来，确实比上班强多了，我们野心勃勃，希望把事业做大，黄鹏甚至连他的健身教练也不想干了。

卖自行车是个灰色行当，虽然，从来没有问过这些自行车的来历，但我相信，这些车绝不仅仅是旧车翻新然后再处理给我们这么简单。真正让我们良心不安并且洗手不干的是我们自己，或者说是那些职业小偷。一天，我们从九眼桥打的车被偷了，一辆捷安特山地车。几百块钱在眼皮子底下打了水漂，我发现后，气得肺都炸了，以为小偷把我们买回来的自行车偷走又卖到了九眼桥。我气冲冲回到租房，提着沉甸甸的铁制双节棍——别的寝室的兄弟送给我的"防暴武器"——平时关系要好的在外面受了欺负和委屈，都是给我打电话，叫人。两人一道去九眼桥晃了几圈，四处打听，心想要是碰到了决不手下留情。这很荒诞和莫名其妙，但确确实实是我走过的路。

如同我和黄鹏之间友谊的诞生一样，卖自行车的人自行车被偷这件微乎其微的小事，却有着某种石破天惊的力量，一下子就浇灭了我们生机勃勃的野心，激活了我们枯萎的良知，让我们意识到卖自行车并非长远之计。那个夜晚，坐在一环路路边的水泥台阶上，望着车水马龙的一环路灯火如昼仿佛一条永恒灿烂的河流，我们说着说着就决定洗手不干了，说不干就不干了，彻底不干了。黄鹏继续去他的健身会所安心当他的健身教练，我则继续我的无所事事。那些茕茕孑立形影相吊的日子，我反复告诉自己，苦难早晚灰飞烟灭，就像身体总会翻过黑夜。

山不转水转，终于，在一位作家朋友的牵线搭桥下，我退了尚未到期的房子，结束了我的"校漂生涯"，回到老家绵阳，在北川一家旅游开发有限公司找到了饭碗。"老家"这个词，有时想起来很奇怪，在绵阳之外，绵阳就是我的老家；在绵阳市内，潜意识里会觉得只有断裂带才算得上是我的老家。老家好像长腿似的，一直在逃离。

二

二〇一二年，我已在北川工作了差不多半年时间，撕心裂肺的汶川地震过去四个年头，整整四岁，有四个年轮了，在北川，灾难的四个年轮的脚后跟上，地震的阴影犹在，各种后遗症也在显山露水，不断膨胀，向我——生活生存经验极为匮乏的断裂带之子——展示、讲述，让我目睹耳闻过太多的生死与疼痛，让我慢慢变得成熟了。

这一年，我肉身的土壤上面业已长出二十五道年轮。我的二十五道年轮，是二十五个春夏秋冬浸泡出来的，有日常生活的深沟浅壑的哺育，也有断裂带山山水水的滋养。我的年轮跟平原、河谷、丘陵以及山区地带那些为岁月而生长的树类似，长得不快不慢，挤牙膏似的，一年只长一圈。印第安人有句谚语：别走得太快，等一等灵魂。我的年轮还是长得太快了。快得有些突兀，就像有人在它生长的道路上专门为它铺了一条高速路。西蒙娜·波伏娃说：成人是什么，一个被年龄吹胀的孩子。是的，我希望自己还是一个孩子，而不是一个被年龄吹胀的孩子。毫无疑问，我肉身的土壤上面的年轮还会继续生长出更多的年轮。至于，已有的年轮，我想起来都觉得有点不可思议，感觉自己好像只是到这儿到现在来旅游观光，而那个真正无忧无虑的我，仿佛还活在从前的某个角落——同样虚无缥缈的背景之下，距离现在的自己，就像银河系以外的世界，或者就像恐龙遍布星球的史前原始世界那么遥远。那么遥远。

人，永远去不了的地方就是过去。

过去，却可以抵达现在和未来。

年轮，我心中的针，显然，我没办法逃避它们的来临，也没办法阻止它们生长。我曾多次在断裂带看到过各种树的年轮：松树的、青冈树的、苹果树的、春芽树的、梅子树的、李子树的、珙桐树的、柏树的、紫荆树的、白桦树的。但我从未目睹过自己的年轮。我只能想象它们，一些经历的碎片与一些过程的混合物，在皮肤下面的血管里循环往复。也许，它们，就像我充满倦怠的呼吸，秘密活在空气的肺中。我结结实实的二十五道年轮，所供奉缠绕和绑架的躯壳，完全没有值得我去纪念、骄傲和忘乎所以的东西。完全没有。我的布料裤兜，我的黑色钱包，经常处于饥饿状态，空空荡荡，双手却经常强盗似的闯进去，跟里面压抑的空气一起分享彼此的寂寞。有时候路过一片草地，我真想随手扯些青草，塞进去喂饱它们的肚子。浑身上下，除了一堆血肉和骨头，以及一眼就能得出结论——不过是些地摊货——的衣装，我所拥有的，不过是一无所有。更大的威胁来自脚下的路，它让自以为是、满腔热血的我深感不安，整个人似乎都要在内心的愧疚当中沉没了。

我的年轮变成了一个实实在在的问题，它是世俗的，也是具体的。

"都成老小伙子了，还没个正儿八经的工作，还不结婚生娃?!"每次回断裂带，独自在家操持家务的母亲，总会如此夸张地揶揄我，她满脸不屑，好像我压根就不是她亲生的，好像我很愿意这样很享受这种状态似的。不管怎么说，这就是我们见面的方式，简单直接，一针见血。

母亲身上还有种惊人的能力——火眼金睛，她似乎总能从我的面色苍白，从我的落寞神情，洞悉到点什么，就像外婆家的那只大黑猫，总能捉到老鼠。她的担心，跟这个季节的草，跟断裂带河里的水，一样幽深。母亲所谓的正儿八经的工作，就是当公务员。在断裂带，公务员无疑是乡亲父老们眼中最好的出路。公务员的饭碗是铁饭碗。母亲希望我能端上铁饭碗。我没有时间。很多时候，我是一块随波逐流的泡沫。

二〇一一年岁末，我找到了我人生以来的第一个饭碗，在绵阳新北川县城，给一家旅游公司打杂跑腿。虽然饭碗不是铁的，但我已经非常满足。直到今天，我还记得第一次从财务手上领到一份工资的心情和颤抖。二千六百块钱，拿在手上，沉甸甸的。身体轻飘飘的，像山里的云和雾霭。

然而，好景也不长。初夏的一天，我大学毕业以来的第一份工作，就好像一九一二年泰坦尼克号处女航时的遭遇，没能够在生活的海面上挣脱无情的命运，说没就没了。公司垮了。我失去了我的工作，它也失去了我，眨眼间，它已经成为路过的风景。失去是我们彼此唯一的联系。失去的滋味，即便万语千言，也难以描绘，就像，明知考试时交了白卷，当拿到成绩单，可还是不敢相信自己竟然得了零分的那种感觉。迫在眉睫的生存压力，就像巍峨的珠穆朗玛峰，或者就像亲爱的巴勃罗·聂努达先生写到的马楚·比楚高峰，活活压住我的肩膀，压疼了我的呼吸。

"旧的不去，新的不来。"

"没有结束，就不会有开始。"

好就好在，我的念头里并没有长出诸如"遗憾"，或者"感伤"之类的尾巴，虽说，这份工作的地位非比寻常，堪称是我所有工作的妈妈。我并不是真的喜欢工作。

"就当是投错了胎吧！"

望着镜子里我正在疯长的黑色胡须，我如此幼稚地安慰自己。

苦难早晚灰飞烟灭，就像身体总会翻过黑夜。

我跟女友决定退掉租房，离开新北川县城，到绵阳城里"另谋生路"。公司拖欠了我和女友差不多两万块钱工资，看样子是没指望了。

离开新北川县城那天，应该是在上午。我的心就像震后选址兴建的新北
川县城，就像我的布料裤兜里我的黑色钱包，空空荡荡。巴拿恰商业
街人影稀疏，花坛里的草木却生机勃勃，让我想起多丽丝·莱辛在她的
《野草在歌唱》中描述的非洲场景。脚踩着草尖小小的露珠儿和川西北
平原料峭的寒风，创造并主宰苍茫大地的遥远恒星，或者说长着一张大
圆脸的金色朝阳，像是丝绸般光滑的岁月一个寻常夜晚终老后留给人间
的礼物。孤家寡人的它，就仿佛一颗迷惘而又透着几许慈悲的眼珠，趴
在一块没有无忧无虑的牧人，没有锈迹斑斑的栅栏，没有像断裂带的老
家那样永远呈现着召唤姿态的青瓦房，也没有牲畜的死气沉沉的牧场的
皮肤上。牧场那辽阔的皮肤，像祖母脑袋上面的头发的颜色，要黑不
黑，要白不白，是灰色的。

　　我们找了一辆面包车帮我们搬运虽然不多但却沉甸甸的行李，包括
我们自己。

　　还记得，开着半新面包车的司机，颇为健谈，让我忽然想起舅舅——
我外婆唯一的儿子。面包车总是让我想起我的舅舅。外婆有五个儿女，
就养了舅舅这么一个儿子，外婆当然希望生下的每个孩子都是儿子，结
局有些勉强和不遂人愿。舅舅先后买过好几辆面包车，每辆车遇到舅舅
都堪称是灾难的开始，面包车折旧的速度，仿佛吃了兴奋剂似的。面包
车总是让我想起我的舅舅。

　　一路寒暄。

　　就要到了，就要到了！

　　小我五岁的女友为我指引着。脸上闪烁着某种喜悦，那一刻，我觉
得她很美，像自由女神。透过车窗，远远望见一座哥特建筑风格的古老
教堂耸立在成片的楼宇中间，有些庄严，有些肃穆，有些另类，仿佛它
自己也明白这一点，四周，高高的砖墙帮助它与它们划清了界限。"露

德圣母堂"五个大字似乎在向我主动介绍着自己的姓名。女友告诉我，新租的房子位于绵阳市三里村三舍。具体位置，在露德圣母堂背后顺数第二栋廉租房。

成都毕竟是省城，一个小单间就要花六百大洋。在绵阳，我们租的这一套房子，每月加上水电费也才五百左右，还有独立的卫生间和厨房。一番比较，我感到自己就仿佛捡了什么大便宜似的，开心，满足。就这样，我跟女友在绵阳市三里村三舍住了下来，在露德圣母堂背后顺数第二栋廉租房里住了下来。这一住，就是挨边五年。

三

无形之中，我已将露德圣母堂这一带，或者说，这块徘徊在城市边缘的土地，视为我精神上的伊甸园。它的外在并不繁华，但也足够喧嚣和热闹了，麻将馆，游戏厅，网吧，超市，烧烤店，菜市场，理发店，面馆，包子铺，卤菜店，水果店，茶楼，美容店，五金店，裁缝店……海岸线上的浪花一样密密麻麻、随遇而安地拥挤在坑坑洼洼的水泥路两旁，宛如热情似火的巴西女郎一般——呈现着东方的无序、凌乱与自足。

置身其中的露德圣母堂，则越发显现出它的与众不同。

刚到绵阳三里村三舍那段时间，我总是如其所是，将露德圣母堂称作"露德圣母堂"。后来，我才慢慢知道，绵阳的本地人和外地人压根不会把露德圣母堂称作"露德圣母堂"，而是唤作"天主教堂"；同样的，刚到绵阳那段时间，但凡别人问我住绵阳哪里，我都会如实相告——三里村三舍。后来，我就不这样说了，也不说自己住在"露德圣母堂"背后顺数第二栋廉租房，而是说自己住在"天主教堂"。

这是"地方思维",还是入乡随俗?我不敢肯定自己今后能否找到铁饭碗。但是,我敢肯定,在绵阳,知道天主教堂的人,绝对比知道露德圣母堂的人要多得多。不管怎么说,现在,好就好在,我总算是跟露德圣母堂扯上一点点关系了。这是缘分?造化?仅仅是偶然?或者,别的什么?

每次从外面穿过锈迹斑斑的铁门,经过它高高的用红砖砌成的围墙,看见露德圣母堂尖顶上庄严肃穆的十字架,以及比起周围的建筑显得格外独特的造型——在某些人眼中它一定有些不伦不类、多余或者好笑——我没有过这种感觉——它带给我的是神秘,是信仰、慈悲还有寄托之类的精神上的淡淡的放松跟愉悦——我总是会莫名其妙地想起莫言和他小说里写到的高密东北乡,史铁生和他散文里写到的地坛,于坚和他诗歌里写到的尚义街六号。我对宗教没什么兴趣,也没有具体的宗教信仰。露德圣母堂之于我,恰似君子之交——淡如水。门口铁制的大门随时开着,我从未刻意要求自己哪一天走进去瞧瞧,这个大葫芦里究竟装的是什么?

我的脑袋也是一个葫芦。估计断裂带的母亲经常在想我的葫芦里究竟装的是什么。我没办法告诉她,这是我的秘密。来绵阳很长一段时间之后,母亲才知道我北川的饭碗没了。我不想让她再为我的事情操心,而且是瞎子点灯——白费蜡。

刚刚开始的一切无比艰难,为了不至于穷困潦倒,女友很快在一家农业公司找到了工作,而我,因为没有合适的职业,不得不老老实实呆在租屋,至少,可以少花些钱。当然不能再这么无所事事地荒废下去,写作,成为一名名副其实的作家,成了我唯一的退路,我开始沉下心来认真读书写作,希望今后能以稿费维持生计,书读累了写作累了,通常是傍晚时分,女友下班之前,我就独自到露德圣母堂对面僻静的西山公园转转。

　　每天早上出门上班的时候，精打细算、钱包捂得紧紧的女友会给我留十块钱，作为我每天必要的生活开支。剩下的时光租房里就只剩下我，各种书籍，还有一个个空白而又饥饿的 word 文档——我制订了周密的写作计划——希望通过大量的练习与摸索，写出与众不同的文学作品，就像与租房仅仅隔了一栋廉租房鹤立鸡群的露德圣母堂。

　　人都是逼出来的，在绵阳呆了一段时间，以前大男子主义思想盛行，宁愿干苦活累活脏活，却打死也不愿意做饭的我，竟然学会了做饭，炒菜，洗衣服，自己照顾自己了。这样一来，家里又似乎多了一个女人，就是我。

　　即便经济上如此步步为营，没钱的日子还是时不时地降临到我们的生活中，实在没办法的时候，我也只好厚着脸皮跟关系要好的兄弟和同学借钱，五百块，一千块，不敢再多了，怕还不上。有什么办法呢？好就好在，虽然偶尔翻脸、争执，女友却从未怀疑过我的碌碌无为，她自始至终支持我做自己喜欢的事情。这在一定程度上给了我信心。

　　天道酬勤，日子不会总是这么灰暗下去，慢慢地，我的作品开始在国内一些文学刊物陆陆续续得以发表，稿费也越来越多。当然，纯粹依靠稿费还不行，为了多挣些钱维持生计，我除了写自己的东西以外，还在一些网站上寻找各种征文启事写征文。一般情况都是筛选奖金比较高的。几年下来，我似乎已经成了某些人眼中的"获奖专业户"——虽然我极其厌恶这个名词，我的抽屉里已经摆满了一百多个获奖证书，它们在我看来毫无用处，我感谢的是那些如同甘霖如同雪中炭的奖金，让走投无路的我有了一线生机。

　　二〇一四年二月，我跟女友全款买了一辆白色轿车；二〇一六年上半年，我跟女友在绵阳园艺山以首付的形式买了一套一百多平米的房子，似乎，一切都有了着落。提到这些，我并没有苦尽甘来或是功成名就之类的自豪感，这实在没什么可嘚瑟的。就算没有它们，我一样会感到满足，毕竟，这些年的写作与阅读生涯已经让我挣脱了之前的焦虑、失落和迷惘，让我真正地成熟了，某种程度而言，也是让我成为了自己。

与二〇一一年在成都平原灯红酒绿的皮肤上汗水断线似的卖二手自行车情形类似，随着生活渐渐好转，我再也用不着想方设法或低三下四到处借钱——仿佛是在出卖自己的尊严和灵魂。在我眼里，世界上很多事情都比金钱重要，日常开销够花就行，我没太大的物质欲望和野心——或许，这也是文学和写作的魅力跟陶冶。

因此，出于尊重自己写下的汉字，也渴望在文学方面有所建树的我决定不再为了挣钱去写征文，而是心无旁骛写自己想写的作品。当然，挣钱绝对不是庸俗，不愿意挣钱也绝对不是清高。我只是更希望做一点自己想做的事情，而已。

法国作家勒·克莱齐奥在其小说《燃烧的心》题记中如此深情写道："高山燃烧了大家都会知道，心在燃烧谁又会知道呢？"

我的心也在燃烧，在为梦想而燃烧。

四

来绵阳的这些年，在露德圣母堂背后顺数第二栋廉租房的这些年，我外在的锋芒就像是失去了翅膀的鸟儿再也不能飞翔，我习惯了沉默寡言，让自己的喜怒哀乐隐藏在文字里，而不是把它们涂在空气的皮肤上，最后彻底变成空气。

改变总是无形的，改变的力量总是无形的，精确而忠实的镜子不会告诉我这些秘密，偶尔，不是经常，我自己却能意识到，比起从前，如今的我确实变了许多。

我骨子里的傲慢与狂野，就像老年人身上的皮肤，慢慢松弛；我的心也越来越柔软，像母亲托人从新疆寄回来的棉絮，有时候，我都难以分辨，我的一些落在具体事件上的行为或者表现，到底是软弱，还是一种大智若愚？

二〇一五年的一天，我正在租房里全神贯注改一篇小说。忽然听到楼下一阵谩骂如同雨点，从楼下升上楼顶，升上天空。谩骂夺走了我的注意力，还在感叹，楼下终日麻将声不绝于耳，这样突然换了个频道，还真有些不适应。结果没多久，屋外就传来了一阵粗暴的敲门声，那种力度，估计是恨不得把门敲碎。

我迅速起身，离开电脑，开了门。一个愤怒的中年男人指着我的鼻子，劈头盖脸地问道："刚才是不是你把水从楼上泼下来的？泼了老子一身！"因为个子不是太高，这个中年男人始终扬着脸，一副要置人于死地的架势。说完，他又有意指了指自己，蓝色衬衣已经湿透了。

一瞬间，记忆像是被什么激活了似的，我望着面前怒发冲冠的中年男人，就像看到多年前的自己，野蛮而肤浅。

"没有。"我告诉他，我没有到楼上去过，更不会玩这种无聊的游戏。

中年男人显然不相信我的话，显然看我对他说话毕恭毕敬，反而变本加厉。他居然用力推开我，大摇大摆地闯进门。好像他进的不是别人的屋，而是自己的家。

我觉得这人真有些莫名其妙。我之前还从来没有遇见过这种人。

中年男人先去了卧室，看了一阵，又转身走进厨房，然后又推开卫生间的门，看了一阵，然后背着手，目露凶光，阴险地看着我，问："小伙子，你说，到底是不是你？"

还记得，这个中年男人一边进屋搜查证据一边叫嚣："今天要是被老子逮到了，一定把他弄死！"愤怒已经冲昏了他的头。

连最起码的礼貌都没有。我已经失去了解释的耐心，我也不是好惹的，我提高嗓门说道："说了不是我就不是我，请你出去！"

中年男人却对我的话置之不理，继续在屋里东张西望。我的拳头已经生气了，嘎嘎作响，不过，我尽力控制着自己的情绪，保持理智，不惹是生非。过了半分钟，估计确实没有找不到什么把柄，中年男人这才背着手骂骂咧咧走了出去，又去敲隔壁的门了。我迅速将门关上。

当我回到电脑桌前，我就有些后悔了，这种人，该狠狠教训一顿才是。

可是，我终究没有动手。要是我还是以前不惹事也不怕事的我，可不会这么善罢甘休！

印象中，还有一回也差些发生斗殴事件。二〇一六年，我跟女友一道开车去城里购物，车刚开出露德圣母堂不远，因为超了一辆轿车的缘故，引得人家车上四五个男人一起冲我们破口大骂，女友也不示弱，一一回敬。这下子就像是捅了马蜂窝，要不是车正在行驶过程当中，那辆车上的几个人估计早就冲过来了。其中一个人还挑衅地说，有种把车停路边上去。我出于息事宁人的态度，飞快摇下车窗，示意女友继续开车，不管了。正如赫塔·米勒所言："如果咒骂中断了，那它就没有存在过。"不知为什么，那个当口，这句话一直在我的脑海旋转。

后来，事情虽然过去了，女友当时的一句话却一直活在我的心中，她问我："你还算是男人吗？"

"你还算是男人吗？"我问自己。按当时的情形，我们的实力明显薄弱一些，不过，毕竟离露德圣母堂不远，我亲家在这一带也算混得开的人物，只需打个电话，这几个人估计都得去一趟医院。我估计女友也是这么想的，才敢大着胆子跟人家闹得不可开交。不过，真的打起来有什么意思呢？真的有个三长两短有什么意思呢？人不受罪，钱受罪。我的态度——多一事不如少一事——还是算了好。

"你还算是男人吗？"

我只能在内心轻叹——我肉身的土壤上面都二十九道年轮了，世界，你还是这么热衷于争强好胜，还是这么喜欢好勇斗狠！难怪巴勃罗·聂努达先生写在《鳏夫的探戈》中的那句话真是一针见血："夜是如此广阔，大地是如此孤单！"

如果一件事不能让我们变得更好，生活得愉快，我们何必让它发生？只要是人，谁不会遇到点这种莫名其妙的事情？事实上，迄今为止，这些略微不快的记忆，始终都没有被时间冲走，它们坐在我的灵魂深处，有短暂的耻辱和委屈，也有着正确的光芒，更多的，是平和与冷静，是一如既往地对卑微和渺小的认同——

尤其是我自己。

五

二〇一六年七月二十七日，又一个阳光明媚的清晨。

园艺山上买的房子正在紧锣密鼓地装修。我得出门去看看。楼下稀里哗啦到深夜的麻将馆的卷帘门死死关着。露德圣母堂围墙里面探出的树木生机勃勃，暖风吹得树枝嘎嘎作响，尖顶上的十字架闪闪发光。

正是这天早上，露德圣母堂附近所有人们平淡无奇的生活，注定要因为一个衣着普通的女人，一个明显愤世嫉俗的女人，掀起一道不大不小的波浪。

我也碰巧遇了个正着。

路过现场的时候，那个女人已经被警察控制，面无表情地蹲在地上，双手背在背后，戴着一副亮闪闪的手铐。她老老实实蹲在那里，像块石头，一动不动。

真相如同摁进水底的游泳圈，迅速浮出水面：她做了一件让众人瞠目结舌的事情，拿着一把菜刀，将停在小区停车场的几十辆轿车的风挡玻璃砸了。每辆车的风挡玻璃上都有一个鸡蛋大小的窟窿。

一个头戴安全帽的民工大叔正冲着人群，激动而难掩兴奋地讲述着当时的情形，事情来得太过突然，当他看到这个女人开始拿着菜刀大搞破坏，就立马冲上前去阻止，不过，效果似乎正好相反，他拦在哪辆车的前面，哪辆车反而会多挨上一两刀。也就是说，一辆车的风挡玻璃本来只有一只眼睛，他这样一拦，反而帮了倒忙，风挡玻璃上的眼睛更多了。

"我拦都拦不住啊！"民工大叔委屈地说。

围观群众议论纷纷。

有人说她是疯子。

有人说她是神经病。

有人说她是正常的普通女人。

我想，还好，幸亏她是个女人，不然的话，那些牛高马大的车主可能真的不会放过她，她也不可能安然无恙地蹲在那里了。

好就好在，这个女人没拿菜刀砍人。

我最不能忘怀的还是这个女人的一番话，或者说质疑："我才挣五十块钱一天，这些人凭什么有车开？"

我为自己看热闹的心思缠上裹尸布。没有兴趣再在人群中呆下去，于是，默默退出人群。步行至露德圣母堂门口的人行横道，等机械的绿灯睁开眼睛，然后踩着画在黑色沥青上面的白线穿过马路。再往上走，是西山公园，是园艺山。我转身看了看那些高高竖在顶上的十字架，然后，头也不回地朝园艺山，朝我的新家走去。

再过上几个月，我就会离开这里，住进真正属于自己的房子。想起来觉得挺好的。

山上的植被比山下茂密得多，视野也开阔，空气好，有风，一路都是树枝嘎嘎作响的声音。

只好慢慢走着。

世界真大。

我不想说话。

刊于《山西文学》2017 年第 8 期"散文"栏目。

食鼠之家

一

被大风刮走的二十世纪末的某个秋天，亦是家里光景最为惨淡和黑暗的日子。

夜晚从头上慢慢爬下来，顺着额头，蚕一样钻进我瘦小的身体，凉丝丝的，很不舒服。

整个青瓦房又冷又暗，我点燃一支蜡烛，借着它的死亡取暖。

脏兮兮的衣服，皱巴巴的裤子，一双被两只生长迅速的大脚戳出的蛇洞一样的鞋，内心时隐时现的恐惧，还有因为吃不好穿不好滋生的饥饿感，让我感到十分寒冷和孤独。

父亲不在家里，他总是不在家里，麻将桌上的那份快活让他变得忘我。

我知道，是赌博勾引了我的父亲，他才夜不归宿的。我还知道，父亲输了很多钱，家里的窟窿越来越大，欠了一屁股债的父亲竟然还想着有仇报仇，从哪里跌倒还得从哪里站起来。因为父亲不在家，家里总是三缺一。

母亲和弟弟在灶屋里剥一只老鼠，它将作为我们的晚餐。

说心里话，我们三个没人愿意没人舍得扔掉一只被粮食养得白白胖胖的老鼠，一只体形十分漂亮的老鼠。也许，再过十几二十年，它会长得比我们还高还壮，谁说得清呢？唯一说得清的是我们的胃。我们的胃在告诉我们，我们想吃肉，我们要吃肉，我们不能没有肉吃，哪怕是一只被母亲用棍子打得头破血流的老鼠。

我们打心眼里欢迎着老鼠成为我们的晚餐，只恨少，不嫌多。

母亲打死一只老鼠的时候，我和弟弟恨不得唱一首《义勇军进行曲》来表示我们内心的激动，不得不承认，这个站在一只老鼠的死亡上面的夜晚，也因此变得美好很多。

弟弟跟着母亲一步也没有离开过灶屋，仿佛担心已经死掉的老鼠会突然活过来，然后跑掉。我则静静地坐在睡屋里，出神地盯着蜡烛，颤抖的光芒里不时跃出一些美食的身影。

肉香从铁锅里，从母亲的锅铲子底下跑出来的时候，我一下子觉得自己仿佛又长出很多个胃来，肚子里的蛙声一片连着一片。

村子里的人说：猪肉比人肉还贵。我虽小，却能够看清大人们话语的表情，我有些绝望，因为这句话无疑是在提醒，是在跟我和我的饥饿道别。家里的钱都被父亲拿去赌博了，家里拿不出钱治疗我们的胃。

饥饿和恨一样，在这个遥远又清晰的秋天越长越大。我恨我的父亲，自从几个亲戚教他学会赌博以后，他身上的爱和责任就统统死了，一家人的幸福也统统枯萎。我没有理由不恨父亲，就像他没有理由不爱打麻将。

终于，一盘色香味美的鼠肉被端上餐桌，空气里堆满神秘的死亡气息，但我们的饥饿让我们忽略了这一点。饥饿就像这压得人喘不过气来的黑夜，一盘老鼠肉，就像站在黑夜的一支蜡烛，点燃我们的呼吸，用它的死亡看着随时可能从我们脸上掉下来的饥饿。

我和弟弟都迫不及待地将一块被油炸得酥酥嫩嫩的老鼠肉放入口中，嚼得津津有味。在此之前，我从来没想过自己会吃老鼠肉，我从来没有想过自己会不会因为吃了老鼠肉而变成老鼠。几乎认识的每一个人都憎恨老鼠，不管是在田野里、家里或者大街上，一旦发现老鼠，人们的脑海里就会不由自主地出现一个按钮，按钮凹了下去，一句中国人常说的话语便以闪电的速度在我们的心里长了出来：老鼠过街，人人喊打。

话语成为我们内心的统治者，我们内心里立刻汹涌而来的仇恨和憎恨就可以说明这一点，它所凝聚的力气足以推翻我们内心的善良和同情，在所对应的猎物跟前，它就是一种排山倒海似的命令。话语不会死去，它整天在人们的身体里东躲西藏。正因为如此，关于老鼠的话语，会时不时地点燃我们，让我们埋在记忆里的仇恨熊熊燃烧。

的确，这是个近乎荒谬和疯狂的言辞，但是已有的经验告诉我：这就是我看到的世界，我正在经历着的生活。准确点说，这是一盘老鼠肉炒土豆丝，在我和弟弟对那只不幸老鼠大快朵颐的时候，忧愁就在母亲的额头上闪耀，我相信，那一定是因为嗜赌如命的父亲。母亲的筷子很少动盘子里的老鼠肉，盘子里的老鼠肉很快被我和弟弟消灭得一干二净，我打着饱嗝，对这美好的晚餐感到心满意足。

尽管，生活让饥饿的鬼魂无处不在，贫穷让我们成为食鼠之家。

二

吃过晚饭，母亲看着嘴里藏不住事情的我和弟弟，要我们不要把吃老鼠肉这件事声张出去。当然，这跟已经跑进我们肚子里的老鼠无关。母亲的话语言简意赅，我们心领神会。

于是，一只原本死去的老鼠再次活了过来，在我们的身体里，在母亲的话语中，它用它的灵魂报复着我们对其肉体造成的莫大伤害。

在出生地，在我们的潜意识之中，吃老鼠肉无疑是一种耻辱，母亲担心的，正是一个食鼠之家需要共同面临的危机，一种比贫穷还要可怕的困境。敌意无处不在，食鼠之家的秘密如果传出去，左邻右舍，村子里的人，那些见过或者知道我们的人，即使不会嘲笑我们，也会让我们感觉到某种伤害，秘密本身就是一种伤害。不过，肯定的是，我们绝不会伤害自己，我们不会把食鼠之家的秘密传扬出去。

秘密长着我们的脸，一旦传扬出去，秘密就会带着我们的脸在村子里，在田野上，在大街上招摇过市。即便是饥饿永无止境，我们也不愿意自己的脸受到伤害，哪怕一张脸比纸还薄，一捅就破。

然而，我们谁也无法否认这个已成定局的事实：我们正在成为食鼠之家。我们食鼠，老鼠也在用它的方式咀嚼我们的灵魂，直到我们的忧伤在黑夜里一点一点变暗，结成一道密不透风的疤痕。

躺在床上，进入睡眠，是避开内疚避开食鼠之家的最好方式。毫无疑问，食鼠让我们感到自己的可怕，感到饥饿的可怕，因为它竟然可以把我们从我们的肉体上弹开，竟然可以把我们的嘴变成一个毫无顾忌的鼠洞。

我们的嘴就是一个鼠洞。那只又肥又大的老鼠就是从这里进入死亡的，鼠洞里，一只老鼠的死亡和我们的饥饿坐在一起，分享着彼此永远的迷惑。后来，这种迷惑直接影响到了我的睡眠，是的，我曾经有过恶心，我终于想起了我的恶心，它被饥饿用拳头打得晕了过去，这才慢慢醒过来，鱼鳔一样从身体的水面上浮了出来。

有一句话在村子里广为流传，我听过好几次："人不要脸，鬼都害怕。"想起被我吃进肚子里的老鼠，想起平日对它的恶心和仇恨，以及在餐桌上的美味和意义，胃里不由得一阵翻江倒海，好像这一只死掉的老鼠还安然无恙地活着。赫塔·米勒写道："一颗土豆是张温馨的床。"同样，对我们来说，一只老鼠就是一张温馨的床，并且，可能还是一张要命的床。

母亲担心外人知道我们吃老鼠肉，特意吩咐我们不要声张，与其说是吩咐，不如说是一种命令。我们当然不会那么做。我们当然不会有那么傻。

母亲的话语和母亲的形象一样特殊，因为有时候我无法分辨她们谁是谁。她们命中注定似的连在一起，操控我们的思想，就像那句关于老鼠的名言，总是无声无息地跟在我们身后，直到我们遇见一只闯入视线的老鼠，它就会跳出来，指挥我们的思想和行动。

整个夜晚都因为那一只成为食物的老鼠而显得特别起来。尤其是我们陷入睡眠之中的身体，我能看见我的身体，时而是我自己，时而变成一只猫，时而变成一只因为饥饿而显得无比瘦弱的老鼠。不光是我的身体，同样的遭遇还在弟弟和母亲身上真实地发生着。我突然很想大哭一场，又生怕惊动了村子里的人，生怕自己哭出来的声音也跟老鼠一样，"吱吱吱，吱吱吱，吱吱吱……"，而不是"呜呜呜，呜呜呜，呜呜呜……"

然而，奇怪的是，我并没有自己的所思所想而和往常一样那么讨厌老鼠了。

客观地说，老鼠肉很好吃，还不是一般的美味，在很长时间没有沾荤的日子，家里面最常见的下饭菜就是南瓜。在没有吃老鼠肉之前，我一直认为南瓜是这个世界上最好吃的菜肴；吃了老鼠肉之后，我觉得老鼠肉比猪肉、南瓜都还要好吃几倍。

睡觉的时候，挂着玉米的房梁上再次传来了老鼠跑动和啃噬玉米的声音。我不由得跟着"吱吱吱"地叫了几声，那声音不像是从我的喉咙里发出来的，更像是我肚子里那只老鼠在跟它的同类交流说话的声音。房梁上很快便安静下来，肚子里的饥饿和恐惧在屋顶的上空闪烁，我们很快就睡着了，食鼠之家的秘密在村子里放慢了呼吸。

我、弟弟还有母亲的身体，在浩瀚的星群下一会儿是自己，一会儿变成一只猫，一会儿变成一只老鼠……贫穷的滋味，只有我们自己清楚。

三

父亲不在家，天是黑的。父亲在家，天就更黑了。

我自小怕父亲，也恨父亲，恨父亲赌，恨父亲夜不归家。水涨船高，父亲赌瘾越来越大，上门讨债的人也越来越多。父亲不在家，我和弟弟还小，一切自然由母亲担着。实在扛不住了，就早早关门。印象中有那么几回，讨债的人知道进不了屋，就站在院子里骂，嗓门很大，整个村子估计都能听见。不是熟人借不了钱，父亲借的多是亲朋好友，久了不还，原本的交情和脸面都掉到地上，碎了。

把自己关在屋里，其实也是无奈之举，毕竟，家里根本拿不出钱来还债。母亲一哭，我们便也跟着哭起来。生活不相信眼泪，我们还是要哭。哭不能解决问题，我们还是要哭。哭，至少可以释放我们心中的忧愁，至少可以让我们在毫无希望的时候找到一丝活人的感觉。

父亲不计后果的狂赌滥赌让一个好端端的家败了下来不说，也把我们变成了一只只过街老鼠，虽然还不至于人人喊打，但心里所承受的煎熬是难以形容的。即使没人要债，我们也一样会感觉到一阵沉重，总感觉有人在我们身后用冷冰冰的目光轻蔑地看着我们。

早上上学的时候，母亲总是叮嘱我们路上小心。她担心那些讨债的人报复我们。我很害怕。有一段时间，我几乎不敢独自回家。即使一个人，但凡路上有汽车来，我就会立刻跑到公路下面躲起来，等汽车开远，这才一溜烟似的往家里跑。

跑着跑着，我的耳朵，我的脸，我的鼻子，我的四肢，不知不觉起了变化，瘦弱的身体慢慢换了零件一般，睁大眼睛一看，自己竟然又变成了一只被吓得魂飞魄散的老鼠！我没有哭，我跑得比风还快，哭会影响我的视野，哭会影响我的速度，哭会让我再次变回人形，我不想变回人形，我坚决不哭。

我一边努力奔跑一边为那只死去的老鼠感到悲伤。我们是食鼠之家，现在，我却变成了一只老鼠。一时间，我难以确信我自己的身份。我是人，为什么我要这么胆小，为什么我会如此害怕？我是鼠，为什么我要我的脸，为什么我会如此悲伤和绝望，又为什么，我们宁愿吃老鼠肉而不是南瓜？

跑回家里，心里的恐惧戛然而止，饥饿却随之而来。我没有告诉母亲，甚至不愿意告诉弟弟，我想变成一只大老鼠，被他们用棍子打死，被他们放到锅里煮了吃。也许，吃老鼠本身是无罪的，因为它不是我们的同类。然而，我们却不得不把这个秘密牢牢地关在心底，不让外人看见。白天，我们照常像人一样生活，到了晚上，我们又统统变成了老鼠的样子。不是我们愿意，而是我们的贫穷将我们变成了老鼠，是父亲把我们变成了老鼠，是那些让父亲学会赌博的亲人让我们变成了老鼠。

我已经变成老鼠，但还老想着吃老鼠的肉，喝老鼠的汤。老鼠不是白天黑夜，不可能每天都在我们的晚餐上重复。大多数日子，下饭的菜还是一颗大南瓜，南瓜很甜，但吃得多了，那种甜就变成了苦的，比黄连的味道还要苦。

我和弟弟开始焦急地等待下一只老鼠的死亡，冥冥之中，我们开始相信老鼠的肉是干净的，老鼠肉可以治好我们的饥饿，或者说，把我们的饥饿从我们的身体里搬出来。母亲不了解我们的心思，但我们知道母亲的忧愁。在家里，我和弟弟几乎惯性般地对于父亲只字不提。对我们来说，父亲的存在就是天空的存在，跟我们离得很远，只是偶尔，天上出现的乌云和闪电会让我们产生注意。比起父亲，我们更为注意我们的贫困和饥饿，因为父亲已经是一个无法改变的现实，麻将桌上的那些赌徒才是他的亲人，而他的老婆和孩子，则是三只屁都算不上的老鼠。

和食鼠之家这个概念一样，这已经是一个无法改变的现实。这个现实第一次让我和弟弟成了有秘密的人。也正是这个现实，让我看到了生活的沉重，看到了绝望和羞耻。尤其是羞耻。虽然我的灵魂在拒绝着老鼠，但我的饥饿却卑躬屈膝地躺在一只老鼠的死亡里，祈求着做人的原始满足和赐予。

不得不说，欲望和饥饿才是学习的动力。为了再一次吃上老鼠肉。我很快从一个堂哥那里学会了一种简单却实用的捕鼠方式。一块大石板，一些粮食，一根棍子，就这么简单。捕鼠的地方不在家里，而是在半山腰的树林。堂哥是捕鼠能手，每天三五只不成问题，堂哥总是说他要把这些老鼠拿回家喂猫，我说我也要喂猫，我家就有一只很大的猫，但跟我家挨得很近的堂哥却从来没舍得给我一只。直到有一天傍晚，我到堂哥家串门，老远便闻到了一股足以让人垂涎三尺的肉香，我知道是老鼠肉，转身朝家里走去，我怎么好意思拆穿堂哥的谎言呢？这毫无意义，何况，我们都是食鼠之家。

四

天就要黑了，龙门山的黑夜总是来得很快很急，乌鸦和猫头鹰的叫声在村子里游荡，平通河哗啦啦流着，仿佛这一条河里有着说不完的故事和心事。

故事是故事，心事是心事。我知道，一旦说到平通河的水鬼，我就知道大人们又要开始讲故事了。如果某某人在某某人面前说某某人跳河的事情，我就知道那个人是在说心事，说自己的心事，也在说别人的心事。不管故事还是心事，这些事都是属于平通河的，虽然，它从不言语。

林子里的风很大，准确点说，这是一片竹林，有的竹子比我们的腿还粗。夏天的时候，我们最喜欢到竹林里捉笋子虫玩。后来，修九环线的时候，竹林被公路取代，公路就在竹林下面，公路吃掉了竹林，也吃掉了站在我们童年里的记忆。

我和堂哥还在竹林里精心设置我们的陷阱，有了上一次的发现之后，我和堂哥就更加地亲近和默契了。不仅仅因为我们的父亲是兄弟，我们身上流淌着相似的血液，还因为我们都来自食鼠之家。我之所以对我的发现保持沉默，是因为我确信堂哥肯定知道我的家里根本就没有什么猫，要是有的话，也是我这种馋嘴猫。

兴许是上一次用的石板太大太沉重，我和堂哥的猎物都被压成了老鼠饼干，吃肯定是没法吃的，我们只好把这些老鼠扔得远远的。堂哥说，老鼠很聪明，绝不能让老鼠们发现自己的亲戚是这样死的，他说，失踪总比血淋淋的死亡好得多。我同意堂哥的观点，并且，可以肯定的是，这一天，我们不约而同地忘记了我们喂猫的事。

每天下午放学之后，我、弟弟和堂哥都要到竹林里来查看我们的胜利果实。开始捕鼠的日子，事情并非一帆风顺，老鼠也确实聪明，我在竹林里设置的陷阱比堂哥还多，但猎物似乎总是更愿意选择到堂哥的陷阱里牺牲。原来，堂哥不但会在陷阱里放玉米，还会放一些面饼，面饼用清油泡过。舍不得孩子套不着狼，怪不得呢！舍不得孩子套不着狼，我恍然大悟。

为了捕到老鼠，我不由自主地成为堂哥的模仿者、跟屁虫，模仿者和跟屁虫有着本质的区别，模仿者是学习，跟屁虫是为了讨好。付出有了回报，渐渐地，我捕鼠的天赋慢慢显露出来。平均每天两到三只，多的时候，每一块石板下面都会躺着一只死掉的老鼠。有时候，一块石板下面会有两只老鼠。不用说，这两只老鼠是一对，要不是夫妻，就是兄弟，我这么想着，还有些心疼。

有了从竹林里捕来的老鼠，母亲眉开眼笑，我们一家人的晚餐也随之丰盛起来。至少，我们再也不用老是吃那种甜腻了的南瓜。不管怎么说，老鼠肉肯定比南瓜营养丰富。就这样，一只只老鼠在食鼠之家的流水线上消失得无影无踪。

在学校里，我则变得更加沉默寡言，宁愿跟一只苍蝇一棵树或者一只鸟儿聊天，我也不愿意跟我的同学们聊天。他们没有什么不好的地方，我只是不愿意面对自己，不愿意让自己伤口一样驻足于他们无忧无虑的欢乐。我的贫困让我过早地学会了隐藏和自卑。因为没有更多的伙伴，我总是乐意花更多的时间想象以后的生活，想我以后一定要离开这里，远走高飞；想我今后要是有了钱，一定要买很多的肉给母亲还有我和弟弟吃。

我不喜欢课间活动，也不喜欢体育课，因为这似乎意味着我皱巴巴的衣服破了洞的鞋子可能会彻底暴露在光天化日之下。在学校里，我常常是那个去得最早走得最晚的人。我用了最多的努力来维护我的尊严。尊严，才是人的面孔，可有时候我竟然希望人是没有面孔的。

好在，没人知道我心里的想法，也没有人知道食鼠之家的秘密——我以为。

五

然而，我们的饥饿并没有因为每天都能吃到香喷喷的鼠肉而止步。

我们吃鼠肉的同时，老鼠的灵魂在我们的胃里面仍然活着，没有死去。鼠和人原本水火不容，可是，渐渐地，我惊讶地发现鼠的某些习性，其实在人的身上体现得更为淋漓尽致，也更为残酷。

小学毕业那年，一个同村邻班的同学指着我的鼻子说，他曾亲眼看见我的母亲爬到别人家的树上偷桐子，他毫不避讳地跟同学们说我的母亲是贼，说我的母亲是一只老鼠变的，说我们一家人都是老鼠。说完，那位同学趾高气扬地看着我。

我简直气疯了，恨不得当场跟这位同学打起来，可是，拳头抬起来的那一刹那，我忍住了。我知道我可以将他打得遍体鳞伤，如果我愿意。理智将我的手放下，我想起我那整天都在麻将桌上虚度光阴的父亲，想起了肚子里那些被我、弟弟还有母亲吃下的老鼠，眼睛里满是泪水。

直到现在，我也没有勇气跟母亲求证这件事，不过，种种迹象似乎都在说明这位同学并没有说谎，他看到了一个食鼠之家背后所隐藏的不幸和悲哀，他帮我看清了一个毋庸置疑的事实：生活，已经将我的母亲折磨成了老鼠。家里债台高筑，每天来家里要债的人比赶集的还多，父亲不问家事，母亲作为一个普普通通的农村女人，还能有什么办法为我和弟弟交清那现在看来几乎不值一提的学费？

借钱几乎等于自取其辱，为了我们念书的学费，那一年冬天，母亲不知从哪里捡了很多桐子回来，我们家里没有这么多桐子，我知道。从某种程度上来说，母亲这是在帮我和弟弟去犯罪。母亲别无选择。生活从来都是激烈而矛盾的，没有胜负，可以选择的就是死或者生。

那一年冬天，我和弟弟从外面回来，母亲正满脸泪水地坐在堂屋里，房梁上，一根绳子已经打好了结，只是，母亲的脖子还没钻进去。我们都知道母亲想做什么，我和弟弟都哭了。这时候，母亲却笑着擦干眼泪，说这就去给我们兄弟俩做晚饭，于是，灶屋里又响起了我们熟悉的火苗的声音，于是，我们又听到了母亲用菜刀切老鼠肉的声音……我们真的饿了。

印象里，母亲不只轻生过这么一次，而是很多次。死，对她来说像是解脱。但是，为了我和弟弟，为了两张年纪还小的嘴，母亲把自己留了下来，母亲选择了生，不为她自己，而是为她的两个儿子。

这么多年，母亲一直为她的两个儿子，像一只可怜而又坚强的老鼠那样活着。是的，我可以看见母亲脸上的疲惫，但我无法看见母亲在母亲的夜晚所忍受的痛苦和煎熬。对于这样一位母亲，我实在不忍心用道德去评价。毫无疑问，母亲是孤独的，她有自己的世界，她的世界我不曾经历，但是我的心早已为我打开一扇窗子，我的目光可以感受到那里的温度和荒凉，那里真实存在过的挣扎、迷失和混沌。

赫塔·米勒说："他们去领受圣餐，却没有忏悔。"我不得不忏悔，忏悔，就是把灵魂从肉体独立出来，跟记忆和时间对话。

我们来自食鼠之家，老鼠有时就是我们的同类，我们用自己伤害自己。

毫无疑问，我们伤害过老鼠，就像老鼠曾经伤害过我们一样。有一次，看着堂哥将自己那小老鼠一样的家伙喂进弟弟嘴里撒尿，我的伯伯在一旁鼠眉鼠眼地笑着，却并不干涉。我恨弟弟愚蠢，又不敢轻举妄动，我知道我可以将堂哥打得头破血流，如果我愿意。父亲不在家，面对着皮笑肉不笑的伯父和耀武扬威的堂哥，我和弟弟不得不选择忍气吞声。也许，往弟弟嘴里撒尿的堂哥不是和我在竹林里捕鼠的那个堂哥。出于保护弟弟，这件事我没有告诉母亲，总之，我的确这么做了。时隔多年，我不由得淡然一笑：看清一件事，并不比看清一个人究竟是人还是老鼠简单。也许，对他们来说，这只是一个单纯而稚嫩的玩笑，受伤的反而是旁观者，这种伤害，已经远远超出语言对人的控制范围，已经远远超出食鼠之家这个秘密对于我自身的引导。伤害，本身意味着两种可能，一种是超越，一种是毁灭。

"食鼠之家"不是苦难的缩影，而是一个充满寓意的手势，手势在冲着现在的我欢呼、咆哮，似乎在告诉我，我是从它的屋檐下走出来的，不是唯一，而是众多身份尚不明确的一员。我是少数，又是多数，犹如那些被我们吃掉的老鼠，犹如尖锐的生活在我的脸上刻下的痕迹，我认识它们，它们却不一定认识我。我的秘密生涯让我意识到——卑微和软弱并不是妥协，而是一种大智若愚般的生存智慧：

"我们曾是少数人，但我们许多人留了下来。"

六

多年以来，食鼠之家的阴影，像幽灵一样跟着我。感觉又像是暴风雨之后的宁静，使我更加珍惜眼下的生活。我需要一个家，一个归宿。家不是一个住址，而是心灵停顿的港湾。食鼠之家是我的港湾，尽管遭遇让我的勇气难以接受。事实上，无论走到哪里，我都不喜欢顾影自怜这个词语，也不喜欢那些自以为是的家伙。我羡慕那些表情总是静如流水的人，因为他们的面孔不会浮出老鼠的面孔，他们的话语不会老鼠一样龇牙咧嘴。我在茫茫人海之中寻找我的归宿，归宿也在茫茫人海里寻找我。

母亲老了，随着我们的成长，她原本再也不用担心什么。沉迷赌博几年之后，父亲再次回到我们身边，父亲终于变成了好人。他四处打工为我和弟弟挣学费。这种情况一直持续到二〇一〇年秋天。家门口的那一树核桃结束了父亲的生命。父亲的意外去世让母亲伤心不已，谁也没有想到，一个人竟然会这样在我们面前永远消失。

那一年七月，也就是父亲去世的前一个月。正在读大四的我回了一次家，父亲和母亲都在，只是老了，但他们依然像两只老鼠一样忙忙碌碌。

地震之后，家里重新修了房屋，现在想来，这一栋在村子里绝对算得上气派的房屋，是父亲留给我们唯一的纪念和财富。母亲说，父亲是个固执的人，家里的一切都被他打理得井井有条，他什么都想要最好。父亲去世的前几个月，爷爷刚刚去世不到半年。因为和父亲吵架，母亲喝了农药，在医院里抢救过来。出院以后，父亲除了挣钱以外，还主动承担家里的一切家务，洗衣做饭，喂猪扫地，他用自己的方式讨好着母亲。

这件事，是外婆亲口告诉我的。外婆要我回去叫他们不要吵架，否则家里必有灾难，外婆说，这是她从梦里看见的，外婆还说这件事跟死去的爷爷有关。老实说，我并不迷信，当时并未把外婆的话放在心上，以为只是老人善意的提醒。外婆在我们龙门山这一带很有名气，因为她身上有不平常的本事，找她办事的人很多，因此平日里外婆很少有时间在家。在我眼中，外婆是个好人。可是我却没有把外婆的话放在心上。一个月之后，父亲就出了意外。当我再次回头想起这件事的时候，一切都晚了，刚刚开始享福刚刚开始住进新房的父亲竟与世长辞。

我曾经跟宁夏的作家姐姐阿舍聊起过这件事，她惊讶不已。

生活不是小说，我虚构小说，却无法虚构我的生活。对我来说，最大的幸运便是将这些来也匆匆去也匆匆的遭遇写下来，把一颗在食鼠之家长大的赤子之心写下来，永远留在纸上。

"人越大就越是相信命运"，在老家平武县城的一个露天广场，喝茶的时候，我跟阿舍姐姐如此说过。那天，参加完县上的文学采风活动，她将启程去九寨沟，然后从成都直接返回宁夏。我们聊得很尽兴，基本上都是我在说话，事实上，我不是个喜欢说话的人，但那一天，我说了很多。其实，内心里我一直不曾把这些遭遇看成是我的苦难，它只是我所经历的一段生活，因为这些生活，我的内心世界才能如此丰富，我的人生才能如此广袤。

我会一直感谢它们，感谢食鼠之家赋予我的韧性和灵魂。在我看来，食鼠之家的阴影，就是一种语言，它时而粗糙时而生动，时而婉转如流水，时而静止如停留在我头上的死亡。死亡站在我的头上，它远远打量着我，当我厌倦了我累了我彻底烦了，就带着我转身离开。

死亡，同样是住在食鼠之家隔壁的阴影，幽灵一样跟着我，为了引起我的注意，它不时钻进我周围的人的身体，犹如一只回到洞穴的老鼠。

七

其实，老鼠并不可怕，虽然我的手指曾被老鼠咬过。有很长一段时间，我都在担心自己会变成一只老鼠。我的贫穷没有让我变成老鼠，功名利禄也不会让我变成一只老鼠。

在关于食鼠之家的这篇文字背后存在的，是我长时间隐居的处所，也许我只是在此借宿，也许我想要在这里定居。远离人群、浮躁和欲望，我借助身体跟别人的文字交谈，也写下我的所见所闻，赋予它们崭新的生命，这就是我目前的职业。尽管有很多人，包括我的亲人和朋友，他们并不支持，甚至公开反对。我依然固执己见，因为我害怕遗忘。

时隔多年，这些经历在我的身体里长成了一棵大树，它经历过风风雨雨，从未倒下。如果说食鼠之家是一个家庭与逆境的反抗，是人对于饥饿的本能反应，是一次关于命运和人生意义的对话。那么，写作就是一场充满反思的斗争，是一场肉体和灵魂的双重考验，是一道风景的再现，或者，是一次关于记忆的长途旅行。我选择写作，是为了跟自己说话，跟自己的过去和灵魂说话。除了写作，我只能保持沉默，我的话语远远没有我的文字精彩，因为文字有选择和退让的权利，话语和生活是一对夫妻，他们的爱让他们伤害着彼此。

"沉默可能产生误解，我需要说话；说话将我推向歧途，我必须沉默。"这一点，可能是我沉默和选择沉默的理由。我并不排斥说话，说话的方式很多，我选择写作。话语在离开嘴唇的时候就已经倒下了，而文字在踏上稿纸的那一刻开始有了生命。一个是死亡，一个是活着。很多时候，我都在自己的脑子里创造自己的土地，这种感觉，就像是曾经将我们变成食鼠之家的生活。我要像一个国王那样善待每一个词语，它们不是老鼠，它们是陪我一起完成旅途的同伴。

食鼠之家这个仪式之后，我已经彻底看开生活，虽然"人越大就越是相信命运"，我还是想要好好活着，好好地活下去。为了亲人，也为了自己。

走在春天的大街上，人群里那些一会儿变成人一会儿变成老鼠的"我们"让我忽然想要发笑。我却情不自禁流下眼泪。

刊于《山东文学》2013 年 12 期，《西部·文苑》2014 年第 5 期头条转载，2015 年荣获《人民文学》第三届"紫金·人民文学之星"散文佳作奖，2014 年散文集《食鼠之家》入选中国作家协会少数民族文学重点作品扶持项目，2017 年散文集《食鼠之家》入选中国作协"多民族作家丛书"，作家出版社出版。

城的门

一

人生在世，就是过日子，把日子过好。日子背负着人间冷暖，片刻不停，黎明与末日，灿烂与黯然，都隐藏在生命之树的枝叶之中。一串串日子朝开阔处延伸，漫漫人生路的必经走廊，如同《西游记》中的取经之路，不乏风景、奇遇和鬼怪神灵。

德国作家赫塔·米勒说："人生是一个长长的经过句。"我深以为然，很多时候，人这一生，就是麻烦和折腾。

在四季分明、群山环抱的断裂带老家，美满幸福的人生，不但意味着风调雨顺、丰衣足食，同时也意味着拥有好的名声。

断裂带，即便是像收废品的杨叔那样普通的人，也都是有名声的，名声是一个人安身立命的钥匙，也是一个人的交际指南，能拉近人与人的距离，也能在人和人之间产生裂隙，一个人名声不好，即便家财万贯，也只会让人退避三舍，躲瘟神一般。一个人的名声可以比风、博尔特和闪电跑得更快。

名声，即是一个人的面子，一个人的另一张脸。没人可以靠自己的面子活着，但活着的人，需要面子。面子并非虚荣，却也经常充当虚荣的替身。含蓄、朴素的家乡人眼底，如果他人谋事欠妥，或给人添了许多不必要的麻烦，那么，当事人的脊梁骨，当事人的后脑勺，准会扣上"过场多"的名声。名声不好，人的面子也跟着变薄。

童年的时候，我就明白面子争不来的，只能自己挣。记忆中，二十世纪八十年代在东北当过军人的父亲尤其爱面子，堪称典型。"死要面子活受罪"，这就是当年母亲对父亲的评价，为了面子，他给我们的贫寒之家制造了大大小小不计其数的"灾难"。

父亲"死要面子活受罪"的事例，经常被母亲当作反面教材，用来教育我和弟弟。母亲不知道的是，她的苦口婆心，实际上并没有达到目的，反而在岁月的皮肤上为我勾勒出一点可爱的父亲形象来。如果没有这些形象，我可能完全无法理解父亲是一个怎样的人。

我记忆中的父亲，我怀念着的父亲，总是和"死要面子活受罪"这句话挨在一起。印象最深的，是有一回父亲的一个战友到我家来玩，见父亲身上穿着一件崭新的皮夹克，羡慕不已，不只羡慕，还主动喊父亲脱下来让他穿了会儿，战友临走的时候，不知搭错了哪根神经，父亲毫不犹豫地把夹克脱下来送给了人家，大方的样子，好像人家穿在身上确实比自己更好看似的。父亲的战友如获至宝，高高兴兴穿着父亲的夹克走了，物质拮据的年代，勤俭的母亲哪里看得惯父亲如此败家，责备似拧开的水龙头，源源不断，毕竟，那件皮夹克花了家里不少钱。如同塞万提斯的光辉巨著《堂吉诃德》中古罗马政治家卡顿所言："顺利之时朋友多，危难之时门冷落。"又过了好些年，父亲的那位战友已在县里当了不小的官，境况不佳的父亲同样为了顾及自己的面子，从未去找过他的战友，帮自己渡过难关。

贫苦的岁月并没有扭曲父亲的灵魂。死要面子活受罪，这句话的后面，隐藏着父亲的生活态度，这种态度，也潜移默化地影响和塑造着我的言谈举止以及做人原则。

岁月冲走了太多，却冲不走记忆中的父亲。时隔多年，当我回忆早年的父亲，我总是想起这句话；当我听到这句话，我也总是会想起我的父亲。冥冥之中，父亲依旧活在这句话中间，活在我身上，我血管里流淌着他的血液，我是他在人世间流淌着的血液。

空气皮肤上脱落的现实会落到眼睛里，落入我的生命之中，然后，蜕变成一截截长短不一，也没有肋骨的记忆，柔软、恍惚。这些年，我一直带着它，带着它们，四处奔波辗转，为的是，像父亲一样，活出自己的本色。

二

二〇一六年春节过后，我决心在绵阳园艺山上一个楼盘买套房子安家落户。当我将自己的想法公之于众，我和我的这个想法，如同犯下了弥天大罪，很快就变得孤立无援。母亲和亲友们都觉得我"没有必要充面子"，"异想天开"。苦惯了的母亲尤其不高兴，要我："别跟你爸一样，死要面子活受罪！"

亲人们善意的基础和理由，无非是城里房价太高，还有就是，地震过后，家里的房子从青瓦房变成了两楼一底，压根不缺房子，家里房间多的是，就算我的脑袋、我的肚脐眼、我的双手双脚分别住个单间，也没问题。与此同时，我知道众人担心的背后，还隐藏着一丝恐惧，生怕我"过场多"，给他们添麻烦，找他们借钱。

被泼了凉水的我并未死心，凭着工资和稿费收入，又东拼西凑些钱，终于交了首付。也算幸运，六月份拿到房子开始装修，已经一穷二白的我，熬更多夜写出来的文学作品不断发表、获奖，稿费和各种奖金维系和延续着装修的各种开支。

年底，房子顺利装修好了。不但还清了借来的钱，竟也没欠谁一分一毫。在绵阳熬了四五年的我，从此有了真正属于自己的小窝。

眼下，在绵阳有了属于自己的房子，有了自己的避风港，但是，我时常感到自己仍然是一个异乡人，一个浑身上下携带着断裂带痕迹和气味的乡下人。大多数时间，我都在一种无根的状态下游离，真正的快乐并不多，压抑和孤独如同空气，环绕着我的心跳和呼吸。

曾经，那个断裂带上孤独的少年总是会听见远方的召唤；如今，他经常听到的则是故乡的呢喃。只是，生活和不断生长的岁月，早已为我们筑起一道铜墙铁壁。

生活茂密芜杂的枝叶在岁月的摇篮里继续生长，让我领教了更多，也使得我陷入了巨大的茫然和焦虑。

日子一天天溜走，又一天天返回，我平时很少出门，大多数时间都木偶一样静静呆在这座城市一个小小角落里面，在自己狭窄的书房，读书、写作、思考、冥想。

在绵阳，于我而言，最神秘的，并非大街上那些窈窕性感的年轻女子，而是那一扇扇或敞开或紧闭的门——城的门。城的门如此陌生，又仿佛似曾相识，浓缩的现实一般，暗暗指向我的生活，秘密翻动我内心的千言万语。

我试图让自己厘清自己的处境。

毫无疑问的是，我对人世的冷暖与复杂体验，是从离开断裂带，步入城市生活开始的。

三

绵阳，与中国的大部分城市一个样，巨大的蜂巢，喧闹的摇篮，人类活体标本的展示基地，当然，也不乏五颜六色的生活。

纵横交错的马路和遍地林立的高楼大厦时常令我晕头转向。

我的记性不好，总是记不得路，每次开车在城里晃荡，都要像个患了健忘症的老人一样不断问路。当然，这不是最麻烦的，要是媳妇刚好一起，我们准会吵得不可开交。金无足赤，人无完人，媳妇却对我的这一软肋从无悲悯之心，这，也是我们发生争执的一个重要原因。

来绵阳这么长时间，除了去沈家坝跟诗人雨田喝酒打牌的路线比较熟悉不会迷路之外，大多数去过多次的街道，我都干脆利落、效率奇高，总有办法很快把它们忘得一干二净。前些天偶然在某杂志读到一个外国作家的发言，这个作家讲到一个令我激动不已的观点，他说：好作家一般记性都很差。我至少开心了小半个晚上。

出门时我总会感到惴惴不安，不开车的话我总是尽量带够零钱，因为出租车司机还是值得信赖的，见惯了城里人的狡猾世故，我时常在想，与其相信这些人，不如信赖出租车司机。也许，世界上再没有比打车更为公平和诚实的交易了。

我默数过许多遍，从绵阳园艺山所在小区门口回到自家客厅，至少要刷两次门卡，穿过六七扇门，铁门、玻璃门、电梯门、防盗门……在保持了一段时间新鲜感，以及对社区安保措施的满怀信心之后，我开始对此莫名厌倦。仿佛所有的热情，都被这些形形色色的门，吸掉了似的。

在城里，进门出门的人，都显得格外渺小，仿佛整个儿小了一截。

"菜籽落了海！"

这句话，同样出自我那死要面子活受罪的父亲之口，在我穿过一扇扇门往家里走的过程中，它时不时爬出我的脑袋，与空气对接。菜籽落了海，覆水难收。穿过一扇扇门回家，意味着我正慢慢消失在人群之中，成为一颗掉进城里的菜籽。

在城市，每个人都是一粒菜籽。地震过后，断裂带很多人都在江油或者绵阳买了房子，绵阳的房价，也是地震过后一路飙升的。在绵阳经常会遇见老家的人。几年前圣水寺公交车站的一幕让我记忆犹新，也让我内心五味杂陈。那天，我刚从老家开车回到绵阳，过了圣水寺门前，大老远就望见一个熟悉的身影在空气的皮肤上晃动，以前一个在断裂带做生意的个体户，算是有钱人了，经常到镇上二娘家的批发店上进货，我认识他。早就听说他处理掉断裂带的家业，来绵阳城里定居了。他的车正停靠在路边，一个拖着行李箱的青年走了过去，略显疲惫的他满脸堆笑地下了车，帮着人家把行李箱放进了后备厢。几乎一刹那，我意识到，他的角色是一名野的司机。并非瞧不起人瞧不起他的职业，只是，偶遇让我怎么也无法将现在的他和过去的他联系在一起，尤其是那张故作迎合的笑脸！

我踩了一脚油门，飞快地路过，生怕他的目光撞见我的想法。

四

岁末的绵阳城一天天热闹起来，醒目的灯笼和旗帜在路灯上摇晃、飞扬。

小时候听大人们说，年关，是旧时的说法，年前这段时间是穷人们还债的时候，过年就像过关一样，所以叫"年关"。所以，大多时候，说"年关将至"，很不恰当。然而，最近大半年时间，每一个日子，对我而言都是"年关"，度日如年。

不用呆在单位，不用朝九晚五上班，依然感觉自己比任何人都忙碌。媳妇怀上了孩子。断裂带的母亲很忙——弟弟已经有了两个孩子，媳妇的娘家人也很忙——老人需要照顾，照顾媳妇和肚里孩子的重任一下子砸在了我头上。生活的螺丝在拧紧，既要照顾媳妇孩子，又要读书写作，很多时候，我深感力不从心，却又无可奈何，漫漫人生路，原来真不是那么好走的！美国诗人庞德晚年诗集《比萨诗章》的一句话可以用来总结我目前的生活：与生活搏斗，我失去了中心。

媳妇预产期在年前几天，春节，要回断裂带老家过年是不可能的了。小时候，老是幻想自己能在城里过年，如今，当我终于有条件实现这个愿望的时候，心里反而没有一丝激动，最惦记的，是老家的年，最想过的，还是故乡的年。

故乡的年，从家家户户杀年猪开始。记得小时候，杀年猪，一般是五六点钟，黎明还没有到来，星辰漫天，大地仍然一片漆黑。父亲母亲提前就请好了刀儿匠（老家对杀猪匠的叫法）和帮忙的人，他们早早地来了，站在院子里抽烟、寒暄，然后便开始杀猪。杀了猪，吃过刨汤肉，母亲会取些剁好的新鲜肉交给前来帮忙的人，算是感谢。

现在，杀年猪依然是断裂带的重要风俗。只是没有我小时候那么有人情味，杀年猪变成了一种生意，断裂带有了专门的杀猪点，家家户户无须请人无须亲自动手，杀猪店的帮工开着火红色的三轮车将猪拉过去，杀好，装进干净口袋或者箩筐，就算完事了。用老家人的说法："现在杀年猪更方便了。"不知道他们有没有想过，这方便里是不是也少了些什么。

在城里，许多原始步骤被省略，生活似乎就更方便了。一切都是现成的。应有尽有。唯一缺的，我想，就是记忆中老家人过年的那种形式或者仪式感。

城的门之内，还是城的门之外，一切的一切，都在悄然改变。

五

来绵阳几年，入了城的门，自然知道城里的一些"过场"。看过一则新闻，说某地大凡小事请客成风，很多原本宽裕的家庭生活变得举步维艰，有的实在撑不住了，甚至举家出门打工谋生。请客的名义背后，当然是收礼了。孩子满月要请满月酒，满一百天要办百日宴，还有周岁宴，红白喜事自然不在话下，后来竟然变本加厉，有的人家里换了扇门、买了辆车也要请客。人情社会，出这样的新闻，一点也不感觉荒诞。

除了因我开车经常找不到方向发生一些摩擦之外，我跟媳妇还算融洽，很多处事原则也一致。我们都是怕麻烦的人，懒散的人，不想欠人情的人，结婚就不说了，我们早就商量好，家里大大小小的事情尽量不兴师动众，贺新房就算了，孩子没有出生，我们已经决定，满月酒到时也免了，不请客，不收礼。多一事不如少一事，也没必要给亲朋好友添麻烦。

年初，搬进新家过后，母亲还有一些主要亲戚到绵阳家里来玩过一次。母亲来了。弟弟两口子来了。二娘和姑父来了。三娘也来了。

我已经事先声明，来家里热闹热闹就行了，别太客气，红包，是坚决不会要的。

母亲带了些腊肉，还有菜园里的新鲜蔬菜。

从买房到装修完房子，母亲不是没有出力，给我们拿过两千块钱。这连半平米房子都买不起的两千块钱，一直让媳妇耿耿于怀，觉得母亲太抠门了。我只好打圆场，说家里供我读了这么多年书花了不少钱，地震后修房子又欠了一屁股债，家里也拿不出什么钱。

婆媳关系历来是千古难题，母亲这些年似乎一直耿耿于怀，不满意我媳妇，我是知道的，以前媳妇有工作的时候母亲嫌她懒惰，现在勤快了又说人家没工作。开始我还很以为是，经常不给媳妇好脸色，后来就想明白了一些事情。媳妇呢，不是没有毛病，最大的毛病，就是爱说母亲对我们太抠门。我经常为此发火，媳妇就不说了。

那天，母亲在新房子里转了一圈，偷偷给我竖了个大拇指。这是她表达"深意"的一种方式，然而，唤醒的却是我心中的苦涩和委屈。走到这一步，我品尝了多少辛酸，付出了多少汗水！

在家里呆了一晚上。第二天早上，亲戚们已经下楼准备开车回断裂带老家了，本来打算再住两天的母亲，突然一字一顿地跟我说，她这就下楼跟亲戚们一起回去。

我没搭理，没问为什么。

母亲脾气倔，不再说什么，一阵风似的跟着出了门。

母亲出门去了，我的心却莫名其妙地疼了起来。有那么一刻，我感觉自己好像从来不曾理解她。外婆生了五个孩子，一个儿子四个女儿，其中，母亲的个性最为突出，脾气最怪。这些，都是母亲的几个姊妹总结出来的，我当然理解母亲，父亲去世多年，母亲从未有过改嫁的打算，身边就有男人死了没多久就找到归宿开始新生活的例子。有好几年时间，家里只有母亲独自一人支撑包揽着大大小小的事情。不容易。

想到这些"不容易"，我这才醒悟过来，赶忙下楼去追母亲。母亲大概下楼十多分钟了。

出了电梯，就看见母亲正一脸无助地站在那儿。

我很快明白过来，母亲不知道怎么出去，一扇门将她拦住了。她或许也没有看见，墙壁上那只白色的开关。

母亲的遭遇让我既生气又辛酸，我一边心里抱怨她不该耍性子，一边嘴上说："上楼去吧！"

"快点开门，我要回去！"母亲气呼呼地说。

我一头雾水，不明所以，母亲，这是唱哪出？我哪里得罪了她？扪心自问，我算是有孝心的人了，不是白眼狼。我怎么了，母亲怎么了，生活怎么了，这个世界怎么了？一连串问号。完全没办法理解，生命中，怎会全是这些鸡毛蒜皮的事！

最终，母亲还是跟着亲戚回老家去了。

我始终没搞明白，母亲那天为什么会生气，母亲为什么会突然决定离开。

六

一天，媳妇正在盐亭老家读高中临参加高考的妹妹突然打来电话，说不想读书了，说想来绵阳打工，说想住我们家里。

我听到这么幼稚的想法，坚决表示反对，不但坚决反对，还很生气。

每次跟媳妇回她的老家，我都跟她的妹妹说，在学校里要好好读书，将来考个好大学。读书虽然不是唯一的出路，但对于一个普普通通的农村家庭，也肯定是改变命运的最好方式了。不然，做什么？打工，当服务员。前年媳妇的妹妹就在我们面前表达过这个想法，我们没有明确反对，只带着她一起去杨肥肠吃了顿火锅。吃完火锅，我让媳妇妹妹去问问这里的服务员，一个月多少工资。

反对的另一个原因则纯粹是出于我的私心，并不是嫌家里多了一副碗筷，而是我要读书写作，我希望家里清清静静，没有任何干扰。但是，不会有人理解这一点。

我确实过于迂了，好话说尽，却没人愿听。后来我才发现，就连岳父岳母，也认准了这个老二不是块读书的料。

一切都无济于事。天要下雨，娘要嫁人，谁拦得住？媳妇的妹妹很快就来绵阳了，住进了空荡荡的次卧，好像是我们专门留给她似的。即便是普通的农村亲戚，我和媳妇也不会拒之门外，媳妇的妹妹，更不消说。我们生怕怠慢，更怕家里人今后对我们指指点点。

经过一段时间相处，我告诉媳妇，等着吧，不管你妹妹在家里住多久，最终，她准会带着恨离我们而去。我有这样的预感和判断，一个连自己都不会照顾的人，心里怎会涌出感激？

在家里被岳父岳母宠上了天的媳妇妹妹，用母亲的话来形容，简直就是懒得烧蛇吃。在家里天天除了睡大觉，就是打游戏，别的什么也不做。摆在门口的鞋子臭气熏天，让她洗了，倒是勤快，直接把鞋子扔进洗衣机。我跟媳妇还是平生头一回见用洗衣机洗鞋的人。园艺山上冬天风特别大，加上又住在高层，风声就像一列呼啸的火车，绵延不绝。一天夜晚，媳妇妹妹在微信朋友圈发了条微信："满屋子鬼哭狼嚎，吓得本姑娘睡不着觉……"

"满屋子鬼哭狼嚎"，当我看到这句话，气得都要炸掉了，一夜没睡好，这可是家啊，不是乱坟岗！可是，除了在媳妇面前抱怨几句，我又能如何？

一切麻烦，都是自找的，除了怪自己不该在绵阳买房子，还能怪什么？

在家里住了一段时间，媳妇妹妹就回老家去了。

有一回媳妇回老家办事，回来后垂头丧气地跟我说，她妹妹跟家里和周围的亲朋说："以后，打死我也不去姐姐家住了。"

我松了口气，家里清静了太平了，我才能安心读书写作啊。

然而，世事无常，没过多长时间，媳妇妹妹又来绵阳找工作了，媳妇问她要不要在外面租房子住，人家却面无表情，坚决如铁，只说了一个字："不。"

七

搬入新家之后，我以为换了新的住所，能更加安心读书写作，现在回头去看，这种想法太过天真幼稚。

前几年在三里村三舍租房写作那种心无旁骛的韧劲，被现实的搅拌机一点点地磨碎了。

在绵阳，很长一段时间，我的心思就像城里的马路，一天也静不下来。树欲静而风不止，小区内整天都有装修的刺耳轰鸣，对面的建筑工地也一刻不停，更有家长里短。面对喧嚣，面对陈芝麻烂谷子，面对剪刀、石头和布，我分身乏术，筋疲力尽。有限的精力经常被不相干的事情绊倒。

城的门如同一道栅栏，并没有切断我与现实的纠葛和纷纷扰扰，无法静心写作，我陷入了莫名的恐慌和焦虑。

伤害往往来自最亲近的人。而期盼的俗世温暖像穿过指缝的时间一样，慢慢散佚在潮湿和透着霉味儿的空气中。无形的苦闷，则像是断裂带的流水，流过我的生命，冲刷着我的灵魂，令我倍感煎熬和窒息，无处宣泄。

一切的一切，又恍如幻觉。

我来到世上的第三十个年头。

我的身后跟着长长的日子。

日子背负着人间冷暖，片刻不停，黎明与末日，灿烂与黯然，都隐藏在生命之树的枝叶之中。深夜，一个人在园艺山静悄悄的马路上游荡，回忆过往，我忍不住默诵起荷尔德林激动人心的诗篇，为自己加油鼓劲："英雄在铁铸的摇篮里生长，勇敢的心像从前一样……"

　　但愿吧，勇敢的心像从前一样！

刊于《广西文学》2018 第 5 期 "散文新观察" 栏目，

配发简介、照片及评论文章。

九洲大道

一

在断裂带老家人眼中，房子和家不是一回事，二者之间，有着微妙的间距。一些久不见面的村里人碰面偶尔会问："你房子在绵阳哪里？"奇怪的是，他们从来不会向我打听，"你家在什么地方？"缔结在问询里边的是浓浓的乡情，带着花朵的香气和泥土的芬芳，扑面而至。在我老家人看来，我的家和他们的家，形如村子里的草木，抑或庄稼地里的作物，没有本质的区别：家，就在这祖祖辈辈扎根着的断裂带，在漫山梅林的名叫桅杆村的村子里，在这片有我父母兄弟亲人的土地上。

树有树根，草有草根，人的根是生活、生长着的土地置于生命记忆中的总和，比之于不会自己走路的家，带翅膀的根是自由翱翔的大鸟，因此能飞过村庄的额头，抵达更远。

在断裂带，有"离家不离根"的说法，意思是说，即便远走他乡，根却不会因此丧失；加拿大作家艾丽丝·门罗也曾在她的小说里写道："在你的一生中，有几个地方，甚至只有一个地方，发生了什么事情，因此所有其他的地方都只是这里。"

异曲同工的言辞，不乏充满智慧的箴言，如同镶嵌在意识深处的行动指南和路标，引领着我的记忆和"无处安放的魂灵"，于我而言，一九八七年五月下旬我呱呱坠地的断裂带，教我品尝了人间最初的那些冷暖的断裂带，哺育了我亦被我的文字记录着的断裂带，就是那样一个"地方"，那样一个深深镌刻在骨子里的"这里"。

这些年，我频频穿梭于绵阳和断裂带之间，穿梭在故乡人所谓的"房子"和"家"之间。"穿梭"这个词，始于内心的追逐，却止于讽刺，在断裂带，当一个人整天不务正业、东游西荡，人们就会用到它。儿时，去哪儿不跟家里人打招呼，回到家里，母亲就会说，"穿梭去了啊！"

儿时"穿梭"，是为了逃离，而眼下的"穿梭"，冥冥之中，则是为了寻找故乡，为了回归出生地，就像出生在中俄界河乌苏里江里的大马哈鱼，大海里生活的大马哈鱼，在产卵期会冲破重重险阻，不远万里要回到它们的出生地繁殖后代。

"你看，我们的车都跑了挨边十万公里啦！"欢妹指着家里购于二〇一四年的起亚 K2 方向盘下的里程数感叹，"鞋底子都要跑烂了！"

日子飞奔，然后迅速沉入遗忘的河底。向着夕阳飞奔的日子，模糊了写作与日常生活的界限，而草一样疯长的里程数，作为日常生活忠实的记录者，记录了这些年我如何花掉自己，然后又是如何花掉那些钱的。

一方水土养一方人。种种迹象显示，生命和故土之间那根脐带，与母亲生下我时的那根脐带，截然不同，或许，两根脐带也都是母亲生下来的。在奉献了满分的柔情与爱之后，母亲与我之间的那根脐带便如同成熟的浆果，在岁月的枝头脱落了，留下一个模糊的背影。而我与故土之间的那根脐带，如同一个生命，在我的脑袋里，在我的脚上，一年年生长着，我无法忽略她的存在。多年来，我似乎一直在这根无形的脐带下生活。

在绵阳，我的日常生活如同一摊死水，一座休眠火山，不用去单位上班，大多时间，我只是呆在家里，读书、写作，在一部部文学作品里流浪、冒险，或沉浸在自己写着的文字和漫无边际的冥想中间。这是一种沉默的生活，无需话语的陪伴，显然是那些需要用嘴来衬托个人存在的人眼底的异类，连母亲也表现出一分残酷的担心："万一，写成神经病了咋办？"母亲不知道写作长什么样子，无中生有，在她看来简直难以忍受。为了消除母亲的担心，我跟她解释，写作其实和当农民种庄稼的性质一样，只不过农民的庄稼在地里，而我的庄稼在纸上。写作者，是纸上的农民。

贫乏、枯燥、幼稚、可笑，有时候，我也难免自惭形秽，让自己和这些词汇连接在一起，可悲的是，就像天上的云朵不能把天空挤出去一样，似乎也没有别的什么力量，能帮助我把自己从眼下的生活状态里面挤出去，更不要说交流和理解。

作家的生活理当丰富多彩，聂鲁达、杰克·伦敦、马克·吐温、凯鲁亚克早年五光十色的经历，在我看来如同断裂带的星空一般耀眼、迷人。羡慕的同时，我用他们的经历制作了一个梯子，希望自己能从梯子上审视自己，审视生活，审视大地，审视人的点滴，获得新的目光和感知。

我相信"水到渠成"。想必很多像我一样在乡下长大的青年，都有过类似的经历，在你刚满十八岁之后，你的亲人、熟人会整天围着你，追着你的耳朵，鞭策你赶快结婚，善意的提醒泛着无限怜悯，仿佛知道你不但携带着应当赶快结婚的年龄，也知道你的身体里携带着某些不得不用手才能去掉的麻烦。基于义务、责任或者还有小小的使命，首先，你必须去掉你自己。

二

二〇一〇年刻骨铭心的秋天，穿过断裂带苍茫群山的河流开始一天天变冷的秋天，一个露水澄澄的黎明，父亲从家门前高高的核桃树上意外跌落，像落地核桃一样走完了属于自己的人生里程，父亲走了，在他的死亡后面，母亲开始反复不停督促我找个姑娘，赶快成家。那会儿，我连对象都没有，怎么成家？母亲似乎不曾考虑这个，实在急了，她就满眼露水，语气悲凉而又言之凿凿地说道："你爸要是还在的话，肯定早给你雄起了！"

父亲已经走了，不会再骂我，不会再打我，母亲像是在说梦话。"老光棍"，我不到二十岁的时候，父亲就已经这样表述我给他的印象，他不可能再那样咬牙切齿地说我。后来，我和欢妹成了家，有了小石头，母亲也不说我了。

在绵阳居家写作的日子，为了出汗，为了让嗡嗡转的脑袋静下来，我就走出家门，沿着九洲大道路边的绿化带跑步，一直向前跑，直到筋疲力尽，再慢慢往回走。写作和跑步类似，出发后就不能轻易掉头放弃，像深入丛林的冒险家，披荆斩棘，用文字踩出一条道路，然后再折返回来。顺着九洲大道跑步，在这样一幅充满"离别"意象的背景之中跑步，生命里的点滴如同汗水和粗重的呼吸，汹涌而至。有时，我会明显意识到，日子就像九洲大道上忙碌的绵延车流。

生命里很多的人与事，就在这奔波的过程里慢慢"水土流失"了。

像我英年早逝的父亲一样，我也是个极爱面子的人。我早已明了，面子是人的另一张脸颊，状如托盘，然而，不是把它洗干净、保持整洁就可以，面子，是要自己去挣，自己去活出来的。活着，必须善良，必须爱，也必须保持心灵的坚韧与强悍。否则，即便是与你亲密无间的那些亲人，也会用一句话、一个眼神，亵渎你的作为，撕玉米皮一样轻易撕下你的眼泪。

大学毕业，步入社会，磕磕碰碰、居无定所好些年头，快三十岁的尾巴上，我在绵阳有了属于自己的房子，事实如同伞柄，让我酥软的脊梁在老家人的眼神里不再弯曲变形，有了一点点所谓的"面子"。

我的"面子"是我写下的那些文字换来的，因此，在房间的每个角落，家具、家电和地板上，都流淌着我过去的时光。我家的房子位于绵阳园艺山，小区紧邻西山公园和九洲大道，距离我和欢妹之前租住整整五年的三里村很近。至今，三里村昼夜不息的麻将声，仍会不时在我耳畔回响，有时，我甚至能从自己那几年写下的文字间隙隐隐听到它们，仿佛，我写下文字的同时，它们也把自己塞了进去。

实际上，在绵阳买房之前，我几乎很少回断裂带，因为我无法回答那些一遍遍质问我工资收入多少之类问题的亲戚乃至家人，同样，我无法面对的是藏匿在质问背后的深意和赤裸裸的轻蔑。然而，我也不能理解自己，后来生活渐渐好转，作品领了稿费或是获奖了，都忍不住要在朋友圈"显摆"一下。似乎是存心"报复"，似乎，只有这些物质上的荣耀，才能证明自己是一个写作者，是一个名副其实的作家。最傻的一次，我特地从银行取出一笔两万块钱，应该是巴金文学院打在卡上的创作补贴，拿在手上，手机拍照，发了朋友圈，有意要嘚瑟一番。按照父亲的说法，这真是"穷人吃饱饭啦！"不过，效果确实堪称显著，立竿见影，点赞和留言汹涌而至，区区两万块钱，我收获的满足虚荣却如同千万富翁。不过，我也确实感到有些不自在，有些难为情，这种行为实际上超出我对自己的理解，不是我的风格，真实的我，也不是这样的。一位我尊敬的诗人朋友也给我留了言，他的留言，是一个问号。正是这个不起眼的问号，唤醒了我的"羞耻之心"，我一下子把发出的内容删掉了。之后，我再也没有发过类似的内容。

三年前春天，我和欢妹从三里村搬到园艺山，正式入住这套属于我们自己的房子，有了真正属于自己的私人空间。我家房子在二十六楼，我常站在客厅阳台望着窗外的"世界"发呆，小区的另一栋房子截住了西山公园方向的视线，大多时候，我的目光就像雪花一般落在九洲大道，落在那些来来往往、匆匆忙忙的车流之中，落在这条我无数次穿梭过的道路。

"还记不记得，你租房子住那会儿最大的梦想？"欢妹有时会突然问我。

怎么会忘记呢？我的眼前瞬间亮出一条很长很长的道路，三里村天主教堂顶端的十字架闪闪发光。那时候，我"最大的梦想"，就是拥有"一个方便我收样刊、稿费的地址"，那时候，我一贫如洗，为了应付青黄不接的生活，经常虚构出各种看似纯属意外或者偶然造成的缺钱事由，跟要好的几个兄弟伸手借。并且，总是信守承诺及时归还，毕竟，新的困难很快就会骑着乌云，重新来临。

马尔克斯说：生活不是我们活过的日子，而是我们记住的日子。

三

诚如近十万公里的里程数所显示的一般，我在绵阳的生活并不是我感觉的那样枯燥乏味，平日，通常是完成一篇散文或者小说新作之后，我都会回断裂带走亲访友，或者是到沈家坝文联那边跟文朋诗友喝酒聚会。

聚会，在短暂的欢闹之中抹去或者麻醉写作带来的孤独、焦虑、疲惫，然后开始新的书写，我有太多的东西要写，想写，很多时候，写，不纯粹是凭靠所谓的才华和灵感，而是因为，我看见了，我遇见了，我渴望通过文字讲述、还原所发生的一切，更深入的理解它们。我的日子大概就是这样，与生活保持着某种距离。至于写作，除了极少数的几位朋友，我也不愿深入交流，表达所谓的观点和看法，最根本的原因不是我愿意沉默，而是确实无话可说，因为，想说的、要说的，都写在纸上了。如此一来，剩下的便是写作者应该恪守的常识，保持沉默便是一种道德。

当下除了真正热爱文学的人，谁会尊重一个作家、一个诗人，哪怕仅仅是出于礼节？去年冬天，在沈家坝鸭天下与市里几位诗人朋友吃饭喝酒，酒喝到高兴处，纷纷朗诵起诗歌助兴，兴头上一位老板模样的中年男子赶来，便有熟人吆喝着这位迟到者给大家来一首。中年男子面如春风，一边落座，一边客套地说，"我不是诗人，写不了诗的。"话刚说完，大概是为了"图个热闹"，他忽然自言自语似的冒出一句俏皮话："一只蚊子，嗡、嗡、嗡！"一个朋友听后瞬间鼓掌惊呼："好诗啊！"

"一只蚊子嗡嗡嗡"，这个透着黑色幽默的句子，让我深深意识到，我的脑袋里像是贴着一张捕蝇纸，因为它无法消失。后来，我试着改写这个句子，我把它改作"一群蚊子嗡嗡嗡"。我想，大概，这又是另一回事了。我是说，你肯定能想到"当下"这个词。

很长时间，我将芜杂的生活，没有缝隙的生活，视作我家阳台上触目可见的九洲大道，加以审视，逝去的日子和有过的经历会因此变得清晰，如同书架上若有若无的灰尘，用湿润的抹布去抹，就能把灰尘的脑袋集体拎出来。在我看来，九洲大道上浩荡的车流犹如芸芸众生，似乎带着不可避免的盲从，相遇存在于车辆有意保持的间隔里，路口不断转换的红绿灯，很快就将斑马线两侧的过客吃掉了，而散发着沥青味道的柏油路的肠胃仍将继续蠕动，消失的场景，曲终人散后的失落，仿佛经过提纯，定格在这种蠕动之中，像是永恒。

于是，我知道，一个接着一个穿过生命的日子，以及看似一成不变的生活，实际上，也隐匿着这样一条九洲大道，它四通八达，无路可退，也别无选择。读顾城的自传体小说，看到一段话："我听到你无声无息地走了，到生活里去了，这是我憎恨的事。我很惊讶人为什么愿意活，而活就是生活。我也到生活里去，然后又出来，在边上站着。我对你们说那不太好，我去过，可是你们不信。生活里人口众多，生活把那些小玩具摆在街上，你们就去看；把那些小点心摆在桌上，你们就去吃；把那些鞋摆在地上，你们就去穿；你们穿上它就走远了。"可是，究竟什么是生活？何谓生活？人该怎样生活？生命——我作为一个写作者——存在的意义何在？涣散的细节与风景堆积在日常的宴席里，我却时常感到无从下嘴，甚至，心头有种"让周围吃掉的感觉"，就像跨入一次崭新的阅读或者写作之旅，你让周围的空气吃掉了，你是不存在的，你的脑袋和手已经坐上文字里的那趟绿皮火车，你与现实离得很远很远，跋涉如同夸父逐日，所有的冒险和风景都由文字组成，除此之外，没有任何地平线、路标或者参照。

一个个日子不断向我走来，又不断离去，犹如九洲大道上不断移动、变幻的风景。

四

几年前写下的一篇散文《无根者》里，我曾表达过我与断裂带之间的"撕裂关系"，虽说"离家不离根"，然而，不可否认的是，躺在灵魂里的疼痛依旧，穿过事实的内心爱恨交织，难以言表。另一方面，在绵阳，在所谓的城里生活，我也没有融入其中的感觉，像加缪笔下的"局外人"，我总是感到自己"格格不入"。

去年岁末，阳光金黄的午后，我带着 U 盘徒步去九洲大道路边的打印店，打印两份省内的文学作品扶持项目申报材料。U 盘里不但保存着这份申报材料，也保存着我多年来写下的文字。

电子文档里的相关表格已经填好，名字、年龄、民族、出生年月、工作简历、作品梗概……仿佛，我的一切都死死框在大大小小的框子里，支离破碎。望着陌生又熟悉的它们，我有种被肢解的错觉，感觉自己不再是一个独立的个体，我被这些陌生又熟悉的符号重新定义了。

因此，与其说是打印申报材料，不如说是我需要把自己打印出来。如果申报成功，将有一笔不错的收入。"就当碰碰运气"，我跟欢妹说。类似的申报其实挺多，但概率就像天上掉下馅饼，所以，每次我都这样跟自己说，跟欢妹说。在绵阳，房贷、儿子的奶粉以及琐碎繁多的日常开销，让一笔笔钱如同流水在我们的生活里哗哗散去，它如此匆忙，压根不允许你有独立思考的片刻。欢妹说，没事少出门，因为出门就要花钱。很多时候，我怀疑这是她和我成家的重要理由。每次出门，见小区外有新的商家开业，欢妹就会问我，你看见那只手了吗？我明白她的意思，那是只欢迎的手，叫你去花钱的手。在城里，钱的去处总是比我的去处多得多。

每年，我的稿费也就几万块钱，加上工资，勉强能过，好在，对于生活，我的要求不高，顺其自然；对于财富，我也没有削尖了脑袋往钱眼里钻的热情，主要是我有自知之明，没那个脑袋。在断裂带开超市的二娘不止一次跟我说，侄儿你今后要是能当个什么"官儿"就好了呢！我一头雾水，无法理解，为什么那样一来我就好了？或许在二娘看来，与其当作家，不如当"官儿"实在。不过，什么样的脑袋，做什么样的事，这是我的一贯主张。二娘的言辞背后，实际上隐藏着的是关心，她希望我日子好过。在绵阳，在所谓的城里生活了这么些年，实际上，我一直站在"城市的外边"，站在"生活的外边"，局外人一样清醒，也局外人一样昏头昏脑。在我眼底，城市是一座森林，人的森林，房子的森林。不得不承认的是，我亲爱的外婆的说法抵达了本质，最为"一针见血"，我的外婆说，城里就是要啥都要花钱的地方。钱，当然是有好处的，法国作家勒·克莱齐奥在《乌拉尼亚》中关于钱的"认识"我早已熟稔于心："钱的用处是让人不再考虑时间，不去害怕已经过去和将要重复的日子。"

经营打印店的是一对青年夫妻，女的胖胖的，男的瘦瘦的，两人都是娃娃脸。除了打印材料，店里也在维修电脑，老板负责维修电脑，老板娘负责打印。打印店很小很窄，每次我都是站在店门口，因为它给我的感觉也是这样，像在用力把人挤到店外边去。

走到店门口，我将手头的 U 盘递给老板娘，说，请帮我打印一下。

老板娘问，多少页、几份？

我说，一份三十六页，要两份。

为了表明自己是老顾客的样子，我又赶紧补充一句，给我算便宜点嘛！我说，以前给我算的都是三毛钱一页。

老板娘说，你没看见门口的收费标准吗？百页之内一律五毛钱，超过百页才是三毛钱。

老板娘语气很不耐烦，声音尖尖的，不是圆圆的。我说，我经常来打印的，就算三毛钱吧！

老板娘却大声吆喝，不行！还特地强调了一句，我们做的是小本生意！

虽然平日总是粗枝大叶，但我还是飞快算出一笔账，申报材料七十二页，按五毛钱的标准，算下来就是三十六块钱，不过，要是我打印三份，一百零八页，按照三毛钱的标准，算下来却只要三十二块四角人民币。打印三份显然更划算，我坚定了我争取"优惠"的信心，当然，我不是真心在乎那几块钱，我只是希望老板娘能变通下，互惠互利。于是，我抱着一种相互"体谅"的心情，说，打印两份七十二页要三十六块钱，打印三份一百零八页算下来才三十二块四，你们也不划算呢，浪费材料！

没想到的是，老板娘像是吃了定心丸一样，仍然坚决地表示，不行！还说，你要打就打，不打就算了！

很生气很生气的样子，"交流是不可能的"样子，飞扬跋扈的样子。这种样子，似乎也是城里人与人之间的那种样子，隔着些什么，态度冷漠，不近人情，无法理解。我很不舒服，甚至有点心疼，不是因为区区的几块钱，我也不会为这样的事斤斤计较。但是我遇到了，我必须面对。于是，我理直气壮地改口道，那就给我打印三份！

老板娘听了，凶巴巴地说了三个字，无所谓！

如果她不说这三个字，那么她真的就是无所谓了。我甚至会因为自己的改口而愧疚，但她这样一说，我又觉得自己太过友好，太过善良，我无法理解，人何必活得如此刻薄、斤斤计较？到底是为了什么？整个过程大概就是这样，似乎，它太过单薄，不足以说明什么。转眼，事情过去大半年了，九洲大道上这件已经被绿叶和喧嚣覆盖的芝麻小事，依然在我的脑海闪烁，我无法穿过它让记忆走向白纸，像穿过黑暗里的针孔。唯一可做的，就是撤退，我再没去过那家打印店。世界毫发无损。还是，冥冥之中，一切仿佛都已悄然变化，只是没有声息？写作就是撤退，在撤退中走向真实，在撤退中还原生活本身，然后，才能绕开它们，抵达更远处。生活是你自己的，你就应该遵照你的逻辑和思维。如同写作，并非随波逐流的游戏，而是离群索居的独自耕耘。

在生活里，当下和已然走过的日子互相混淆，又血肉相连，直白点说，每个人的当下都是过去日子的延伸，一个人的过去会穿过一个人的当下。

有一次，去超市买烟，买很久没抽的中南海。在三里村那些年我一直抽这种烟，很便宜，一包六块钱。平日里，我抽的烟基本都在二三十块钱之间，细支的黄鹤楼、娇子。不知为什么，那天，我居然想买中南海。卖烟的是一个老头，在我说出久违的中南海之后，他面无表情地冲我揶揄了一句，这种烟只有农村人才抽，这种烟只有农村才有人卖。我掉头就走。

小区外，一个光头的理发师跟我说，注意啊，你的发际线已经开始撤退，这是未老先衰啊！于是，我真的撤退了，之后再也不好意思去他那儿理发。

庚子年的春天，本土一位著名诗人写了首《樱桃熟了》，发在朋友圈："樱桃熟了，惹来好多鸟／尽挑红的啄／我对女儿说／你想吃樱桃／就拿个竿竿在院子里吆鸟／女儿说，我不吆／等它们吃／鸟没得钱／好造孽哦！"据了解，这位诗人脑袋灵光，很会挣钱，身家早已上千万，写起诗来也是能力超群，每年写出的作品，一生留下一百多首的瑞典诗人特朗斯特罗姆恐怕也要好几个才能撵上，足够出版多部诗集。这位诗人极为谦虚，自称口语诗人，并且反复强调，"写诗，我就是搞到要的，图个好玩！"不久前的一天晚上，几个朋友在南河坝的一家江湖菜馆子小聚，这位诗人也在，席间掏出趁热的诗集送人，出于礼貌，我恭维了几句。饭后，乘坐这位诗人的豪车回到九洲大道上的我家小区门口，诗人向我免费赠送两本他的诗集，从诗人有意无意的介绍中获悉，因为粉丝和读者较多，这部诗集虽然非公开出版，却卖得很好。诗人人脉广，资源丰富，诗集能卖出去，甚至能卖得好，自然是好事，我深信不疑，由衷对诗人之前尚无印象的慷慨与豪爽充满感激。不幸的是，第二天，这位诗人在朋友圈发了一首诗，就是这首带着口水味的《樱桃熟了》。

胡子飘飘的诗人雨田兄，曾在一次喝茶聊天时说，他最厌恶的不是城里糟糕的空气，而是一些城里人的嘴脸，因为这一张张远离泥土滋润的脸孔，总是写着太多东西，虚伪、狡诈、吝啬、阴冷、邪恶……在绵阳生活多年的他，说自己能用眼睛一下子分辨这些。我相信他的话，不过，他的表述也存在问题，尤其是那个"总是写着太多"的"写"字，对写作的人而言，无疑是种侮辱，我觉得用"埋在脸上"的"埋"字最合适。

五

"庚子年的春天一晃而过。"

当我坐在书房电脑前，写下这句话的时候，庚子年春天已经把属于它的那一页悄悄地翻了过去，在身后化作一缕薄烟，袅娜而去。感觉起来，庚子年的春天就像是兔子的尾巴，短得不得了，短得要命，短得，就仿佛是我亲爱的外婆拿她的剪子，咔嚓咔嚓剪过一般。

一晃而过的春天，病毒全球肆虐的春天，我、欢妹还有小石头，大多时候都像蜗牛一样呆在家里头，荒废着日子，也被日子荒废。挂历上的年已经蒸发了一小半。实际上，庚子年的春天漫长无比，说春天一晃而过，不过是某种错觉，就像在绵阳家里写作的时光，转眼，一天就过去了。庚子年的春天，我几乎无心写作，像个动物一样拖家带口，频频奔波于绵阳和断裂带之间。这个春天，发生了太多事，日子过得像在做梦，因此，我总觉得，春天是一晃而过。

这些天，老是想起我那腿脚不便、孤苦伶仃的外婆，想起她潦草的晚年，想起她曾经用剪子剪过的岁月，如今，外婆用剪子剪过的岁月都原封不动地穿在外婆身上，皱纹、发丝里的黎明、模糊的视线、骨质增生带来的源源不断的疼痛与各种药片，代替了亲情，陪伴着她。外婆老了，她布满茧子的手中的剪子无法剪掉这些，当一个人老了，春天远远走开之后，她剩下的就是这些。

三月份，"闲不住"的外婆在往灶屋里拖柴准备做饭时狠狠摔了一跤，床上躺了十多天，才渐渐好转。每次回断裂带都要去看外婆，这个看，充其量只是抚慰，并不能真正消除外婆的疼痛，或许，疼痛是次要的，我知道，外婆除了疼痛，更多的是一种无法言说的"伤心"。外婆一生养育四女一子，外婆跟着她唯一的儿子生活，舅舅却是个守财奴，整天忙着挣钱，无心顾家。热衷跳舞、游手好闲，和一群妇女整天四处"穿梭"的舅妈也不顾家，好好的日子过得乌烟瘴气，一片狼藉。正是这个原因，前年冬天，外婆家的房子发生火灾，烧成了残垣断壁。事发当天傍晚，舅舅开车出门给人拉货，舅妈开着面包车到山下跳舞，家里冷清，早早躺在被窝里的外婆差点也没能跑出来。晚上八九点钟，刚从老家回到绵阳的我接到电话，开车匆匆赶回断裂带，外婆家的房子，已经烧得精光，只剩下骨架。

从母亲那里得知外婆摔跤，我和欢妹带着小石头马不停蹄地回到断裂带。

望着苍老了一大截的外婆，我眼泪哗哗，忍不住责备她，摔跤了，为什么不在电话里跟我说呢？穿过外婆苍老的容颜，记忆走来，我已经很久没有掉过眼泪，父亲去世，我没有眼泪，祖父、祖母去世，我也未曾落泪。印象中唯一的三次号啕大哭，一次是在江油读高中的时候，在学校报栏里偶然看到山西矿难的报道，那时，为了供我和弟弟读书，父亲正在那边挖煤；一次是外公生病在医院，望着奄奄一息的外公，我泣不成声；还有一次，是在断裂带的大街上，我骑自行车上街买东西，是因为遇见外公，那天，我刚从成都回老家，几个月没有见到外公了，如果不是听见他叫我的名字，我几乎已经认不出来，心里惊讶着外公怎么这么老了啊？老得我都快认不出来了，眼泪跟着就出来了。

外婆却一如既往，反过来安慰我，她说，你在城里不容易，样样都要花钱，有一家人的生活要操心……压力也不要太大，该休息就休息……

我说一句，外婆说了一串。

我说，外婆，那你为啥不让舅舅舅妈操心？

外婆说，靠不住！

舅舅和舅妈的操心在哪里？家里，除了外婆，空空荡荡，房子也还是前年冬天火灾后的情形，舅舅舅妈舍不得掏钱盖房，倒是花了几万在残垣断壁上搭了彩钢，好挡住天空。不过也和真的房子差不多，母亲刻薄地说，还能抗震呢！

外婆告状似的说："我躺在床上那些天，你舅妈给我端了几天剩饭，我不吃，还跟我吵架、使脸色，说我没良心！"

我的心几乎尖叫起来，这算人话吗？这是人说的话？心疼儿子的外婆，把舅舅看得比自己的命还重的外婆，一辈子含辛茹苦，把什么都奉献给这个家里的外婆！八十多岁的人，还要带着浑身病痛给家里做饭，洗衣服，扫地。谁都没想到，外婆拥有的是这样一个晚年。

二〇一六年底，在绵阳买房子前夕，首付差一截，本来打算跟我宽裕的舅舅张嘴借的。还没张口，舅妈就当着我的面说，我觉得没那个必要！话说到这个份上，我要说的话都被堵死了。二〇一八年，说在城里买房子没必要的舅妈，花了足足比我家房子高出两倍的价钱，给她的儿子，我那在部队当兵的表弟买了套房子。也是表弟自己的功劳，为了逼家里买房，表弟在我家客厅把几千块的手机摔成碎片。我家的房子在四期，舅妈给表弟买的房子在三期，都在九洲大道边上，户型一样，面积一样。买房子的时候我觉得自己走了弯路，舅妈给表弟买房子却走远了，那时候，正是房价"如日中天"的时段，怎么好管这样的"闲事"？用舅妈的话说：我觉得没那个必要。

回断裂带看外婆那天，母亲问我，你舅妈跑到绵阳好些天了，没跟你们联系？我也是用舅妈自己的话回答：我觉得没那个必要。

四月初，清明时特地回断裂带给父亲扫墓。整整十年了，我和弟弟都已成家，各自有了孩子，成了父亲。父亲坟前的两棵柏树已经枝繁叶茂。

四月初，断裂带的樱桃也熟了。我吃到了久违的樱桃，不是红樱桃、野樱桃，而是那种其貌不扬的白樱桃，味道却很甜，一点也不酸。很多年没吃到这样美味的樱桃了。

这两年，断裂带开始修高速，四月上旬，小我一岁的弟弟把他原来的卡车卖掉，换了辆大卡车，想着能在工地上挣些钱。四月中旬，我在绵阳突然接到电话，换车不到半月的弟弟因为操作不熟练，导致刹车失灵，出车祸了，刹车失灵的大货车在半山腰后退几十米，掉下了几十米高的悬崖，被120送到江油人民医院。那天是小石头开学的日子，接到电话，我们的车正行驶在九洲大道，去学校给小石头报名的路上。心急火燎赶往江油人民医院，头破血流的弟弟像个"血人"，好在，人无大碍。医生说，没见过这样命大的人。弟弟说，出事那会儿他脑袋一片空白，不记得自己是怎样爬出来的，也不知道自己在那儿坐了多久，时间过得飞快，世界没有声音，感觉像在做梦。跟弟弟一路开车拉沙的人等了弟弟半个小时，不见人来，意识到大事不好，赶忙掉头顺着路找到了他……

有些事，谁都想不到。

世事无常，奔流不息如九洲大道的尘世间，活着，平安无事，知足感恩，便是莫大的幸运和福气。立夏了，知了的声音远远传来。窗外，目光和身体一次次穿过的九洲大道，看来业已恢复本来的样子，车流不息，生机勃勃。人们又像往常那样出门了，各归其位，各行其道，各司其职。在阳台上，我观望着庚子年的五月，寻找着庚子年已然下落不明的春天。我记起前不久，带儿子在九洲大道顺着绿化带散步，走路还有点摇摇晃晃的小石头，为了踏上大理石台阶，竟抓着路旁一株刺玫，爬上台阶后，我儿子高高兴兴地朝着刺玫，说了句我无比动容的话，是我们平日教他的话："谢谢！"

我觉得，这两个简单的中国字，或许能代替我大多时候的无话可说。

刊于《雨花》2020 年第 12 期"散文现场"栏目。

万家灯火

一

在绵阳，已然在身后如烟飘散的无数个写作的夜晚，当脑袋卡壳，或者写得过于顺溜之际，我就会让自己停下来，将手上的劳作按下暂停键，然后，走出满是烟草味道的书房，移步到客厅的阳台。

"阳台"，这个词，总是会让我联想到太阳升起的地方，并且是太阳刚刚升起的地方。说家里的阳台只有巴掌大，那它也实在太小太弱不禁风，它至少有几十个巴掌那么大，贴了白瓷砖，墙边是定做的黑色木质书架，书架上摆放着刊有我诗歌、散文小说作品的样刊，我很少翻动它们，书页之间存在着缝隙，人会掉下去。

家里的阳台平日由儿子霸占着，密密麻麻堆放着挖掘机、卡车、推土机、搅拌车等各种型号的玩具，看上去，像一个繁忙的工地。夜深了，玩具们终于睡了，脸朝着洁白的乳牙和金色的童年。阳台也是我的"观景台"，家住二十六楼，楼层高，视野开阔，对我而言，站在我家阳台上看风景，跟站在老家的山顶看风景没有太大差别，目光都能够游出去很远，并且，能够看见不一样的风景。人是视觉动物，我站在阳台上看风景，是为了让我的眼睛从方块字间隙里解放出来，休息一会儿。九洲大道和西山公园方向，都属于灯火通明的城区，绚烂的灯火如同一道道结实的肩膀，扛着沉甸甸的夜晚，不让它落在大地的皮肤上，烂掉。

深夜的阳台上没有太阳，窗外，只有一箩筐一箩筐的万家灯火。写作喘息的当口，我喜欢站在我家高高的阳台上眺望窗外的万家灯火发呆，直到眼睛看得足够饱。

在家里写作的时候，我基本不会吃太多食物，吃得太多，撑得太饱，胃里粮食打挤，人会变得昏昏欲睡，写下的文字也会显得昏昏欲睡。很难解释这是为什么。对于饮食，我比较克制。至于，窗外不说话的万家灯火，我始终有着一种看不够也看不饱的饥饿感。

眼神好，心特别静的时候，我能看到万家灯火后面，日子在慢悠悠地走，小碎步均匀地一直向前走。"每个人的身后总是会跟着长长的日子"，我曾在一篇散文里如此写道，"过去的经历和日子，其实不会真正在时光里消逝，它们只是摆脱了某种束缚，以更加隐秘的方式存在和影响着各人的生活。"二〇一一年夏天，我大学毕业，在地震后兴建的北川新县城开始了人生的第一份工作；二〇一二年，寒风料峭的冬天，我辞掉工作，来到举目无亲的绵阳，在三里村的租房里写作，以决绝的姿态实践着自己的"作家梦"，一意孤行。那时候，在一些人眼中，我就是一个做着白日梦的人，做梦是不需要睁开眼睛的，他们不会用眼睛看我。二〇一七年，生活渐渐有些起色，我在科创园区买了套房子，有了属于自己的角落和写作的独立空间——一间不足十平米的书房。如今，最初那些小小的喜悦和兴奋很快在时光的脚步声中枯萎，我也习惯了在深夜的阳台上眺望，眺望窗外的万家灯火，眺望断裂带，眺望时光里的点点滴滴。

记得，一个诗人描述城里的建筑，"像一座座竖起的墓碑"；而在小说家那里，我读到过与诗人截然不同的视角，小说大概是毕飞宇写的，标题为《生活在天上》。从这个角度，不难发现隐匿在文字背后的境界截然不同，似乎也可以甄别诗人与小说家的某些差异。当然，不必以偏概全，锱铢必较。

我在家里的阳台上，或者说别的什么地方眺望万家灯火，这种行为本身和写作类似。比起单纯的眺望，写作还有一种守望的姿态。这些年，在绵阳和出生地之间不断往返，也形如深夜里对万家灯火的一次次眺望。眺望，仅仅是一种我的个人习惯。毫无疑问，我在对万家灯火的眺望中获得了自己的认识、发现和理解。万家灯火，在我的脑海中所勾勒的图像让我一次次为之动容，尽管我似乎难以用更加精确的语言阐释。我只能在感受中无限地接近它，难以完全抵达。

在我眼中，看似平淡无奇的万家灯火，有些神秘、美好的东西包裹着，透着无比庄严。总能让我的灵魂得到放松，思路不再浑浊，并且，我时常感到一种难以言说的温情、憧憬和美好的愿望，在内心，在指缝和岁月间，慢慢滋长，慢慢流淌。

"万家灯火"，我心中默念，如同大地召唤和珍视着每一个经过她的生命和魂灵。我享受眺望的时刻，陶醉眺望的时刻，万家灯火也配得上我去热爱，去惜疼。堆放在生命里那些大大小小的经历，堆放在世界上角角落落的那些甚至从未来得及的苦难，总能让我意识到这一点。一个人，如果记得自己从什么地方来，走过什么样的路，看过什么样的风景，他就会深刻地意识到这一点。

很多时候，当我把目光转向窗外的万家灯火，目光不会中途停顿下来歇气，而是会一直顺着记忆的墙根走出去很远，走向群山深处的断裂带，走回到我的故乡和乡亲父老中间，也走向生命中过去的点滴和瞬间。目光如同一列呼啸的绿皮火车，穿过漫长幽暗的隧道，通向岁月的大门。

于是，崭新的风景和旧日的时光抱作一团，涌入瞳孔，源源不断。

二

白驹过隙，穿过生命的时光像是踩在青苔上。

转眼，父亲已经离开十年，庄稼地里的粮食仍然年年生长，家门前的清漪江仍然日日夜夜流淌，高大威武的群山仍然在季节的指引下枯了又荣、秃了又绿，重复着复活的古老游戏，乐此不疲。然而，父亲却永远地不会回来了，他用死亡在我们之间筑起一道铜墙铁壁。死去的父亲再也爱不动我们，再也无法目睹这岁月长河里，像他过去作为下酒菜的花生米那样，值得慢慢咀嚼的万家灯火。

这些年，我很少，或者说几乎从未在人前，在哪怕是关系紧密的场合主动谈及父亲，断裂带环绕的群山铸就的某种压抑，塑造了我沉默的性格，多年来，我在心里默默忍着这个话题，在心里默默忍着这个话题，是因为，我相信自己能够忍住。似乎，痛苦或者悲悼有着花瓶的形状，似乎，怀念与失落一旦挂在嘴上，就会变成更多的碎片，难以收拾，令人迷目。

早年，父亲的形象并不是那种和蔼可亲又顶天立地的中国好父亲，我从小害怕父亲，感觉起来，自己就像是他和母亲一起生下的仇人。想来，我的早熟，我的懂事，我的敏感，和父亲息息相关。儿时，只要父亲在家，我就时常感到自己无处安放，存在的多余，空气也形如泥潭，动弹不得，稍稍的动弹就会点燃父亲的无名怒火。事实的确如此，那时候，贫穷和缺乏食物带来的饥饿在我幼小的身体里从来不会呆得太久，隔三差五，父亲的打骂就会让我饱餐一顿，而免于肚里的饥饿。那时候，家里蔬菜奇缺，连苦儿瓜也是饭桌上不可多得的美味佳肴，父亲爱吃，母亲爱吃，弟弟爱吃，我却不爱吃，潜意识里，我觉得吃苦儿瓜就是在吃我自己。那时候，我很迷惑，父亲不用眼睛看我就算了，为什么要我去吃他带刺的语言和铁锤似的拳头，并且，没有一个字的理由？

时光远去，过往的经历化为乌有，我的目光穿过我家阳台窗外的万家灯火，仍能看见那个无处可去的单薄少年，背靠着冷飕飕的夜晚和家里刷着白石灰的砖墙，默默消化着身体上的疼痛和心灵上的憋屈。那时候，我经常会听着家门前潺潺的流水声，远远望着镇上的灯火发呆，我想快点长大，到山外边去，到远方去，到万家灯火里去，因此总是嫌弃家门前的水流得太慢太慢。

当一个人从生活里消失，他的脸就会日渐模糊，如同浸泡在暮色里的村庄、河流、屋顶、炊烟，再也无法清晰地窥见全貌，一览无余。如果不去翻母亲搁在木质抽屉里的那本旧相册，我就无法想起父亲的具体模样，顶多，我的记忆能触及到他黝黑模糊的脸孔，以及，那块膏药似的挂在人中的胡子，父亲的胡子，很像电视里见过的日本人的胡子。

多年以后，我下巴也开始长草，如果几天不用剃须刀收割，它们就会把我变成另一副人样，或许是为了跟父亲保持"距离"，我总会把鼻子和嘴唇之间的胡子刮得干干净净，留着下巴上的胡子，等它们想怎么长就怎么长。父亲的下巴上没有胡子。

在父亲的死亡后面，他不再是一个单独的个体，而是依附在我们身上，通过气味、声音或者动作，保留着他自己。不止一次，我发现，在母亲身上，在比我小仅仅十一个月的弟弟身上，在我自己身上，都能或多或少地发现父亲的影子。

母亲亮着嗓门说话的声音很像父亲，尤其是她亮着嗓门跟弟弟的两个女儿，我调皮的侄女们凶巴巴命令着什么的时候——她总是双手叉腰，怒气冲冲，带着一副亲婆婆而不是外人的理所当然。母亲的冒火连天，就是"靠边站"的我听了也会脊背发凉，这时候就会忍不住地想起父亲当年的"风采"。二〇〇八年地震，家里的青瓦房已经毁掉过一次，母亲这样发火，真叫人担心。

仔细想想，似乎不奇怪，二十世纪九十年代某个秋天的夜晚，我在卧室黯淡的光线里写家庭作业，白炽灯瓦数很小，灯泡的轮廓又像极了苦儿瓜——断裂带人对苦瓜的称呼，大概就是这样一些缘故，灯泡母亲生下的孩子可想而知，营养不良似的灯光勉强照着小小的房间。正写着作业，弟弟忽然一阵风似的跑了进来，告诉我，快去看，他们在灶屋里……我问他，打架了？那些年，父亲和母亲除了争嘴，偶尔也会打架。弟弟摇摇头，说不是，他小脸通红，显得十分激动。我就放下作业，跟弟弟跑向灶屋去看，看了之后，我终于明白了弟弟的"意思"，父亲和母亲在灶屋里拥抱着，嘴粘着嘴，在那里亲吻，声音与灶孔里燃烧的柴火响成一片。两人个都高，都是一米七几，站在灶屋里，站在灯火下面，脑袋与灯泡近在咫尺。虽然父母没有发现我们，我和弟弟还是迅速转身跑掉了。那些年，家里日子贫苦，很长一段时间，我想不通，家里穷得丁当响，他们怎么会有心情接吻？母亲的声音里有父亲的影子，不奇怪。

我和弟弟身上，也保留着父亲的某些影子。这些影子和万事万物落在地上的影子一样，谁也无法拿走。扔掉了未必就好，也未必真的扔得掉。在阳台上眺望窗外的万家灯火，有时，我会仔细望着这些影子，它们就像墙头草，挂在断裂带一些熟人的脑袋和嘴巴上面。

每次回老家，母亲总是说："少喝点酒，别学你爸！"这是句狠话。喝酒跟他父亲一个样儿，断裂带的某些熟人背地议论我，好像我真是我父亲的最新版本似的。这些话先是钻到母亲耳朵里，又从母亲嘴上绕到我面前。世界上哪有这样的赞美？一问，××说的。瞬间释怀，好在，我没有在他家蹭过饭，更没有喝过他家的酒。父亲，倒是喝过人家的酒，很久很久以前。曾在沈阳当过兵的父亲性情直爽，心地善良，一辈子走了不少弯路，在这位熟人家喝酒，父亲也还是在走弯路。父亲当年在这位熟人家跟人打赌，端起两个斟满老白干的玻璃酒杯往肚子里一口闷的情形，仍然历历在目。人生几何，对酒当歌，父亲却醉得不明不白。父亲以前不知道，现在大概也永远不会知道，当他仰着脖子喝掉别人家两大杯子老白干的时候，实际上他喝掉了熟人打心眼里的"瞧不起"，因为熟人在我面前如此面带微笑地赞美过我的父亲，说他，"酒疯子！"我讨厌父亲喝酒，更为别人对他的评价难过，那时候，家里已经落魄，用母亲的话说，是"倒霉"，别人看不起父亲，父亲做梅子生意家里红火时的风光已然不在，每天都有人骑着摩托车或开着小轿车到家门口接他去镇上打麻将的风光已然不在。这些年，在断裂带，我醉过两次，一次是弟弟结婚，一次是祖母下葬，我不记得我在这位熟人家里喝过酒，唯一的解释，就是议论我的熟人也在场。据母亲说，当年父亲学会打麻将也是这位熟人手把手教的。喝酒，我也醉，但不包括，不包括那些不用眼睛看你的人。父亲在我身上的影子，是模糊的。我告诉自己，这件事就像喝醉，酒醒了，那醉就不存在了。

在部队服役九年过后，几年前，弟弟退伍回到断裂带。部队发了一笔钱，近三十万，不是小数目。这两年断裂带修高速公路，弟弟买了辆大货车经营。去年，我才听说弟弟的大货车是贷款买的，在镇上的信用社贷款十万。实际上，弟弟买的大卡车总共才十多万。家里生活当然有必然的开销，可是，我想，那么多钱不可能一下子折腾光了吧？弟弟确实是差不多折腾光了，不然，怎会贷款？弟弟身上有父亲年轻时候的影子，为人耿直却不懂得安排生活，花钱大手大脚，玩心重，喜欢打打麻将。

　　每次回断裂带，我都会语重心长地"提醒"几句。但话也不好说太重。念过大学的我其实不比弟弟聪明，否则，他一学就会的麻将我怎么几乎连名字也记不全？父亲年轻时打麻将，家里输个底朝天，小时候家里穷，也是因为父亲赌博。记得小学的时候，我的班主任王莉老师曾在课堂上对着全班同学发过一次火，她说，有些人父亲麻将五十块钱一炮都敢打，凭啥交不起学费？王老师很生气。虽然没点名，但跟我同在一个班读书的弟弟，肯定听到过这句话。我们知道那个人是谁。王老师待我不薄，后来，我才知道她为何在课堂上生那么大气，一个亲戚获悉她把助学金给了我一个名额，便跑到学校跟她大吵一通，因为她的孩子没有享受到这种福利。我却宁愿我的生命中没有这种福利，并不是说助学金不好，而是因为，父亲赌博输掉了家业，交不起学费，让我自惭形秽，在同学中间抬不起头。

　　上月中旬回断裂带，弟弟在牛角垭隧道那边的"清水鱼"请客吃饭，请的是他买车帮过忙的几个村里人，原来那辆弟弟以七万的价格转手给了一位熟人，刚又买回一辆。母亲告诉我，弟弟买车，在镇上开超市的二娘那里借了二十万。那天晚上，喝完酒，弟弟便和几个人上桌打麻将，打的五十。听到打那么大，我心头很不舒服，也很生气。弟弟打麻将的样子，穿上了父亲的影子。

　　回到家中已是半夜，我说了弟弟几句，打牌只是娱乐，何必打那么大呢，有多厚家底？弟弟说他也不想，是他们喊打的。

　　我说，父亲当年把家里赌得穷困潦倒，他也不想。弟弟沉默。点到为止，我勒住了语言的缰绳，虽然还想多说几句。按弟弟的意思，车不是他想买的而是别人让他买的，二娘那里的钱也不是他要借的而是二娘主动借给他的。某种程度而言，买车、能借到钱、有人相助，都是好事，难的是还钱，难的是把花出去的钱再挣回来，母亲这方面有经验，所以她以前经常说，"借钱要忍，还钱要狠"。弟弟没有经验，把问题和社会想得过于简单和容易了。

我担心弟弟走父亲年轻时的老路，赌博、负债累累，好好的生活和一个家折腾得不成样子。虽然，父亲后来浪子回头，不过为时已晚，直到父亲去世，家里都没能真正翻身，家里都还欠着一屁股债。那几年，母亲最担心的是，我和弟弟因为这些屁股上的债成不了家。在我的童年和少年时代，我和别人的梦想就不一样，我的梦想特别简单，我的梦想是，哪天放学回到家里，没人上门讨债，母亲没有以泪洗面，还有，就是家里的门槛不会被债主踩破。

但我没有勇气跟弟弟深入交流这些梦想，因为它显得如此幼稚、不可理喻，甚至带着刺，压根不像我们这个年龄应该说的话，谈论的事；我更不可能跟弟弟说起万家灯火，说起大地、星空、岁月、死亡和永恒，告诉他，每个人、每个家庭都是其中一部分。

三

清明花、七里香、百合花在断裂带遍山盛开的四月，红樱桃、白樱桃、野樱桃在断裂带纷纷走向成熟的四月，大片大片梅林的青梅果开始在绿色枝叶间吐露雏形的四月，旭日般站在四月门槛的这一天，大清早，我开着家里那台"或许早该换个频道"的白色起亚 K2 轿车，带着勒·克莱齐奥的小说集《脚的故事》、若泽·萨拉马戈的《失明症漫记》以及史铁生的《病隙碎笔》，载着妻儿从绵阳出发特地赶回出生地，为我已经拥抱死亡整整十年的父亲扫墓。

"扫墓"，大概是城里人的专属词汇，实际上，在断裂带，在我自小长大的这片土地，这种祭奠逝者的仪式有着更为通俗的表述方式：上坟。

在母亲那里，给父亲上坟这件事从不直白，而是伪装成了一个问题。每次刚回到家里，屁股尚未坐热，正想着喘口气的空隙，母亲的嘴就迫不及待地冲着我的脑袋张开了，她说："去看看你爸？"语气客套、委婉、腼腆，简直像在请求。

死亡带走了父亲，他给我的那些伤害那些阴影，早已释怀。在我成为父亲之后，我甚至理解了父亲早年对我的种种近乎病态的打骂，他太痛苦了。记忆中，只剩下父亲的好，剩下疼痛，剩下我们的最后一面，那是大三暑假的时候，二〇一〇年断裂带阳光绚烂的夏日午后，我在转盘路坐面包车去江油，回成都学校。刚上车，喝了点酒，像个小老头一样憔悴不堪的父亲忽然走到窗前，以他一贯地说话语气，问我，带钱了没，要不要老子帮你给？可我不想理他，自己把钱递给司机，两个大男人有什么好说的？只是纳闷，父亲才四十六岁，怎么就那么老了？家里的青瓦房在地震中毁掉了，地震后那两年，家里重新修房子，修的楼房，前前后后花了二十多万。据母亲说，修房子那会儿家里一分钱也没有，想想也是，那时候我读书要钱，高中毕业后辍学在沿海打工的弟弟也不时需要家里救济，怎么会有钱？修房子的钱是父亲和母亲拼老命一分一分挣出来的。家里选择修楼房而不是原来那种青瓦房，是因为父亲考虑到我和弟弟今后都要成家立业，青瓦房住不下那么多人，也不够体面。那时候我没能体会到家里的难处。二〇一四年在南坝小学教书，我问过我的同事他们以前的工资，同事告诉我，地震前，每月拿到手上的不到一千。我算了算，二〇〇四年到二〇〇七年，我和弟弟都在读高中，不说学费，我和弟弟每个月生活费加起来起码一千，父亲只是普普通通的农民，可以想象，每一分钱都浸泡过他的汗水，带着他的心血，够他受的。前人栽树后人乘凉，家里漂漂亮亮的楼房父亲却不愿自己享受，他把自己腾了出去。

回断裂带途中，艾丽丝·门罗的话语忽然从世界的某个角落雪花一样飘进我的脑海："在你的一生中，有几个地方，甚至只有一个地方，发生了什么事情，因此所有其他的地方都只是这里。"我和这句话偶然邂逅的某个日子已然死掉很久了，神奇的是，今天我居然想起来了，不是注定会遗忘的什么日子，而是句子昔日的脸孔。它的出现仿佛是在向我证明，证明话语可以作为独立的生命而存在。于我而言，断裂带就是生命中这样一个地方，一个魂牵梦萦的地方，一个爱恨交织的地方，一个秤砣般压在梦境之中的地方。和艾丽丝·门罗写下的句子重逢，也使我相信，也许分开十年的父亲只是在跟我们玩着童年里那个名字叫"藏猫猫"的游戏，没准儿哪一天父亲就安然无恙地回来了，平安无事地回来了，站在他的儿孙面前，站在母亲面前，站在满脸惊讶和毫无思想准备的我们面前，说他回来了。

父亲已经拥抱死亡整整十年了，回断裂带给父亲扫墓，也是为给母亲一个安慰。安慰长什么样子？我一头雾水。死去的父亲仍然拥有爱情，享用着母亲带给他的水果，花生，喝母亲带给他的梅子酒，抽母亲带给他的烟，用着母亲烧给他的花不完的钱币。

这些年，但凡去父亲那里看他，我总会在坟前发现某些爱的"踪迹"，这些踪迹就是那些水果，花生，梅子酒，熄灭的烟嘴，以及母亲留下的来过又离去的影子。除了母亲，还会有谁？

父亲走了，带着母亲的心。

四

父亲在泥土之下住进坟墓，我也在泥土之上，在自己心口挖出另一个坟墓。这些年，父亲或者与他相关的点滴，一直被我有意识地封闭在我心灵的坟墓之中。封闭不是回避，更不是忽略，有时候，我能明显感到，这座心灵坟墓，会偷偷摸摸地从心头转移到嘴上。乡亲父老们在劳动时无需依赖语言的陪伴，当词语无法走进内心，表达将变得苍白，甚至失去意义。

"给父亲扫墓"，或者"给父亲上坟"，无论是作为念头，还是具体行动，我都深切感到自己难以面对，更不愿借助语言呈现，只好以沉默代替，只好在沉默中，去经历，去思考，冶炼人生的滋味。沉默不代表销声匿迹，更不会死掉，沉默会在父亲的墓地上长出花花草草，我在想，这些花花草草，是否是父亲仍在用力？

早年，给祖先或者说列祖列宗上坟，是逢年过节才有的事。比如春节之类的重要节日，通常由父亲在前面带路，在前面带路的父亲在我们看来既是一面旗帜，也是我们的活地图，通过他的喉咙发出声音，告诉我们过去。在前面带路的父亲手上通常会带着一把沉甸甸的锋利镰刀，为的是给祖先们整理墓地，到了目的。而香蜡纸钱，通常是由我和弟弟负责拿着。带路的父亲神情肃穆，不苟言笑，我和弟弟则嘻嘻哈哈，赶集似的，显得没心没肺，在我们眼底上坟就像是一截拉开新年序幕的"引线"，并不意味着什么，没有悲哀，也没有关于死亡的恐惧。那时候，清明节倒是例外，印象中，我们家从来不会在这一天出门去给父亲口中那些陌生的长辈们上坟，那时候，清明节就像一个无关紧要的日子，一次次穿过我们这个普通人家的生活的额头，穿过我脑袋上茂密的黑色草丛，然后风儿一般吹往身后。

地震后的二〇一〇年秋天，断裂带遍地核桃成熟的季节，大清早刚爬上核桃树准备打核桃的父亲，因为穿的是平底鞋，脚底踩着黎明的露水打滑，意外从树上摔到树下，又顺着院子下面的陡坡皮球似的摔在硬邦邦的水泥公路中间。院子下面的陡坡生长着茂密的杂草和树木，荨麻、蒿子、苦麻菜、喇叭花、梅子树、青冈树，但它们没有谁愿意帮帮父亲，缓冲他到死亡的距离。从意外发生，到在江油九零三医院，一周时间，身受重伤的父亲再也没有说过一个字。

父亲离开我们，在泥土之下"躲清静"。"躲清静"是母亲的看法，好像这种过早显现在父亲身上的遭遇，是他有意创造出来的结果。

在父亲的死亡后面，有一双愕然而又孤独的眼睛，否则我无法看到人间冷暖，也不会无数次在城市的缝隙，形如一只站在十字路口的小小蚂蚁，望着白日的喧嚣转向沉静，万家灯火在大地的皮肤上冉冉点燃夜色，热泪盈眶，百感交集。

父亲墓地就在我家地里。早年，地里年年都会种上形形色色的庄稼，玉米，油菜，大麦。这些作物就像不断变幻的季节一样，走了一茬，又来一茬，收割一茬，又长出一茬。

年复一年，日复一日，岁月仍在努力生长，在泥土和阳光雨露的滋补下，父亲墓地前面的两棵柏树已经相当挺拔，高度远远超过记忆中的老屋。它们用植物的耐心，日夜陪伴着匆忙劳碌又两手空空离去的父亲，年复一年，日复一日。

两棵柏树是母亲在父亲去世那年亲自栽下的，左边一棵，右边一棵，高矮差不多，样子差不多，一样的针形枝叶，一样的蓬勃生长，一样的碗口粗。是时间过得快，还是柏树长得快？我不确定。我确定的是，这两棵柏树长得有多快，踩在青苔上的岁月就走得有多快，父亲就在他的死亡后面走得有多快。

黄昏来临，我和欢妹，加上弟弟两口子，提着香蜡纸钱，刀头，酒水，烟……给父亲上坟。

我们所带的每一样物品都很轻，轻得像是快要飞起来，飞到天空的沉默里去。满以为的疼痛如同没能及时写在草稿本上的一个念头，在词不达意的叹息声中一点点磨损殆尽。父亲墓地距离家门口不到五百米，在我看来，却远不止五百米，它有着更为漫长的距离。

朝天猛长的花花草草在父亲的死亡上面生长，在父亲坟头的沉默里生长。递向坟头的香烟飞快就燃完了，剩下烟嘴意犹未尽。我终于相信，它们是我地下的父亲在用力，用心，编织着一支古老而又年轻的歌，歌里唱着：

> 日子穿过针眼，疼痛穿过针眼，我们穿过针眼，成为万家
> 灯火的一员。

五

给父亲上过坟，天已经黑了，断裂带淹没在浓浓的夜色之中，河流的声音，风飞的声音，草木生长的声音，日子向前走的声音，群山入睡的声音，在耳边摩挲。

庚子年春天，新型冠状病毒的阴影笼罩着武汉，笼罩着大地，笼罩着每一个人的心。病毒在世界的角角落落肆虐的这些日子，生活被弄乱了。不断涌入耳膜和眼睛的各种灾难和消息，令人揪心。

昨天，看新闻，二〇一五年去过的西昌再次发生森林火灾，十九名地方扑火人员牺牲。季节在循环，灾难也会重复。去年，在散文《绿皮火车》第二段，我为之哀悼，毕竟，生命不是玩笑，他们背后的家庭所承受的巨大伤痛可想而知。然而，悲剧再次上演，而且是以活生生的生命为代价，我的心头只有愤怒燃烧。浏览死亡名单，一眼发现了与自己同名同姓的人就在其中，而紧随其后的罹难者名字，居然也跟我弟弟的名字一模一样。也就是说，我看到跟我和弟弟同名同姓的两个罹难者的

名字。两名罹难者来自同一个村，年龄相差不大，想必，即便不是亲兄弟，也可能是亲戚或某种血缘关系。心，瞬间凉透。为他们默哀。

"你父亲要是还活着就好了！"

夜色中，欢妹的话语满是体贴，却显得昏头昏脑。有时，我在电脑面前写作或者是看书看得久，也会如此。话题以明知故问的方式呈现，显得昏头昏脑。然而，细细一想，欢妹的话并非一无是处。

否则，为何父亲坟前的两棵挺拔、茂盛的柏树，会让我感觉如此似曾相识？是否，除了这具被皮肉包裹的躯壳之外，所谓的"我"和"我们"，还有各种不同的形态、更多的方式存在着？正如史铁生所思考的那样："史铁生是别人眼中的我，我并非全是史铁生。多数情况下，我被史铁生简化着和美化着……因为史铁生之外，还有着更为丰富更为浑浊的我。"

某种程度而言，父亲确实还活着。在西昌森林火灾里牺牲的十九名扑火人员还活着。在新冠疫情期间死去的人们还活着。希望他们活着。平安无事地活在万家灯火的尘世之中，活在岁月的走廊上。

偶尔，我的目光会顺着万家灯火的方向，望向过往的一些陌生人，多年前在我家门口向我讨水喝的流浪汉是否不再流浪？那个吐字不清打听着某某村的残障男子是否已经回到家里？放学途中不小心看见的屁股上坠着一块肉瘤的妇女是否不再无家可归？三里村停车场那个拿菜刀故意毁掉几十辆轿车的风挡玻璃只想知道"我的收入那么低这些人凭什么有车开"的外省年轻女子去了哪里……母亲曾经如此评价我："你就知道和这些人打堆？！"与"扎堆"相比，"打堆"似乎还有一种热情的意味。在我看来，"打堆"，不是一个负面的词，尽管，母亲的语气有些轻飘。或许是过往的经历在母亲心灵里留下了永远无法愈合的伤疤，如今，母亲把钱说得很重，说起谁谁一天能挣多少多少钱总是津津乐道，如数家珍。在很多我熟悉的人那里，也是如此，听得太多，人就疲倦了。因而，每次回断裂带，我都是来去匆匆。给父亲上过坟，了了心愿，于是，在家里吃过晚饭，我们又连夜赶回绵阳。

夜深了，山里山外，绵延多姿的大地上花花草草般开出万家灯火，浩瀚的星空也一片璀璨，像是某种应和。"万家灯火"这个词所携带的温情、光明和寓意再次涌上心头，它如此坚实，如此朴素，如此简单，如此美好。我没有丁点疲倦。

2020 年 4 月 29 日完稿，刊于《天涯》2022 年第 1 期。

断裂带

一

雪从宇宙深处千军万马地下来，颇有点气吞山河的架势。雪，用自己的脚板涂白了清晨的平通河谷，涂白了一个放牛娃的眼睛，也涂白了一个村子整块儿的寂静。平日的吵吵闹闹仿佛被寒冷冻住一般，踪迹难觅，扑朔迷离。喜鹊窝在早已被寒风搜刮得一干二净的春芽树上侧着脸，瑟瑟发抖。河流低着头，舔着自己日益瘦小的流淌声，极像外婆家那头经常被绳子绑在猪圈里的老黄牛，总是会把山里一棵棵青草的头颅啃出脆生生的尖叫。

堆雪人的日子终于来临。

刚穿好衣服的我不由自主地噘了噘嘴，捏捏鼻子，又扯了扯耳朵。我担心它们在我的睡梦中长歪，我不想变成丑八怪。生活还没有在一个放牛娃的心中完全亮出胳膊和胸膛，生活还有成千上万种可能，就像这凋敝而又阴郁的季节，草木尚未长出枝叶和它们自己的天空，荒凉、斑驳、赤条条，一旦时机成熟，它们就会重新赏心悦目起来。

手握镰刀的外公站在院子里，他麻利地将一根竹子剖开，划成篾条，编背篓。外公编的背篓好看、结实、耐用，这话是母亲说的。说话的母亲的脸像丝绸一样光滑。有一次，我和弟弟撞见她和父亲在灶屋里浑然忘我地接吻，她的身体像蛇一样扭动，她手上拿着的瓜瓢在滴水。两个身体，像两座巍峨的山脉，在用他们的灵魂对话，我和弟弟的脸瞬间变作花红。这个场景，我始终没有办法将其从记忆中剪裁掉。这个场景，就像落在我心坎上的鹅毛大雪，迟迟不化。

外公编的背篓总是让我联想到饥饿和乡下人的胃。我清楚背篓在乡下人心目中的地位和分量，然而，我的父亲没有外公这般手艺。父亲过去是个地地道道的农民，而后是军人，最后还是个地地道道的农民。父亲的命不是他自己的，而是他的亲人的。当年，我尚未出生，父亲为了婆婆不受他的兄弟欺负，毅然选择退役，从东北回到四川老家。于是，他又成了这个盆地里的一只癞蛤蟆，一个农民。

我害怕父亲，因为他总是偏着头，目光凶恶，仿佛随时可能喷出两道闪电。偏着头的父亲和没有偏着头的父亲不是同一个人。父亲从来不会在弟弟面前偏着头，他脸上燃烧着的爱意与面对我时截然不同。这让我感觉自己更像他的仇人，而不是他的孩子。

我常住外婆家。不敢埋怨父母的偏心，因为他们的巴掌随时可能雪一样落在我的身上。我觉得我的命是药泡出来的，弟弟的命是糖熬出来的。村子里的人将命称为福气。命好是福气的缘故，命坏也是福气的缘故。每个人的福气都是不一样的，像菜园里的蔬菜，琳琅满目，应有尽有。

满山雪！雪涂白了整个世界，包括时间。山是白的，屋顶是白的，漫山遍野的梅花是白的，炊烟是白的，连外公鼻孔喷出来的气体也是白的。望着窗外，我努力回想那些被雪挤掉的色彩，荒凉，压抑……可是我什么都想不起来，一场雪，已经将先前的一切挤牛奶一样挤掉了。

"天上的神仙正在打扫灰尘。"

我漫无目的地猜测。仅仅是猜测。我的身体和灵魂空荡荡的，像子弹射穿的墙纸。思绪在山下此起彼伏的鞭炮声中挣扎，它们理应属于我，属于童年，但我连成为一个参与者的资格都被偏心的父母雪一样淹没了。过年了，我没有回家，在山上的外婆家过年——我没有让父母给自己买新衣服穿的福气，也没有勇气面对穿在弟弟身上的新衣服。我就像这满山的雪，静静地来，静静地融化。的的确确，我有些恨我的父母，恨他们把所有的爱统统灌在弟弟身上。

我的弟弟，一个胖嘟嘟的家伙，一个长着樱桃小嘴的家伙，一个整天笑呵呵的家伙。很长一段时间，我们兄弟两人陌生得几乎半毛钱关系都没有，或许，我们之间真实存在的血缘关系业已雪一样化掉了。在外婆家里，我被视为掌上明珠；在家里，弟弟被视为掌上明珠。我是山上的掌上明珠，他是山下的掌上明珠。弟弟不会叫我哥哥，他喊我小名。我们总是喊彼此的小名。当然，这里面大有学问，包含着我的客气，他的不屑一顾。

清晨，我没有上山放牛。柴火在火盆里呻吟，眼睛血红，几双老树皮一样粗糙的手在一旁回忆曾经。冰冷刺骨的感觉从指尖涌向我瘦小的心脏。我从外婆家出来，独自向着白茫茫的山上走去。雪倾斜着落下，像一把漂亮的梳子。我在雪中踟蹰，一个孤独的雪人，雪在山里飘啊飘啊，我几乎听见了未来。

二

到了上学读书的年纪，我的时间再也不能信马由缰了，我像一片雪那样落到山下，落到一家四口的门缝里，落在一张饭桌冷冰冰的目光里。我的身体是灰尘里的时间，我的灵魂是河水中摇曳的寂静。

我开始上学了。在外婆家那头老黄牛哞哞的挽留声中，我恨不得将匆匆流逝的光阴暂停。记忆中的欢乐开始像外婆家墙壁上的白石灰一般缓缓剥落。成长让一种无以名状的情愫在我幼小的心灵里沸腾，或许，最能代表这种情愫的词语就是眷恋。

在山下。我像一片小小的雪花那样活着，不敢大声说话，因为那会像花朵招来蜜蜂一样招来愤怒；我不敢跟弟弟争抢自己喜欢的玩具，因为他有靠山，他的靠山就是父母的打骂；我甚至不能随便移动，因为这同样会使他们生气。他们总是因为我生气。

在家里，我时时刻刻地活在一种难以名状的恐惧之中。恐惧像我的影子，如影随形。我想，难道我不是他们生的吗？我不知道他们为什么会疼爱弟弟而讨厌我，难道我真的有那么讨厌？我觉得自己是个被讨厌施了魔的可怜鬼，命中注定。

在家里，我只能像一个哑巴那样活着。很少说话，没有表情，老老实实地吃饭、睡觉，兢兢业业地完成他们要我做的任何事情。事实证明，我是个不太会帮人办事的人，往往帮倒忙，吃力不讨好。我不知道自己为什么会选择用不好的方式对待家人，就像我不知道他们为什么那样排斥我、拒绝我、否定我。

母亲让我上街打酱油，我看见锅里的水在尖叫，贫瘠的水蒸气，勾勒出饥饿的背影。我心不甘情不愿地出了门，凭什么做事的都是我，而不是弟弟？弟弟在院子里用知了的肉喂他的蚂蚁王国。我真心反感母亲的嘴，又无能为力。那时候，平通河的嗓门还很大，河水深不见底，青面獠牙的水鬼在其中游荡。很多人在夏天的时候到河里游泳、钓鱼，鱼儿摇摆着，浮过人们的身体和老去。平通河的水流不动声色地启发了我，提升了我的智力和自以为是。母亲给我一块钱，我只打了八毛钱的酱油，省下的两毛钱则用来买了零食。我提着还没有装满的酱油瓶子向家中走去，夜色已经溅湿了我的额头。我的内心相当镇定，当步行至距家还有一里之遥的灵官庙，在路人用来解渴的泉水边，我偷偷拧开瓶盖，用"神水"把还没有饱的酱油瓶子装了个满。当天晚上吃面条，母亲说我买回的酱油没味儿，我心里涌出的不是愧疚，而是一种不为人知的喜悦。

后来，父亲让我上街舀白酒，我重蹈覆辙。家乡有句老话："久走夜路，终要遇鬼"，我就倒了这样的霉运。真相很快被揭发出来。酒和酱油一样，都是在街上做生意的二娘那儿买回来的。但酒掺了水比酱油掺了水更容易识别。靠诚信将生意做得红红火火的二娘是不会将水掺到酒里面的。这一次，我狠狠挨了父亲的揍。父亲揍人很有方法，他不用棍子，甚至不说话，冷不丁地站在我面前，粗糙的巴掌接二连三落在脸上，我的眼睛里就冒出几粒金星。不知为什么，多年以后，有那么为数不多的几次，我发现这种粗暴的打人方式竟然潜移默化地流淌到我的身上。当我用同样的方式对待别人，我已经感觉不到当时的疼痛和耻辱，而是发自内心的痛快。通过这件事，我发现我和父亲的身体似乎都隐藏着一个同样的秘密：暴力，男人的暴力，与生俱来的暴力，做事不经过大脑的暴力，层出不穷的暴力。我努力纠正自己的暴力，因为这种暴力无疑是一种看不见的传染，不管施暴者还是受害者，这种暴力都会流传下去，像绵延不绝的生命一样不断扩散。如果任其发展，它很可能形成一个恶性循环，成为一个家庭一个家族一片土地乃至一个国家一个时代的肿瘤。

作为四口之家的一员，我的存在是模糊的。这种模糊不只表现在衣食住行，也表现在我的意识和灵魂当中。父亲母亲乃至弟弟不愿意理会我的存在，我也主动地躲藏着自己。

大多数时候，我表面畏畏缩缩得像一只老鼠，极尽隐忍，内心却痛苦万分，"皇帝爱长子，百姓爱幺儿"，难道，我真的逃不出这个古老的现实和魔咒？不愿意面对过去的人没有未来。回忆就像倒车，擦净后视镜上面那层薄薄的灰尘，我遇见的不是自己，而是一个因为父母偏爱变得敏感、内心复杂的少年。和许许多多有过苦难经历的人一样，我一度不愿意面对自己，不愿意面对那些被扭曲的真实的灵魂。那些我所承受过的创伤，仿佛地边总是叫人不寒而栗的荨麻。在弟弟家里，我必须小心翼翼，因为这儿不是我的家，我是只无家可归的老鼠，我是断裂带上的空气。

三

我所在的刘家院子住着四家人，分别是大伯家，他家门口有一棵桃子树，不过桃子结得不好；然后是婆婆家，她家门口有一棵从不结果的柿子树，兄弟姊妹中最小的幺爸跟他们住在一起；其次是弟弟家，这家门口有苹果树和无花果树；最后是大娘家，她家门口有杏子树、桃子树和樱桃树，院子下面生长着一片茂密的名叫臭老婆子的植物。大娘家最会过日子，姑父是个和蔼可亲心地善良的养路段工人，他总是骑着一辆锃亮的永久牌自行车，姑父爱笑，他一笑，额上就会亮出很多小鱼。

"你婆婆偏心，好吃的总是放在袖子里穿在袜子里。"

母亲的嘴在空气中燃烧，仿佛她已经受够，仿佛她已经无法忍受这种偏心。她没完没了地在我们面前控诉着："分家的时候，除了一点粮食，我们什么都没有；你们要记住，你的婆婆从来没给你们买过任何东西，你们小时候，她连抱都不抱你们一下。"

我们明白，母亲并不是要我和弟弟将这些话向当事人转告，她甚至当着她的丈夫也说这事儿。透过母亲的话，我开始明白婆婆的不公，如果说我们没有玩过她买的玩具吃过她买的零食这也情有可原，但她连抱都没有抱过我们，这就相当令人不解，她的拥抱很值钱？很快，母亲就让我们知道了事情的真相，知道了婆婆一直溺爱幺爸的事实，知道了婆婆家最好的土地几乎都分给了幺爸，知道了这个家族里的所有好事几乎都落到幺爸身上。母亲的话语限制了我和弟弟的自由，拦住了我和弟弟串门的欲望，我们不愿意去婆婆家了，因为婆婆对我们不好。

在婆婆身上，在父母身上，躲藏着一个几乎是一脉相承的恶魔，那就是偏心。即使是一家人，也未必能一视同仁；即使是亲兄弟姊妹，父母们也难以做到一律平等。他们总是将爱的雨伞移向儿子或者最小的一边。并且，他们似乎从不为此感到愧疚、不安，古往今来，这似乎是天经地义的事，正如古人所云："皇帝爱长子，百姓爱幺儿。"

在弟弟家里，我成了名副其实的客人，我谨慎隐忍，刻意跟弟弟保持着距离。对他来说，父母亲的爱像醪糟煮啤酒一样美妙；对我来说，父母的爱更像是一枚发育未良的青梅，酸涩难咽。我常常将自己关在屋子里，借着一支蜡烛的死亡取暖。我很孤独，除了努力学习，我不知道还有什么方式可以使我遗忘时间，遗忘我自己。

在弟弟家里，我是个多余的人，时刻都在想着逃离，我甚至想跑到大山外面流浪。我想念外婆，想念外婆家那张温暖的床，想念外婆家的大黄牛，我总是当着它掏出自己的鸟儿喂它尿喝。外公说大黄牛喜欢喝尿，我发现比起外公的尿，大黄牛更喜欢喝我的，外公的尿液又黄又粗，还有一股骚味，我的尿没有那股味道。

在弟弟家里，我不敢跟父亲说话。二十世纪九十年代中期，梅子生意折本以后，父亲的脾气、赌瘾和他的烟瘾一样渐渐大了起来。他抽很多的烟，将痰随意吐在地上。我无师自通地学会了察言观色，学会洞悉父亲打牌的输赢。输了钱的父亲和母亲经常吵架，后来，他们就不吵了，直接动手。

父亲手重，挨了揍的母亲常常躺在床上一直哭到深夜。有几次，母亲甚至准备喝农药自杀。亲历这些事，我变得更加沉默寡言，因为感受到的已经不只是我个人的痛苦，而且是一个家庭的痛苦，这些时间的伤口，在我幼小的灵魂里深深地扎下根来，恍如一个断裂带上永远不会化掉的噩梦。

四

绿意盎然的夏天，家里的收音机反复吼着《我被青春撞了一下腰》，颓废的歌声与骄阳掩映，平通河带着山中的记忆和见闻流向山外。头上缀着一点红的新娘子在猪圈的墙根一带转悠，臭老婆子开着恶俗而硕大的花朵，空气中燃烧着死亡和魔鬼的体味。也许，院子边上那棵梧桐树就要寿终正寝了，一些干掉的树枝总是居心叵测地忽然从高处落下来，将低头刨食蚯蚓的鸡群吓得抱头鼠窜。

家门口的无花果吐出很多绿色的手掌，知了在隐蔽的树枝中呻吟。水泥院子里晒着白白胖胖的花生，上门来跟父亲要债的人把它们踩出一片惨叫。炽红色的太阳是我的泪滴，却倔强得没有落下来。我看着债主们狰狞的面孔，腿肚子比星星还闪。我很害怕，一群快要疯了的人，他们龇牙咧嘴，将一个家庭最后的尊严熄灭了。他们是上门来讨债的，婆婆和旁人的脸在院子里一闪而过。

父亲被那个带头的人推向晒着花生的院子中央，仿佛光天化日之下的一个窃贼。混乱之中，父亲流鼻血了。他没有还手，他的手和脸在空气中僵硬着，他只是后退。那些冲锋陷阵的脸、嘴巴和手臂统统是他的债主，他无可奈何地被这种伤害钉在它们中间。

愤怒的亲戚们一定想打烂父亲的头，因为他们的拳头都在冲向同一个位置，那里面装着父亲的放纵和用来面对炎凉的各种零件。望着闹哄哄的人群，我想：亲情比纸还薄。

被欠债弄得窝囊不堪的父亲从厨房里拿出的菜刀在用来杀年猪的长板凳上，父亲一动不动地坐在那里，眼神没了赌桌上的光彩和神气。母亲在一旁哭泣着，一家四口在人群里孤单着，无形的力量将我们推向一个深渊，一个看不见的囚笼。

一段时间睡去了，狰狞的亲戚们这才消停，他们不再动手动脚，站在院子里对着父亲破口大骂，他们肆意地谩骂和羞辱父亲，那种无法言说的耻辱和羞愧让我长时间地埋起头，我很绝望，债主的目光是冰凉的，亲情是冰凉的，院子里炽烈的阳光也是冰凉的。也许，时间是我们唯一能够用来逃生的裂缝。

我恨父亲，也恨自己碰上了这样一个被赌博拉下水的父亲；我恨这些债主，恨他们把钱借给一个不务正业的赌徒，恨他们要债时的那种盛气凌人和欺人太甚，不就是欠债吗，为什么动手打人，为什么破口大骂，为什么毫不留情迫不及待地将一个家庭弄得百孔千疮？

荒诞而喧嚣的乡下情景剧终于步入尾声，父亲不见了，他扔在地上的烟头已经熄灭。那把锈迹斑斑的菜刀在一场惊心动魄的洗礼中回到厨房等待重操旧业。眼睛红肿的母亲在院子里将那些被钱故意踩烂的花生一颗颗剔出来，放进箩筐。我和弟弟紧随其后，我们默契而又小心翼翼，生怕触动了空气中某个随时可能再次引起动荡的机关。我们三个都没有说话。母亲没有说话，她的忧伤和绝望却无心地感染了院子里的每一寸空气；弟弟没有说话，仿佛还没有从刚刚经历的恐惧中醒过来；我没有说话，勇气和仇恨在我的胸腔里燃烧，强烈的耻辱削亮了我的呼吸。一堆体无完肤的花生，足以让我看尽世态的炎凉与荒诞。

"他们还会来的。"我有预感。风波并没有平息，家里根本拿不出钱还债。生活在我们脸上皱着很深的眉头。父亲已经无可救药了，他在赌博的泥潭里越陷越深。父亲依然经常不在家，上门的债主越来越多。

时至今日，我依然很难形容母亲当时所承受的苦难，因为她经常对父亲的欠债一无所知又不得不面对这些债主。母亲经常当着那些人的面痛哭流涕，或许，只有哭泣能够稀释掉她内心的无奈与悲伤。

我依然记得那时候的我总是提心吊胆，要是哪一天家里没人上门索债，我的心就会为之兴奋雀跃。

"让你妈跟你爸说叫他别赌了，越赌越没日月，越赌越穷。"一张模糊的脸浸在我的目光里。我看得出这个亲戚伪装出来的同情和正义感，但那矛盾而又复杂的人性让我语塞。

除了哭，母亲亦有坚强和隐忍的一面，她总是鼓励我和弟弟要努力读书要学会给家里争气。回头想想，如果没有母亲，这个千疮百孔的家可能早就烟消云散了，母亲凭着她骨子里的东西让我们撑了过来。

是年夏天，我和家里的矛盾和距离渐渐土崩瓦解，神奇的命运和剪不断的血脉让我们的肩膀重新并在一起。我开始接受现实，接受一个家庭的沉重和悲剧。我懂事了。

五

暮色袭来，河流誊写着的那一部分时间渐渐模糊不清，河风没有稀释掉一个家庭的悲哀，痛苦像蟋蟀一样在我的骨头里歌唱。遍地炊烟，整个小镇氤氲在一股浓密的阴郁之中，天慢慢凉了下来，世界变得像用泥浆抹过。群山不语，树梢上斑驳而又稀疏的色彩已开始为眼下的季节命名和铺垫了。

父亲不知所终，也很少出现在另外三个人的言谈中，我们很少提及他，不是忽略，是彻底的否定。记忆中的某个雨夜，他披着一身潮湿回来了，他没有理会那条顺着案板爬上屋顶的蛇，蛇恐吓了我们的夜晚，我们三个坐在堂屋里不敢睡觉，他扬言要剁掉自己的手，他拿出没有丁点油荤味的菜刀，甚至在下面垫了厚厚的草纸。他举起菜刀重重地剁了下去，黑暗中飞出一声惨叫，他跟跟跄跄，夸张地呻吟着，从厨房走向我们，他的手仍然完好无损，他没有剁掉自己的手，这一切都是表演。后来，他又消失了，并且持续时间很长，母亲淡淡地说他在外面有了别的女人，这是可能的，我和弟弟还不知道作为一个已婚男人跟外面的女人睡觉和跟自己的女人睡觉有什么分别。

母亲在厨房里剁猪草，那声音听上去有些迟钝，却绵延不绝，有强烈的满足和象征意味。猪草是我从地里扯回来的，满满一背篓。关于这些猪草，我不熟悉它们的名字和生活，但我知道家里的猪要吃什么，它们吃了就睡，睡了又吃，我羡慕猪有人管有人喂的生活。等喂肥家里的猪，母亲会用那些钱帮父亲还债，还要给我和弟弟交付学费，供我们生活。

母亲没有为她自己活着。为了我们的嘴，她最大限度地浪费着她自己的尊严。母亲，与文明社会背道而驰的漂浮物。锅里的水早就沸腾了，一个肥头大耳的南瓜打量着疲惫的母亲，它的到来，为这个随时可能面临断炊的家庭增添了不少底气。我知道，自家地里已经没有这样的南瓜，即使有，也早早被我们吃进肚子里。饥饿，让我没有心思和勇气寻找南瓜的来历。

"人家那么好的南瓜说不见就不见了，你母亲保准知道它的下落。"

院子里的人赶集归来，脸上挂着一丝鄙夷和诅咒。她替丢失南瓜的人深深惋惜，她知道一个南瓜的下落，知道这其中的秘密，她是故意的。我不想跟面前的这个人说话，不想听她讲故事，我甚至对她产生了一点怨恨。我没有勇气将小偷这个词语用在母亲身上。

那个因为别人丢了南瓜而忧心忡忡的人，为什么要如此伤害自己的家人呢？那个因为别人丢了南瓜而忧心忡忡的人，我无法将她眼中的毒液逼出来。

在家门口的苹果树下，我差点酿成大祸。苹果树下有陡峭的坎，坎下面是蓬头垢面的泥土公路。我和弟弟因为小事起了争执，互不相让。天就要黑了，我鬼使神差地伸手想把弟弟推下坎去。我紧张得浑身发抖，以为这样就能够将所有的不快一笔勾销。面对我突如其来的举动，弟弟吓得脸色铁青，趴在地上，像一根可怜的稻草，他眼角挂着泪滴，挣扎着哆嗦着想从地上站起来……

"他是你的亲生弟弟！"

一个提示忽然星群般升起，拯救了弟弟，也拯救了我，我如梦初醒。我触电一样缩回我的手。暮色更重了，断裂带上浮着一层均匀、荒凉的黑漆，几颗星星时隐时现。

隔着时间的玻璃，我的记忆无端沉重着忧伤着，苹果树生了虫，锯木面从洞里钻出来，时间被掏空了，院子在瑟瑟发抖，整个平通河谷在瑟瑟发抖。

想把自己的亲生弟弟推向死亡的人，你为什么要如此伤害自己的亲人呢？

"你差点害死你弟弟。"

母亲直言不讳，她的声音令我忧伤、不耐烦，我无法面对这段早已被生活榨得所剩无几的记忆，无法为当初那个差点毁了一家人的自己释怀。

你为什么要如此伤害自己的亲人呢？我们不愿意面对这个问题。

六

穷困潦倒的日子，债主天天上门讨债的日子，母亲整天愁眉苦脸的日子，父亲整天不在家的日子，恐惧像胶水一样黏在我的心灵深处。恐惧是日子的沉淀和天空。

"走路要小心，不要相信别人，千万别上当受骗，他们会剁了你的手，把你弄成瞎子。"

上学之前，母亲如此警告我。她说得非常认真，并且重复过多遍。母亲担心父亲的债主报复我们，因为已经有人明确跟我们表示："再不还钱，就不客气了。"

从家里到学校有说长不长说短不短的一截公路要走。山里的公路顺着那条清澈而孤独的河流蜿蜒，河床上散布着许多又大又圆的石头，像史前巨蛋。路边的人家很少。因为母亲的提醒，往日路边茂密的植被也变得阴森可怖起来。我很少和其他人一起回家，他们的笑声会让我感到自己是一个不快乐的人；也不愿意及早回家，因为我不想看见那些债主的脸，不愿意看见母亲脸上的泪痕。我总是独自一人，我属兔，我渴望自己能够长出一对兔子的耳朵，一双像兔子那样善于奔跑的腿，如果能像兔子那样敏捷，我就可以及时地避开那些坏人，避开他们的伤害和报复。我害怕路上的车辆，担心它们会突然开过来将我撞得粉身碎骨。我沿着路边茂密的植被走路，如果有车子开过来，我会提前钻进去躲一躲，等车开过去以后再出来继续赶路。有一次，一辆卡车忽然在我藏身的路段停了下来，我吓蒙了，我以为自己就要完蛋了。那个满脸横肉的司机在路边撒尿，他用一只手扶着自己的蛇儿生怕尿在裤子上，他尿的时间有多长，我的恐惧就有多长，后来，他吹着口哨扬长而去，我才松了口气，迅速从草丛里钻出来，兔子一样朝家里飞奔。

父亲终于回来了，这次他什么也没说，一副痛改前非的样子。凌晨，他早早起床，背着大背篓，带着干粮和锯子出了门。他要到山上的老林中去，很远的路，老林的树很大很高，还有不计其数的野兽出没。他得跟村里另外的几个穷人合作，用锯子将大树放倒，锯成几段，背下山，锯成菜墩。这些菜墩可以拿到镇上去卖，也可以拿到公路边上卖。他们把这些树变成钱。我为父亲而恐惧，因为山上有很多野兽，山下有比野兽还要恐惧的债主。

院子里有很多玩伴，但晚上我们很少玩捉迷藏这样的游戏，乡下住着许多鬼。我们在院子里玩跷跷板。院子里的跷跷板和学校的不一样，既简易又刺激，一根板凳，一截长长的木头。弟弟从高高的跷跷板上倾斜着摔下来，弟弟的手断了，弟弟哭得撕心裂肺，而跷跷板另一端的我则安然无恙。父亲和母亲闻声赶来，看了看弟弟伤势，然后逮着我一顿猛揍。虽然挨了打，我的自尊心却安然无恙，我没有从心里责备父母偏心，我只是担心着弟弟的手，我不知道我的故意会有这样的后果，我为自己的行为感到恐惧。从恐惧的样子里，我学会了爱，学会了包容，我头一回认识到自己错了，真正的错了。后来，我把自己藏在自家的梅子坑边，让他们打着火把找了半个晚上。

从恐惧的样子里，我看到恐惧的无处不在。父亲在家的日子，我们是恐惧的，这种恐惧带着巨大的侵蚀感；父亲不在家的日子，我们更加恐惧，因为不完整，我们面临着更为强烈的腐蚀和威胁。

在大伯家的院子里，我又一次看到了恐惧，那种充满疼痛、爱、愤怒和仇恨的火焰燃烧着我的内心。皮笑肉不笑的大伯，满肚子坏水和邪念的堂哥，还有呆头呆脑的我和弟弟。我读着大伯的眼神说话，不敢触犯堂哥，因为他有自己的父亲撑腰。当堂哥将小鸡鸡对准弟弟并且喷出一股白色尿液的时候，我听见大伯和堂哥爽朗而强势的笑声，简直愚蠢到家的弟弟将脸趴在地上呕吐不止，他一定也没有料到自己的堂哥会这样欺负他。我很伤心很生气，想要立马为弟弟雪耻，堂哥没有我高，也没有我壮，我理应暴跳如雷的，但我没有。大伯的眼神及时地扼杀了我脸上的愤怒，父亲不在家，我们没人撑腰。大伯是个性情凶悍之人，年轻的时候就打过爷爷，我有点恐惧，我不能打肿脸充胖子，我直接退缩了，我拉着弟弟回家了，我没有擦掉他脸上的泪水。

从恐惧的样子里，我意识到人性的悲哀和可憎，我为自己没有保护家人为自己的无能为力而沮丧。在家里，我战战兢兢地拿出纸和笔，想要把这种耻辱记下来，但我没有。我已经不知道人究竟是怎么一回事了。

七

恐惧蔓延的日子里，村子渐渐失去往日的祥和与安宁，滑稽和荒诞的故事像秋天的树叶一片片接踵而至。

一天清晨，刚刚起床还没来得及去趟厕所的堂哥忽然跑来告诉我们："昨晚地震了，地震摇得碗柜子里的碗哗啦啦响，碗都打烂了好几个。"堂哥神情激动，仿佛哥伦布发现了新大陆，丝毫察觉不出恐惧。他的脸白得像一张纸。

在这之前，没有任何长辈跟我们说起一九七六年的松平地震，更没有人跟我们说起一九三三年的叠溪地震。二〇〇八年之后，我才知道被大地震夷为平地的故乡就在龙门山断裂带上。

我打了一个喷嚏，因为夜里睡觉没有盖好被子。我很容易着凉，夜里，我的胆子比弟弟还小，我总是祈求他让我跟他一起睡，因为我怕鬼，怕录像里的那些"聊斋"会跑出来害人。偶尔，弟弟心情不好，我就只能睡在床对面的书桌上。

"你弟弟拿着刚买回来的调羹到你伯娘家走了一圈，就失踪了，没隔多久，调羹就出现在你堂哥碗里，你伯娘还说是她给你堂哥买的。"母亲的脸上带着鄙夷，也许，她没有想起她偷偷带回家里的南瓜。

家里来历不明的南瓜并没有填饱我的胃，我迷恋上了纸的味道，我不由自主地吃它们，我忍不住地想吃它们，像一个病入膏肓的瘾君子。没有人知道这个秘密，我改掉这个坏毛病用了好几年时间。这期间我收集了许多烟标，我至今保留着它们。

弟弟带着堂妹在狭窄的屋后玩耍，被我跟踪，他想用堂哥对待他的方式报复堂妹，我制止了。村子里的人将屋后称为"檐沟"。

檐沟上面有一片玉米地，还有许多果树。两片巨石赛跑一样并肩从山下冲了下来，击穿了婆婆家的屋顶。所有人都被吓成半死。在这之前的一瞬间，我和弟弟刚刚从堂哥家里出来，我们和死神擦肩而过。三爷来了，当时他就在山上耕地，跟此事毫无干系的他说他亲眼看见它们突然跑了起来。三爷说得合情合理，仿佛所有听了的人都会信以为真。没有人揭穿一个老人的谎言，善良和这儿所有脆弱而又卑微的肉身一样，在断裂带上凄美地活着。

八

靠近未来的同时，回忆也正在向我走来。

若干年后，当我试图在脑海翻出这些陈年旧账，并试图用文字赋予它们生命，却深感无力。也许，记忆和断裂带上的草木，乃至祖祖辈辈生长在此的乡亲父老一样，有过艰难或幸福的生长与跋涉，而最终的命运却始终指向虚无。我不过是这种秩序中的一员罢了。

　　断裂带有断裂带的风景,同时,她也在赋予我内心以山水。我想,
这已经足够。

刊于《民族文学》2015年第6期"散文"栏目,

荣获《人民文学》第三届"紫金·人民文学之星"

散文佳作奖,入选《21世纪散文选:2015年度散文》,

人民文学出版社编选。